비극의 원흉이 되는 최강악역
최종보스 여왕은
국민을 위해 헌신합니다 6

비극의 원흉이 되는 최강악역 최종보스 여왕은 국민을 위해 헌신합니다 6

텐이치

illustration 스즈노스케

CONTENTS

Characters
프라이드
프리지아 왕국의 제1왕녀. 여덟 살 때 전생에서 플레이했던 여성향 게임 '너한빛'의 최종보스 여왕으로 환생했다는 사실을 깨달았다. 공략 대상자의 비극을 미연에 방지하고 나라와 국민을 위해 헌신하겠다고 결심한다. 두뇌와 전투력은 치트급. 예지 특수 능력자.
스테일
프라이드의 의붓 남동생이자 제1왕자. 공략 대상자 중 한 명. 순간이동 특수 능력자. 프라이드와는 종속 계약을 맺었다.
아서
프리지아 왕국 기사단 8번대 부 기사대장. 공략 대상자 중 한 명. 만물의 병을 치유하는 특수 능력자. 프라이드의 근위기사.
티아라
프라이드의 여동생이자 제2왕녀. 여성향 게임 '너한빛'의 주인공. 가련한 미소녀.
로자
프라이드의 어머니. 프리지아 왕국의 여왕. 예지 특수 능력자.
알버트
프라이드의 아버지. 프리지아 왕국의 부군.
베스트
여왕의 의붓 남동생이자 프라이드의 숙부. 프리지아 왕국의 섭정.

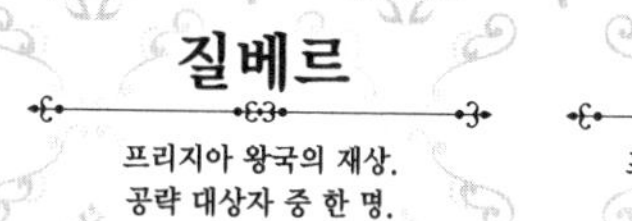
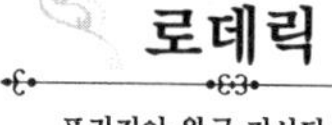
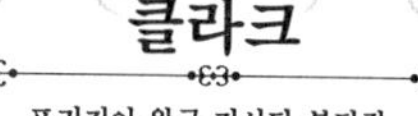

질베르

프리지아 왕국의 재상.
공략 대상자 중 한 명.
나이 조작 특수 능력자.

로데릭

프리지아 왕국 기사단 단장.
아서의 아버지.
참격 무효화 특수 능력자.

클라크

프리지아 왕국 기사단 부단장.
로데릭과는 친구 관계.

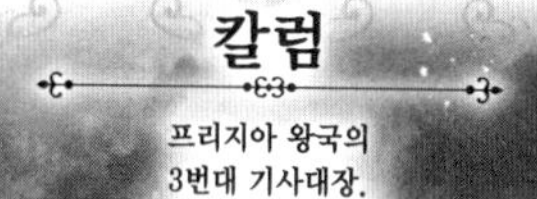

앨런

프리지아 왕국의
1번대 기사대장.
프라이드의 근위기사.

에릭

프리지아 왕국의
1번대 부 기사대장.
프라이드의 근위기사.

칼럼

프리지아 왕국의
3번대 기사대장.
프라이드의 근위기사.

해리슨

프리지아 왕국의 8번대
기사대장.

바르

프라이드와 예속 계약을 맺은
전직 도적 죄인. 배달부로
일하고 있다. 토벽 특수 능력자.

케멧

고아 출신.
능력 증강 특수 능력자.
세펙의 남동생.

세펙

고아 출신. 물을 만들어내는
특수 능력자. 케멧의 누나.

아네모네 왕국

레온

아네모네 왕국의 제1왕자.
프라이드의 전 약혼자.
공략 대상자 중 한 명.

하나즈오 연합왕국

세드릭

서시스 왕국의 왕제(王弟).
공략 대상자 중 한 명. 프리지아
왕국에 동맹을 제의한 인물.

랜스

서시스 왕국의 국왕.
세드릭의 형.
요안과는 친구 관계.

요안

차이넨시스 왕국의
신앙심 깊은 국왕.
랜스와는 친구 관계.

용어

✳ 프리지아 왕국
예지 특수 능력자인 여왕이 다스리는 대국.
세계에서 유일하게 특수 능력자가 태어나는 나라.

✳ 아네모네 왕국
프리지아 왕국의 이웃 나라. 세계에서 손꼽히는 무역 대국.

✳ 하나즈오 연합왕국
금맥의 땅 서시스 왕국과 광물로 유명한 차이넨시스 왕국이
통합된 나라.

✳ 라지야 제국
노예 생산국 중 가장 큰 대국.
노예 생산과 침략을 통해 영토를 넓혔다.

✳ '너와 한 줄기 빛을'
프라이드가 전생에서 플레이했던 여성향 게임.
시리즈화도 된 대인기 작품. 통칭 '너한빛'.

비극의 원흉이 되는 최강악역
최종보스 여왕은 국민을 위해 헌신합니다 6

제1장 모독하는 왕녀와 다음 날

또각, 또각, 또각.

무기질적인 소리가 연회실에 울려 퍼졌다. 모두가 그 소리의 주인을 주시하며 대부분이 숨을 삼켰다.

진홍색 웨이브 머리에 보라색 눈동자. 목발을 한 손에 짚고 느리면서도 당당한 걸음걸이로 한 걸음씩 사람들 앞에 나타난 제1왕녀, 프라이드 로열 아이비.

그 뒤로 칠흑색 머리와 눈동자에 검은 테 안경을 쓴 제1왕자 스테일 로열 아이비, 금색 눈동자와 웨이브 머리를 한 제2왕녀 티아라가 뒤따랐다. 많은 기사가 그 세 사람을 둘러싸고 지키고 있었다. 그중에는 은색 머리를 높게 올려 묶은 파란색 눈의 제1왕녀의 근위기사 아서 베레스포드도 있었다. 프라이드 제1왕녀의 인사가 있을 거라는 소식을 들은 프리지아 왕국 기사단, 프라이드가 무사한 것을 직접 확인하기 위해 자발적으로 모인 하나즈오 연합왕국의 병사들도 높은 곳에 선 그녀를 가만히 올려다보았다.

"여러분, 이번에는 감사했습니다. 제1왕녀, 프라이드 로열 아이비의 이름을 걸고 진심으로 감사드립니다."

종전으로부터 하루가 지나 밝게 인사하는 목소리를 들어도 그 자리에 있던 사람들은 안도할 수 없었다.

오늘까지 살아있는지조차 의심스러웠던 그녀가 모습을 드러낸 것은 기쁜 일이다. 하지만 누가 봐도 다친 그녀의 모습에 가슴이 아팠다. 그래도 표정에 드러나지 않도록 필사적으로 얼굴에 힘을 주었다. 그 상처야말로 그녀가 이번 전쟁에서 최선을 다했다는 최고의 증거였다.

하나즈오 연합왕국 '방위전'. 그들이 그렇게 부르는 전쟁은 격렬했다…….

서시스 왕국과 차이넨시스 왕국, 두 나라가 손을 잡고 한 나라가 된 하나즈오 연합왕국. 그것을 침략하려고 독니를 드러낸 게 침략국으로 이름 높은 라지야 제국에 지배당하는 나라였다.

동맹국이 된 나라의 힘이 되기 위해 원군을 출병시킨 프리지아 왕국. 그것을 이끈 사람이 프리지아 왕국의 제1왕녀 프라이드였다.

프리지아 왕국 기사단의 활약과 예기치 못한 수많은 조력으로 방위전에 승리한 하나즈오 연합왕국은 무사히 한 나라의 긍지와 존엄을 지켰다. 그러나 그 전쟁 도중에 유일하게 중상을 입은 왕족이 프라이드였다. 원군으로 온 나라의 제1왕녀. 원래대로라면 전선에 서면 안 되는 그녀는 전장에 몸을 던졌고 그 결과로 다쳤다. 하나즈오 국민은 자기 나라를 위해 몸을 던졌다는 사실에 기사단과 마찬가지로 마음 아파했다.

프라이드는 그들의 시선을 한 몸에 받으며 병사와 기사들을 치하하며 고맙다는 말을 전하고 앞으로 며칠간 더 머무를 것이라고 이야기했다.

"끝으로…… 여러분도 눈치챘겠지만 이 다리의 상처가 체재기간을 연장한 이유입니다. 기사들이 목숨을 걸고 저를 구한 덕분에 이 정도로 그쳤습니다. 이 자리를 빌려서 진심으로 감사드립니다."

프라이드는 지금까지 일부 기사에게 계엄령을 내렸었지만 이 자리에서 철회하겠다는 뜻을 내비치고 미소를 지으며 자신의 주위를 지키는 기사들을 둘러보았다. 기사들은 가벼운 목례로 응하며 임무 중에 표정을 무너뜨리지 않은 채 각자 작게 침을 삼켰다.

"걱정 끼쳐서 죄송합니다. 하지만 저는 보시는 대로 건재합니다. 부디 남은 며칠 동안은 편히 쉬세요. 제 준비가 끝나는 대로 차례로 출국하겠습니다."

프라이드를 올려다보던 기사들의 짧은 대답이 연회실 안에 울려 퍼졌다. 뒤이어 하나즈오 연합왕국의 병사들에게서도 마찬가지로 강한 패기가 담긴 목소리가 돌아왔다. 프라이드는 이들 중에 그때의 위병도 있을까 생각하며 조용히 둘러보았다.

"누님. 그럼……."

스테일이 말을 걸며 퇴장을 재촉하자, 프라이드는 짧게 고개를 끄덕이더니 다시 목발을 짚고 그 사람들 앞에서 천천히 퇴장했다.
그녀의 등 뒤로 기사단장의 호령이 울려 퍼지자 모였던 기사와 병사들이 일제히 해산했다.
프리지아 왕국 제1왕녀의 부상 소식에 서시스 왕성뿐만 아니라 하나즈오 연합왕국 전체가 시끄러워졌다.

"뭐?! 프라이드 님이?!"
기사 에릭이 소리를 지르자마자 몸을 비튼 바람에 격통을 느끼며 또다시 소리를 질렀다. 크헉, 하고 신음하자 1번대 기사가 괜찮냐고 물으며 무리하게 움직이지 않도록 에릭의 어깨를 눌렀다.
1번대 부기사대장 에릭. 밤색 머리와 눈동자를 가진 그는 하나즈오 연합왕국의 방위전에서 다쳐서 다른 부상자와 마찬가지로 공적인 곳에서 열린 프라이드의 인사 자리에 참여하지 못했다. 그래서 중상자에게만 제공된 침대 위에서 연회실로 간 다른 기사들이 돌아오기만을 기다렸다.
그리고 돌아온 1번대 기사가 입을 열자마자 전한 것은 프라이드가 다리를 다쳤다는 소식이었다. 왼쪽 다리를 붕대로 고정한 상태로 목발을 짚고 걸으며 기사들 앞에 모습을 드러냈다는 소식에 조급해하면서도 침착하게 기다리던 에릭은 단숨에 핏기가 가셨다.
"하지만 며칠간 계시면 완치된다고 합니다. 그러니 신체가 결손될 우려는 없지 않을지……."

"앨런 대장님이랑 칼럼 대장님은?! 분명 기사 중에 사상자는 없었잖아?! 설마 두 분도……?!"

에릭은 종전 후 한 번도 모습을 보이지 않은 두 기사대장을 걱정했다. 다른 기사가 진정시키듯이 "두 분은 무사하시다고 합니다. 두 분의 활약으로 프라이드 님도 목숨에 지장이 없으셨다고……!" 하고 천천히 대답하고 나서야 에릭은 숨을 내쉬었다. 세 분 다 무사하셔서 다행이라며 조용히 가슴을 쓸어내렸다. 에릭은 프라이드가 다리 부상 외에는 건강해 보였다는 말을 듣자 딱딱한 침대에 원래대로 몸을 묻었다.

침착함을 되찾은 에릭이 시선만 돌려 주위를 둘러보자 다른 부상자도 비슷한 반응이었다. 기사대장이 둘이나 붙었는데 프라이드가 다쳤다니 믿기지 않지만, 다시 말해 그만한 위기가 있었다고 볼 수 있다. 오히려 두 기사대장이 있어서 다리 부상으로 그쳤을 거라고 생각하니 프라이드의 근위기사가 그 두 분이어서 정말 다행이라는 생각이 들었다.

당시의 구체적인 상황이 기사들의 입을 통해 퍼지기 시작했다. 에릭이 있는 위치에서는 자세히 들리지 않았지만 지금도 기사들이 "역시 앨런 대장님!" "칼럼 대장님……! 무사하셔서 정말 다행이야……!!" 하는 소리가 들려왔다. 두 사람이 돌아왔나 했지만 기사들의 대화 내용으로 보아 아쉽게도 화제가 되었을 뿐 본인이 온 건 아닌 듯했다. 모든 기사가 앨런과 칼럼의 무용담을 의심하지 않았고 존경해서 반짝이는 눈빛에도 변함이 없었다. 두 기사대장의 신뢰는 그만큼 절대적이었다. 그중에는 "그래서 지금 앨런 대장님은 어디에 계셔?!" "아까 호위에는 안 계셨는데?!" 하고 법석을 떨거나 "칼럼 대장님 못 봤어?!" 하며 구호실로 뛰어 들어온 기사도 있었다.

에릭은 복도에서 떠드는 그들의 대화에 섞이고 싶은 마음을 억누르며 "너도 갔다 와." 하고 먼저 자신에게 소식을 알리러 온 기사의 등을 밀었다. 자신이 알고 싶은 것처럼 이자 역시 앨런의 무용담을 듣고 싶을 게 뻔하다는 것을 알았다.

대답하고 시야에서 빠르게 사라지는 기사의 등을 침대에 누운 채 배웅했……다고 생각했는데 다시 기사가 돌아왔다. 심지어 아까보다 더 안색이 나빠져서 달려오는 모습에 에릭은 고개를 갸웃거렸다. 게다가 복도에서 심상치 않은 웅성거림마저 들려 왔다.

아니…… 설마. 문득 스치는 예감에 에릭은 기사에게 묻기도 전에 입꼬리를 움찔거렸다. 그리고 당황한 기색의 부하가 다시 자신 쪽으로 달려옴과 동시에 어떤 목소리가 낭랑하게 울렸다.

"죄송합니다, 실례할게요. 앗……! 에릭 부대장님!!"

또각, 또각, 또각 하고 한 걸음씩 분명하게 가까워지는 무기질적인 소리. 그리고 자신을 지명하는 밝은 목소리에 에릭은 몸을 일으키려다가 통증 때문에 신음했다. 그걸 견디며 눈을 부릅뜨자 프라이드가 당황한 기색으로 목발을 빠르게 움직이며 그를 향해 똑바로 걸어오고 있었다. 게다가 그 옆에는 호위

기사들과 함께 프라이드의 의붓 남동생이자 제1왕자인 스테일, 여동생이자 제2왕녀인 티아라까지 있었다.

"으윽…… 프, 프라이드 님!! 어, 어째서 이곳에……!!"

에릭은 통증을 참으며 소리쳤다. 너무 큰 소리를 내는 바람에 다시 옆구리의 상처가 아파 왔다. 상반신은 붕대만 감고 아무것도 입지 않은 상태인 에릭은 상처를 누르며 고개를 들었다.

"기사에게서 에릭 부대장님이 다쳤다는 얘기를 들어서……. 상처는 괜찮아요?"

티아라와 함께 코앞에서 자신을 걱정스럽게 들여다보는 프라이드의 얼굴에 에릭은 자기도 모르게 몸을 살짝 젖혔다. "네! 괘, 괜찮습니다!" 하고 외침과 동시에 또다시 상처가 아파 왔다. 뒤이어 '누가 말한 거야?!' 라고 말하듯이 프라이드의 뒤에 있는 기사들을 노려보았다. 온후한 에릭치고는 보기 드물게 날카롭게 치켜뜬 눈빛에 아서뿐만 아니라 모두가 그만 시선을 피했다.

에릭 길크리스트. 1번대 부대장이자 아서와 마찬가지로 프라이드의 근위기사 중 한 명이다. 프라이드에게 인사하려고 목소리를 높이며 몸을 일으키려고 힘을 주자 상처가 더욱 아파 왔다.

"편히 있어요, 에릭 부대장님. 저도 편하게 있을 테니 신경 안 쓰셔도 돼요."

프라이드는 그렇게 말하고 웃으며 당당히 에릭의 침대 옆 의자에 앉았다. 스테일이 원한다면 더 편히 쉴 만한 의자를 가져

오겠다고 했지만 그녀는 거절했다. 티아라도 다친 언니를 신경 쓰며 옆 의자에 나란히 앉았다.

"기사단장님을 감싸다가 총에 맞았다고 들었어요. 훌륭하고 용감한 행동이라고 생각해요."

프라이드가 노고를 치하하듯이 눈썹 끝을 살짝 내리며 미소 지었다. 그것만으로도 에릭은 혈압이 올라서 막은 상처에서 당장에라도 피가 뿜어져 나오진 않을지 진심으로 걱정했다. 에릭이 긴장과 당황 때문에 제대로 말하지 못하는 동안 프라이드는 계속해서 말했다.

"그래도 무사하셔서 정말 다행이에요……. 또 근위기사로 일해 주기를 기대할게요."

프라이드가 다른 곳은 안 아프냐며 붕대가 안 감긴 부분을 살며시 만졌다. 서늘하고 가녀린 손가락과 손바닥이 달아오른 에릭의 피부에 직접 닿았고, 너무나도 갑작스러운 터치에 에릭은 몸을 움찔 떨었다.

"몸이 조금 뜨거운 것 같은데……. 열이나 현기증은 없으세요? 7번대 분들의 진단이 정확하다는 건 잘 알지만……."

'지금 이 순간에만 느끼는 발열과 현기증입니다.' 라고는 입이 찢어져도 말할 수 없었다. 진심으로 걱정해 주는 프라이드를 보니 말도 안 나왔다. 그런 에릭의 모습을 보고 아서와 기사들은 약간 당황하기 시작했고, 보다 못한 스테일이 "누님, 슬슬……." 하고 도움의 손길을 주려 했을 때였다.

"무리는 하지 말아요……. 에릭 부대장님에게 무슨 일이라도 생기면 제가 울 거예요."

프라이드는 에릭의 몸에서 뺨으로 손을 옮기고 우수를 띤 미소를 지었다. 프라이드의 손이 에릭의 뺨을 살짝 식히자…… 펑! 하고 에릭의 열이 급상승했다.

누가 봐도 안색이 색칠한 것처럼 새빨간 에릭의 모습에 프라이드가 짧게 비명을 질렀다. "에릭 부대장님?!" 하고 뒤이어 열을 확인하듯이 에릭의 얼굴과 목, 붕대가 감기지 않은 부분을 여기저기 만지는 손길에 그는 더욱 열이 올랐다.

에릭은 괜찮다고 호소하면서도 프라이드의 맹공격에 머릿속이 새하얘졌다. 제1왕녀인 프라이드가 일부러 자신을 만나러 왔다. 게다가 가까이에 앉아서 어루만지고, 그에게만 말을 걸었다. 아까까지만 해도 프라이드를 보지 못해서 적잖이 낙담했던 에릭에게는 기습도 이런 기습이 없었다. 본인뿐만 아니라 주위 기사들까지 이대로 에릭의 상처에서 피가 뿜어져 나와서 죽는 건 아닐지 진심으로 걱정하기 시작했을 때…….

"프라이드 님. 여기 계셨군요……."

한숨이 섞인 낮은 목소리에 프라이드뿐만 아니라 모든 기사가 뒤를 돌아보았다. 그쪽을 보니 기사단장 로데릭이 미간에 주름을 잡고서 프라이드의 등 뒤로 다가오고 있었다. 기사단장의 등장에 방 안의 분위기가 단숨에 긴장에 휩싸였다. 기사들이 거의 동시에 로데릭에게 인사하는 소리와 프라이드와 티아라가 "기사단장님!" 하고 외치는 소리가 겹쳤다.

"안정을 취하는 중인 기사에게도 프라이드 님의 소식을 전해야겠다 싶어 왔습니다만…….”

로데릭은 힐끔거리며 달아오른 얼굴이 완전히 식지 않은 에릭을 확인했다. 노출된 오른쪽 어깨와 목덜미를 만지는 프라이드의 손길에 약간 패닉을 일으켜 눈물까지 글썽이는 에릭을 보고 한눈에 상황을 파악한 로데릭은 미간의 주름을 손끝으로 눌렀다.

“프라이드 님……. 아무리 그대로 제1왕녀 전하께서 함부로 남자의 몸을 만지시면 안 되지 않을는지요.”

기사단장의 차분한 음색에 물을 맞은 듯이 침착해진 프라이드는 머뭇거리며 에릭 쪽을 돌아보았다. 붕대가 감긴 부분을 빼면 그대로 상반신을 노출한 에릭은 이미 얼굴뿐만 아니라 몸까지 새빨갛게 달아오른 상태였다. 그 모습에 프라이드는 다시 짧게 비명을 지르며 자신도 얼굴이 새빨개져서 “죄, 죄죄죄송합니다!!” 하고 외쳤다. 그리고 한 걸음 물러나려다가 붕대로 고정한 왼쪽 다리가 의자에 걸려 넘어질 뻔한 것을 스테일과 아서가 동시에 지탱했다.

“프라이드 님. 이곳에 있는 기사들은 프라이드 님과 마찬가지로 모두가 안정이 필요한 자들입니다. 부디 병문안은 다른 기회에…….”

“그, 그럼 최소한 부상이 가벼운 다른 기사에게라도 인사를…….”

“그러실 필요는 없습니다. 얼른 상처가 나으려면 면회는 거절하는 편이 좋으니까요.”

'프라이드 님에 한해서는 말이지요.' 로데릭이 뒷말을 삼키며 그렇게 단언하자 프라이드는 얼굴이 새빨개진 채 고개를 끄덕였다. 살짝 패닉에 빠진 누나를 보고 스테일은 쓴웃음을 지으며 "가시지요." 하고 말을 걸었다.

"에릭 부대장님! 그리고 기사 여러분!! 부디 몸조심하세요!"

프라이드는 스테일과 티아라에게 붙잡혀 반쯤 강제로 연행되며 아서와 기사들을 거느리고 침대 위에 있는 모든 기사에게 황급히 손을 흔들었다.

"프라이드 님의 저런 면도 빨리 자각하시면 좋겠는데."

로데릭은 다시 긴 한숨을 내쉬었다. 뒤이어 새빨개진 에릭에게 누우라고 말하더니 주위 기사들에게 시선을 돌렸다. 모두 프라이드를 보려고 무리하게 몸을 일으켰고, 그중에는 에릭의 참상에 덩달아 얼굴이 달아오른 기사들까지 있었다. 저런 상태에서 프라이드가 다른 기사들까지 한 명씩 병문안했다면 응급 처치와 구호에 특화된 7번대는 낫고 있던 상처가 악화한 기사를 치료하느라 다시 일에 전념해야 했을 게 분명하다고 로데릭은 생각했다. 안정이 필요한 기사에게 최후의 일격을 가하는 게 자국의 제1왕녀라니, 웃을 일이 못 된다.

로데릭의 명령에 에릭은 비틀거리며 다시 침대 위로 쓰러졌다. 그리고 "프라이드 님의…… 부상…… 못 물어봤어……." 하고 분한 듯이 혼잣말을 흘렸다. 그가 힘이 쭉 빠진 채 손등을 이마에 대고 있으니 곧바로 근처에 있던 1번대 기사들이 부채질하며 적신 천을 건넸다.

“좋은 아침입니다, 프라이드 님.”

다음 날 아침, 앨런 대장과 칼럼 대장이 다시 내 근위 역할을 하기 위해 방을 찾아왔다.

차이넨시스 왕국 시녀들에게 몸단장을 받은 나는 두 사람에게 인사로 답했다. 특수 능력으로 치료받은 덕분에 오른쪽 다리는 완전히 움직이게 됐고 몸 상태도 좋았다. 이대로라면 앞으로 이틀도 안 돼서 완치되지 않을까 하는 생각마저 들었다. 그러나…….

“누님. 오늘은 이미 기사들이 몰려왔는데 어떻게 하시겠습니까……?”

스테일이 오늘까지의 경과와 앞으로의 예정을 보고하고 방문을 눈짓했다. 뒤이어 티아라가 “기사분들이 어제와 비슷한 정도로 와 계셨죠.” 하고 재밌다는 듯이 웃었다. 두 사람의 말에 나는 한 손으로 머리를 부여잡았다.

어제 내가 다리를 다쳤다고 발표하고 나서 에릭 부대장의 병문안을 마친 뒤, 7번대가 아닌 다른 부대의 상처 치료 특수 능력 기사들까지 내 방에 몰려왔다. 이 특수 능력을 가진 사람은 기본적으로 한 명만 있으면 충분하다. 통증과 악화, 붓기와 출혈 등을 억제한 뒤에 환자가 움직이지만 않으면 시간이 지남에 따라 회복이 진행된다. 물론 회복 과정과 속도는 특수 능력자의 역량에 따라 다르지만 치료하는 사람이 늘어난다고 해서 더 빨리 낫지 않는다. 아무래도 시너지가 일어서 효과가 조금 오르긴 하겠지만 목숨이 달린 큰 상처라 일각을 다투는 상황이면 몰라도 나 같은 단순한 골절에 쓸 필살기는 아니다.

나보다 더 치료가 필요한 기사와 병사는 널렸고 그런 필살기를 쓸 수 있으면 에릭 부대장이나 다른 중상자에게 썼으면 좋겠는데, 스테일의 말에 따르면 "그 중상자들의 강한 희망이기도 하다는군요."라나. '역시 기사 입장에서는 제1왕녀가 다친 상황이 빨리 해결되길 바라나.' '병사들은 그렇게나 내가 빨리 치료하고 귀국하기를 바라는 건가.' 하고 많은 생각이 들었지만 아마 나를 걱정해서 그런 거겠지.

그렇게 생각하니 도저히 거절할 수가 없어서 결국 어제 모든 기사에게 치료받았다. 한 명씩 고맙다고 인사하고 걱정을 끼쳐서 미안하다고 사과도 했는데…… 설마 오늘도 왔을 줄이야.

심지어 이번에는 항상 내 상처의 경과를 지켜보는 기사인 제일과 마트와 함께 모두가 줄을 섰다고 했다. 아무리 그래도 이틀 연속으로 치료받기는 미안해서 도움을 요청하려고 그들의 상사인 앨런 대장과 칼럼 대장에게로 시선을 돌렸다. 갈색 기가 도는 짧은 금색 머리에 오렌지색 눈동자를 가진 앨런 대장은 1번대, 눈동자와 같은 적갈색에 붉은색이 섞인 머리를 한 칼럼 대장은 3번대 기사대장이다. 도움을 요청하는 내 눈빛에 두 사람 모두 쓴웃음을 지으며 어깨를 움츠렸다.

"어제 저희가 휴식 장소로 돌아갔을 땐 이미 다들 엄청나게 흥분한 상태였으니까요…….”

“약간…… 예상치 못한 반응도 있었습니다만.”

칼럼 대장이 무언가를 떠올리듯이 시선을 이리저리 돌리자, 앨런 대장이 바로 눈치챘는지 탄성을 흘렸다. 내가 고개를 갸웃거리자 두 사람 다 아니라고 짧게 대답할 뿐이었다. “혹시 폐가 되면 저희가 거절할까요?” 하고 칼럼이 진언했다. 하지만 모처럼 나를 걱정하는데 거절하는 것도 역시 미안했다.

고심한 결과, 이번에도 선의를 달게 받기로 했다. 스테일에게 그 뜻을 전하자 “뭐, 누님의 다리가 빨리 완치되는 건 모두가 바라는 바니까요.” 하고 웃으며 바로 오늘 아침 일정에 넣어 주었다.

“그럼 프라이드 님, 다리를 확인하겠습니다.”

거의 수술이라도 시작할 기세로 나를 둘러싼 기사들에게 살짝 쓴웃음을 짓고 말았다. 거의 다 나은 오른쪽 다리도 포함해서 기사가 진단했다. 사실은 의사가 진찰해도 상관없지만 특수 능력을 사용한 치료는 너무 독특해서 다른 나라 사람은 이해하지 못할 것이다.

오른쪽 다리는 거의 완치. 붕대를 감을 필요도 없을 정도로 완전히 회복했다. 그리고 왼쪽 다리는…… 낫는데 앞으로 2, 3일은 걸린다고 했다. 하지만 어제는 분명 4, 5일이 걸린다고 했으니 기사들의 합동기 덕분에 낫는 속도가 확실히 빨라진 것이다.

“여러분 덕분이에요, 감사합니다.”

내가 웃으며 다른 중상자도 잘 부탁한다고 말하자 모든 기사가 동시에 엄청난 기세로 대답해서 그만 귀가 먹먹해졌다. 가까이에서 들으니 강인한 기사들의 기운찬 대답은 방의 장식품과 커튼을 흔들 정도의 위력이었다. 본인들도 제1왕녀 상대로 힘이 들어간 걸 깨달았는지 몇몇은 얼굴이 빨갰다. 그 모습을 본 티아라가 두 귀를 막으며 작게 웃었다.

"언니, 우리 나라로 돌아가면 분명 축승회가 열리겠죠?"

티아라의 말에 모든 기사가 한꺼번에 고개를 돌렸다. 이번에는 크게 대답하진 않았지만 모두의 눈빛이 '그렇겠죠!!' 라고 외치고 있었다.

내 다리가 나아서 귀국이 결정되는 대로 하나즈오 연합왕국에서도 축승회를 연다고 했으니 프리지아 왕국에서도 분명히 열리겠지. 아마 한 달 뒤쯤 모든 게 진정된 다음이겠지만. 가능하다면 동맹 상대인 랜스 국왕 쪽도 초대해서 동맹 기념회와 겸해서 열 수도 있다.

"그래, 나도 그렇게 하고 싶어."

뭔가 사망 플래그 같은 대화라고 생각하면서도 웃으며 대답하자 기사들의 눈이 더욱 빛났다. 역시 기사들은 축승회는 몇 번을 열어도 기쁜 모양이다. 내 이상을 말하자면 앨런 대장과 칼럼 대장까지 포함해서 다 같이 모였으면 좋겠지만…… 어떻게 될지 모른다. 기사들도 두 사람의 거취가 신경 쓰이는지 이따금 앨런 대장과 칼럼 대장 쪽을 힐끗거리는 사람도 있었다.

'제1왕녀의 목숨을 구한 기사' 이자 '근위기사면서도 다치게 했다' 는 사실. 골치 아픈 상황인 두 사람에 대한 선망과 존경, 두 대장의 거취에 관한 걱정이 뒤섞였을 것이다.

똑똑.

갑작스러운 노크 소리에 나도 모르게 바로 대답했다. 그러자 노크 소리의 주인은 금방 대답하지 않고 두 박자 정도 쉰 뒤에 문 너머로 조용히 말을 꺼냈다.

"……프라이드 님. 질베르입니다."

허어어어어어어어어어어억?!

땅 밑까지 울릴 듯한 낮은 목소리를 듣고 몸에 힘이 들어갔다. 내가 무심코 얼굴을 경련시키자 나를 바라보던 티아라 역시 반쯤 웃으며 입가를 움찔거렸다. 질베르 재상의 등장에 특수 능력을 사용하던 기사들이 여기에 있어도 되는지 묻듯이 내 쪽을 보았다. 아니, 있어 주세요 제발!!

대답을 하기 전부터 문 너머에서 무서운 기척만이 느껴졌다. 덧붙여 말하자면 전생에서 들었던 귀신이나 상어가 다가올 때의 배경음이 머릿속에서 흘러나와서 더 무섭다!!

나는 "드, 들어오세요……!!" 하고 상기된 목소리로 대답하고 자세를 고쳤다. 그러자 질베르 재상이 날카로운 눈을 더욱 날카롭게 번뜩이며 열린 문으로 천천히 방 안에 들어왔다. 눈동자 색과 같은 긴 하늘색 머리를 한 갈래로 묶어 어깨께에 늘어뜨린 이 사람은 프리지아의 재상이다.

얼굴만은 웃고 있어서 더 무서웠다. 그래, 알아!! 질베르 재상이 무슨 용건으로 왔는지는 아주 잘 안다고! 그래서 너무 도망치고 싶어!!

"좋은 아침입니다, 프라이드 님. 갑작스럽게 방문해서 죄송합니다. 시간 괜찮으실까요……?"

잠시 시간이 비었다며 분 단위로 바쁜 일정에 짬을 내서 방문한 질베르 재상을 내쫓을 수 있을 리가 없다. 재상이 기사 쪽을 보며 "기사들 앞인데 상관없으십니까?"라고 물어서 나는 고개를 끄덕이며 침대 옆 의자를 권했다. 질베르 재상의 움직임에 맞춰 기사가 서둘러 의자를 뺐고, 질베르 재상은 그곳에 앉을 때조차 나에게서 날카로운 눈빛을 한순간도 떼지 않았다.

"치료 중에 죄송합니다. 자, 그래서 말인데요. 제가 뭘 묻고 싶은지…… 이미 아시겠지요?"

역시나!! 그렇죠?! 결국 공포를 견디지 못한 나는 침대 위에서 있는 힘껏 "죄송합니다!"라고 외치고 말았다. 제1왕녀의 갑작스러운 외침에 내 발치에 있던 기사들이 눈을 동그랗게 떴다.

"피의! 그…… 피의 맹세에 관해 말하지 않아서 죄송합니다. 정말로 무모한 짓을 했죠……!! 하지만 그 이야기를 하지 않은 건……."

"제게 쓸데없는 걱정을 끼치고 싶지 않아서라는 배려겠지요. 알고는 있습니다."

말투는 정중하지만 얼음장 같은 표현에 무심코 몸이 얼어붙었다. 어깨를 움찔 떨며 입술을 꾹 깨물고 입을 다물었다. 내가 몸에 힘을 잔뜩 준 채 질베르 재상을 바라보자 기사들도 몇 명인가 범상치 않은 기척에 반응해 고개를 들었다.

피의 맹세. 방위전 전에 내가 차이넨시스 왕국 국민 앞에서 행한 의식이다. 질베르 재상은 몰랐지만…… 종전 뒤에 결국 들키고 말았다.

"프라이드 님……. 제가 드리고 싶은 말은 그 부상 이야기를 할 때 전부 전달했습니다. 하지만…… 다치시지만 않으면 된다는 이야기는 아닙니다."

지당하신 말씀입니다. 내가 침을 꿀꺽 삼키며 고개를 끄덕이자 질베르 재상이 얕게 한숨을 내쉬고서 스스로를 진정시키듯이 잠시 눈을 감았다. 뒤이어 이번에는 눈을 감은 채 입만 열었다. 그 순간 차분한 말투로 "남들 앞에서 말하기 꺼려지시리라는 건 압니다만."라고 하는 말이 내 귀에 가차 없이 들어왔다.

"피의 맹세가 어떤 건지 설명은 필요 없겠지요. 이미 끝내신 뒤니까요. 만약, 만약에 말입니다. 이번 일에서 만에 하나라도 요안 국왕님에게 무슨 일이 생기거나 계약에 저촉되는 일이 벌어졌으면 어쩔 생각이셨습니까. '믿었으니까' 라는 한마디로는 부족합니다. 만일 정말로 예측 못 한 사태가 발생한 경우, 차이넨시스 왕국을 구했다 해도 프라이드 님을 잃었다면 저희는 전혀 자랑스러워할 수 없었을 겁니다. 그걸 감안하고 내린 판단이십니까? 한마디 더 보태자면 만일 계약에 저촉되는 일이 벌어져서 프라이드 님이 화형이라도 당하셨다면, 저희가

'아, 그렇군요.' 하고 웃으며 프라이드 님을 보내드렸을 거라 생각하십니까? 프라이드 님이 괜찮으셔도 프리지아 왕국은 괜찮지 않습니다. 최악의 경우, 프라이드 님을 둘러싸고 차이넨시스 왕국과 프리지아 왕국의 무익한 전쟁이 벌어질 수도 있었다는 걸 감안한 결과이신지요. 저는 혼자만 몰랐어서 화내는 게 아닙니다. 네, 물론 기사들과 차이넨시스 왕국의 병사들조차 안 사실을 프리지아 왕국 재상이 파악하지 못한 건 틀림없이 제 역량 부족과 부덕함 때문이겠지요."

질베르 재상의 말이 푹! 소리를 내며 정확하게 나를 난도질했다.

찍소리도 못한다는 게 바로 이런 거구나. 기사들 앞이라서 최대한 의연하게 행동하고는 있지만 조금만 방심하면 입에서 몇 번이고 '죄송합니다, 죄송합니다. 지당하신 말씀입니다!!' 라는 말이 나올 것 같았다. 어제 기사단장과 나눈 이야기를 돌이켜보니 질베르 재상에게 더욱 미안했다. 식은땀이 흥건히 흘러나와 목덜미를 식히는 동안에도 질베르 재상의 맹공격은 계속됐다.

"만에 하나 우리 나라가 패배해서 프라이드 님이 맹세의 책임을 지게 됐다면! 제가 그때가 돼서야 맹세한 것을 알았다 해도 책임은 저에게 있습니다."

마치 저온 화상을 입히는 듯한 질베르 재상의 말이 간헐적으로 열을 뿜었다. 그 말대로다. 만약 패배했다면 질베르 재상은 그 뒤에나 내가 맹세했다는 걸 알았겠지. 질베르 재상이니까 무척 책임을 느꼈을 게 분명하다. 그렇게 됐을 때를 상상하니 가슴이 쿵, 하고 진동하듯이 아파 왔다.

"하지만 이것만은 잊지 말고 반성할 점으로 가슴에 담아 두시길 바랍니다. 이번 방위전에서 저희가 패배하고 막대한 피해를 입고 전 세계 모든 사람이 프라이드 님의 화형을 정당하다고 인정했다 해도!"

나도 모르게 무릎을 덮은 천을 꽉 움켜쥐며 입술을 깨물었다. 살짝 눈물이 날 것 같아서 필사적으로 참고 있으니…….

"분명 저희는…… 프라이드 님을 지키려고 죽을힘을 다해 발버둥 쳤을 겁니다."

순식간에 차가워진 말이 힘없이 흘러나왔다. 지금까지 한 말 중에 가장 차분하고 다정한 말이…… 어째선지 가장 날카롭게 가슴에 꽂혔다.

"저, 기사, 왕족, 국민…… 모두가요. 어쩌면 역사에 남을 만한 참극이 발생했을지도 모릅니다. 그래도 저희는 프라이드 님을 포기하고 싶지 않습니다. 프라이드 님이 어떻게 생각하시든…… 절대로. 이들도 분명 그럴 겁니다."

질베르 재상이 부드러운 말투로 그렇게 말하며 기사들에게 눈짓했다. 내가 시선을 돌리자, 화를 내기 시작한 질베르 재상에게 약간 겁먹으면서도 열심히 내 다리를 치료하는 기사들이 있었다. 내 시선을 알아차린 기사들은 눈을 동그랗게 뜨면서도 질베르 재상의 말에 동의하듯이 고개를 숙였다. 내가 지금 이 사람들에게 쓸데없는 다툼을 초래했을지도 모른다고 생각하니 심장이 몇 번이고 욱신거렸다.

나는 떨리는 입술을 깨물며 견디다가 마침내 마음속으로 수없이 되뇌던 말을 입 밖으로 꺼냈다.

"죄송합니다……."

내 말에 질베르 재상은 눈을 감고 작게 고개를 끄덕이는 듯한 동작을 했다. 그는 마지막으로 나를 타이르듯이 몸을 앞으로 내밀고 내 얼굴을 들여다보더니 코앞에서 단호하게 내뱉었다.

"그때도 말씀드렸지요, '저희는 프라이드 님이 소중하다'고요. 그리고 소중한 존재는 쉽게 포기할 수 있는 게 아닙니다. 프라이드 님이 국민 한 명을 위해 자신의 몸을 소홀히 여기시듯이 저희도 분명…… 그랬을 겁니다."

훈계하는 듯한 질베르 재상에게 나는 말없이 고개를 끄덕였다. 이미 내 몸을 소홀히 하는 게 얼마나 큰 죄인지는 뼈저리게 깨달았으니까…….

"부디 절대로 잊지 마시기 바랍니다."

끝으로 질베르 재상은 다정하게 그리 말하더니 아무 일도 없었다는 듯이 조용히 일어섰다. 그리고 나와 티아라에게 고개를 숙인 뒤 "프라이드 님을 잘 부탁드립니다." 하고 기사들에게 일일이 인사를 하더니 더 이상 아무 말도 하지 않고 떠났다.

나는 이 나이가 돼서야 기사단장도 그렇고, 화를 내는 사람들의 고마움을 절실히 깨달았다. 괴로워 보이는 표정으로 호소하는 질베르 재상의 얼굴이 지금도 머릿속에 선명히 남아 있다.

더 이상 이런 식으로 상처 주는 일이 없기를…….

나는 마치 누군가에게 기도하듯이 마음속으로 강하게 읊조리며 눈을 감았다.

'프라이드 로열 아이비'.

여성향 게임 '너와 한 줄기 빛을', 시리즈화 되어서 팬들에게는 '너한빛'이라고도 불리는 대인기 게임. 그 첫 번째 시리즈에 나오는 최악의 쓰레기 악역 최종보스 여왕인 내 이름이다.

여덟 살 때 전생을 떠올린 나는 이 전쟁을 거쳐서 드디어 첫 번째 게임의 시작 전에 일어날 모든 공략 대상의 비극을 회피시키는 데 성공했다.

마지막 공략 대상이었던 세드릭. 하나즈오 연합왕국의 왕자인 그와 함께 이 나라를 침략에서 지켜 냈다. 아니…… 세드릭만이 아니다.

모든 공략 대상과 그 이상으로 많은 사람과 함께 지켜 냈다.

그 사람들의 도움이 없었다면 이렇게 지켜 내지 못했을 것이다. 그만큼 가혹하고 장렬한 전쟁이었으니까.

싸움은 결전일 아침을 맞이하기 훨씬 전부터 시작된 상태였다.

'부디 그자의 처리를 제게 일임해 주시겠습니까? 저는 꼭 그자에게서 자세히 이야기를 듣고 싶습니다.'

이미 진작에…… 질베르 재상이 라지야의 밀고자를 찾아낸 그날 밤부터.

제2장 친우와 개전

——하나즈오 연합왕국 방위전 '전야'.

"소개가 늦었습니다, 제 이름은 질베르 버틀러라고 합니다. 프리지아 왕국의 재상을 맡고 있습니다."

방위전 전날 랜스 국왕의 연설 집회가 열렸고 시계가 심야를 가리키는 시각에 나는 어느 노인을 서시스 왕성 안에 있는 객실로 초대했다. 세드릭 왕자가 '함 경'이라고 불렀던 남자에게 먼저 의자를 권했다. 노인은 나를 의심스러운 시선으로 노려보면서도 무거운 몸을 천천히 의자 위에 내렸다.

내가 일부러 밝은 말투로 소개해도 함 경은 음울한 눈빛을 나에게 가만히 고정한 채 인사도 하지 않았다. 그래도 개의치 않고 이야기했다.

"갑자기 붙잡아서 죄송합니다. 아까 당신이 뭔가 정보를 가지고 있다는 말을 얼핏 들었거든요. 만약 괜찮으시다면 이야기를 들을 수 있을까 해서요. 물론 얼마든지 길어져도 상관없습니다. 부디……."

"자네가…… 아니, 그전에 먼저 아까 했던 이야기를 나에게 들려주게. 프리지아 왕국에서의 기습이 어쩌니 했던…… 그 이야기.”

‘차이넨시스 왕국 그 이교도 놈들을 함께 멸하고…….’

‘우리 나라에도 최근에 기습을 시도하거나 시녀를 위협하고 성 사람으로 위장하는 등 우행을 범하는 자가――.’

역시나. 머릿속에 방금 성문 앞에서 했던 대화가 스쳤다.

이야기가 끊긴 것보다 내가 원한 대로 보기 좋게 화제에 걸려든 노인에게 더 놀랐다. 갑자기 나와 이야기할 마음이 든 것도 그래서겠지. 일부러 어물거리며 “무슨 이야기 말입니까?”라고 묻자 그자는 얼버무리지 말라고 고함치기 시작했다.

“프리지아 왕국이 기습당했나?! 언제지?! 그렇다면 왜 자기 나라를 두고 뻔뻔스럽게 우리 나라의 전쟁에 끼어든 것이냐?! 대국은 그렇게 전쟁을 좋아하나?!”

검지를 똑바로 들이민 노인은 너무 소리를 질렀는지 어깨를 들썩이면서도 핏발 선 눈으로 나를 노려보았다. 나는 눈썹 끝을 내리고 입가에 미소를 지으며 과장스럽게 어깨를 움츠렸다. 노인은 내 대답을 기다리지 못하고 가냘픈 주먹으로 테이블을 내리쳤다. 그 모습을 보고 나도 하는 수 없이 다시 입을 열었다.

“왜냐고 물으셔도…… 별다른 피해가 없었으니까요. 실행범 몇 명도 붙잡았고요.”

“뭣……이라……?!”

노인은 내 말이 믿기지 않는다는 듯이 눈을 부릅뜨고 내리친 주먹을 부들거리며 떨기 시작했다.

"정체는 아직 모르지만 모두 별 볼 일 없는 악당뿐이었습니다. 이것 참, 그런 잔챙이들만 상대하게 돼서 오히려 더 성가시더군요. 솔직히 저도 프리지아 왕국만 평화로우면 타국의 분쟁에는 관심 없고…… 빨리 돌아가서 아내와 아이나 만나고 싶네요."

나는 한숨을 내쉬며 먼 곳을 바라봤다. 그대로 몇 초 기다리다가 노인에게서 아무런 반응이 없음을 확인하고 다시 돌아보며 가식적인 미소를 지었다.

"아, 실례했습니다. 부디 이 이야기는 비밀로 해 주십시오. 물론 보상을 약속받은 한 제대로 성심성의껏 서시스 왕국을 위해 일할 생각입니다."

"그렇다면 그 이상의 보상을 약속하겠다고 하면 어쩔 텐가?"

갑자기 노인이 낮으면서도 탐색하는 듯한 목소리로 물었다. 핏발 선 눈동자가 굴러가며 내 안색을 살폈다.

"무슨 뜻인지요……."

나도 미소를 지우고 함 경을 똑바로 바라보았다. 그러자 노인은 주름투성이 얼굴에 더욱 주름을 만들며 나를 향해 더러운 미소를 지었다.

"만약 다른 나라가…… 예를 들어 코페란디 왕국이, 보상을 줄 테니 협력하라고 한다면?"

"재미있는 이야기로군요. 뭐…… 솔직히 보상에 따라 달렸다고 봐야겠죠. 저는 프리지아 왕국에 모든 걸 바친지라 자국을 배신하는 건 어떤 보상이 있다 해도 불가능합니다. 하지만…… 아무리 타국을 배신하는 거라도 푼돈으로는 도저히…….”

프리지아 왕국은 상층부의 급여가 좋거든요. 농담하듯이 그렇게 말하며 웃어 보이자 노인이 군데군데 빠진 이를 훤히 드러내며 웃었다.

“예를 들어…… 차이넨시스 왕국 광물의 4할이라면 어떤가?”

광물의 나라 차이넨시스 왕국. 그 산물인 보석은 품질과 크기로 세상에서 손꼽히는 일급품으로 여긴다. 서시스 왕국의 금맥과 마찬가지로 보석을 목적으로 차이넨시스 왕국과 동맹을 맺으려는 나라가 아직도 끊이지 않는다고 한다. 그런 보석이 나는 나라의 자원의 4할. 평범한 사람이라면 평생 놀고먹어도 다 못 쓸 것이다. 조금 과장하자면 프리지아 왕국 모든 하층민의 최소한의 생활을 돌보고도 남을 정도다.

“제법…… 군침이 도는 이야기로군요.”

입꼬리를 끌어올리며 웃어 보이자 함 경은 만족스럽게 웃으며 “그래, 그럴 테지.” 하고 몇 번이고 고개를 흔들었다.

“예를 들어……. 구체적으로는 어떻게 해야……?”

나는 침을 삼키며 노인을 똑바로 들여다보았다. 그러자 노인은 눈을 번뜩이며 간단하다고 대답했다.

“나와 똑같이 하면 돼. 프리지아 왕국의 움직임과 작전 등 아는 걸 전부 코페란디 왕국에 보고하게. 새라면 내 걸 한 마리 주지. 그리고 재상이라면 정보를 탐색하기도 용이할 터. 내일 이른 새벽 동틀 녘, 코페란디 왕국이 침공하기 직전에 프리지아 왕국 사람을 잠시 차이넨시스 왕국에서 철수시키게. 어떤 이유를 대든 좋아. 그러면 차이넨시스 광물의 4할은 자네 것일세."

함 경이 힉힉, 하고 얼굴을 경련시키듯이 웃으며 명령했다. 다시 말해 이 남자는 그 이상의 보상을 약속받았다는 뜻이다.

"보고는 어느 분에게 하면 되죠? 그리고 정말로 4할이나 받아도 괜찮은 건가요? 당신과 저 외의 사람의 몫은……."

"보고는 새에게 맡기면 문제없네. 바로 코페란디 왕국으로 전달할 걸세. 나와 자네 둘뿐이니 보수 걱정은 하지 말게."

내가 "그것참 멋지군요." 하고 눈을 휘둥그레 뜨며 웃자 함 경이 소리 높여 웃기 시작했다. 나는 노인의 흥분이 가라앉기 전에 다시 물었다.

"그러고 보니…… 세드릭 왕자에게는 뭔가 있는 겁니까? 설마 그자도 저희의 표적이라든가……?"

"무슨 소리냐! 세드릭 님은 말이지, 차이넨시스 왕국이 멸망한 후에 서시스 왕국 전체를 다스리실 분일세. 사실 자네의 역할도 세드릭 님에게 협력을 부탁드리려고 했는데. 자네는 참 운이 좋아. 자네가 대신 일해 줘야겠어. 세드릭 님은 모든 게 끝난 뒤에 그 어리석은 왕 대신 왕좌에 앉으시기만 하면 돼. 그 어리석은 왕 때문에 버트런드 님이 그런 꼴이……."

개인적인 푸념을 흘리기 시작한 함 경의 등을 위로하듯이 쓰다듬었다.

"혼자 연로한 몸을 채찍질하면서 참 힘드셨겠군요, 함 경.

하지만 이제 제가 있습니다. 그래서 지금까지 얼마나 공적을 세우셨는지요?"

"정말 힘들었지. 나 말고는 일족 모두가 이 숭고한 생각에 찬성하지 않고 다른 자들도 모두 먼저 늙어 죽고…… 나 혼자서 서신을 쓰고 나라의 움직임을 매일 세세하게 보고하고…… 세드릭 님이 마차를 타고 어딘가로 떠나셨다는 이야기를 들었을 때는 간담이 서늘했지. 설마 프리지아 왕국을 데려오실 줄이야……. 이렇게 열심히 했는데 코페란디 녀석들이 주는 정보는 내 보고에 비하면 손톱의 때 정도밖에 안 돼."

"세상에, 매일 말입니까!! 그것참 힘드셨겠군요. 오늘 얻은 정보도 이제 보낼 예정이십니까? 괜찮으시면 제가 대필해 드릴까요?"

"오오, 고맙구먼. 매일 밤 달빛에 의지해 쓰기도 눈이 아파서 말일세. 하지만 이 고생도 앞으로 조금만 참으면……."

"그렇게 괴로우시면 지금 바로 전부 끝내 드리죠."

노인의 움직임이 완전히 멈췄다. 잠시 숨이 멈춘 듯이 굳었던 함 경은 겨우 눈을 부릅뜨고 고개만 내 쪽으로 돌렸다.

나는 진심에서 우러나온 미소를 지으며 노인의 등을 쓰다듬던 손을 그대로 그의 어깨 위에 올렸다.

"잘됐네요. 오늘부터 감옥 안에서 아무것도 하지 않아도 될 테니까요. 사랑하는 세드릭 제2왕자와 같은 성안에서 평생 말입니다.”

노인의 입술이 부들부들 떨리며 “네 이놈!” 하고 희미하게 내뱉었다. 분노로 얼굴을 새빨갛게 물들이고서 내 목을 조르려고 떨리는 손을 뻗었지만, 그 손을 가볍게 내리친 나는 그대로 노인의 한쪽 팔을 등 뒤로 비틀어 올려서 움직임을 제압했다.

신음하는 노인이 불쌍해서 고통을 주지 않을 정도로만 살짝 힘을 풀고…… 무릎과 함께 한쪽 다리를 가볍게 그의 등 위에 올렸다.

“여러 가지 흥미로운 이야기를 들려주셔서 감사합니다, 함경. 과연 세드릭 제2왕자 전하가 당신을 ‘꼰대’ 라고 부른 이유를 잘 알겠네요.”

하나즈오 연합왕국을 구성하는 차이넨시스와 서시스 왕국. 두 나라의 상층부 사이에 옛날부터 있었던 원한에 관해 듣긴 했지만 설마 최근까지도 변함없이 상흔이 남아있을 줄이야.

그런 상황에서 두 나라의 왕족을 단단히 결속한 랜스 국왕과 요안 국왕에게는 절로 고개가 숙여진다. 나 역시 이 나라를 방문한 뒤로 그런 기척은 한 번도 못 느꼈다.

“자 그럼, 일단 듣고 싶은 건 거의 다 들었으니 나머지는 서시스의 병사에게 맡기기로 할까요.”

먼저 이 노인의 저택을 수색하고 연락 수단인 새를 확보한 뒤 오늘 보낼 보고서를 위조한다. 적이 새벽에 쳐들어올 예정이라면 오늘 밤 안에 움직여야 한다.

시간이 촉박해진 만큼 우리 쪽은 만전의 태세로 임해야 한다. 아마 세드릭 왕자가 나라 밖으로 나갔다고 보고한 사람도 이 노인일 것이다. 하지만 세드릭 왕자가 프리지아 왕국으로 갔다는 것까지는 몰랐던 모양이다.

"가……가족이 어떻게 돼도 좋은 게냐?!"

노인의 포효와도 같은 공갈이 귓가에 울렸다. 살짝 놀라 아래를 내려다보니 노인이 억지로 얼굴을 이쪽으로 돌리고 핏발 선 눈으로 나를 노려보고 있었다.

"무슨 뜻인지요……."

등에 올린 다리에 더욱 무게를 싣자 연약한 노인의 뼈가 기이한 소리를 냈다. 또 신음하며 입을 뻐끔거리는 노인에게 뒷말을 재촉했다.

"자네가 우리의, 코페란디 왕국의 밀정을 붙잡았다고 했지?! 그렇다면 반드시 보복할 게야!! 설령 프리지아의 원군을 방해하지 못한대도 상관없이 말이야!!"

고통에 괴로워하면서도 계속해서 소리를 지르는 노인의 손목을 중간중간 더 세게 비틀었다. 그럼에도 노인은 나를 협박하려고 잘 움직이지 않는 혀를 필사적으로 놀렸다.

"아내와 딸이 있다고 했지?! 그렇다면 지금 그 녀석들은 보복당하고 있을 게다!! 보낸 자들은 모두 코페란디 왕국에서 쓰다 버린 녀석들뿐!! 실패하면 그 녀석들에게 돌아갈 곳은 없어!!"

과연, 쓰다 버린 놈들인가. 분명 프리지아에서 아직 확보 못한 밀정은 하나였지. 그렇다면 그 한 명도 도망은 안 치겠군. 자기 나라로 도망쳐 봤자 처리당하리라는 건 본인이 잘 알 테니까.

말없이 납득하며 노인의 팔을 더욱 반대 방향으로 잡아당겼다. 우두둑, 하고 기이한 진동이 내 손에도 전해졌다.

“반드시 우리를 방해한 네놈에게! 네놈의 가족에게 보복할 것이야!! 자기 신변의 안전을 위해 아직 살려놨을지도 모르지만 시간문제지!! 나를 이곳에서 풀어 주게!! 지금 당장 충성을 맹세하면 내가 잘 말해 주지!! 그렇지 않으면 네놈이 집에 돌아갔을 때 건물마저 없어져 있을지 모…….”

뚜둑.

“끄아아아아아아아아아아아아아아아아아악!” 하고 단말마에 가까운 비명이 방 안에 울려 퍼졌다. 아무리 노인의 목소리라도 이래서는 소란이 일 것이다. 그 더러운 입을 손으로 덮어 막았다.

“이런…… 죄송합니다. 그만 부러뜨렸네요.”

“조용히 하시지 않으면 다른 쪽 팔도 부러뜨릴 겁니다.” 하고 노인의 귓가에 부드럽게 속삭이자 노인의 몸이 고통에 견디려고 엄청난 양의 비지땀을 흘리기 시작했다.

“나 참…… 그 밀정도 그렇고 당신도 하는 생각이 하나같이 똑같네요.”

더는 도움이 안 되는 팔에서 손을 놓고 노인이 고통을 견디는 동안 다시 반대쪽 팔을 비틀어 올렸다.

“가족 이야기를 꺼내면 제가 고개 숙일 줄 아셨습니까. 그 정도 각오로 재상의 몸으로 가정을 가진 게 아닙니다.”

다시 노인의 등 위에 발을 올렸다. 노인은 아까보다도 얌전히 신음하며 제자리에 엎드렸다.

“모든 것에 버림받은 당신과는 달리 저는 도와주시는 분들이 많거든요.”

천천히 체중을 발에 실었다. 그러자 이번에는 발에 기이한 진동이 전해졌다.

“하지만 뭐…….”

노인의 손목을 비틀었다. 아까와 같은 행동에 노인의 호흡이 점차 거칠어지며 손끝까지 땀으로 축축해졌다.

“무엇보다 매번 제 가족이 참고인으로 끌려 나오는 게 가장 짜증나는군요.”

뚜둑. 가벼운 느낌과 함께 다시 노인의 비명이 울렸다. 입이 열리자마자 손으로 막은 덕에 소리가 그렇게 크게 울리지는 않았다.

“괜찮습니다, 이번에는 탈골시킨 것뿐이니까요.”

이대로 가다가는 먼저 숨통이 끊어질 듯한 노인의 등을 쓰다듬었다. 양팔의 자유가 완전히 사라진 노인의 앞으로 가서 절규가 끝난 얼굴을 들여다보았다.

“‘자, 그럼 슬슬 위병을 부를까요.’ 라고 말하고 싶습니다만.”

이제 간신히 호흡만 이어가는 노인의 얼굴을 들여다보며 웃었다. 내 얼굴이 눈앞에 있다는 걸 알아차린 노인은 필사적으로 몸을 돌리며 떨었다. 나는 그 반응을 보고서야 어느 정도 만족했다.

문득 아까 이 노인을 맡을 때 세드릭 왕자에게 귀띔했던 말을 떠올렸다.

'도를 벗어난 상대라면 맡겨 주십시오.'

이렇게 도를 벗어난 사람은 내가 상대하는 게 제일 좋다. 세드릭 왕자와 프라이드 님을 쫓아왔는데 생각지도 못한 수확이었다. 전쟁 전야라는 시기와 그 이상한 태도. 세드릭 왕자에게 차이넨시스 왕국 그 이교도 놈들을 '함께' 멸하자고 떠들던 게 조금 신경 쓰였을 뿐이었는데…… 가볍게 낚싯줄을 던져 봤더니 상당한 대어가 낚였다.

"하지만…… 이대로 독방에 데려가는 동안 쓸데없는 것까지 떠벌리면 성가시겠네요."

내 가족의 안위를 나불거리다가 그걸 그분들이 듣기라도 하면 쓸데없는 걱정을 끼칠 것이다. 스테일 님은 문제없다고 치고 프라이드 님과 티아라 님, 아서 님에게는 분명히 걱정을 끼치겠지. 그것만은 피해야 한다. 차라리 이 노인의 남은 이를 전부 부러뜨릴까 진심으로 고민했다. 아니…… 그러면 앞으로 다른 정보를 실토하게 할 수 없다.

일단 기절시키기 위해 세심한 주의를 기울여 손날로 목을 내리쳤다. 나도 모르게 목뼈를 부러뜨리지는 않을지 걱정했는데 일단 살아 있는 듯했다. 뒤이어 문 바깥에서 기다리던 위병에게 말을 걸어 노인을 연행하고 랜스 국왕에게 보고하라고 부탁했다.

위병에게 실려 가는 노인을 바라보는 내 머릿속에서 아까 전에 노인이 한 말이 끈질기게 상흔을 남겼다.

'가족이 어떻게 돼도 좋은 게냐?!' '지금도 그 녀석들은 보복당하고 있을 게다!!' '반드시 우리를 방해한 네놈에게! 네놈의 가족에게 보복할 것이야!!'

지금 우리 집에는 통신병이 있다. 무슨 일이 생기면 반드시 성에 연락이 올 것이다. 그리고 성에서는 나에게 가족과 관련된 어떤 연락도 오지 않았다. 다시 말해 현재 가족은 안전하다는 뜻이다.

……나도 이게 자기 합리화라는 건 안다. 혹시 기사가 아닌 통신병이 습격당해서 만에 하나의 경우가 발생했다면 성에 연락이 안 갈 테고 그 노인이 말한 사태에 빠져도 파악하는 게 불가능하다.

통신병의 특수 능력은 어디까지나 일방적이다. 내 쪽에서 통신병에게 연락을 부탁하고 싶어도 이쪽에서 가능한 건 이곳의 영상을 보내는 것뿐이다. 저쪽 통신병이 이쪽 좌표로 영상을 보내지 않는 한 저쪽 정보는 아무것도 알 수 없다. 통신병이 아내의 영상을 보내는 걸 내 눈으로 직접 확인하지 않는 한 절대로 확신할 수 없다.

게다가 서시스 왕국으로 오는 3일 동안 일시 휴식하는 장소의 좌표를 외부인에게 알릴 수 없기에 나는 성에만 연락을 취했다. 서시스 왕국에 도착한 뒤에도 쉴 새가 없어서 아직 우리 집에 연락을 넣지 않았다.

걱정된다면 지금 당장에라도 통신병에게 연결을 부탁해 가족의 안위를 확인해야 한다. 하지만…….

"지금부터 그 노인의 저택 수색과 연락 수단인 새의 확보, 코페란디 왕국에 보낼 보고서 위조까지…… 모든 일에 지금 당장 착수해야 해."

할 일이 산더미처럼 많다. 심지어 적이 쳐들어오는 건 새벽이다. 시간이 없다. 이제 나뿐만 아니라 성 전체가 출병을 앞두고 분주해질 것이다. 그렇다면 나도 집중해야 한다.

괜찮아, 가족에게는 위병과 통신병이 붙어 있어. 분명 무사할 거야…….

나의 사랑은 아내와 딸에게. 나의 목숨은 왕족에게. 나의 인생은 국민에게.

4년 전에 맹세하고 몇 번이고 곱씹은 말이 어느새 무의식적으로 머릿속을 맴돌았다.

그래, 변하지 않았다. 내 목숨도 인생도 지금은 왕족과 국민에게 바쳤다. 그런데 또다시 가족을 위해서라며 재상의 권위를 필요 이상으로 휘두르는 건 용납할 수 없다.

두 번 다시 흔들리지 않기 위해서……

"가라아아아아아!!!! 성 바깥은 나중이다! 먼저 성부터 함락시켜라!!"

침략자의 포효가 울려 퍼지자 모두가 눈빛을 바꾸며 무기를 휘둘렀다. 라지야 제국 산하에 있는 코페란디, 아라타, 라플레시아나 왕국 세 나라가 총력을 다해 하나즈오 연합왕국을 짓밟으려고 밀려왔다.

흙먼지가 하늘 높이 피어오르고 병사를 태운 말과 침공군의 중후한 갑옷이 내는 발소리가 울렸다. 흙먼지와 함께 주변을 가득 메운 화약 냄새가 모두의 코를 간질이며 이곳이 전장임을 실감하게 했다. 피와 땀내까지 섞여 악취에 가까운 냄새가 나는 공간에서 코를 막을 여유가 있는 자는 없었다.

하나즈오 연합왕국 방위전은 적국의 가차 없는 기습으로 시작됐다.

기구의 폭격이 프리지아 왕국 기사단이 모인 북쪽 최전선을 직격했고 무기 보급이 빠르게 끊겼다. 하나즈오 연합왕국의 반쪽인 차이넨시스 왕국이 노려지는 것을 전제로 한 방위 체제는 순식간에 부정당했다. 전력 대부분이 차이넨시스 왕국과 적국 사이 최전선에 투입됐다는 점에서 허를 찔렸다. 차이넨시스 왕국에서 많은 피난민을 받은 서시스 왕국에 적의 폭탄 투하에서 몸을 지킬 방법은 거의 없었다.

피난처가 전장으로 뒤바뀌자 국민은 비명을 지르며 갈팡질팡했고 지하나 튼튼한 구조의 건물 안으로 도망칠 수밖에 없었다. 그곳이 안전한지도 모른 채 그저 주위 사람들이 그곳으로 도망쳤다는 사실 하나에만 매달려 도망칠 곳 없는 건물 안에 몸을 숨겼다. 밀려온 적병이 조금만 찾아도 금세 발견되고 폭격으로 건물이 무너져서 한꺼번에 깔리는 장면이 머릿속을 스쳐도 그렇게 되지 않길 빌 수밖에 없었다.

지금도 "방해되는 자는 전부 죽여라!!" "명수로 밀어붙여라!! 눌러 버려!!" 라며 침략자의 포효가 멈추지 않았고 그곳에 모인 국민의 목숨을 신경 쓰는 기색은 없었다. 서시스 왕국의 성문까지 파괴된 지금, 건물 안에 모인 피난민에게 도망칠 곳은 없었다.

파괴된 성문으로 적군이 잇따라 침공해 왔다. 적이 문을 지나 성 밖 마을까지 침범했을 때, 그 앞을 지키는 프리지아 왕국 기사단과 서시스 왕국 병사가 겨우 적군을 붙잡았다. 그러나 아직 성문까지는 방위가 닿지 않아 끝없이 늘어나는 침공군을 하염없이 제압하느라 벅찬 게 현재 상황이었다. 서시스 왕국을 덮친 기습에 프라이드의 프리지아 기사단이 지키는 차이넨시스 왕국 서쪽 탑, 서시스 국왕 랜스의 군대가 지키는 차이넨시스 왕국 동쪽 탑에서도 급하게 전력이 파견됐지만 아직 부족했다. 성문에서는 지금도 아라타 왕국군이 계속해서 침공했고, 그들을 저지하는 자는 없었다.

……이때까지는.

"콰과아아아아아아아아아아아앙!!!!"

갑자기 범상치 않은 크기의 땅울림 및 굉음과 함께 연기가 피어올랐다. 성문을 지나려던 적병이 순식간에 날아갔다. 지금까지 거침없이 전진하다가 공격을 받은 적군은 일시적으로 침공의 기세가 느슨해졌다.

"이런…… 생각보다 적의 수가 꽤 많네. 그리고 부상자도."

아라타 왕국군 전체가 여기로 침공한 건가. 모두의 기세가 한풀 꺾인 와중에 파란 머리 청년만이 겁먹는 기색 없이 기사를 데리고 성문으로 걸어갔다.

그 뒤로 따라오는 기사는 겨우 수십 명. 너무나도 적은 소수 편성이었다. 그들이 지키며 말을 타고 끄는 짐마차만이 범상치 않은 크기와 규모를 자랑했다. 그러나 고작 수십 명의 기사는 성문을 가득 메우고도 남을 적군에게 우습게 보일 뿐이었다. 한마디 더 보태자면 그 기사들은 특수 능력을 가진 강국 프리지아의 기사도 아니었다.

잠시나마 느슨해졌던 적군의 기세가 방해하지 말라는 듯이 그들을 가로막으려는 기사대로 향했다. 겨우 수십 명 정도는 적으로 보이지도 않는다며 다시 성 쪽으로 달려가는 병사도 있었다. 그런 상황에서 기사를 이끌고 온 청년은 차분한 모습으로 단복 안쪽에서 작은 금속 덩어리 세 개를 꺼냈다.

……수류탄의 핀을 뽑고 망설임 없이 적군을 향해 던졌다.

첫 번째 폭격과는 다른 격렬한 폭발음과 함께 절규가 울려 퍼졌고 달려가려던 적병은 너무나도 쉽게 제압되었다. 세 개 중 하나는 연막탄이어서 연기가 심하게 났고 시야가 흐려진 적군은 느슨해졌던 기세가 아예 멈추고 말았다.

"그 이상은 안 돼."

파란 머리에 비취색 눈동자. 중성적인 이목구비의 레온에게서 흘러나온 온화한 목소리는 전쟁을 앞에 두고 포효를 내뿜는 적군에게 완전히 이질적이었다. 프라이드가 이끄는 프리지아 기사단의 원군으로 방문한 아네모네 왕국 제1왕자인 레온은 상황을 살피는 적병 앞으로 우아하게 걸어 나와 파괴된 성문 중앙에서 걸음을 멈췄다.

레온과 그가 이끄는 기사대가 마치 적군을 막아서듯이 우뚝 섰으나 막은 것은 중앙뿐이었다. 당연히 그 정도 인원으로 모든 적을 막을 리 없다. 레온 일행을 정면으로 짓밟지 않아도 좌우로 나뉘어서 이동하면 쉽게 서시스 왕국 안으로 침공할 수 있다.

그러나 아까 전의 본 적 없는 폭발물을 경계해 누구 하나 쉽사리 쳐들어가려 하지 않았다.

“전체, 포위.”

레온은 자군인 아네모네 왕국 기사단에만 들리는 목소리로 명령했다. 진형을 갖춘 기사단은 짐마차와 레온을 중심으로 포위하는 형태로 퍼졌고 꽃이 피어나듯이 바깥쪽을 향해 자신들의 무기를 받침대와 함께 배치하고 자세를 잡았다.

철컥거리는 이상한 금속음이 울려서 모든 적병이 무슨 속셈인가 하고 눈을 부릅떴다. 아네모네 왕국 기사단이 아무리 총을 쏴 봤자 인원 차이는 메울 수 없다. 상황을 살피려고 걸음을 멈춘 대군 전원이 총을 한 발씩만 쏴도 머릿수 차이로 몇 초만에 승패가 결정된다. 그러나 레온이 과시하듯이 손에 든 작은 금속 덩어리 때문에 지금은 그러기도 망설여졌다. 그들은 몇 발 쏘는 게 다인 총보다 어떤 원리로 터지는지도 모르는 폭발물이 훨씬 더 두려웠다.

그러는 동안에도 레온은 핀을 뽑을 기색이 없었고 한 손에 수류탄을 든 채 반대쪽 손의 하얗고 긴 다섯 손가락을 쫙 펼치며 서시스 왕국 성문 좌우로 양팔을 벌렸다. 망설임 없는 비취색 눈동자가 서늘하게 빛났다.

"첫 번째는 성문 경계선 부근의 적군. ……개시."

"두두두두두두두두두두두두두두두두두두두두두두두두!!"

연속되는 총격음만이 요란하게 울려 퍼졌다. 고작 한 발이 아니었다. 몇 초 만에 수십 수백 개의 총탄이 적군을 덮쳤다. 너무나도 순식간에 벌어진 일에 반응하지 못하고 적군과 적군의 말은 온몸에 구멍이 뚫리며 쓰러져 갔다.

뒤따라오던 병사들이 "말도 안 돼, 뭐냐 저건!" 하고 자신들도 모르게 소리를 질렀다. 그곳에는 그들의 상식에서는 있을 수 없는 무기가 있었다.

총으로 한 번에 쏠 수 있는 탄은 한 발. 그리고 비거리 또한 뻔하다. 그런데 눈앞에 있는 적의 총은 한 번에 여러 발을 쏘는 데다가 위력과 비거리도 차원이 달랐다. 그뿐만 아니라 총탄이 떨어졌나 했더니 원형으로 선 기사들이 자리에서 회전하듯이 자연스레 배치를 바꿨다. 이미 장전된 '기관총'이 다시 연속해서 발사됐다.

아네모네 왕국 기사들 전원이 손에 들고 쏘는 그것이 기관총이라는 무기임을 적군은 아무도 몰랐다. 이 대륙에서 그걸 아는 자는 아네모네 왕국 사람뿐이었다. 수류탄과 마찬가지로 전 세계의 다양한 상품을 취급한 그들이기에 손에 넣은 최신예 무기 중 하나였다.

눈 깜짝할 사이에 서시스 왕국의 성문이 붉은 선이라도 그은 듯이 제압된 적군으로 가득 찼다. 눈앞의 참상에 뒤따라오던 병사들이 모두 숨을 삼켰다. 그러는 동안에도 서시스로 들어가려는 최후미의 병사들이 본진에서 그들 뒤로 밀려와 빨리 앞으로 가라고 소리 질렀다.

적병 중 한 명이 다른 병사 등에 숨어 총을 들고 레온을 조준했다. 그자는 사령탑을 먼저 해치우면 흐름이 돌아오리라고 생각했다. 방아쇠가 당겨지고 총구가 불을 뿜은 순간……. 레온은 고개를 가볍게 기울여 총격을 피했다.

전혀 다른 방향에 시선을 두었음에도 불구하고 그는 놀라지도 않고 최소한의 움직임으로 총탄을 피했다. 거기에 눈만 돌려 총격 방향을 확인한 후 자신을 둘러싼 병사에게 사격한 적병과 함께 그 일대를 기관총으로 공격하라고 명령했다. 연속된 총격으로 주위 적군을 완전히 침묵시켰다.

"두 번째로 이행. 배치."

레온의 지시에 짐마차 옆에 서 있던 기사가 이번에는 원반 형태의 철 덩어리 수십 개를 마차에서 꺼냈다. 먼저 하나만 받아든 레온은 철컹, 하는 소리를 내며 그 원반을 만지작거리더니 자신을 둘러싼 기사들 사이로 지나가게 세로 방향으로 기세 좋게 굴렸다. 아까 전, 작은 폭탄처럼 바로 폭발하지 않고 그대로 적군 근처로 굴러간 원반은 그들의 눈앞에서 툭 쓰러졌다. 단순한 철 덩어리인 줄 안 적군 중 한 명이 그것을 걷어차려고 발로 짓밟은 순간…… 콰광, 하는 낮은 소리와 함께 주위 일대가 폭발했다.

수류탄보다 범위가 넓진 않지만 그만큼 격렬한 위력에 적군은 당황하며 비명을 질렀다.

"어떻게 폭발하는지 아는 사람이 있긴 하려나."

레온은 혼잣말처럼 중얼거리며 또 지시를 내렸다. 그러자 기관총을 든 기사의 등 뒤에서 다른 기사가 손에 든 '지뢰'를 잇따라 성문 주변으로 던졌다. 지면을 빠르게 굴러간 지뢰는 적군 앞, 혹은 적군 사이를 지나 병사들 한가운데에 쓰러져 설치되었다. 눈 깜짝할 사이에 수십 개 이상의 지뢰가 잇따라 적들의 눈앞과 그 사이를 메웠다. 병사들은 어떻게 폭발하는지, 만져도 되는지, 언제 폭발하는지 아무것도 모르는 상태로 폭발물로부터 도망치듯이 나라 밖으로 발걸음을 돌렸다.

"대기 및 요격. 그럼…… 잠시 다녀오겠습니다."

레온은 기사들에게 그렇게 명령하더니 스스로 거대한 무기를 짊어졌다. 그리고 기관총으로 보호받던 울타리 밖으로 스스로 발을 내디뎠다. 허리춤에 찬 검을 한 손으로 쥔 채 다른 쪽 손을 이용해 그 무기를 왼쪽 어깨와 등으로 짊어지며 운반하기 시작했다. 기사들이 "조심하십시오!" 하고 외치자 레온은 부드러운 미소로 대답하며 단신으로 적군이 늘어선 성문 안쪽으로 발걸음을 옮겼다. 지뢰를 경계하며 거리를 두는 병사들 사이를 빠져나가 모두가 두려워하는 지뢰를 그냥 걸어서 피하고 건너가며 지뢰를 따라가듯이 똑바로 나아갔다. 레온은 적군이 지뢰는 밟지 않으면 폭발하지 않는다는 것을 아무도 모른다고 다시 한번 확신했다.

적병은 태연히 자신들 사이를 누비며 역류하듯이 나라 밖으로 전진하는 곱상한 외모의 남자에게 당황했다. 자신들 사이로 들어온다는 것은 아까 전 연속 사격의 표적이 될 수도, 자신들의 검과 총의 표적이 될 수도 있다는 뜻이다. 사령관인 듯 행동하던 청년에게 지금 검을 휘두르고 총을 쏜다 해도 기사들은 아까처럼 기관총을 발사할 수 없다. 지금 그 주변을 쏘면 틀림없이 청년도 벌집이 될 테니까.

그러나 레온은 기관총의 위협에 노출되지 않았고, 그 주위에 있는 적병도 쉽사리 그를 막아서려고 하지 않았다. 당당한 레온의 행동과 발치에 있는 지뢰가 어떻게 폭발하는지, 레온이 등에 짊어진 철 덩어리는 어떤 폭발물인지에 대한 두려움 때문에 적병은 각자 고민에 잠겨 숨도 안 쉬고 머리를 굴렸다. 도대체 눈앞의 남자를 어떻게 죽여야 할지 결론이 나지 않았다.

"크……. 젠장……!!!!"

"겨우 기생오라비 같은 남자 한 명에게 침공을 허용할까 보냐." 하고 적병이 레온을 스쳐 지나가며 검을 휘둘렀다. 느긋하게 걷는 레온을 노리고 칼날을 내리쳐 갑옷에서 드러난 맨몸을 있는 힘껏 베……기 직전, 레온이 허리춤에 찬 검이 그 공격을 보기 좋게 막았다.

키이이잉, 하고 짧은 금속음이 울렸고 검집 밖으로 나온 칼날이 최소한의 동작으로 적의 검을 받아 냈다. 뒤이어 레온은 도신으로 검을 비틀어 떨어뜨린 후 적의 팔을 꿰뚫었다.

"좋은 판단이야. 이렇게 밀집된 공간에서 총을 쏘면 아군도 맞을 테니까."

검에 찔린 남자의 비명이 방아쇠가 되어 레온을 둘러싼 모든 병사가 검을 치켜들었다. 검을 고쳐 쥐는 소리가 수도 없이 울려 퍼졌고 적병은 당장에라도 레온을 난도질할 기세로 검을 휘두르며 달려 나갔다.

적병 남자들의 살기를 한꺼번에 받은 레온은 작게 "우와." 하고 맥 빠지는 감탄을 흘리며 몸을 비트는 동작만으로 모든 공격을 피했다. 그것에 그치지 않고 검으로 막고 받아치고 어깨나 팔에 일격을 먹였다.

바로 밀집된 적병들 사이에서…….

"왕족의 철칙에…… 왕과 왕이 될 자는 손을 피로 더럽혀서는 안 된다고 정해져 있어."

레온은 혼잣말하듯 입을 열었다. 그러는 동안에도 사방에서 날아드는 병사들의 검을 피하고 베며 계속해서 앞으로 나아갔다.

"처형을 제외하고 개인적인 욕망이나 감정 때문에 목숨을 빼앗는 사람이 그런 추악한 손으로 국민을 이끌 수 있을 리 없으니까 당연해."

레온은 그렇게 말하면서도 나아갔다. 밀집된 공간에서 최소한의 움직임만으로. 단신이어서 몸이 가볍다는 이점을 살리고 때로는 적이 서로를 공격하게 유도하기까지 하며.

"단, 그것이 적용되지 않는…… 처형 이외의 이유로 왕이 될 자가 손을 피로 더럽히는 게 허용되는 경우가 단 한 가지…… 있지."

적병이 크게 검을 휘두르자 레온이 타이밍을 재서 제자리에 쭈그려 앉았다. 적병이 가로로 휘두른 칼날이 갈 곳을 잃고 레온의 뒤를 노리던 병사를 피로 물들였다. 레온은 쭈그려 앉은 상태에서 지뢰의 위치를 빠르게 확인하고 발꿈치로 안전한 부분을 노리고 가볍게 걷어차서 뒤에 있던 적병의 발치로 지뢰를 이동시켰다. 적이 밟은 지뢰가 순식간에 파열하며 레온의 등 뒤로 분진이 피어올랐다.

"자신의 몸을 지키기 위한 긴급 사태. 왕족과 자신을 지킬 때. 그리고……."

레온이 다시 일어선 순간, 몸집이 큰 병사가 커다란 검으로 레온의 검을 있는 힘껏 내리쳐 지면에 떨어뜨렸다. 쨍그랑, 하고 검이 떨어지는 소리가 지면을 울렸고 병사가 이번에야말로 레온을 해치우려고 검을 치켜들고 마무리 일격을 가하려던 순간.

레온의 반대쪽 손에 감춰져 있던 권총이 남자의 미간을 겨냥했다.

"전쟁에 몸을 던지고 나라의 긍지를 위해 싸워야만 할 때, 나는 기꺼이 내 손을 피로 물들이겠어……."

레온의 차가운 목소리가 들린 직후, 메마른 파열음이 쏘아져 나왔다.

머리에서 피를 뿜으며 쓰러진 남자를 앞에 두고 레온은 차분하게 땅에 떨어진 검을 주웠다. 그리고 이번에는 일어서지 않고 상반신을 숙인 채 앞으로 달려갔다. 병사의 갑옷 틈새를 노려 검을 찔러 넣은 레온은 병사가 신음한 순간 곧바로 검을 뽑아 한 번 더 확실하게 일격을 가했다. 계속해서 앞으로 전진해 아군 기사단과 어느 정도 멀어지자 지뢰를 피하며 고개만 돌려 적병의 퇴로가 가로막힌 것을 확인했다.

"미안하지만…… 내 목숨을 너희에게 줄 순 없어."

소용돌이치는 살기의 중심에 갇힌 레온이 갑자기 웃었다. 그들을 향해 부드럽게, 조용히, 요염하게 미소 지었다. 다시 자신에게 일제히 검을 휘두르려 하는 적병을 앞에 두고서 그는 들고 있던 검을 허리춤의 검집에 집어넣었다. 금속이 울리는 소리와 함께 검이 원래 있던 곳으로 돌아갔다.

검을 집어넣는 동작에 적병은 레온이 말과는 반대로 포기했나 생각했다. 그러나 그 직후에 레온이 왼손에 들었던 권총이 메마른 소리와 함께 몇 차례 불을 뿜었다. 레온에게 검을 휘두르려던 남자들의 미간을 깔끔하게 관통했다. 레온의 코앞에 있던 남자들이 반응할 새도 없이 차례로 무너져 내렸다.

레온은 모든 병사를 쏜 뒤에 탄환이 떨어진 권총을 일부러 보이듯이 공중으로 집어 던졌다. 총이 없는 지금이야말로 기회라며 쓰러진 남자들 뒤에 서 있던 적병이 다시 레온에게 덤벼들려고 달려간 순간…….

"왜냐하면 내 모든 건 사랑스러운 아네모네 왕국 것이니까."

파란색 외투가 양옆으로 열리며 나부꼈다. 레온이 갑옷 위에 걸쳤던 외투 안쪽에는 슬쩍 보기만 해도 어마어마한 양의 무기가 구비되어 있었다.

레온은 옷 속에 감췄던 것 중에 가장 큰 총 두 개 중 하나를 들고 눈에 보이지 않는 손놀림으로 안전장치를 해제했다. 그리고 적병이 총을 발견하고 철수를 결심하기도 전에…….

두두두두두두두두두두두두두두두두두두두두두두두!!

또다시 적의 중심부에서 레온의 소형 기관총이 불을 뿜었다.

끄아아아아아아아아아아악!!!! 하고 절규하며 단숨에 동을 돌리고 허둥지둥 도망치는 적병에게 레온은 자신을 축 삼아 한 바퀴 회전하며 사방팔방으로 총을 발사했다. 꽁지가 빠져라 도망치던 적병 중 몇 명이 너무 당황한 나머지 지뢰를 밟아 2차 피해를 일으켰다.

전방도 후방도 적병이 물러난 것을 확인한 레온은 소형 기관총을 한 손에 들고 계속해서 앞으로 나라 밖으로 달려갔다.

"소형인 데다가 아직 갑옷까지는 관통 못 하지만 말이지."

기사대의 기관총 위력을 목격했으니 허겁지겁 도망치는 것도 어쩔 수 없으려나, 하고 레온은 짓궂게 웃었다. 받침대도 없는 소형 기관총의 위력에는 한계가 있다. 오히려 자신에게서 도망치기 위해 적이 서시스 왕국 쪽으로 뛰어가면 본래의 위력을 가진 기사대의 기관총에 갑옷째 관통당하리라는 것을 잘 알았다.

적병 무리를 완전히 빠져나오자 서시스 왕국 국외에 마련한

아라타 왕국의 본진을 나타내는 듯한 깃발이 눈에 들어왔다.
지평선처럼 길게 늘어선 아라타 왕국군을 본 레온은 많이 대기했던 모양이라고 생각했다. 말을 타고 무기를 든 채 모두가 멀리서 레온을 노려보고 있었다. 적군도 바보가 아니다. 자군의 침공이 지체되기 시작한 시점에서 남은 병사는 태세를 재정비하려고 모두가 한 걸음 물러난 장소에서 진격 준비를 하고 있었다. 이만한 대군이면 레온의 소형 기관총만으로 막아서기는 어렵다. 레온은 아마 본진까지 거리로 따지면 5백 미터 정도 되지 않을까 하고 침착하게 생각했다.
바글거리던 군사 무리에서 빠져나온 게 고작 남자 한 명뿐이라는 사실에 설마 다른 사람이 없나 하고 모든 적군이 경계했다. 사령관이 호령을 내리면 총을 들고 활시위를 당기는 이들의 모든 공격이 레온에게로 향할 것이다.
그 상태에서 레온은 방금 사용한 기관총을 차분한 동작으로 다시 옷 속에 집어넣었다. 뒤이어 자연스럽게 수류탄과 닮은 작은 덩어리를 손에 들었다. 그리고 핀을 뽑아 5백 미터 앞에 있는 적군을 향해 아무렇게나 가볍게 내던졌다. 힘없이 던져진 금속 덩어리는 당연히 5백 미터는커녕 그 근처에도 못 가고 레온과 적군 사이에서 폭발했다. 연막탄이 대량의 연기를 내뿜으며 적군의 시야에서 레온을 지웠다.
적군이 폭탄이 오발했는지 아니면 연옥(煙玉)의 일종이 터졌는지 몰라 당황하는 사이, 레온은 재빨리 등에 짊어졌던 무기를 내리고 준비했다. 시간이 제법 걸릴 준비 과정을 보통 사람의 반도 안 되는 시간 안에 마쳤다. 연막탄의 연기가 수그러들었을 즈음에는 레온이 모든 준비를 마치고 자세를 취한 뒤였다. 연기가 걷히고 레온이 든 것을 본 적군 사령관이 놀라서 발포 명령을 내리기도 전에 레온은…….

바주카포를 적 본진을 향해 발사했다.

"콰아아아아아아아아아아앙!!!!"

포효하는 굉음 덩어리가 기세 좋게 날아가 호선을 그리며 적군의 배후에 있는 본진을 폭파했다.

갑작스러운 폭풍과 본진을 박살 낸 위력에 병사들은 총을 쏘는 것도 잊고 있는 힘껏 뒤를 돌아보았다. 본진이 있던 곳은 이미 불바다가 되었다. 그들이 다시 몸을 돌려 레온을 향해 자세를 취하자 때마침 두 번째 바주카포가 발사되고 있었다. 호선을 그린 포탄은 이번에는 병사에게 일직선으로 떨어졌다.

두께 10cm의 철판도 부수는 파괴의 덩어리가 얇은 갑옷을 껴입은 적군을 덮쳤다.

이 세계의 공략 대상. 그중에서도 레온은 마음이 병든 '전 완벽한 왕자' ……였을 터였다. 면학, 교양, 매너, 검술에 호신 격투술에 이르기까지 레온에게 어려운 것은 없었다.

그런 왕자가 마음이 병들지 않은 채 무역에 힘을 쏟았다.

무역하며 다양한 무기를 다루고 복잡한 조준 방법과 취급 및 응용 방법도 전부 망라하고 파악했다. 몇 종류뿐이라면 보통 사람도 훈련해서 다룰 수 있다. 실제로 기관총이라는 무기 하나에 막대한 시간을 들여 훈련해서 실전에 사용할 만큼 숙련된 자가 바로 이번에 레온이 동행을 허가한 단 수십 명의 기사들이었다.

그러나 아네모네 왕국이 취급하는 모든 무기를 한 번만 보고 무슨 무기인지, 사용 전에 어떻게 취급하고 사용하며 사용이 끝나면 어떤 식으로 다루는지, 약점은 무엇이고 장점은 무엇인지, 어떻게 응용하는지, 무엇보다 '어떻게 하면 혼자서 원하는 대로 다룰지'를 완벽하게 파악해서 다루는 건 보통 사람은 불가능하다. 안 그래도 다른 나라의 무기는 종류도 품목도 기존 것과는 전혀 다른데 새로운 무기가 계속 늘어나고 오래된 무기나 쓸 수 없는 무기는 도태되어 갔다.

자국이 취급하는 몇백 종류 이상의 무기를 전부 파악하고 자기 손발처럼 완벽하게 다루는 사람. 무역으로 많은 무기를 취급하는 아네모네 왕국에서 그런 기예를 부릴 사람은 레온 한 명뿐이었다.

'수입국'으로서 전 세계의 최신예 무기를 항상 모으는 힘을 가졌고 '수출국'으로서 그 무기의 자세한 정보와 사용법을 아는 위치에 있는 사람. 고객이 희망하는 물건을 정확하게 제공하기 위해 실제로 모든 무기를 한 번씩 사용해 볼 기회를 얻는 사람. 그리고 모든 무기를 몇 번 시험 삼아 사용하기만 해도 숙달하는 능력을 가진 사람은 이 세상에서 레온 한 명뿐이었다.

세계에서 손꼽히는 무역 대국이자 이제는 대륙에서도 손꼽히는 압도적인 '무력' 국가, 아네모네 왕국. 대국 프리지아 왕국의 동맹국이 지금 그 최대 무력을 아낌없이 선보이고 있다.

완벽한 차기 국왕, 레온 아도니스 코로나리아의 손에.

"자, 그럼…… 아직 탄이 남았는데."

고작 한 명의 무력에 본진과 정돈된 대군이 괴멸당하기 직전까지 몰린 적군을 앞에 두고서 레온은 바주카포를 어깨에 가볍게 걸치며 중얼거렸다. 혼자서 고개를 작게 갸웃거리며 부드러운 미소를 얼굴 한가득 지었다.

"내가 사랑하는 나라의 힘을 더 보고 싶어?"

서늘하고도 눈부신 빛을 눈동자 속에 품고서.

"지금이다!! 단숨에 성으로 밀고 들어가라!!"

"요안 국왕을 붙잡아라!! 구속하는 대로 보고해라!!"

"죽이지는 마라!! 무릎을 꿇려라!!"

적들이 거의 동시에 차이넨시스 왕국과 서시스 왕국 남쪽을 기습했다.

코페란디 왕국 및 라플레시아나 왕국과 프리지아 왕국 기사단이 교전 중인 북쪽 최전선에서 주의를 끌고 서시스와 차이넨시스 본진이 있는 성을 남쪽에서 폭탄으로 공격했다.

그 기습은 프리지아 왕국 재상 질베르도 예견하지 못해서 양국 본진의 혼란은 피할 수 없었다. 서시스 왕성은 낡은 남동이 파괴됐고 애초에 성을 빼기지 않는 것이 전제였던 차이넨시

스 왕성은 경비가 허술했다. 그리고 그 성에는 가장 빼앗겨서는 안 되는 인물이 있었다.

차이넨시스 왕국의 국왕 요안 린네 드와이트. 여기서 요안의 목이 베이면 승패는 정해지는 거나 마찬가지다. 차이넨시스 왕국은 노예 생산국으로 전락하고 문화도 국민도 빼앗길 것이다. 그리고 프리지아 왕국의 제1왕녀 프라이드 역시 운명을 함께하겠다고 맹세했다.

요안을 지키지 못하면 함께 화형당해 차이넨시스에 목숨을 바치겠다고.

요안을 지키기 위해서도 그가 있는 성을 지키는 것은 필수 조건이다. 그럼에도 불구하고 대량의 폭약으로 차이넨시스 왕국의 방어벽을 파괴한 코페란디 병사들이 지금 그 성을 향해 돌입하기 시작했다. 이제 허술한 성안을 유린하기만 하면 끝이라며 등 뒤로 몰려오는 병사들에게 전위 부대가 떠밀리듯이 성벽을 넘고 파괴하며 침입을 시도하는 그 성안에서.

"그래…… 잘하고 있어. 네놈들은 틀리지 않았어……."

누군가가 본진인 왕실로 통하는 일자 복도에 혼자 서 있었다.

"그래……. 그게 맞아. 국왕의 목이 갖고 싶다면 먼저 나부터 넘어 가라."

혼잣말처럼 중얼거리는 그자의 발치에는 대량의 시체가 쌓여 있었다. 전부 침공해 온 적병들이었던 것이다. 그리고 또다시 계단을 오른 다른 적병이 그자의 앞으로 밀려왔다.

프리지아 왕국 기사단 단복을 입은 그 남자가 살짝 고개를 숙이자 양옆의 길고 검은 머리카락이 얼굴을 가렸다. 가만히 서서 몸을 흔들거리던 그 남자는 성안에 메아리치는 굉음과 포효보다 살기에 먼저 반응해 고개를 들었다. 가지런히 자른 앞머리 아래의 보라색 안광이 적을 포착했고 그 남자가…… 기사 해리슨이 희미하게 웃었다.

"아아…… 몇 년을 고대했던가. 그분을 위해 이 검을 휘두를 이때를."

해리슨이 검을 들고 자세를 취했다. 하지만 이제 와서 검 하나를 들었다고 겁먹을 적병들이 아니었다. 그에 응하듯이 검을 치켜들고 총을 겨눈 적병들이 갑자기 바람이 불었다고 느낀 찰나.

모든 병사가 피를 내뿜으며 제자리에 쓰러졌다.

적병을 눈 깜짝할 사이에 해치운 해리슨은 검을 가볍게 휘둘러 칼날에 묻은 피를 털었다. 그 후 갑자기 발치에서 움찔거리며 팔을 움직이는 적병 한 명을 발견했다. "호오." 하고 짧게 탄성을 흘리고 적병의 머리 위로 길고 검은 머리카락이 드리우는 것도 개의치 않고 그자의 얼굴을 들여다보았다.

"뭐냐, 어째서 일어서지 않는 거지? 네놈들의 주인이 원하는 건 뭐지? 어째서 그걸 위해 다시 일어서지 않는 거냐? 나였다면 설령 두 다리가 뜯겨 나가는 한이 있어도 죽을 때까지 네놈들을 죽이려고 발버둥 쳤을 거다. 나약한 놈이로군."

해리슨은 단호한 말투로 그렇게 중얼거리고 한 치의 망설임도 없이 검으로 적병의 숨통을 끊었다. 그때, 복도 건너편에서 "공격해라!!" 라는 호령과 함께 적병이 밀려들었다.

아까보다 많은 인원에 다시 탄성을 흘린 해리슨은 적이 사정권 안에 들어온 순간 재빨리 검을 휘둘렀다. 아까처럼 눈 깜짝할 사이는 아니었고, 이번에는 적병의 눈으로도 포착할 수 있는 속도였다. 그러나 그것 역시 적병에게는 순식간이어서 두 눈이 찢기고 시야가 뭉개졌다.

무기를 내던지고 눈을 누르는 병사들을 보며 해리슨은 고개를 비틀었다. 뒤이어 그들이 고통에 몸부림치는 모습을 불쾌한 듯이 바라보았다.

"겨우 두 눈이 다친 정도로 왜 그러지. 무기를 놓치지 마라. 나에게 검을 휘두를 만한 근성도 없나. 빨리 반격하지 않으면 죽을 거다."

해리슨은 그렇게 말하고 이번에는 한 명씩 친절하게 해치웠다. 고통에 몸부림치며 반격은커녕 아무도 무기를 들지 못하는 광경에 불합격이라고 하듯이 마무리 일격을 가했다.

그렇게 일부러 뜸 들이는 동안 또다시 적군이 모여 복도를 달려왔다. 그 모습을 본 해리슨은 다시 미소를 지었다. 그가 소속된 8번대에서도…… 기사단에서도 심지어 전투 중에서조차 일정한 조건이 갖춰지지 않으면 좀처럼 볼 수 없는 미소였다.

"스테일 로열 아이비 제1왕자 전하에게 자유를 빼앗기고 성의 경비를 명령받았을 때는 절망했었는데…… 역시 그분의 오른팔이로군. 상황을 정확하게 예측하고 내 역할을 준비하시다니."

해리슨이 또 혼잣말처럼 중얼거렸다. 기울어진 얼굴과 함께 입이 찢어질 듯한 미소가 적병을 향했다. 그 미소를 받은 쪽이 겁먹고 자세를 취했으나 다음 순간 불어온 바람에 모두가 피를 흘리며 쓰러졌다.

"왜 그러지……. 아무도 움직이지 않는 거냐. 이 정도로 만족하는 거냐."

이번에는 모두 땅에 엎어진 채 아무도 움직이지 않는 광경에 웃고 있던 해리슨이 무표정으로 바뀌었다. 그는 확인하듯이 검 끝으로 시체가 된 적병을 찌르기를 반복했다.

"나는…… 만족하지 않았어."

해리슨은 재미없다는 듯이 중얼거리며 다시 앞을 보았다. 적병이 빨리 오기를 고대하던 그는 적의 포효인 듯한 목소리가 들려오자 가슴이 두근거렸다.

"우리의 긍지이자 기사단장님을 구하신 그분을 위해."

같은 8번대로서 차이넨시스 성의 경비를 맡은 다른 네 명에게는 적병이 여기까지 들어오게 해도 상관없다고 명령했다. 해리슨은 설령 몇백 몇천 명의 적병이 밀려온다 해도 상대할 생각이었다.

"우리가 경애하는 부단장님의 큰 은인이신 그분을 위해."

으아아아아아아아아!! 하고 다시 포효가 울렸다. 적병이 여기까지 도달하기 전에 일부러 자신들을 놓아준 8번대 기사에게서 도망치듯이 다리에 힘을 주고 달려왔다.

"몸이 피에 젖어도 변함없이 아름답게 춤춘 그분을 위해."

찰나의 순간, 다시 검이 번뜩였다. 적병이 단말마를 내지를 새도 없이 픽픽 쓰러졌다.

'고속' 특수 능력자.

8번대 기사대장 해리슨에게 눈 깜짝할 사이에 적을 베는 것은 너무나 손쉬운 일이었다.

"나는 아직…… 내 모든 힘을 짜내지 않았단 말이다."

단, 해리슨의 특수 능력은 영원히 지속되지 않는다. 어디까지나 '고속' 으로 이동할 뿐이다. 그 속도와 상관없이 달리면 달리는 만큼 피로해진다. 장거리 이동에 적합하지 않아서 선행부대 편성에도 빠질 때가 많았다. 그리고 6년 전, 기사단 습격 때도 그는 스스로 기사단장인 로데릭 곁에 달려가는 것을 허락받지 못했다.

"프라이드 로열 아이비 제1왕녀 전하……."

해리슨은 사랑스럽고 경애받아 마땅한 그 이름을 누구에게랄 것도 없이 혼자 중얼거렸다.

다시 포효가 울렸다. 적군이 왕의 목을 빼앗으려고 쳐들어왔다. 해리슨은 적병의 파도를 자기 나름의 환한 미소로 맞이했다.

"내가 드디어 그분을 위해 검을 휘두르고 있어!!"

보라색 눈동자가 미소와 함께 형형히 빛났다. 8번대의 임무 중에서도 기사단장과 부단장인 로데릭과 클라크, 프라이드를 포함한 네 사람과 관련되지 않으면 절대로 안 보이는 미소였다.

"화형? 웃기는군. 그런 일이 벌어지게 둘까 보냐."

해리슨은 적을 토막 내며 혼자서 계속 중얼거렸다. 이번에는 일부러 고속 이동을 멈추고 자신의 검 실력만으로 적병을 압도했다. 사정없이 살이 찢겨 나가는 감각이 검 너머로 느껴지는 것조차 기분이 좋았다.

"그분에게는 손가락 하나 대지 못할 거다!!"

또다시 적이 등장했다. 해리슨에게 베일 운명이라는 것도 모른 채 포효를 내지르며 검과 총을 치켜들고 돌입했다.

"피조차도 더럽히지 못하는 아름다운 그분을 네놈들 따위가 더럽히게 둘쏘냐!! 하하하하하하하하하하!!"

해리슨이 마침내 웃음소리까지 내기 시작했다. 8번대와 아서조차 몇 번밖에 본 적이 없는 흥분한 모습이었다. 뒤이어 해리슨이 양팔을 벌리는 동작을 취하자 품에서 십수 개의 나이프가 튀어 나갔다. 전부 적의 목에 명중해 소리도 지르지 못한 채 쓰러졌다. 그리고 다음 순간, 고속으로 움직여 칼날이 남은 적을 벴다. 멈춰 선 해리슨은 시체에서 나이프를 뽑더니 피가 묻은 상태 그대로 다시 품속에 집어넣었다. 닦는 것을 게을리한 탓에 단복이 더욱 피로 물들었지만 본인은 전혀 신경 쓰지 않았다.

또다시 발소리와 포효가 울렸다. 해리슨은 아직도 한참 남은 듯한 이 행복한 시간을 미소와 함께 받아들였다.

프라이드를 끔찍이 따르는 기사 중 한 명, 해리슨 디르크가 지금 그 칼날을 아낌없이 적에게 휘두른다.

“죄송합니다, 요안 국왕 폐하. 8번대는 약간 특수한지라…….
하지만 임무는 반드시 완수하는 자들입니다. 부디 약간의 무례와 무뚝뚝함은 용서해 주십시오.”

통신병을 낀 영상 너머로 재상인 나는 얼이 빠진 요안 국왕에게 양해를 구했다. 성의 배후를 습격당한 뒤로 전황이 성을 지키는 고작 ‘다섯 명’의 기사에 의해 뒤집혔다는 사실에 국왕은 아직도 당황을 감추지 못하는 기색이었다.

스테일 님이 차이넨시스 왕성에 배치하신 8번대 기사 다섯 명. 성을 완벽하게 지킬 만한 전력을 추리라는 스테일 님의 요청에 나와 기사단장이 선별한 기사들이다. 조직 행동을 하지 않는 만큼 소수 인원으로도 수비 범위가 넓고 각각이 확실한 실력자인 그들은 그야말로 최적의 인재였다.

8번대 해리슨 대장은 역할이 있을지 알 수 없는 성의 경호 임무를 몹시 못마땅해했다. 하지만 애초에 이번 방위전에도 억지로 참가한 모양이지만 결국 임무를 승낙했다. 스테일 님의 칙명이기도 했고 무엇보다 기사단장이 “이번에는 클라크에게도 억지를 부렸다면서. 너라면 명령받은 임무를 반드시 수행하리라 신뢰했기에 허가했다는 걸 너도 알 텐데.” 하고 직접 타이른 게 큰 듯했다.

차이넨시스 왕국 남쪽에 경비를 둘 만큼 병력에 여력이 많지는 않다. 그래서 스테일 님은 남쪽이 아니라 성 전체의 경비를 고작 다섯 명 증원한 것만으로 강화하셨다. 전부 이 사태를 예측하고 내린 판단이었다.

"역시 차기 섭정……."

요안 국왕에게 설명하는 스테일 님의 영상을 앞에 두고 속으로만 중얼거렸다. 무심코 입꼬리가 치켜 올라갔고, 스테일 님이 얼굴을 찌푸리기 전에 내 얼굴에 힘을 주었다.

"대단해요! 해리슨 대장님이 싸우시는 모습은 처음 봤어요!"

티아라 님이 입가를 손으로 가린 채 나에게 말을 걸었다. 적병이 소탕당하는 광경은 당연히 티아라 님에게 자극이 강할 것 같아 걱정했는데 전혀 동요하는 기색이 없었다. 역시 제2왕녀…… 아니, 프라이드 님의 여동생이라고 할 수밖에 없다.

"도대체 방금 기사는 뭐지?! 어떻게 순식간에…… 그 강함도 특수 능력인가?!"

세드릭 왕자가 아직 흥분한 기색으로 영상을 가리켰다. 내가 설명하려고 입을 열자, 그 전에 티아라 님이 내 윗옷 소매를 움켜쥐며 세드릭 왕자를 향해 눈살을 찌푸렸다.

"해리슨 대장님의 강함은 분명한 실력이에요! 해리슨 대장님도 다른 기사분도 매일 엄청나게 노력하셨다고요!"

티아라 님은 약간 분노가 느껴지는 말을 내뱉더니 볼을 부풀린 채 세드릭 왕자에게서 고개를 돌렸다. 설마 내가 모르는 새 세드릭 왕자가 티아라 님의 노여움까지 샀을 줄이야. 스테일 님과 프라이드 님에 티아라 님까지. 이쯤 되니 그에게는 오히려 감탄마저 나왔다.

세드릭 왕자는 티아라 님의 말에 눈을 동그랗게 떴다. 화를 내는 기색은 없었지만 고개를 살짝 숙인 그의 표정은 무언가 생각에 잠긴 듯했다.

하지만 지금은 그럴 때가 아니다. 갑자기 귀에 들려온 포효에 나는 한숨을 내쉬었다.

"자, 그럼……. 이쪽도 이제 느긋하게 있을 수는 없겠군요."

차이넨시스 왕국과 마찬가지로 서시스 왕국도 남쪽에서 공격을 받고 있다. 성문은 아네모네 왕국이 막은 덕분에 병사와 기사가 국내 적병 소탕에 집중했지만, 그 대신 성안의 경비는 그다지 단단하지 않았다. 불똥이 튄 수준이 아니라 본격적으로 서시스 왕국까지 노려지기 시작한 현재 상황은 나나 스테일 님도 상정하지 못한 사태였다.

민첩함에 특화된 기사 대부분이 서시스 왕국에 원군으로 배치되었다. 바로 이상을 눈치챈 기사는 지금쯤 이 성에 도착했을 것이다. 성안 기사와 위병을 국소적으로 배치해서 어떻게든 흐름을 억제하고 있지만 적들이 그들을 빠져나와 이쪽으로 밀려오는 것도 시간문제다. 지금 이곳에는 나와 서시스 왕국의 섭정과 재상, 티아라 님과 세드릭 왕자를 지키기 위한 기사와 위병이 제법 집중적으로 배치되었다. 이만큼 있으니 어느 정도 공격에는 반격하겠지만…….

거기까지 생각한 내가 프라이드 님 일행이 원군으로 올 때까지 어떻게 병력을 돌리면 좋을지 고민하기 시작했을 때…….
"여유 부리는 것도 이제 끝이다!! 만일 서시스 왕국을 지킨다 해도 네놈은 모든 것을 잃을 게다!!"
갑자기 발치에서 들려온 목소리에 누군가의 존재를 알아차렸다. 함 경이다. 그러고 보니 정보를 청취하려고 불러냈던 이 노인을 무릎으로 구속한 상태였다. 고민하느라 누르던 힘이 그만 약해져서인지 노인이 핏발 선 눈으로 나를 노려보며 쏘아붙였다. 아직도 말할 여유가 있었나 싶어 반쯤 재미 삼아 노인이 혀를 놀리는 모습을 구경했다.
"나를 풀어줘라!! 나는 서시스 왕국의 미래를 위해 움직인 것뿐이야!! 질베르! 네놈은 괜찮은 게냐?! 이대로 아내도 딸도 잃……."
뚜둑. 노인의 새끼손가락을 반대 방향으로 꺾었다. 그 직후에 "끄아아아아아!!" 하고 단말마 같은 비명을 지른 노인의 입을 손으로 덮어 쓸데없는 말을 내뱉는 혀와 함께 재빠르게 막았다.
"정말이지, 쓸데없는 소리만……."
나도 모르게 약간 감정이 실린 목소리가 흘러나오고 말았다. 스스로도 억누르던 짜증이 부글부글 끓어오르는 것이 느껴졌다. 노인의 비명에 놀랐는지 의아한 표정으로 이쪽을 보는 세드릭 왕자와 눈을 동그랗게 뜨고 걱정스러운 표정을 짓는 티아라 님에게 미소를 지었다.
"죄송합니다, 잠시 자리를 벗어나겠습니다. 호위는 괜찮습니다. 저보다는 세드릭 왕자와 티아라 님을 지켜 주십시오."

고통을 견디듯이 소리를 질러 대는 노인을 한 손으로 붙잡고 질질 끌며 방을 나왔다. 밖은 위험하다고 걱정하는 티아라 님에게 "방 바로 밖에 있는 복도로 나가는 것뿐입니다." 하고 걱정해 준 것에 대한 감사 인사와 함께 전했다.

방문을 닫은 나는 아직 적병의 모습이 보이지 않아 안도했다. 너무 멀리 떨어지면 긴급 사태가 벌어졌을 때 바로 티아라 님 곁으로 달려갈 수 없다. 방 앞을 지키는 위병과 기사에게 인사하고서 노인을 복도에 내동댕이쳤다. 양팔을 구속당한 노인은 낙법도 못 취하고 바닥을 굴렀다.

"그분들께 쓸데없는 걱정을 끼치는 발언을 하면 곤란합니다."

여전히 손가락의 고통에 얼굴을 찡그린 노인을 내려다보며 노려보았다. 얼굴이 새파랗게 질린 함 경은 "허억……." 하고 짧은 비명을 흘리면서도 다시 입을 열었다.

"괜찮은 게냐?! 지금이라면 아직 늦지 않았을지도 모르는데?! 아내도 딸도 이 서시스 왕국도 내 손에 걸리면……."

"당신 정도의 꼰대에게 그만한 가치는 없습니다. 서시스 왕국이 당신에게 알리지 않고서 이렇게 습격한 현재 상황이 가장 큰 증거죠."

아내와 딸 화제를 꺼내면 동요할 줄 아는 건지 질리지도 않고 또 입을 놀리는 노인에게 화가 나는 걸 넘어 어이가 없을 정도였다. 아무래도 손가락 하나로는 부족했던 모양이다.

"당신에게는 아직 이야기를 들을 가치가 있다고 판단해서 이 정도로 그친 겁니다. 하지만……."

노인에게 다가가며 내 손가락에 힘을 주었다. 손가락 관절이 좀이 쑤신 것처럼 뚜둑거리는 소리를 울렸다.

"이게 마지막 기회입니다. 아는 정보를 전부 실토하시지요. 이가 없어지면 이야기하고 싶어도 못 할 테니까요……. 먼저 손가락뼈부터 계속할까요."

그렇게 말을 잇자 노인이 마침내 바들바들 떨기 시작했다. 뭔가 말하려고는 하지만 이제 목소리도 잘 안 나오는 듯했다. 이대로 발작을 일으켜도 귀찮다. 하는 수 없이 손가락뼈는 나중으로 미루고 다시 단호하게 내뱉었다.

"제가 사랑하는 아내와 딸과 맞바꿔 저를 동요하게 하려는 생각은 버리시는 게 좋을 겁니다. 설령 당신의 말씀대로 지금 저희 저택을 자객이 습격했다 해도——."

"오호라, 그게 무슨 소리지? 질베르."

헉……. 무심코 눈을 부릅뜨며 고개를 들었다. 뒤를 돌아보니 아까 분명히 닫았던 문이 살짝 열려 있었고 그곳에서 한 명의 인물이 고개를 내밀고 있었다.

"스테일…… 님……?!"

그곳에는 아까까지 서쪽 탑에서 프라이드 님과 함께 이쪽으로 원군으로 올 준비를 하고 있던 스테일 님이 계셨다. 스테일 님은 나를 얼음장처럼 차가운 눈동자로 바라보며 자기 손으로 문을 천천히 열어젖혔다.

"누님은 근위기사와 함께 말을 타고 여기로 오고 있어. 나는 먼저 합류해서 만약 이쪽에 긴급 사태가 생기면 바로 데리러 와 달라는 부탁을 받았지."

프라이드 님은 말을 타고 서시스 왕국으로 오는 도중에 침공과 방위 상태를 확인하고 싶다고 하신 모양이다. 그렇게 전한 스테일 님은 함 경을 슬쩍 쳐다본 뒤 나를 향해 고개를 들었다.

"그리고 개인적으로 조금 신경 쓰이는 점도 있어서 누님에게 양해를 구하고 살짝 빨리 왔어."

함 경이 영상 너머에 있던 스테일 님이 어떻게 여기에 있는지 영문을 모르겠다는 듯이 입을 뻐끔거렸다. 나는 심장의 두근거림이 멈추지 않았다. 특수 능력으로 순간이동 하셨다는 건 알겠다. 하지만 어째서 예정을 앞당기기까지 하시면서 이곳에 오셨지? 무엇보다 도대체 어디에서 방금 한 이야기를 들으신 거지.

"또 나와 누님에게 숨기는 거냐? 질베르."

스테일 님은 문을 활짝 열며 안으로 돌아가라고 명령했다. 내가 스테일 님의 패기에 눌리듯이 노인을 끌고 방으로 돌아가자 스테일 님이 있는 힘껏 문을 닫았다.

"아까 전 통신에서 함 경의 발언에 신경 쓰이는 점이 있었거든. 시간이 없으니 누님 일행이 합류하기 전에 빨리 말해 봐."

'질베르! 네놈은 괜찮은 게냐?! 이대로 아내도 딸도 잃…….'

아무래도 그때 입을 막는 게 살짝 늦은 모양이다. 한숨을 내쉬고 싶은 마음을 억누르고 그 대신 손끝으로 이마를 눌렀다. 잘 보니 티아라 님도 눈치채셨던 모양인지 가슴 위에 양손을 올리고 "마리아와 스텔라에게 무슨 일이 있는 건가요……?" 하고 불안한 듯이 중얼거렸다. 그 말을 듣고 불온함을 느낀 듯한 세드릭 왕자가 나와 티아라 님을 번갈아 보았다.

"아뇨…… 그저 노인의 헛소리일 뿐입니다."

얼버무리듯이 웃자 스테일 님의 표정이 더욱 험악해졌다. 역시 이분에게 얼버무리기는 통하지 않는다…….

스테일 님은 팔짱을 끼고 나를 노려보던 눈빛을 천천히 내리더니 이번에는 노인을 쏘아보았다. 그리고 함 경에게 말해 보라고 명령하시더니 완전히 표정을 지우고 감정이 드러나는 것을 막으셨다.

"허……헛소리 따위가 아니다!!"

노인은 스테일 님의 차가운 시선과 나의 체벌에 겁먹으면서도 다시 혀를 놀렸다. 역시 그때 망설임 없이 이를 전부 부러뜨려야 했다고 마음속으로 후회했다.

노인은 이야기를 시작했다. 우리 나라에 남은 코페란디 왕국의 잔당이 분명히 우리 저택을 덮칠 것이라고. 그리고 이미 아내와 딸을 인질로 삼았거나 사망자가 나왔을 수도 있다고. 그렇게나 위협했는데 아직도 저런 소리를 할 줄이야……. 이 자리에서 숨통을 끊고 싶은 마음을 필사적으로 억눌렀다.

"그렇다는데. 그래서 넌 어떻게 생각하지 질베르?"

"어떻게 생각하냐고 물으셔도…… 전부 저 노인의 가설과 헛소리에 지나지 않습니다. 저희 저택에는 통신병을 한 명 배치했습니다. 무엇보다 지금 제가 염두에 둬야 할 건 이 방위전뿐이니까요."

노인의 이야기를 끝까지 들은 스테일 님의 질문에 나는 최대한 침착하게 대답했다. 공사를 혼동하는 일은 나에게 두 번 다시 허용되지 않는다.

"통신병을 통해 마지막으로 저택에 연락을 취한 게 언제지?"

"서시스로 이동하는 도중에 만에 하나라도 이쪽의 좌표를 외부에 알려선 안 되기에 사적으로는 한 번도 하지 않았습니다. 그 후 서시스 왕국에 도착한 뒤로도 여러 가지로 바쁘고 사건이 연달아 일어나서요."

다시 말해 한 번도 연락을 취하지 않았고 이쪽의 좌표도 보내지 않았다는 뜻이로군. 스테일 님이 내 말을 단호하게 정리했다. "그렇게 되네요." 하고 가볍게 대답하자 스테일 님은 또 차가운 눈빛으로 나를 흘깃 쳐다보았다.

"이제 됐어…… 시간이 없어. 명령이다, 질베르. 지금 당장 저택의 통신병을 연결시켜."

지금이라면 한 명이 여유롭다며 스테일 님이 눈짓으로 통신병에게 지시를 내렸다.

"아뇨, 그럴 수는 없습니다. 지금은 방위전이 한창입니다. 게다가 이 성도 적의 습격을 받고 있습니다. 그런 상황에서 사적인 이유로 안부 확인이라니……."

"내가 괜찮다고 했잖아. 그리고 이건 명령이야. 아니면 누님의 입으로 다시 명령받고 싶나?"

스테일 님의 가차 없는 대답에 말문이 막혔다. 이대로 가면 프라이드 님에게도 알리겠다는 스테일 님의 말에 담긴 속뜻을 알고 결국 포기할 수밖에 없었다.

지금은 이런 짓을 할 때가 아니다. 덧붙여 말하자면…… 지금은 그것만은 하고 싶지 않았다. 마리아, 스텔라의 안부가 만약 우려한 대로라면 나는 과연 평정을 유지할 수 있을까. 4년 전까지의 그 어리석은 추태를 다시 드러내지는 않을까 하는 생각이 몇 번이고 뇌리를 스치는 것을 억눌렀다.

그렇기에 나 스스로 확인하는 걸 두려워하고 있었다. 아내와 딸을 잃는 것도 그 상실감과 공포 때문에 다시 어리석은 자로 전락하는 것도 두려웠다.

이미 잃었던 행복을 되찾아 주고 나를 구원하신 프라이드 님. 그분과의 맹세를 깨는 일만은 피하고 싶었다. 그때 더는 배신하지 않고 흔들리지 않겠다고 분명히 맹세했으니까.

"저희 저택에 통신을 부탁드립니다."

통신병에게 좌표를 알리고 이곳 영상을 우리 저택에 전송해 달라고 부탁했다. 그리고 영상이 찍히는 시점을 보며 이쪽 좌표를 말했다. 이제 영상을 확인한 저택 통신병이 좌표대로 그쪽의 영상을 이곳으로 전송하기만 하면 된다. 별것 아니다. 두 사람이 무사하면 전혀 문제없다.

가볍게 인사를 나눈 다음, 스테일 님과 티아라 님에게 불필요한 걱정을 끼친 걸 사과하면 끝날 이야기다. 그래…… 둘이 무사하다면.

영상을 계속 전송했으나 한참이 지나도 대답이 없었다. 분명 내가 없는 동안에 외출을 삼가라고 일러두었는데. 심장이 이상하게 고동치고 손바닥이 서서히 땀으로 흥건해졌다. 응답을 기다리다 보니 도대체 몇 초, 몇 분이 지났는지도 헷갈리기 시작했다. 차라리 자리를 비운 모양이네요, 하고 중단해야 하지 않을까 생각했을 때…….

『꼬맹이의 목소리가 들린다!! 이쪽이다!!』

『제길! 선수를 빼앗겼나?!』

모르는 남자들의 모습이 비쳤다. 도저히 안 믿겨서 다른 곳의 영상인가 하는 의심까지 들었다. 나도 모르게 얼이 빠져서 숨이 멎고 말문이 막혔다.

우리 저택의 영상 촬영 위치는 큰방으로 고정했다. 무슨 일이 있어도 현재 상황을 한눈에 파악할 수 있는 위치였다. 만일 저택이 점거당해도 최대한 저택 안의 상황을 넓게 알 수 있도록 했다.

그리고 바로 지금 누군가가 우리 저택 큰방에 발을 들이고 있었다. 날붙이와 총을 들고 영상 끝에서 끝으로 이동하고 있었다. 게다가 안쪽 방에서 스텔라의 울음소리까지 들려왔다. 남자들이 그 방향으로 발소리를 울리며 성큼성큼 걸어갔다.

"봐라! 내 말대로지?! 내 충고를 듣지 않아서 이렇게 된 게다!"

등 뒤에서 웃음이 섞인 노인의 목소리가 들려왔다. 그 순간 살의가 일었지만 그 이상으로 눈앞의 광경이 너무나도 충격적이어서 뒤를 돌아보기는커녕 손가락 하나 꿈쩍할 수 없었다.
“아무래도 손님이 온 모양인데, 질베르.”
묘하게 침착한 스테일 님의 목소리를 듣자 단숨에 머리가 이성을 되찾았다. 겨우 몸이 정상적으로 움직여서 뒤를 돌아보니 스테일 님이 팔짱을 낀 채 내 등 너머로 영상을 바라보고 계셨다. 무표정하게도 보이는 그 얼굴은 너무나 차분했고 내 반응을 살피는 것 같기도 했다.
“하지만 그 사람을 대접할 때는 조심해.”
스테일 님이 중얼거리듯이 내뱉은 한마디에 나는 눈을 부릅떴다. 갑자기 무표정했던 스테일 님이 웃은 것처럼 보였다. 왜 이런 상황에 웃으시나 하고 생각한 순간…….
『크헉?! 뭐, 뭐뭐뭐뭐냐 이건?!』
『이봐! 이건 대체 커헉?!!!』
갑자기 영상 속 남자들이 당황했는지 소리 질렀다. 발치를 노려보며 날뛰는 듯한 동작을 취하더니 갑자기 순식간에 날아가 영상에서 사라졌다.
“지금 그곳에는 난폭한 선객이 있거든.”
그렇게 전한 스테일 님의 말이 마치 신호라도 되는 양, 영상에서는――.
『하하하하하하하하하하하하하!!』
몹시 익숙한 그 남자의 웃음소리가 울렸다.
날카로운 안광과 흉악한 얼굴, 짙은 갈색 머리와 눈동자에 갈색 피부를 가진 그 남자를 나는 잘 안다. ‘토벽’ 특수 능력을 가진 우리 나라의 배달부 바르다.

남자들은 그가 조종하는 모래에 손발이 묶이고 갑작스럽게 발사된 물줄기를 맞아서 영상 밖으로 날아가기까지 했다.

『하하핫! 아주 끝도 없이 질리지도 않는군. 차라리 여기에 감옥을 세우는 편이 낫겠는데?』

영상 속에서 남자들을 비웃으며 바라보는 그 남자와 너무나도 갑작스러운 상황에 벌어진 입이 다물어지지 않았다. 눈을 깜빡이는 것조차 잊었다. 나는 이 남자를 잘 알지만 내 가족은 아무도 이 남자를 모른다. 배달부와 우리 저택에 접점 따위는 없다.

『이렇게 쉽게 줄줄이 낚이니까 즐거워지기 시작하는군. 응……? 여어, 재상님이잖아?』

바르의 눈이 우리가 비칠 영상 쪽을 향했다. 히죽거리며 웃는 바르 옆에서 여기저기 뻗친 검은 머리 소년 케멧이 그의 팔을 붙잡았고, 그런 케멧의 손을 갈색 머리 소녀 세펙이 단단히 움켜쥐고 나란히 서 있었다.

"바르……. 어째서, 당신이 우리 저택에……?"

물을 것도 없다. 고민할 필요도 없이 알 수 있는 사실인데 생각하기도 전에 말이 먼저 튀어나왔다.

바르는 내 의문에 귀찮다는 듯이 한쪽 눈썹을 치켜올리더니 『못 들었냐?』 하고 중얼거리며 입을 열었다.

『어떤 왕자님의 명령이야. 5일 동안 네놈의 저택을 감시하라더군.』

오늘 아침부터는 네놈의 아내가 저택 안으로 들였어. 바르는 그렇게 말하고 씨익 웃었다. 5일…… 다시 말해 내가 출국하기 전날부터 우리 저택을 감시했다는 뜻이다.

『다 봤다고……? 여자와 꼬맹이가 걸린 상황에서 말솜씨가 꽤 훌륭하던걸.』

내가 아무 말도 하지 않자 바르가 히죽거리며 기분 나쁜 미소를 지었다. 세펙과 케멧도 아는 건지 말없이 고개를 끄덕이며 웬일로 내가 보이는 영상 쪽을 바라보았다. 5일 전이라면 내가 코페란디 왕국의 밀정에게 거래를 제안받은 날이다. 아무래도 그때의 대화 역시 듣고 있었던 모양이다. 귀찮군…….

"그 이야기라면 나중에 듣지, 바르."

"질베르 너에게 나중에 할 이야기가 있어."

스테일 님이 그렇게 말하며 등 뒤에서 한 걸음 앞으로 나왔다. 팔짱을 낀 채 이쪽 통신 시점까지 걸어오시더니 영상 속 바르에게 입을 열었다.

"그래서? 그쪽 진척은 어떻지?"

『응? 오늘 아침부터였어. 뒷세계 놈들이 줄줄이 찾아오던데. 처음에는 고용주도 섞여 있었는데 남은 놈들은 전부 이 나라에서 고용한 녀석들이었어. 고용주는 진작에 붙잡혔는데 그것도 모르고 잘도 일을 벌인다니까.』

바르는 혀를 차며 그렇게 말하더니 근처 소파에 기대 서서 몸을 흔들었다. 뒤이어 귀찮은 듯이 우리를 노려보다가 문득 뭔가 떠올랐는지 얼굴에 미소를 띄웠다.

『아 참, 재상님…… 아니 '아버지' 였나? 그 꼬맹이랑 돌아가면 맛있는 거 먹으러 간다면서? 그럼 우리 꼬맹이들한테도 포상 좀 있나? 어때, '아버지'.』

바르가 히죽거리며 놀리듯이 나를 비웃었다. 뒤이어 『'아버지' 역할을 훌륭하게 하고 있나 봐?』 하고 말을 이으며 더욱 불쾌한 미소를 지었다. 완전히 나를 바보 취급하고 있었다.

하지만 화를 낼 마음은 들지 않았다.

"뭐…… 그보다 저희 아내와 딸, 저택 사람은 무사한가요?"

나도 모르게 멋대로 입가가 느슨해졌다. 바르의 말에 대답하지 않고 아내와 딸의 안부부터 확인하자 먼저 세펙이 모두가 무사하다는 사실을, 케멧이 저택 사람은 모두 안쪽 방에 숨었고 바르가 나타난 침입자를 정리하고 있다는 사실을 보고했다.

『아버지!!』

『뭐야?! 이봐! 그 꼬맹이 데리고 오지 마!!』

귀에 익은 부드러운 목소리가 들림과 동시에 바르가 방 안쪽을 돌아보며 싫다는 듯이 몸을 젖혔다. 『아까도 재상의 목소리가 들린 순간 깨더니……!!』 하고 혀를 찬 바르는 세펙과 케멧의 손을 끌고 통신 지점에서 크게 물러나서 모습이 작아졌다. 뒤이어 영상 속으로 나의 딸 스텔라가 총총 달려왔고 그 뒤를 쫓듯이 나의 아내 마리아가 나타났다.

『아버지!』

『질, 당신은 무사해?!』

딸 스텔라의 환한 미소와 아내 마리아의 걱정스러운 표정에…… 마치 오랜만에 호흡하게 된 것처럼 마음이 차분해지며 안심됐다.

무사함을 알리고 위험한 상황에 처하게 해서 미안하다고 사과하자 마리아는 다정한 미소를 지으며 고개를 저었다. 『바르 씨 일행이 계속 경호해 주셔서 괜찮아. 세펙 양과 케멧 군도 무척 착한 아이야.』

『아버지, 저 사람 무서워~!』

스텔라가 갑자기 호소하듯이 바르를 가리켰다. 그러자 바르는 얼굴을 움찔거리더니 힘을 주며 『뭐라고?!』 하며 스텔라를 위협했다. 다음 순간, 쓴웃음 짓는 마리아의 품에 안긴 스텔라가 큰 소리로 울기 시작했다. 그 반응에 바르가 다시 싫다는 듯이 몸을 젖혔다.

『또 우네!! 네놈들 얼마나 오냐오냐하는 거냐?!』

『바르의 얼굴이 무서우니까 그렇지!!』

세펙이 스텔라를 감싸듯이 『바르는 스텔라 쪽 보지 마!』 하고 바르의 팔을 붙잡고 자기 쪽으로 당겼다. 바르가 저항하지 않고 불만스럽게 고개를 돌리며 제자리에 주저앉자, 이번에는 케멧이 당황한 듯이 바르의 두 귀를 손으로 막았다.

영상 속 광경은 지금 내가 전쟁에서 습격받는 것도 잊어버릴 만큼 포근했다.

"바르. 지금 당장 통신병에게 부탁해서 기사단에 연락해. 붙잡은 자를 넘기고 마리아와 스텔라의 경호를 의뢰해. 내 이름을 대도 좋아."

스테일 님이 "이미 습격받았으니 불만 없겠지?" 하고 나를 노려보며 확인했다. 이쪽이 고개를 끄덕이자 스테일 님은 "기사단이 합류하는 대로 다시 통신병을 통해서 이쪽에 연락해." 하고 계속해서 명령했다.

『뭐? 그거라면 통신병이 이미 기사단에 연락했다던데. 내가 자는 동안 멋대로 연락했더만.』

바르가 그렇게 말하고 귀를 완전히 막지 못한 케멧의 손을 뿌리치고 머리를 긁적이며 이쪽을 돌아보았다. 이어지는 『이제 곧 올 거야.』라는 말에 나는 무의식적으로 가슴을 쓸어내렸다.

"좋은 판단이야."

그렇게 말하며 침착하게 고개를 끄덕인 스테일 님은…… 아직도 분노가 눈에 보일 만큼 부글부글 끓어오르고 계셨다. 아마 통신을 끊으면 다시 분노에 찬 말을 들을 것 같다고 각오하며 나는 스테일 님과 그들의 대화를 계속해서 지켜보았다.

끝으로 통신병과의 연락을 마치기 직전에 스테일 님이 내 쪽을 돌아보았다.

"질베르. 마지막으로 해 둘 말이 있나?"

"글……쎄요……."

이미 아내와 아이에게 사죄했다. 그 외의 말은 이 자리에서가 아니라 직접 만나서 전해야겠지. 마리아와 스텔라는 해맑게 웃으며 이쪽을 바라보았다. 그렇다면 이제 남은 건…….

"우리 저택의 술과 과자는 마음껏 드세요."

내가 사랑하는 가족을 지켜 준 그들과 시선을 맞추고 말하자 영상 속 바르의 입가가 알기 쉽게 치켜 올라갔다. 세펙과 케멧까지 눈을 반짝였고, 『뭘 좀 아네.』 하고 대답한 바르는 아까와는 정반대로 기분이 매우 좋아 보였다.

끝으로 스테일 님이 옆에 서서 "지금은 적당히 해 둬." 하고 명령하더니 통신을 끊었다.

그리고 시선을 천천히 나에게서 티아라 님에게로, 창문 쪽으로 옮기다가 다시 나에게 향하시는 걸 보고 호된 질타를 받으리라는 걸 바로 알았다.

그제야 새삼스레 현재 상황의 이상함을 깨달았다. 가식적인 미소와 함께 그대로 스테일 님에게 질문했다.

"스테일 님……. 어째서 바르를 저희 저택에 보내신 거죠?"

그것이 스테일 님의 분노를 끓는점에 도달하게 만들 방아쇠라는 걸 알면서도.

"스테일 님……. 어째서 바르를 저희 저택에 보내신 거죠?"

질베르가 나에게 조용히 질문한 건 통신병과의 연락을 서로 끊은 뒤였다. 그 말을 듣기만 했는데도 쓸데없이 분노가 치밀어 올랐다. 아마 이제부터 나에게 타박받으리라는 것도 어느 정도 알고 있겠지. 사실은 방위전이 끝난 뒤에 천천히 말해 주고 싶었다. 하지만 이제 어쩔 수 없다. 프라이드가 오기 전에 빨리 이야기를 끝내면 된다.

"나라면 그렇게 할 거라고 생각했으니까."

내가 단호하게 전하자 질베르의 입이 살짝 벌어진 채 멈췄다. 그는 가만히 이쪽을 바라보며 뒷말을 기다리듯이 굳어 있었다. 하는 수 없이 그대로 말을 계속했다.

"네가 우리 나라에 온 자객을 처리했다는 이야기를 들었을 때부터 예상했어. 나라면 반드시 가장 성가신 남자를 처리하거나 회유했을 거야."

나는 단언하면서 질베르를 똑바로 가리켰다.

프리지아에서 베스트 숙부님과 하나즈오 연합왕국을 뒷조사할 때부터 이 녀석은 자기 손으로 직접 우리 나라에 온 침입자들을 처리했다는 투로 이야기했다. 그것을 적의 동료가 봤다면 반드시 방해되는 질베르를 어떻게 해야겠다고 생각했을 것이다. 그런데 이 남자는 언제까지고 그냥 실실거리기만 하고! 그런 짓을 하면 가장 위험에 노출되는 건 자기 가족인데!

심지어 이번에는 질베르도 티아라의 보호자로 하나즈오 연합왕국에 오게 됐다. 그렇다면 질베르가 없는 동안 마리아와 스텔라에게 위험이 닥칠 수도 있다. 그런데 베스트 숙부님에게 물어보니 이 녀석은 자기 저택의 위병 말고는 성에서 통신병 하나를 파견시킨 게 다였다. 최소한 통신병으로 위병이 아니라 기사를 파견하라고 얼마나 고함치고 싶었는지. 한두 명 정도 적이라면 위병으로도 어떻게든 될지 모르지만, 상대가 다수거나 흉악한 무기를 가졌거나 특수 능력자와 손을 잡으면 힘들어진다. 그 점을 질베르가 모를 리 없다. 하지만 이 녀석은 모르는 척, 눈치채지 못한 척하면서 성, 왕족, 국민에게 조금이라도 부담이 안 가게 마음 쓰고 있었지……!!

생각하면 할수록 뱃속이 용암처럼 끓어올랐다. 내 얼굴도 알기 쉽게 일그러졌는지 질베르가 "스테일 님……?" 하고 불렀다. 지금 당장 저 얼빠진 얼굴을 때리고 싶다.

내가 이때를 위해 작업하느라 얼마나 고생했는지!!

베스트 숙부님에게는 질베르의 저택 경비 상황과 침입자를 질베르가 어떤 식으로 붙잡았는지 확인했다. 아서와 함께 정신착란을 일으킨 랜스 국왕에게 가기 전에 바르 일행에게 순간이동 해서 내가 그만두라고 할 때까지 질베르의 저택을 감시하고 지키라고 의뢰했다. 사실은 1분 1초라도 빨리 아서, 프라이드와 합류하고 싶었는데!!

그뿐만 아니라 마차 안에서 기사단장 일행과 작전 회의를 하는 도중에도 질베르에게 넌지시 저택이나 습격 걱정, 경비에 관해 물어보았으나 전부 얼버무리기만 했다. 게다가 한 번도 저택에 연락하거나 기사를 파견해 달라고 의뢰하지 않았다. 그리고 어젯밤에도 역시 마리아와 스텔라에게 연락하는 기색이 없이 담담히 일만 할 뿐이었다.

실제로 바르 일행이 없었다면 지금쯤 마리아와 스텔라는 뒷세계 사람들에게 해를 입었을 것이다. 내가 지금 이 순간까지, 몇 번이고 몇 번이고 몇 번이고……!!

“가족에 대한 네 사랑은 그 정도였냐, 질베르!!”
어느새 끓어오르는 분노에 몸을 맡기고 소리치고 말았다. 내가 소리 질러서 놀랐는지, 아니면 말한 내용에 놀랐는지 질베르가 입술을 굳게 다문 채 말도 하지 않고 나를 바라봤다.
나는 다시 얼굴에 힘을 주고 삿대질했다. 이 녀석에게 최근 며칠 동안 줄곧 말하고 싶었다.
“어째서!! 어째서 우리를…… 왕족을……!!”
말을 많이 한 것도 아닌데 호흡이 흐트러졌다. 지금까지 억눌렀던 게 단번에 터져 나왔다.
당연하다. 줄곧 몇 번이고 말하고 싶었지만 그럴 때마다 내면을 억누르며 오로지 나 혼자서 짜증을 터뜨려 왔으니까!

“어째서 나를 의지하지 않는 거냐!!”

있는 힘껏 외치자 질베르의 눈이 휘둥그레졌다. 그리고 눈을 깜빡이는 것도 잊은 듯이 이쪽을 똑바로 바라보았다.
어깨를 들썩이며 마주 노려보자 질베르가 기세에 눌린 듯이 입을 열었다. 어차피 무슨 소리를 할지 예상이 갔다. 나는 다음에 할 말을 머릿속에서 몇십 번이고 반복했다.
“저는…… 일개 재상일 뿐인 제가 왕족에게 ‘이 이상’ 특별한 조치를 받으면 안 된다고 생각합니다. 그럴 바에야 그만큼 방위와 병력을 국민에게 돌려야 한다고…….”
아아 역시, 짜증 난다. 이 남자는, 이 남자는 이 남자는 이 남

자는 이 남자는 이 남자는……!!!!

"네 과거의 속죄에 가족을 끌어들이지 마!!"

말했다. 줄곧 마음속에 담아 왔던 말을 이제야 내질렀다. 내 말에 질베르는 눈이 휘둥그레지더니 이윽고 움직임을 완전히 멈췄다. 인형처럼 굳은 모습을 보니 녀석의 사고가 정지됐다는 걸 잘 알 수 있었다. 나는 사고가 정지된 질베르의 머리에 계속해서 추가타를 가했다.

"네 과거가 어떻든 네가 지금 하는 일은 긍지 높은 우리 나라의 재상 업무야!! 그래서 너와 네 가족에게 해가 갔을 때 나라가 너희를 지켜 주는 게 뭐가 이상한데?! 네가 나라를 위해 일했으니 나라가 널 위해 방위와 병력을 할애하는 건 당연하잖아?!"

나도 안다. 이 녀석이 프라이드에게 속죄한 그날 이후로 필요 이상으로 재상의…… 성에서 일하는 자의 특권을 사용하려 하지 않게 됐다는 걸.

과거에 재상의 특권을 이용해 용서받지 못할 짓을 수없이 저지른 것도 안다. 그래서 그 속죄로 재상의 특권을 사용하지 않고 의무만 짊어지려 하는 것도 잘 알았다. 섭정 업무를 위해 베스트 숙부님을 따라다니기 시작한 뒤로 알기 싫어도 눈에 보였다. 질베르의 죄를 아는 나이기에 바로 알 수 있었다. 하지만 지금은 아버님과 프라이드, 국민을 위해 일하잖아! 그런데 그런 상황에서 자신의 소중한 것을 소홀히 하면 어쩌자는 거야?!

"하지만…… 저희 가족을 아끼자고 재상의 특권을 행사하는 건……."

겨우 입을 연 질베르는 웬일로 말을 흐렸다. 휘둥그레진 눈이 그제야 깜빡이며 시선이 방황하기 시작했다.

……다 안다. 과거에 마리아를 최우선으로 행동한 결과 용서받지 못할 죄를 저지른 질베르가 다시 같은 잘못을 저지르진 않을지 걱정하며 망설이는 걸. 하지만 그걸 알기에 나는 말했다.

"부모가 아이와 아내를 우선하는 게 뭐가 어때서?"

질베르의 죄를 알아서 영원히 용서하지 않고 책망할 생각인 내가 말했다.

"우리도 네 가족을 지키게 해 줘."

그렇게 단언한 순간, 모든 걸 토해 내서인지 겨우 뱃속이 진정됐다. 어느새 감정에 따라 낮은 목소리로 뱉은 내 말을 듣고 질베르가 퍼뜩 고개를 들었다. 다시 잡아먹을 듯이 나를 바라보는 날카로운 눈빛에 평정을 가장한 시선으로 응했다.

"두 번 다시 내가 이런 짓 하게 만들지 마. 누님과 아서가 구한 두 사람을 두 번 다시 위험에 노출시키지 마. 이번에야말로 재상으로서 올바른 방법으로 온 힘을 다해 지켜 내."

줄곧 마리아가, 스텔라가…… 질베르가 마음에 걸렸다.

"다음부터는 반드시 나한테 상담해. 포기할 거면 차라리 나한테 포기해도 된다는 허가를 받아. 네가 사리사욕으로 권리를 행사하려 하면 내가 그 목을 날려서라도 멈출 테니까."

나를 의지하지 못하는 게 분했다. 날 의지하길 그렇게나 기다렸는데 질베르는 우리에게 불안한 기색조차 전혀 보이지 않았다. 차기 섭정이자 질베르의 죄를 아는 나조차 신뢰하기엔 부족하다고 말하는 것 같아서 짜증났다.

아무 말도 하지 않는 질베르에게 마지막으로 한마디를 전했다. 사실은 하고 싶지 않은 말이었다.

과거에 프라이드를 함정에 빠뜨리고 나라를 배신한 질베르를 용서하면 안 되는 입장인 내가 이 말을 해선 안 된다고 생각했다. 하지만 지금은 분명 이렇게 말하는 게 가장 잘 통할 것이다.

"너도…… 네 가족도 우리 나라가 지켜야 할 국민이니까."

나를 보며 휘둥그레졌던 질베르의 눈동자가 마침내 심하게 흔들리기 시작했다. 그곳에는 내가 섭정이 되면 몇십 년은 함께 나라를 지탱해야 할 남자가 있었다.

그 몇십 년 동안 질베르를 몇백 몇천 년은 일할 재상으로 양성해 내는 것도 차기 섭정인 내 역할이라는 생각이…… 잠깐 들었다.

스테일 왕자가 마지막 말을 내뱉은 뒤로 질베르 재상은 아직도 얼이 빠진 채 움직이지 않았다.

하나즈오 연합왕국의 왕자인 나는 프리지아 왕국의 사정은 잘 모른다. 하지만…… 스테일 왕자가 단순히 보고 불이행을 나무라는 게 아니라는 것은 알았다.

그리고 그 말…….

'누님과 아서가 구한 두 사람을 두 번 다시 위험에 노출시키지 마.'

또 프라이드야? 예전에 프라이드가 기사단 앞에서 연설할 때 내가 스테일 왕자에게 들었던 말을 떠올렸다.

'그 아름다움을 영원히 더럽히지 않기 위해 저희가 있는 겁니다.'

그녀는 얼마나 많은 사람에게 영향을 주는 걸까. 내가 아는 사람만 해도 범상치 않을 정도로 많았다. 그녀는 어째서 그렇게까지 사랑받고 존경받는 걸까. 이래서는 마치——.

"오라버니가 대단하다고 생각했죠?"

갑자기 들려온 목소리에 놀라 뒤를 돌아보자 티아라 왕녀가 나를 들여다보고 있었다. 느닷없이 말을 건 데다가 어젯밤 일이 떠올라서 말문이 막혔다. 그러나 티아라 왕녀는 개의치 않고 말을 이었다.

"오라버니도 지금까지 언니와 아서, 질베르 재상님의 뒷모습을 보며 계속 노력했거든요. 계~속……."

어딘가 먼 곳을 보는 듯한 티아라 왕녀의 눈빛에 당황했다. 무슨 추억을 떠올리는지조차 알 수 없었다.

"세드릭 제2왕자 전하는…… 지금까지 무엇을 하셨나요?"

갑자기 정곡을 찌르는 듯한 말이 날아왔다. 날 빨아들일 기세로 들여다보는 투명한 눈동자에 아무 대답도 할 수 없었다. 경직된 내 모습에 티아라 왕녀는 살짝 그림자를 드리우며 고개를 떨구더니 "죄송해요……." 하고 스스로 사과했다.

"저도…… 가능하다면 언니와 오라버니와 계속 함께 있고 싶었어요."

작게 중얼거린 그녀는 나에게 인사하더니 마치 아무 일도 없었다는 듯이 스테일 왕자 곁으로 달려갔다.

"오라버니! 언니는 얼마나 있으면 도착해?"

티아라 왕녀가 말을 건 스테일 왕자, 그와 대면하던 질베르 재상이 고개를 돌렸다. 스테일 왕자가 "이제 슬슬 도착할 거야."라고 대답하자 티아라 왕녀는 질베르 재상의 옷소매를 붙잡고 "이제 안심이네요!" 하고 환하게 웃으며 밝은 목소리로 말했다.

그저 티아라 왕녀가 둘 사이로 들어가 웃었을 뿐인데. 신기하게도 아까까지 긴장에 휩싸였던 공기가 풀어졌다.

제3장 폐쇄된 나라와 동포. 금색 왕자와 새하얀 왕자, 그리고 신의 아이

——160 months ago.

서시스 왕국에는 왕자가 두 명 있었다.

당시 여덟 살이었던 제1왕자 랜스는 4년 전에 태어난 제2왕자와의 교류가 거의 없었다. 어릴 때부터 매일 공부에 쫓기느라 남동생이 태어났다고 해서 딱히 엮일 일도 없었다.

애초에 랜스는 부모가 성장을 지켜본 적이 없었다. 제2왕자인 남동생 역시 태어났을 때부터 계속 유모가 돌보고 교사가 가르치고 하인이 성장을 지켜보았다.

'형인 내 역할은 없다.'

그게 동생에 대한 랜스의 인식이었다. 식전 때마다 옆에 나란히 서는 정도의 사이. 국민들 앞에서는 그럭저럭 좋은 형을 연기해도 '동생' 이라는 실감은 나지 않았다. 그저 같은 성에 살 뿐이었고 제1왕자와 제2왕자라는 관계상 동생의 소문과 평판만이 귀에 들어왔다. 그와 함께 랜스를 향한 동정도 귀에 들어왔지만 그건 아무래도 상관없었다. 자신과 동생 사이에 얼마나 많은 차이가 나든 랜스의 목표에는 변함이 없었으니까.
성의 도서관 가장 안쪽에 방치된 바깥세상과 관련된 책. 랜스는 2년 전에 그것을 발견한 뒤로 세계가 얼마나 넓고 자기 나라가 얼마나 좁은지 알게 되었다. 좋은 왕이 되는 것, 진정한 의미로 하나즈오 연합왕국을 하나로 만들고 국민의 세상을 넓히는 것이 랜스의 꿈이었다. 그러기 위해서는 질투하거나 부러워할 시간이 없었다. 그만큼 자신이 누구보다 왕자로서 열심히 임하고 노력하면 될 뿐이라며 면학에 몰두했다.
자신과는 너무나도 다른 동생과는 '형제' 라는 감각이 날이 갈수록 옅어졌다. '형제' 는커녕 오히려 남보다도 먼 별세계의 사람이었다.
그 인식이 뒤집힌 건 랜스가 면학을 마치고 새 책을 빌리러 도서관 안을 걸을 때였다.
"——이며 그 땅은 지평선이 끝없이 펼쳐져 있고 이국의 꽃이 빼곡히 늘어서 있었다. 그야말로 이 세계의 낙원이었다. 사막의 끝을 10일 내내 걸으니 신기루가 보였다. 신기루란 사막 지대 같은……."
"훌륭하십니다!! 세드릭 님!!"
성안에 있는 도서관에서도 더욱 안쪽. 책을 보관하는 곳과 인접한 작은 방에서 어린아이의 담담한 목소리와 노인들의 흥분한 목소리가 수없이 울려 퍼졌다. '세드릭' 이라는 이름에 랜스는 '또 그 소문인가.' 하고 생각하며 혼자 한숨을 내쉬었다. 아마 또 상층부에게 특별한 입문서라도 받은 모양이라며 필요한 책만 들고 방을 지나치려 했을 때였다.

"버트런드 섭정님! 제발 그만두십시오!! 세드릭 님은 아직 네 살이십니다. 슬슬 휴식을……."

"닥쳐라, 달리오!! 풋내기 재상이 나한테 참견하지 마라! 이 분은 특별해! 내가 직접 이분을 교육하는 이상 자네에게 지도받을 이유는 없어!!"

랜스는 온화하지 않은 말투를 듣고 발을 멈췄다. 버트런드라는 이름은 왕족인 랜스도 당연히 기억하고 있었다. 늙어서도 자기 자리를 다음 세대에게 양보하지 않으려 하는 섭정이라며 일부 사람이 거북해하는 남자였다.

"£££."

남자들이 입씨름하는 동안에도 무표정하게 무언가를 낭독하는 소년의 목소리가 계속해서 이어졌다. 왕족으로서 교육받는 랜스도 전혀 들어본 적 없는 언어였다. 적당히 말할 뿐인 걸까, 아니면 다른 대륙이나 다른 나라의 언어일까 하고 생각하며 랜스는 눈살을 찌푸렸다. 어째서 버트런드 섭정이 이곳에 있는지도 궁금했다. 랜스가 기억하길 세드릭을 가르치는 건 분명 섭정이 아니라 재상인 달리오였다. 아직 젊지만 우수하고 마음씨가 착해서 랜스도 몇 번인가 신세를 졌던 재상이다. 그런 달리오가 너무나도 불쌍한 목소리를 내는 게 신경 쓰여서 랜스는 결국 위병에게 잠긴 문을 열라고 명령했다.

"아름다운 그 소녀는 살랑이는 금색 머리칼을 나부꼈으며 하얀 피부는 마치 뱅어 같았다. 이 세상 사람이라는 게 믿기지 않는 아름다움에 시선을 빼앗긴 나는 그 머리칼을 살며시 어루만졌다. 그 머리칼에 입을 맞추자 소녀의 볼이 발그레해졌고 그 모습은 마치 이국의 '벚꽃' 이라는 꽃을 방불케 했다. 나는 소녀 앞에 무릎을 꿇고 그 아름다움을 이렇게 비유했……."

아까 전 이국의 언어와는 다른 언어, 전혀 다른 내용이 소년의 목소리를 통해 흘러나왔다. 살짝 열린 문틈으로 안을 들여다보자 작은 책상과 소년을 수많은 어른이 둘러싸고 있었다. 그 소년이 세드릭이라는 걸 확인하고 나니 그 옆으로 섭정 버트런드와 그들을 필사적으로 말리려는 재상 달리오가 보였다. 어른들 사이로 세드릭을 확인한 랜스는 눈을 의심했다.

"세계 좌표로 위치 계산시, 47.194747293736273849, −122.837265393816639. 서시스와 차이넨시스로 이루어진 하나즈오 연합왕국은 그 역사가 길고 연합왕국이 세워진 기원은 유다 실버 로웰로부터 시작되며……."

세드릭은 아무것도 읽고 있지 않았다. 버트런드가 보여 주는 책의 표지만 보고 우리 나라의 대륙 언어부터 다른 대륙과 나라의 책에 이르기까지 작은 책상 위에 쌓인 모든 책의 내용을 암송하고 있었다.

"훌륭하군요!! 책의 내용을 외울 뿐만 아니라 다른 나라의 언어를 해석해서 암송하는 것까지 가능하다니!"

"이것이야말로 진정 신의 소행입니다!!"

버트런드 주변에 늘어선 남자들이 기뻐하며 황홀한 표정으로 소년을 칭송했다. 그건 어린아이도 알 만큼 상식을 벗어난 광경이었다. 그리고 그 소용돌이 속에 앉은 동생의 상태는 그 이상으로 나빴다.

"금맥의 보물고라고도 불리며 그 아름다움에 많은 나라가 모여 그 금을 원했다. 그중에서도 이웃 나라인 차이넨시스 왕국과의 광물 독점 권리 다툼은 몹시 치열했다. 그러나 당시 세력을 늘린 코페란디 왕국의 침략 공격으로 양국은……."

세드릭은 하염없이 어른들이 보여 주는 책의 내용만 암송했다. 어린 티가 나는 입으로 술술 낭독하는 모습에 반해, 세드릭의 안색은 멀리서 봐도 알 만큼 어둡게 가라앉았다. 눈빛은 인형처럼 공허하고 둔했으며 얼굴에서 범상치 않은 양의 땀이 흘러 떨어졌다. 겨우 네 살밖에 안 된 소년이 학대받는 광경에 랜스는 분노가 치밀어 올라 문을 활짝 열어젖혔다. 귀가 아플 정도의 문소리와 함께 최대한 목청을 높였다.

"그만둬! 이 자식들……! 내 동생에게 무슨 짓을 하는 거냐!"

제1왕자의 노성에 모두가 눈을 휘둥그레 뜨고 뒤를 돌아보기도 전에 얼굴을 가리며 몸을 부들부들 떨었다. 아무리 여덟 살이라 해도 왕족이다. 그 절대적인 권력은 당연하게도 섭정 버트런드가 가진 것보다 훨씬 컸다.

"래……랜스 제1왕자 전하……!!"

갑작스러운 제1왕자의 등장에 버트런드가 초조한지 시선을 이리저리 움직였다. 랜스는 데리고 온 위병과 함께 말문이 막힌 섭정에게 걸어가 다시 목청을 높였다.

“무슨 짓을 하는 거냐?! 네 살인 세드릭에게 뭘 강요하는 거야? 저 안색을 봐라! 도대체 언제부터 이런 곳에 가둬 놓은 거지?!”

“손 씻기, 식사, 수면 시간을 포함해서 49시간 하고 32분 55초가 됩니다.”

입술을 떨며 당황하는 버트런드보다 먼저 입을 연 사람은 세드릭이었다. 담담한 말투에는 전혀 감정이 담기지 않았다. 그저 질문했기에 대답할 뿐이었다. 자신을 구하러 온 인물을 보는 눈동자는 변함없이 탁했으며 버트런드가 책을 감춰서 암송할 필요가 없어졌는데도 여전히 호흡이 심하게 흐트러진 채였다.

“이틀이나 이런 곳에 가둔 거냐? 아버님과 어머님은 이 사실을 아시는 거야?!”

랜스는 대답한 세드릭이 아니라 버트런드와 주변의 어른을 향해 소리를 질렀다. 갑자기 위기를 느낀 어른들은 버트런드를 내버려 두고 얼굴을 가리고서 문 쪽으로 달려갔다. 버려진 버트런드가 “나를 두고 가지 말게!” 라고 외쳤고, 랜스도 도망치지 말라고 소리쳤으나 멈추는 자는 아무도 없었다. 저자들을 붙잡으라고 랜스가 명령하자 위병 몇 명이 추격을 시작했다.

“도대체 방금까지 있었던 녀석들은 누구냐, 버트런드!! 방금 그 사람들도 너와 마찬가지로 아버님에게 보고하겠어!!”

“아……아뇨, 저도 그, 누군지는 전혀…….”

“네가 모를 리가 없잖아?! 시치미 떼는 것도 정도껏 해라!!

네가 말하지 않겠다면 내가 반드시 모두를 조사해……."

"척 제임스, 콜린, 이튼 햄, 개빈 퍼스, 펠릭스, 플로렌스 그레고리…… 척 제임스, 콜린, 이튼 햄, 개빈 퍼스, 펠릭스, 플로렌스 그레고리, 척 제임스, 콜린, 이튼 햄, 개빈 퍼스, 펠릭스, 플로렌스 그레고리……."

세드릭이 다시 입을 열었다. 사람의 이름을 끝없이 되풀이하는 세드릭의 호흡이 더욱 거칠어졌다. 버트런드가 턱이 빠질 정도로 입을 벌리고 뒤를 돌아보았다. 세드릭에게는 한 번도 그들을 소개한 적이 없다. 그런데 세드릭은 서로를 부르는 호칭만 듣고 전부 기억했다.

옆에 있던 재상 달리오가 세드릭의 어깨 위에 손을 올리고 눈물을 글썽이며 고통으로 얼굴을 일그러뜨렸다.

"방금 있던 자들의 이름일 겁니다. 모두 이미 퇴출한 우리 성의 전 상층부 소속입니다."

더는 참을 수가 없었다. 눈앞에 있는 소년의 애처로운 모습에 달리오는 더 이상 조용히 있을 수 없었다. 버트런드가 "이 자식!!" 하고 노려보았으나 그는 개의치 않고 랜스를 향해 고개 숙였다.

"버트런드 섭정을 거스르지 못한 채 세드릭 님을 지키지 못한 제 책임입니다……!! 죄송합니다……!!"

흐느끼며 이마를 바닥에 부딪치는 재상 달리오. 그리고 어떻게든 온건하게 넘어가 달라며 한심하게 매달리는 섭정 버트런드 사이에서 랜스는 천천히 눈앞에 앉은 동생에게 다가갔다.

새파랗게 질린 얼굴을 바라보며 성안에서 몇 번이고 들었던 세드릭의 소문을 조용히 떠올렸다. 그 별명과 함께…….

"형님……."

얼굴에서 핏기가 거의 사라진 세드릭은 방금까지 무슨 짓을 당했는지도 모르는 듯했다. 그저 눈앞에 나타난 '형님' 이라고 부르는 존재만 바라볼 뿐이었다. 식전이나 공무 외에서는 처음 만나는 초면이었다. 세드릭은 몽롱한 의식 속에서 지금도 눈앞의 모든 것을 선명하게 기억했다.

"가자…… 세드릭. 지금부터 아버님에게 갈 거야. 그리고 그 뒤에는……."

—— '신의 아이' 세드릭 실버 로웰.

"그대로 내 방으로 와."

제1왕자임에도 불구하고 사람들이 그가 왕위 계승권을 가진 것에 의문을 품을 정도로 평범한 제1왕자 랜스 실버 로웰에게도 이게 형제로서 처음 하는 대화였다.

"형님……. 저는 뭘 하면 될까요."

네 살인 세드릭은 공허했다. 6일 전, 랜스가 버트런드의 폭거를 밝히면서 겨우 사람다운 생활을 보장받았으나 그럼에도 세드릭은 아무런 감정도 일지 않았다. 지식을 흡수해서 토해내는 도구처럼 다뤄지던 세드릭은 사람답게 지내는 법도 몰랐다.

"좋아하는 걸 하면 돼. 아버님에게 허가받아서 면학 시간 외에는 내가 일임받았으니까."

"좋아하는 것……. 저는…… 형님과 함께 있는 시간이 가장 편안합니다."

신의 아이가 고개를 갸웃거리며 담담하게 전한 말은 빈말이 아니라 솔직한 진심이었다.

랜스는 세드릭을 보호한 뒤로 자기 방에도 빈번하게 초대했지만, 랜스 역시 동생을 어떻게 대해야 하는지는 잘 몰랐다. 곧장 한 일도 이렇게 세드릭을 자신의 눈이 닿는 곳에 두고 자유 시간을 확보하는 것 정도였다. 버트런드가 섭정에서 퇴임당하고 새 섭정으로 퍼거스가 취임한 직후이기도 해서 성안이 약간 어수선했다. 게다가 신임 재상인 달리오는 국왕의 명으로 강제로 휴가를 받았다. 어린 왕자를 지키지 못하고 학대나 다름없이 취급하는 걸 보고 있을 수밖에 없었던 달리오 역시 심신이 완전히 지쳐 있었다.

지금까지 세드릭을 돌보던 사람이 일시적으로 부재하고, 세드릭을 보호한 장본인인 랜스가 자진해서 그대로 그를 돌보는 역할을 떠맡았다.

"아무것도 안 하고 이렇게 앉아만 있으면 진정이 안 되잖아. 뭔가 책이라도…… 아니, 그만두자. 어디 보자…… 그러면 남은 건……."

지금까지 책의 내용을 강제로 암송해 왔던 세드릭에게 책을 주는 것이 망설여졌다. 그리고 세드릭도 책이라면 지금까지 읽은 수십 권의 내용을 머릿속으로 떠올리면 될 뿐이라고 생각했다. 이제 와서 새로운 책을 읽고 싶은 마음은 들지 않았다.

랜스 역시 지금까지 왕이 되기 위해 면학에 집중할 때가 많아서 이렇다 할 취미가 없었다.

"아무튼 그게 정해지지 않는 한 내 일에만 얽매일 수는 없어."

랜스는 들고 있던 책을 덮고 책상 위에 내려놓았다. 그리고 일어서서 의자에 앉은 채 움직이려 하지 않는 세드릭에게 다가갔다. 또래보다 체격이 다부진 랜스가 다가가도 세드릭은 겁먹는 기색 하나 없이 똑바로 그 모습을 바라봤다. 얼마 전까지만 해도 먼 사이였던 형제가 서로 눈을 마주쳤다.

"세드릭……. 일단 그 말투부터 고쳐. 왕족에게 경어는 필수불가결한 소양이지만 넌 아직 네 살이야. 형인 나한테는 자연스럽게 이야기해도 돼."

"자연스럽게 이야기하라는 게 무슨 뜻입니까, 형님."

세드릭의 담담한 대답에 랜스가 살짝 당황하며 신음했다. 이미 자신보다 많은 지식을 쌓고 책도 무수히 읽은 신의 아이가 왜 하필이면 그 말만 이해하지 못하는지 고민했다. 세드릭은 '자연스럽다' 란 말의 뜻은 알아도 그게 자신의 어떤 상태를 가리키는 건지 알 수 없었다.

"평범하게 해도 된다는 뜻이야. 그러니까…… 잘 모르겠으면 한동안은 내 말투를 흉내 내면 돼."

랜스는 '평범함' 조차 아직 모르는 동생의 어깨 위에 손을 올리며 그렇게 전했다. 세드릭은 눈을 세 번 깜빡이고 나서야 고개를 끄덕였다.

"알겠어, 형님."

세드릭은 짧게 대답하며 형과 같은 붉은 눈동자로 랜스를 보았다. 그저 형의 말투를 정확하게 흉내 냈을 뿐이지만 그래도 어깨의 힘이 약간 빠진 것처럼 들려서 랜스는 조용히 가슴을 쓸어내리며 숨을 내쉬었다.

"너와 비슷한 나이의 또래 친구라도 생기면 좋을 텐데…… 아직 사교계에 나가기엔 너무 이르고."

세드릭은 단정한 얼굴과 차분한 눈빛 덕에 자기 나이보다 약간 더 성숙하게 보이지만 실제로는 네 살이다. 오히려 정신 상태는 실제 나이보다 어릴 수도 있다. 랜스는 자신이 네 살일 때 뭘 했는지 떠올리려 했지만 당연하게도 전혀 생각나지 않았다.

"형님은…… 친구가 있어?"

세드릭이 위를 올려다보며 고개를 갸웃거렸다. 상당히 아픈 곳을 찔린 랜스는 무심코 쓴웃음을 짓고 말았다. 그럭저럭 친한 상대는 성안에 있지만 그걸 친구라고 불러도 될지는 몰랐다. 1년 전부터 사교계에 나가고 있으나 제1왕자라는 벽 때문에 허물없는 관계를 맺기는 좀처럼 힘들었다. 게다가 사교계에서 화제가 되는 건 제1왕자보다 '신의 아이'인 제2왕자 쪽이었다.

"뭐…… 친구가 되고 싶은 사람이라면 한 명 있어."

랜스가 그렇게 대답하자 세드릭의 눈동자에 흥미롭다는 듯이 살짝 빛이 들어왔다. 입은 움직이지 않았지만 눈빛은 누구인지 알고 싶다고 대놓고 말하고 있었다.

"차이넨시스 왕국의 제1왕자야. 요안 린네 드와이트. 아마 너도 알 거야."

지금까지 두 나라의 식전에서 얼굴을 마주했던 왕자의 이름에 세드릭은 말없이 정직하게 고개를 끄덕였다. 하지만 세드릭은 지금까지 그 왕자와 친하게 대화한 적이 없었고, 랜스가 그러는 모습을 본 적도 없었다. 항상 차가운 눈빛인 그 청년은 눈앞의 랜스와 대조적이었다.

"나와 같은 나이 또래, 게다가 같은 제1왕자야. 언젠가 꼭 마주보고 대화를 나누고 싶어."

"차이넨시스……."

형의 말에 세드릭이 작게 목소리를 흘렸다. 지금까지 버트런드를 포함한 상층부 어른들이 불어넣은 말을 선명하게 떠올린 세드릭은 어째서 '그런' 나라의 왕자와 엮이려는 건지 순수하게 의문이 들었다. 랜스도 이번에는 그런 세드릭의 말없는 의문의 내용이 예상됐다. 랜스는 굳은 세드릭을 보고 머리를 쓰다듬으며 그가 물어보기 전에 먼저 자신이 내린 답을 제시했다.

"나라가 달라도 같은 하나즈오 연합왕국의 반쪽이야. 그렇지만…… 지금의 너에게는 아직 이해하기 어렵겠지. 몰라도 돼. 언젠가 내가 제대로 알려 줄게."

"그래……."

말투와는 정반대로 작게 돌아온 세드릭의 목소리가 너무나도 어린아이다워서 랜스는 웃고 말았다. 한 번 더 머리를 쓰다듬자 세드릭의 얼굴이 쑥스러운 듯이 달아올랐다. 그 반응을 본 랜스는 지금까지 누가 세드릭을 이렇게 쓰다듬은 적이 거의 없는 모양이라고 생각했다.

"알겠어? 잘 들어, 세드릭."

랜스는 무릎을 굽히고 의자에 앉은 세드릭과 시선을 맞춘 뒤 그 눈동자를 똑바로 바라봤다. 세드릭은 랜스처럼 고개를 한 번 끄덕이고서 자신도 형의 눈을 똑바로 바라보았다.

"언젠가 넌 이 세계가 얼마나 넓은지 깨닫게 될 거야. 하지만 지금은 괜찮아. 나나 너, 둘 중 한 명이 국왕이 되면 꼭 가르쳐 줄게."

형인 랜스는 세드릭의 작은 손을 양손으로 쥐었다. 아직 완전히 발달되지 않아서 체온이 높은 네 살짜리 어린아이의 손을.

"네가 스스로 나아가겠다고 결심했을 때, 내가 꼭 네 등을 밀어 줄게. 안심해. 그때까지는 반드시 내가 붙어 있을 테니까. 무서운 일이나 싫은 일이 있으면 반드시 나한테 상담해."

그 말에 동그랗게 뜬 세드릭의 눈이 서서히 맑아졌다. 세드릭이 형이 한 말 한 마디 한 마디를 그 작은 몸으로 한껏 받아들이고 나니 손끝부터 발끝까지 희미하게 떨리기 시작했다.

"그리고 이것만은 절대로 잊지 마. 외우는 것만으로는 부족해. 영혼에 새기고 몇 번이고 떠올려."

랜스는 세드릭의 양손을 쥐고 각자의 눈동자에 서로가 비칠 만큼 가까이에서 눈을 마주쳤다. 세드릭은 가녀린 목으로 짧게 숨을 들이쉬더니 떨림이 더 심해졌다. 겁먹은 듯한 동생의 모습에 랜스는 지금까지 세드릭이 얼마나 제대로 된 말을 듣지 못하고 자랐는지 깨달았다. 그렇기에 지금은 더욱 단호하게 일러둬야겠다고 결심했다.

"우리는 형제야. 이유 따윈 필요 없어, 언제든지 의지해. 나는 평생 네 편이야. 지금까지…… 힘들었지. 이제 괜찮아."

그 말을 듣자 세드릭은 휘둥그레진 눈으로 굵은 눈물방울을 흘렸다. 지금껏 억눌렀던 감정이 치밀어 올랐다. 기쁨과 동시에 지금까지 자신이 '힘들었다'는 걸 깨달았다. 그전까지 당연하게 받아들였던 처사가 이상했다는 것과 고통도. 그리고 자신이 어딘가에서 누군가가 도와주기를 바랐다는 것도 지금 이 순간 처음으로 깨달았다.

우는 법도 몰라서 끙끙거리듯이 목소리를 토하며 갓난아기처럼 울었다. 태어나서 처음으로 본 동생의 눈물에 랜스는 세드릭을 한 팔로 단단히 끌어안았다.

'신의 아이' 세드릭 실버 로웰. '범인(凡人)' 랜스 실버 로웰.

형제의 이야기는 여기서부터 시작됐다.

——136 months ago.

"다시 한번 자기소개 하지. 서시스 왕국의 제1왕자 랜스 실버 로웰이야. 당신과는 예전부터 꼭 이야기를 나누고 싶었어.

잘 부탁해, 요안 제1왕자 전하."

"잘 부탁드립니다…… 랜스 제1왕자 전하."

차이넨시스 왕국의 왕자인 내가 랜스와 제대로 말을 나눈 건 서로가 열 살일 때였다. 회합을 위해 당시의 서시스 왕국 국왕과 동행하는 식으로 랜스가 우리 성을 방문했다. 지금까지 몇 번인가 서시스 국왕과 함께 찾아왔다는 건 알았지만 내 쪽에서 최대한 만나지 않도록 주의를 기울였다.

굳이 나라 간에 분쟁을 일으킬 만한 대화를 하고 싶지는 않았다.

그러나 나라 간의 회합을 하는 동안 시간이 남아도는 랜스가 지명한 사람이 나였다. 지금까지는 성 사람이 성안이나 성 바깥을 안내하며 시간을 때웠는데 이젠 소개할 것도 전부 떨어지고 말았다. 그래서 시간을 때우려고 상대를 맡게 된 게 동갑에 같은 제1왕자인 나였다.

"그건 그렇고 차이넨시스 왕국은 언제 봐도 아름다운 나라야. 우리 나라에는 없는 문화와 건축물도 있고 몇 번을 봐도 안 질려."

뻔하다고 생각했다. 결국 자국과 너무 다르다고 말하고 싶은 거면서.

말로는 하나즈오 연합왕국이지만 결국 서시스 왕국과 차이넨시스 왕국은 다른 나라다. 살아남기 위해 서로 결탁해서 하나의 나라를 자칭해도 어차피 문화도 신도 아무것도 공유하지 않는다. 물자 교환 이외에는 이렇다 할 교류도 없다. 친교가 많은 건 국민들뿐이고 왕족끼리는 서로 간섭하지 않기로 한 게 현재 상황이었다. 그럼에도 어째서 랜스가 스스로 나와 엮이려는 건지 알 수 없었다.

"감사합니다, 랜스 제1왕자 전하. 하지만 귀하가 사는 서시스 왕국도 아름다운 나라라고 알고 있습니다."

예의 차린 말로 무장하며 웃어 보였다. 솔직히 이때 나는 모든 것에 진절머리가 난 상태였다.

차이넨시스 왕국의 왕자. 직함은 화려하지만 사실상 단순한 소국 대표일 뿐이다. 어린 나이에 우수한 차기 국왕감이라고 추켜세워 봤자 어차피 형제자매도 없는 내가 장래에 국왕이 되는 건 필연이다. 내 의견 따위는 상관없이 우리 나라의 모든 이가 그러리라 믿어 의심치 않았다.

폐쇄된 나라이기도 한 차이넨시스 왕국의 무역 상대는 같은 하나즈오 연합왕국인 서시스 왕국뿐. 그리고 서시스 왕국도 마찬가지다. 서로 왕래할 뿐인 교류와 허울뿐인 동맹 관계. 국민과 달리 상층부와 왕족끼리는 아직도 서로 불신감이 쌓여 있었다.

이런 나라에 왕족으로 태어날 바에야 차라리 평범한 국민으로 태어나고 싶었다고 몇 번이나 생각했는지 셀 수도 없다.

왕족으로 태어나도 좋은 점은 아무것도 없다. 어릴 때부터 어른들의 생각에 휘둘려야 하고 아무리 면학을 잘해 봤자 변하는 건 아무것도 없고 내게 왕좌가 조용히 다가올 뿐이다. 어른들이 바라는 대로 면학에 힘쓰고 제1왕자로서 정진하다가 분명 이대로 아무 일 없이 언젠가 그 시시한 어른들의 동료가 될 뿐이라고 생각했다. 내가 태어난 나라, 시대, 시간, 신분, 모든 게 원망스러웠다.

분명 앞으로 10년만 지나면 나도 내 의지로 연합국인 서시스 왕국을 증오하고 표면상으로만 어울리며 가식을 떨게 될 것이다. 그리고 아내를 들이고 아이를 만들고 내가 지긋지긋하게 여겼던 인생을 당연하다는 듯이 아이에게 강요하게 될 것이다.

——이 나라에 미래는 없다.

영원히 폐쇄된 채 주변 국가를 거부하다가 언젠가는 시대의 파도에 휩쓸리겠지. 그래도 계속 자신이 옳고 다른 나라가 이상하다고 한탄하다가 결국에 나라 전체가 구시대의 유물로 전락할 것이다.

옛날에 소국끼리 작은 분쟁을 반복하던 차이넨시스와 서시스. 타국이 노린 순간 서로가 살아남기 위해 동맹을 맺고 하나의 나라가 되었다. 때마침 서로를 이용했을 뿐인 관계다.

서시스 왕국의 왕족이 백 년 가까이 지난 지금까지도 우리의 신을 이해하려 하지 않고 냉담하게 보는 것과 마찬가지로, 우리 역시 서시스 왕국의 왕족을 좋게 생각하지 않는다. 서로 양국을 자유롭게 왕래하게 했음에도 불구하고 '왕보다 위에 서는 존재는 없고, 신의 이름으로 그 지위를 깎아내리는 것을 금한다' 라고 명백하게 차이넨시스 왕국을 노린 법을 제정한 서시스의 왕족을 좋게 생각하라는 건 불가능하다. 물론 나에게도…….

유일하게 내 마음이 평온해지는 건 신에 기도할 때뿐이었다. 유모가 길러서 부모와의 교류도 없는 내가 유일하게 기댈 수 있는 이해자는 신뿐이었다. 이 세상에서 유일하게 진정으로 나를 사랑하고 면학뿐 아니라 내 모든 것을 허용하고 옳은 길로 이끄신다.

왕족과 상층부처럼 더럽지도 않고 국민의 행복을 기원하고 지키는 신은 내 유일한 구원이었다.

나는 시간이 나면 반드시 신께 기도를 올리며 감사의 마음을 전하고 국민의 평화를 기원했다. ……그리고 그렇게 할수록 나의 평가는 또 멋대로 좋아졌다.

마치 강물의 흐름에 밀리듯이 모두가 바라는 대로 살고 늙고 죽어 간다. 그게 내가 가지고 태어난 업이자 숙명이었다.

"그렇지?!"

서시스는 아름답다는 내 입발림에 랜스 왕자는 몸을 내밀더니 눈을 환하게 빛냈다. 그냥 겉치레일 뿐인데 왜 그렇게 기뻐하는 건가 싶어 내가 놀라 몸을 젖히는 데 반해, 랜스 왕자는 만족스럽게 웃었다.

"당신이 그렇게 말하니 나도 기쁘기 그지없어. 자기 나라를 좋게 보는 사람이 미래의 국왕이라고 생각하니 미래가 밝구나."

그가 그렇게 말하며 팔짱을 끼고 혼자서 고개를 끄덕거리자, 나는 고개를 갸웃거렸다. 위화감이 든 나는 무심코 의문을 입 밖으로 내뱉었다.

"자기 나라……? 저는 지금 당신의 서시스 왕국을……."

“서시스도 차이넨시스도 모두 우리 나라, ‘하나즈오 연합왕국’ 이잖아?”

그는 당연하다는 듯이 아무렇지도 않게 선언했다. ‘하나즈오 연합왕국’ 이라는 이름을 부르는 왕족은 적다. 말은 그럴싸하지만 결국 서로 나라 이름을 양보하지 않은 인접한 소국일 뿐이다. 그런데 이 왕자는 자기 나라라고 단호하게 불렀다. 너무 어안이 벙벙해서 입을 벌린 나에게 그는 이 나라의 미래를 하염없이 이야기했다.

언젠가 이 나라를 개방하겠다고.

“시대는 변해. 분명 서로뿐 아니라 타국과도 교류하고 정보를 교환해야 할 거야. 지금 이러는 동안에도 우리가 모르는 기술이 진보해서 세계를 바꾸고 있을지도 몰라.”

나와 같은 의견이었다. 하지만 결정적으로 다른 것은 나는 그 목표를 못 이룰 거라고 포기했고, 그는 이루겠다고 결심한 점이었다.

“그러기 위해서도 우선은 하나즈오 연합왕국을 세상에 자랑할 수 있는 나라로 만들고 싶어. 지금은 윗사람들이 서로 뭐라 시끄럽게 구는 것 같지만…… 우리 때엔 그것도 바꾸고 싶어.”

오로지 빛을 향해 똑바로 전진하는 그는 신께서 내리시는 햇살처럼 눈부셨다.

“이 나라의 최고 권력자인 국왕이 그런 의향을 보이면 분명 다른 사람도 험담을 못 하게 될 거야. 국민끼리는 지금도 사이좋게 지내고, 무엇보다 결국엔 같은 사람이잖아. 서로 이해하지 못한다 해도 삶의 방식까지 공유 못 할 리는 없어."

"그건…… 저희가 믿는 신을 '공유' 하겠다는 건가요. 아니면 없애겠다는……?"

꿈만 같은 이야기를 하는 그에게 처음으로 끼어들었다. 너무나 눈부신 그 이야기가 그저 위선이나 자기만족…… 그의 고집은 아닐지 무서워졌다.

하지만 그는 망설임 없이 말을 이었다.

"그래서는 지배와 다를 게 없잖아. 세상은 넓어. 믿고 싶은 사람은 그 신앙을 관철하고, 그 외에 소중한 게 있는 사람은 그걸 소중히 하면 돼. 선택하는 건 우리 왕족이 아니라 국민이야. 서로의 '삶의 방식' 을 인정하는 거야. 그러면 모든 문제가 없어져."

너무나 눈부시다고 생각했다. 허풍, 공상이라고 말하고 싶어도 그에게는 자신의 이야기를 전부 관철할 만한 힘이 있었다. 같은 나이에 똑같이 폐쇄된 나라에서 자랐는데 어째서 이렇게나 다른 걸까 하는 생각이 들 정도로 그는 강했다.

"그러니까 요안 왕자. 당신에 관해 나에게도 알려 줬으면 해."

불꽃처럼 붉은 눈동자가 나를 똑바로 바라봤다. 힘 있게 불타오르는 그의 불꽃이 차갑게 식었던 내 세계에 한 숨의 열기를 선사했다.

"당신을 이해할 테니, 당신도 나를 이해해 줘. 앞으로 우리는 왕으로 몇십 년을 같이 살아가는 사이가 될 거야. 나에게는 당신이 필요해. 그리고……."

그는 거짓 없는 눈동자로 나를 비췄다. 말을 끊고 아무 말도 없는 나에게 손을 내밀었다. 지금까지 자신의 숙명을 저주하면서도 아무것도 하지 않고 조용히 죽어 가려 했던 나에게 내민 그 손은, 마치 기도한 나에게 내려온 하늘의 계시처럼 느껴질 따름이었다.

그는 당연하다는 듯한 투로 말했다. 같은 해에 같은 성별로 하나즈오 연합왕국이라는 이름의 같은 나라에 같은 제1왕자로 태어났지만 모든 게 나와 다른 그가——.

"나는, 당신도 나를 필요로 했으면 좋겠어."

내 운명이라는 생각이 들었다.

나는 신에게 등을 떠밀리듯이 그의 손을 붙잡았다.

——131 months ago.

"요안. 서시스 왕국에 방문을 삼가라."

랜스 왕자와 교류한 지 반년이 지났을 무렵이었다. 국왕인 아버님이 나를 호출하더니 갑자기 한마디로 선고했다.

"무슨 말씀이십니까…… 아버님. 서시스 왕국은 저희 하나즈오 연합왕국의 반쪽. 어째서 방문을 피해야 하는 겁니까."

이유는 잘 알았다. 그럼에도 일부러 묻자 아버님은 모르겠느냐고 입을 열며 왕좌에서 나를 노려보았다.

"차이넨시스 왕국의 왕자가 포교를 위해 랜스 제1왕자를 방문한다. 서시스 왕국에서 그런 식으로 생각하면 우리 나라의 수치다. 장래의 동맹 관계에도 지장을 초래할 거야."

역시나인가. 나는 입안을 깨물고 견뎠다.

아버님과 상층부 사람이 그런 걱정을 하리라는 건 예전부터 예상했다. 내가 서시스 왕국을 방문할 때마다 차이넨시스 왕국 국민도 서시스 왕국 국민도 기뻐했지만, 왕족과 상층부만은 그렇지 않았다.

가장 가까운 존재인 부모와 낡은 상층부야말로 나와 랜스 왕자의 적이었다.

"서시스 왕국에서 우리 나라를 방문하는 거면 차라리 나아. 하지만 우리 나라 왕자가 일부러 서시스 왕국을 계속 찾아가면 나라의 긍지 문제와도 연결된다."

'하찮은 긍지다.' 랜스 왕자와 대화를 나눈 뒤부터 특히 그렇게 생각하게 됐다. 국민도 왕족이 서로의 나라와 친교를 바란다. 그런데 어째서 그런 이유로 방문을 삼가야 하나 싶어 뱃속이 끓어올랐다.

"요안, 너는 역대 왕자 중에서도 우수하다. 현혹되지 마라. 우리 나라는 차이넨시스 왕국. 그 제1왕자, 제2왕자에게 고개를 숙이는 날이 와서는 안 돼. 특히 제2왕자에게는 마음을 허락하지 마라. 그건 우리 나라도 기피해야 할 존재다."

그러나 아직 겨우 열 살이었던 나에게 아버님에게 대들 용기가 있을 리가 없었다. 나는 가슴께의 십자가를 움켜쥐며 신께 기도할 수밖에 없었다.

그저 고개를 끄덕이며 아버님에게 인사한 뒤 퇴실했다. 문을 닫는 소리가 나직하게 들려왔을 때, 동시에 무언가 다른 것도 닫힌 듯한 느낌이 들었다.

'이쪽이 굽히고 갈 수는 없으니 다음부터는 네 쪽에서 차이넨시스 왕국으로 와.' 그런 말을 할 수 있을 리가 없다. 랜스 왕자는 애초에 내 비위를 맞추려는 게 아니니까.

왕자의 공무가 바빠졌다는 핑계라도 댈까 고민했다. 하지만 그런 식으로 얼버무리면 언젠가 알려졌을 때 더욱 관계가 악화하리라는 건 바로 알 수 있었다.

숨길 수 없다. 얼버무릴 수도 없다. 솔직히 말할 수밖에 없었다. 설령 그래서 그의 노여움을 산다 해도.

"모처럼 친구가 됐다고 생각했는데……."

넓은 회랑을 걸으며 누구에게랄 것도 없이 중얼거렸다.

랜스 왕자는 내 첫 친구였다. 미래에 아무런 희망을 발견하지 못하던 나에게 빛을 내렸다. 폐쇄됐다고 생각했던 이 세상이 넓다는 걸 알려 준 사람도 다름 아닌 그였다.

'서시스도 차이넨시스도 모두 우리 나라, 하나즈오 연합왕국이잖아?'

그 말은 잊을 수 없다. 시시하기만 했던 인생에 그만이 색을 입혔다. 그와 교류하는 반년 동안은 믿기지 않을 만큼 즐거웠다.

그는 나라라는 울타리를 넘어서…… 오히려 같은 나라 국민으로서 나와 나란히 섰다. 하지만 그런 것도 이게 마지막이겠지. 다음에 만났을 때는 전부 확실하게 전하자. 우리 차이넨시스 왕국은 서시스 왕국인 너희에게 문을 닫았다고. 그리고 나 역시 그럴 거라고.

그와 함께라면 진정한 의미로 하나의 나라를 만들 수 있을 거라고 믿었다. 하지만 이제 끝이겠지. 그렇게 각오하고 포기했다. 그런데 그는…….

"그렇구나, 잘 알았어. 그렇다면 다음부터는 내 쪽에서 차이넨시스 왕국을 방문할게."

"뭐……?"

평소처럼 우리 나라를 방문한 그에게 숨김없이 모두 전했을 때였다.

객실에서 사람을 물리고, 그가 아무리 분노에 몸을 맡겨 나에게 고함쳐도 문제없게 손을 써 두었다. 그러나 그는 내 말에 아무런 망설임도 없이 바로 그렇게 대답했다.

"화 안 내……?"

나도 모르게 말하고 말았다. 그의 아무렇지도 않은 태도가 믿기지 않아 마치 구멍이 뚫릴 만큼 그를 바라보며 설마 내 말을 이해하지 못한 건 아닐까 의심마저 했다.

"국왕에게 명령받았으면 어쩔 수 없지. 나 때문에 눈치 보게 만들어서 미안해, 요안 왕자."

그는 콧바람을 불고 팔짱을 끼고 나에게 고개 숙였다. 그러나 그의 표정에 그늘은 티끌만큼도 없었고, 밝게 불타오르는 눈동자를 씩씩하게 빛내며 나를 보았다.

“하지만…… 언젠가는 우리 서시스 왕국도 똑같이 방문을 삼가라고 명령할지도 몰라. 지금은 나에게 그렇게까지 관심이 없어서인지 그런 명령은 없지만…… 이쪽도 아버님이 완고하시거든.”

눈을 감고 깊게 생각에 잠긴 그는 잠시 끙끙거리는 목소리를 내며 고개 숙였다. 나는 몇 분 동안 신음하는 그를 바라보면서도 내가 아주 쉽게 용서받았다는 사실이 아직 받아들여지지 않았다.

그는 어째서 이렇게나 마음이 넓은 걸까.

내가 그런 말을 들었다면 분명 이만 관계를 끊고 싶은 거라 여기고 그대로 물러났을 것이다. 친구를 잃지 않았다는 안도보다 의문이 훨씬 더 앞섰을 때…….

“그렇지!”

그는 앉은 채로 자신의 무릎을 내리치며 좋은 생각이 났다면서 내게 미소 지었다. 그리고 테이블을 사이에 두고 맞은편에 앉은 내 쪽으로 돌아와 옆에 섰다.

“요안 왕자, 분명 네 나라에는 ‘피의 맹세’라는 게 있었지?”

‘피의 맹세’. 서로의 피를 섞어서 절대적인 맹세를 나누는…… 우리 차이넨시스 왕국의 신앙 아래 행하는 의식이다. 왕족에게는 민중 앞에서 국민과 신에게 맹세를 바치는 의식이기도 하다. 왕위 계승이나 신앙, 약혼이나 선서를 위해 행하는 경우가 많다.

내가 영문도 모른 채 고개를 끄덕이자 그는 갑자기 눈앞에서 자신의 엄지 끝을 물어뜯었다. 까득, 하고 둔탁하고 아플 것 같은 소리가 들려와 무심코 숨을 삼켰다.

"무슨……?!"

갑자기 제1왕자가 스스로 상처를 내고 피를 흘리다니. 영문을 모르겠어서 서둘러 지혈하려고 천을 꺼내려는 나에게 그는 붉게 젖은 손끝을 내밀었다. 그리고 눈앞에서 붉고 천천히 빛나며 흐르는 피를 보고 몸을 움츠리는 나를 향해 망설임 없이 목청을 높였다.

"지금 이 자리에서 맹세하자, 친구여!"

쩌렁쩌렁 울릴 정도로 우렁찬 목소리와 힘찬 그의 미소가 나를 뜨겁게 비췄다.

"언젠가 갑자기 예전처럼 만나지 못하게 되는 순간이 우리를 찾아올지도 몰라. 하지만 그렇다 해도 겨우 10년 정도야. 내가 왕위를 계승하면 내가. 네가 왕위를 계승하면 네가 서로를 가로막는 벽을 부수는 거야. 그때야말로 재개할 때…… 시작할 때야."

아무리 높고 무겁고 견고한 벽이 막아서도 그는 그 벽 앞에서 아주 간단히 웃어 보였다. 그 벽을 뛰어넘고 부수겠다고 당당하게 선언했다.

나는 줄곧 그런 눈부신 빛을 원했다.

"맹세하자, 요안 왕자…… 아니 요안!! 앞으로 무슨 일이 벌어진다 해도 우리는 반드시 왕이 되어 함께 하나즈오 연합왕국을 풍족하게 만들겠다고!"

그의 붉은 눈동자 속 열기가 뜨거워지며 더욱 밝은 빛을 띠고 불타올랐다. 선혈이 흘러나오며 그의 손가락에서부터 손목을 타고 떨어졌다. 그는 전혀 신경 쓰지 않고 힘차게 웃으며 이를 드러냈다.

"우리라면 할 수 있을 거야! 다른 누군가가 아니라 너와 함께라면!! 우리는……."

그가 말을 끊었다. 그때 그의 반짝이는 눈빛은 막힘이 없었지만 도취된 것은 아니었다. 거기에는 확고한 희망과 확신이 있었다.

"이 넓은 세상에서 유일하게 '둘' 인 제1왕자니까!!"

온몸이 심하게 떨리며 숨이 멈췄다.

지금까지 이 기이한 연합왕국에 태어난 것도 분열된 나라의 제1왕자로 태어난 것도 내가 저주해야 할 숙명으로만 여겼다. 하지만 이 순간, 나는 처음으로 그것이 무엇보다 '행복한 일' 이라는 생각이 들었다.

떨리는 몸에 채찍질하며 다리를 움직였다. 그에게 등을 돌리고 호신용으로 객실에 구비했던 나이프를 숨겨진 선반 뒤편에서 꺼내 그와 똑같이 엄지 끝을 갈랐다. 그 순간 느껴져야 할 아픔이 흥분 때문인지 느껴지지 않았다. 상처에서 선혈이 터져 나오며 붉은 액체가 손가락 안쪽을 타고 흘렀다.

"이 나라의 미래와, 국민을 위해 맹세하자."

그에게 다가가 뚝뚝 떨어지는 붉은 피를 함께 하나로 겹쳤다. 상처를 세게 맞대자 서로 흘러내리던 피가 잠시 멈췄다.

"랜스. 나에게는…… 네가 필요해."

랜스 왕자…… 랜스와 흘린 이 피는 뒤섞이기 전부터 같은 붉은색이었다. 그리고 다시 한번 깨달았다, 우리는 같은 사람임을.

"그러니까 나도 맹세할게, 랜스. 서로의 구멍을 메워 주자. 내가 안 될 때는 네가, 네가 안 될 때는 내가 우리의 소중한 걸 반드시 지키자."

맞대던 손가락에서 힘을 풀고 그대로 서로의 손을 세게 움켜쥐었다. 손바닥이 마주치며 서로의 온도가 겹쳤다. 사제도 맹세의 말도 의식의 단검도 아무것도 없다. 스스로도 그저 어린 아이의 흉내일 뿐이라는 걸 알았다. 그럼에도 이 순간의 맹세는 우리에게 있어——.

피보다 더 진한 맹세가 되었다.

——102 months ago

"요안! 소개할게. 내 동생인 제2왕자 세드릭이야."

랜스가 남동생인 세드릭 왕자를 나에게 소개한 건 내가 열두 살, 세드릭 왕자가 여덟 살일 때였다. 랜스의 커다란 몸 뒤에 숨어 눈을 치켜뜨고 나를 노려보는 그 아이는 나이보다 더 어려 보였다.

양국의 식전에서 얼굴을 마주하고 인사한 적은 있었지만 제대로 접점이 생긴 건 이날이 처음이었다.

"세드릭, 이 사람이 아까 말했던 요안 왕자야. 함께 하나즈오 연합왕국을 좋게 만들 내 유일무이한 친구지."

랜스가 세드릭 왕자에게 나를 소개했다. 그제야 세드릭 왕자는 조금 흥미가 생겼는지 내 쪽을 올려다보았다.

"안녕하세요, 세드릭 제2왕자 전하. 요안 린네 드와이트라고 합니다. 형님인 랜스 왕자와는 사이좋게 지내고 있습니다."

나는 아직 다섯 살밖에 안 된 건 아닐까 하고 생각할 만큼 어려보이는 그 아이에게 미소를 지으며 악수를 요청했다. 그러자 세드릭 왕자는 어리지만 단정한 얼굴을 약간 찌푸리며 내 손을 맞잡았다.

"세드릭 실버 로웰이라고 합니다……. 이렇게 다시 한번 소개할 기회를 얻게 되어 매우 영광입니다. 부디 형님인 랜스 제1왕자와 함께 오래도록 하나즈오 연합왕국으로서 번영하기를 바랍니다."

아직 나를 약간 경계하는 표정과 반대로 그 말투는 몹시 유창했다. 감정이 실리지 않았고 마치 종이에 쓴 걸 그대로 읽는 듯한 말에 나는 지금까지 들었던 '신의 아이'라는 평판을 떠올렸다.

신과 같은 절대적인 기억력. 랜스는 세드릭 왕자의 그런 모습에 익숙한지 왕자의 머리를 쓰다듬으며 "그렇게 예의 차리지 않아도 돼. 요안은 내 친구라고 했잖아?" 하고 웃었다. 그러자 세드릭 왕자는 나에게서 고개를 돌리더니 다시 험악한 표정을 지었다.

"형님이 제발 와 달라고 해서 왔을 뿐이야. 나는 이런 나라에 전혀 찾아오고 싶지 않았어."

다음 순간, 랜스의 주먹이 떨어졌다. 꽁, 하는 딱딱한 소리가 나고 세드릭 왕자가 머리를 누르며 소리 질렀다.

형이라기보다는 마치 아버지 같은 랜스에게 나는 무심코 소리 내서 웃고 말았다.

"요안! 방금 일은 화내도 돼!!"

"아니, 신경 안 써. 오히려 세드릭 왕자의 반응이 맞아. 네가 조금 이상할 뿐이고."

왕족 간의 관계는 표면상일 뿐이고 국민들 앞이 아니면 엮일 일을 거의 만들지 않는다. 그것이 우리의 상식이다. 역대로 따져도 스스로 차이넨시스 왕국을 빈번하게 방문한 왕족은 랜스 정도일 것이다.

"이상하다니 무슨 뜻이야!!"

랜스가 고함쳤지만 웃으며 얼버무렸다. 나는 그렇게 화를 내는 랜스가 있는 것만으로 충분했다.

지금까지도 세드릭 왕자는 랜스에게 차이넨시스 왕국을 함께 방문하자는 권유를 몇 번이나 받았지만 거절했다. 그러다 오늘 겨우 권유를 받아들여 우리 나라를 찾아왔다. 그리고 지금, 세드릭 왕자는 도망치듯이 랜스의 손에서 벗어나 근처에 있는 나무 위로 올라가기 시작했다.

"요즘에 특히 이래. 나무 위에 있으면 이쪽도 함부로 손댈 수 없다는 걸 학습한 뒤로 저럴 때가 늘었어. 면학도 내팽개친 상태라서 교사도 골머리를 앓고 있어. 위험하니까 그만두라고 했는데."

그렇게 말하며 세드릭 왕자를 올려다보던 랜스가 양손으로 머리를 부여잡고 머리카락을 쓸어 올렸다. 미간에 주름을 잡으니 안 그래도 원래 나이보다 많아 보이는 얼굴이 더욱 나이 들어 보였다.

아무래도 최근 들어 세드릭 왕자는 면학을 게을리하고 교사로부터 도망쳐 다닌다는 듯했다. 처음에는 게으름 피우는 정도였으나 최근에는 스스로 교사에게서 도망치는 경우가 늘었다고 했다. 가끔 랜스가 붙잡아서 교사가 있는 방에 던져 넣을 때도 있다고 하니 상당히 빈번하게 면학을 피하는 모양이었다.

"랜스……. 잠시 세드릭 왕자와 대화해도 될까?"

문득 예전부터 그 이야기를 들을 때마다 머릿속을 스치던 의문이 떠올랐다. 내 부탁에 랜스는 고개를 갸웃거리며 "나 없이 말이야?" 하고 조금 걱정스러운 듯이 나와 세드릭을 번갈아 보았다.

"랜스는 내 방에서 기다려. 내가 제대로 세드릭 왕자를 데리고 갈 테니까."

그렇게 말하며 웃어 보이자 랜스는 붉은 눈동자를 불안한 듯이 떨면서도 결국 승낙했다. 랜스는 나무 위의 세드릭 왕자에게 "아무쪼록 위험한 짓은 하지 마." 하고 내뱉고 위병을 데리고 성안으로 향했다.

작아지는 랜스의 뒷모습을 지켜보며 작게 한숨을 내쉬었다. 이렇게 제2왕자이자 소중한 동생을 차이넨시스 왕국의 왕자인 나에게 맡기는 것도 랜스니까 가능한 일이다. 보통은…….

"나를 세뇌하려 해 봤자 그렇게는 안 될 거다, 요안 왕자."

랜스의 등이 안 보이게 됐을 때, 갑자기 목소리가 들려왔다. 위를 올려다보니 세드릭 왕자가 나뭇가지 위에 앉아 날카로운 눈빛으로 나를 바라보고 있었다. 그래…… 이런 반응이 보통이다.

"세뇌 같은 걸 할 생각은 없습니다, 세드릭 제2왕자 전하. 우리 신의 가르침은 전부 우리 나라의 것입니다. 이해받고 싶지만 그걸 다른 사람에게 강요할 생각은 없어요. 그 증거로 랜스는 아무렇지도 않잖아요?"

그렇게 말하며 웃자 세드릭 왕자는 랜스가 떠난 방향을 보더니 눈을 내리깔았다.

"형님이나 보통 사람이라면 그렇겠지. 하지만 나는 달라. 이렇게 이 나라 안에 있는 것만으로도 살아 있는 느낌이 안 들어."

왕자가 하고 싶은 말이 뭔지 이해가 갔다. 보통 사람과는 비교도 안 되는 기억력을 가진 세드릭 왕자는 배웠던 모든 것을 기억한다. 안 그래도 서시스의 왕족과 상층부는 우리 차이넨시스 왕국을 좋게 여기지 않는다. 신의 이름을 이용해 언제 서시스 왕국에 포교의 손길을 뻗칠지 모른다며 경계받았다.

"저희에게 신이란 지배하는 게 아닙니다. 저희를 용서하고 지키고…… 때로는 구원의 손길을 내미시는 존재입니다."

세드릭 왕자에게 우리 신에 대해 설명했다. 얼마 전의 나라면 절대로 하지 않을 짓이다. 지금 이렇게 시도하게 된 건 다름 아닌 랜스 덕분이다.

세드릭 왕자는 두 귀를 손으로 막으며 나를 노려보았다. 하지만 사실 다 들리는지 그 표정은 내 말에 의아한 듯이 표정을 찡그리며 살짝 고민하는 것처럼 보이기도 했다. 잠시 말을 끊고 입을 다문 나에게 왕자의 올곧은 눈동자가 '그게 다야?' 하고 의문을 내비쳤다. 왕자는 두 귀를 막은 손을 천천히 내리고 다시 가지를 붙잡아 몸을 지탱했다.

'조금은 들어줄게.' 라고 말하는 듯한 모습에 나는 다시 입을 열었다.

"세드릭 제2왕자. 당신은 아주 마음씨 착한 분이라고 알고 있습니다."

그렇게 말하며 세드릭 왕자를 올려다보자 차갑게 불타는 눈이 가늘어지더니 나를 평가하듯이 눈살을 찌푸렸다.

"랜스를…… 위해서죠?"

구체적으로는 묻지 않고 그 말만으로 확인을 받았다. 그러자 세드릭 왕자의 눈이 단숨에 휘둥그레졌다. 그리고 나에게서 눈이 떨어지지 않는지 시선을 고정하고 입을 벌린 채 아무 말도 하지 않았다.

"저도 압니다. 당신들 이야기는 많이 들었으니까요. 딱히 소문낼 생각도 없어요."

세드릭 왕자가 앉은 나무에 한 걸음 더 다가가 등을 기댔다.

위를 올려다보니 쭉 뻗은 가지 끝에 왕자가 있었다. "정말이지?" 하고 다짐을 받는 듯한 말이 들려오는 걸 보니 이미 긍정한 거나 마찬가지다.

"물론이죠." 하고 대답하자 세드릭 왕자는 잠시 고민하듯이 입을 다물었다.

왕자의 생각이 옳아 보이지는 않는다. 다만…… 그것밖에 방법이 없다는 건 나도 알았다. 내가 이 같은 경우였다면 분명 나도 같은 짓을 했을 것이다.

"나는…… 형님에게 미움받은 적이 없어."

잠시 후, 그가 바람 소리에 묻혀 사라질 만큼 작은 목소리로 나지막이 말했다. 바로 아래에 있지 않았다면 다른 소리 때문에 들리지 않았을 것이다.

혼잣말인가 했지만 그 말은 아무리 생각해도 나를 향하고 있었다.

"압니다. 랜스는 그런 남자니까요."

나도 작은 목소리로 대답했다. 그래…… 안다.

그런 랜스여서 나도 이렇게 친구가 됐으니까.

"형님은 제1왕자야. 분명 장래에 훌륭한 왕이 될 거야. 아버님보다…… 너보다 더."

"네, 저도 그렇게 생각해요."

왕자가 하려는 말이 뭔지 이해가 갔다. 아직도 말에 가끔씩 가시가 돋긴 했지만, 이렇게 진심을 살짝 털어놓는 걸 보니 조금은 마음을 열려는 건가 하는 기대감이 들었다.

"형님은…… 착해. 누구에게도 넓은 마음으로 대하고, 이런 나나…… 너 같은 차이넨시스 왕국 사람도 차별하지 않지."

"네, 그렇죠."

세드릭 왕자의 말은 계속됐다. 마치 내가 화내기를 기다리는 듯한 설명 방식에 왕자가 얼마나 경계하면서 이쪽으로 발걸음을 옮기는 건지 알 수 있었다.

"그런 형님을…… 나는 계속 괴롭혀 왔어."

갑자기…… 왕자가 무겁고 괴로운 말을 토해 냈다. 나도 모르게 위를 올려다보니 고개 숙인 얼굴이 바로 아래에 있는 나를 내려다보고 있었다. 아랫입술을 깨물며 눈물을 참듯이 얼굴을 찡그린 모습은 정말로 평범한 소년일 뿐이었다.

왕자가 한 말이 가리키는 바는 나도 잘 안다. 신의 아이라고 불리는 왕자를 정통 왕위 후계자로 삼으려는 움직임이 서시스 왕국 상층부에서 많이 보인다는 것, 랜스가 뒤에서 '범인(凡人)' 이라고 비웃음당한다는 것도. 둘 다 유명한 이야기다. 랜스와 친구가 되기 시작했을 무렵에 물어본 적이 있다.

세드릭 왕자를 원망하지는 않냐고.

'원망할 리가 없잖아. 그 녀석은 나를 한 번도 괴롭히려 한 적이 없으니까.'

랜스는 얼버무리는 기색도 없이 고개를 가로저었다. 그날 랜스의 눈부심은 평생 잊을 수 없을 것이다.

"우리의 소문을 안다면 내 별명도 알겠지. 대답해라, 요안 제1왕자. 너는 나를 저주하나? 혐오하나? 더럽다고, 생각하나……?"

세드릭 왕자는 말이 나오지 않는 나를 울 듯한 눈으로 바라보면서도 입으로는 계속해서 굳세게 말을 늘어놓았다. 왕자는 이 질문을 하려고 나를 만나러 온 걸까.

역시 랜스의 동생이라는 걸 통감했다.

나는 말을 하기 전에 먼저 위에 있는 세드릭 왕자에게 손을 뻗었다. 키가 모자라서 머리 위에 있는 왕자에게는 닿지 않았지만 그래도 개의치 않고 손을 뻗으며 웃었다.

"저주하지도 혐오하지도 더럽다고 생각하지도 않아. 나의 신께 맹세할게, 세드릭."

가슴께에 드리운 십자가를 쥐고 솔직하게 맹세했다.

"랜스는 네가 소중하고 둘도 없는 가족이라고 했어. 나에게 사실은 마음씨 착한 아이라고도 이야기했어. 그러니까…… 믿을게."

내 말에 세드릭의 눈동자가 불타오르듯이 흔들렸다. 그리고 서서히 촉촉해지더니 아래를 향한 눈에서 툭 하고 눈물 한 방울이 떨어졌다. 세드릭은 바로 아래에 있는 나를 내려다보다가 이대로 머리부터 떨어지는 건 아닐까 싶을 정도로 눈 하나 깜빡이지 않고 나에게 시선을 고정했다.

세드릭은 나와 조금 닮았다.

그래서 나만이 눈치챘다. 그리고 나만이 세드릭의 진심을 안다.

나는 손바닥을 펼쳐 떨어지는 눈물을 받아내고 나뭇가지 사이로 비치는 햇살에 금색으로 반짝이는 머리칼을 올려다보며 이 자리에서 우렁차게 선언했다.

"왜냐하면 너는 이 나라에서 가장 훌륭한 왕의 그릇을 가진 랜스의 동생이니까."

그 말을 기점으로 세드릭의 눈에서 떨어지는 눈물의 양이 배로 늘었다. 눈물을 뚝뚝 흘리며 흐느끼기 시작하더니 몸을 웅크리듯이 등을 말고 자신의 무릎에 얼굴을 묻었다. 정말 여덟 살이라고는 믿기지 않을 만큼 어렸다. 아니…… 순수하다고 하는 편이 좋을지도 모른다. 많은 어른의 생각과 사상에 노출되어 그것을 그대로 흡수한 세드릭을…… 아마 랜스가 '어린아이'로 돌려놓았을 것이다.

"내려와, 세드릭. 신의 이름을 걸고 약속할게. 나는 너에게 아무것도 강요하지 않을 거야."

옷소매로 눈을 세게 문지르며 코를 훌쩍인 세드릭은 얼굴의 물기를 전부 닦고 천천히 나무 위에서 내려왔다. 그러더니 나에게 우는 얼굴을 보이고 싶지 않은지 다시 고개를 숙이고 히끅거리며 어깨를 들썩였다.

나는 어린 세드릭 앞에 무릎을 꿇고 새끼손가락을 내밀었다. 고개를 숙이고 있다가 새끼손가락을 발견한 세드릭은 다시 눈을 문지르며 나와 새끼손가락을 번갈아 보았다.

"랜스가…… 전 세계 모든 사람이 알아차리지 못해도 나만은 알아. 너의 그 다정함과 고귀함. 그리고…… 네가 선택한 가시밭길도."

분명 힘든 일도 있겠지. 자신의 무력함에 괴로워하다가 언젠가는 그 작은 결의마저 저주하며 후회할 날이 올지도 모른다. 이건 그의 고집이기도 하니까. 하지만…… 나도 같다.

우리는 어른들에게 칭송받는 미래가 아닌, 랜스를 선택했다.

"나만은 네가 가는 길을 같이 걸어 줄게. 네가 믿는 길을 나도 믿을 테니 함께 걸어가자. 랜스와 셋이서 반드시 하나즈오를 좋은 나라로 만들자."

세드릭은 자신의 팔에 눈을 문지르면서도 고개를 끄덕였다. 말이 안 나오는지 대신에 몇 번이고 고개를 끄덕였다. 눈물로 빨개진 얼굴을 들고서 자기 새끼손가락을 살며시 걸었다.

마주 건 새끼손가락에 힘을 주며 우리는 이날 약속을 나눴다.

내가 아홉 살 생일을 맞은 지 2개월 하고 3일.

"오오! 랜스 님, 세드릭 님도 차이넨시스 왕국에 용건이 있으셨습니까?"

나와 형님이 평소처럼 요안 왕자와 만나려고 차이넨시스 왕국을 방문했는데, 성 앞에는 우리 서시스 왕국의 상층부 사람이기도 한 에이지 경과 그 부하가 있었다.

"에이지 경. 그래…… 요안 왕자와 약속이 있어서 말이야."

나는 차분하게 대답하는 형님의 등 뒤에 숨어 그 녀석들을 노려보았다. "그러셨군요, 저희도 지금부터 용무가 있어서 말입니다." 하고 우연이니 뭐니 하면서 기뻐하는 어른들과 대화하고 싶지 않았다.

나에게 아첨하려는 어른은 아직도 끊이지 않았다. 형님과 대화하는 지금도 다른 녀석들이 나를 힐끔거리며 시선을 보냈다. '신의 아이' 에 관한 소문은 여태 상층부의 머리에 남아 있었다.

"여어. 랜스, 세드릭. 기다렸어."

우리가 방문하는 걸 알고 있던 요안 왕자가 부드럽게 미소 지으며 호위와 함께 맞았다. 형님과 동갑인 요안 왕자는 역대 차이넨시스 왕국 왕족 중에서도 특히 우수하다고 한다. 만나자마자 내가 면학을 기피하는 이유도 바로 알아차렸다. 성의 어른은 물론 형님에게조차 들킨 적이 없었는데.

'신의 아이' 라 불리며 신앙심 깊은 차이넨시스 왕국의 신을 우롱하는 듯한 별명을 가진 나는 매우 미움받을 텐데, 요안 왕자는 전혀 그렇게 생각하지 않는다고 말했다.

'왜냐하면 너는 이 나라에서 가장 훌륭한 왕의 그릇을 가진 랜스의 동생이니까.'

요안 왕자는 처음으로 나를 '신의 아이' 가 아니라 형님의 동생으로 보았다.

그게 죽을 만큼 기뻤다.

"요안, 미안해. 이쪽도 방문이 겹친 모양이야."

"괜찮아, 나도 완전히 일정을 파악했던 건 아니니까."

요안 왕자는 위병에게 에이지 경의 안내를 맡기고 그대로 우리를 방으로 초대했다.

요안 왕자는 나에게 있어 형님 다음가는 구원이었다. 형님의 좋은 점을 알고 내가 하려는 일도 이해해 주었다.

"그래서…… 세드릭. 또 교사한테서 도망쳐 온 거니? 여전히 발이 빠르구나."

"웃을 일이 아니야, 요안. 세드릭은 남들보다 똑똑하지만 배우지 않으면 그것도 재능 낭비라고."

요안 왕자의 말에 형님이 신음했다. 오히려 재능을 낭비하는 게 목적인데…….

형님은 아직도 내가 면학에서 도망칠 때마다 쫓아온다. 형님의 위엄에 흠집이 생기는 건 곤란하니 형님에게 발견되면 붙잡힐 수밖에 없다. 덕분에 오늘도 조금 지식을 흡수했다.

"세드릭. 최소한 지식을 선별하면 어때? 배우면 너에게 도움 될 지식도 있어. 예를 들면 역사나 법률, 매너나 교양. 그리고……."

"필요 없어."

요안 왕자의 말을 도중에 가로막았다. 그러자 형님이 곧바로 나를 꾸짖었다.

요안 왕자는 내 생각을 지지하겠다고 했으면서 어째선지 내가 모든 면학을 내팽개치면 매번 나를 설득하려 했다. 1개월하고 10일 전에는 "어른에게 외우는 걸 들키고 싶지 않은 거면 내가 몰래 알려 주면 되잖아?" 하고 속삭였으나 당연히 거절했다.

면학에 힘쓰지 않아도 문제없이 생활할 수 있는데 쓸데없이 지식을 늘리고 싶진 않았다. 어차피 살아 있기만 해도 쓸데없는 지식이 멋대로 늘어나니까.

그리고 서시스 왕국의 역사와 법률이라면 이미 머릿속에 있었다. 타국의 역사도 버트런드가 네 살 때까지 읽게 시켰던 부분은 전부 머릿속에 있다. 그렇다고 해서 교사 앞에서 암송하면 또 신의 아이 소문이 퍼질 뿐이다.

"그런 것보다 이왕 왔으니 차이넨시스 왕국 얘기나 들려줘."

평소와 같은 나의 요청에 요안 왕자는 쓴웃음을 지었다. 형님이 옆에서 턱을 괴며 살짝 웃었다.

요안 왕자와 교류한 뒤로 나는 형님과 함께 매번 차이넨시스 왕국에 오곤 했다. 어른에게 세뇌당했을 때는 차이넨시스 왕국의 다양한 악평을 들었다. '이교도다, 머리가 이상하다, 머리가 굳었다, 속 좁은 나라다, 신의 아이라고 불리는 나를 업신여긴다, 나의 적이다.' 라는 악평을. 보고 듣기만 해도 모든 걸 흡수하는 나는 식전 등의 일로 차이넨시스 왕국에 갈 때도 마차 밖은 보지 말라고 엄하게 금지당했다.

형님이 구해 준 뒤로도 평범하지 않은 나는 차이넨시스 왕국에 발을 들이기만 해도 다양한 가치관을 내 눈과 귀로 흡수하고 나도 모르는 사이에 그것에 잠식당할지도 모른다는 생각에 무서워서 견딜 수가 없었다.

도구로 전락했던 그때처럼.

하지만 형님에게 요안 왕자를 소개받은 뒤로는 서서히 마차 밖 풍경도 구경하게 되었다. 하지만 별것 없었다, 우리 나라와 건물 양식등의 차이는 있었지만 국민의 모습은 전혀 다르지 않았다. 교회라는 건물이 많았는데 저게 말로만 들었던 차이넨시스 왕국 신앙의 한 조각이라고 생각하니 역겨움도 공포도 전혀 느껴지지 않았고 오히려 아름다운 건축물이라는 느낌이 들었다. 내가 줄곧 이렇게 아름다운 풍경에 겁먹고 있었다는 게 믿기지 않았다.

우리 나라에서 어른들이 가르친 건 전혀 믿을 게 못 됐다.

처음 요안 왕자에게 차이넨시스 왕국을 가르쳐 달라고 했을 때는 형님도 요안 왕자도 놀랐다. 면학을 기피하는 내가 가르침을 구한 게 의외였던 모양이다. 하지만 그 어른들의 말보다는 형님과 요안 왕자의 말이 훨씬 더 믿음직스러웠다.

내 부탁에 요안 왕자는 형님에게 확인을 받고 나를 소파에 앉혔다. "오늘은 무슨 이야기를 할까?" 라는 질문에 나는 살짝 고민했다. 지금까지도 차이넨시스 왕국의 신앙과 관습, 피의 맹세 같은 의식, 차이넨시스 왕국과 서시스 왕국의 분쟁에 관해 들었지만 모두 아무리 들어도 부족할 정도로 흥미로웠다. 서시스 왕국과의 차이가 크면 클수록 그 차이를 아는 게 너무나도 재밌었다.

듣고 싶은 이야기를 고민하며 답을 찾아 방을 둘러보다가 문득 요안 왕자의 가슴께에 눈이 갔다.

"그 펜던트는……?"

내 물음에 요안 왕자는 "아, 이거 말이야?" 하고 자신의 십자가 펜던트를 쥐었다. 교회에도 이것과 똑같은 모양의 장식이 어느 곳에나 걸려 있었다. 예전에 믿는 신의 상징이라고 들었는데 목에 걸고 다니는 것도 신앙의 일부냐고 묻자 요안 왕자는 밝게 웃었다.

"딱히 이걸 걸고 다녀야 하는 건 아니야. 다만 이건…… 그렇지. 부적……이라고 할까."

요안 왕자는 어딘가 쑥스러운 듯이 웃더니 펜던트를 잠시 벗어서 내 목에 걸었다. 흰색을 바탕으로 한 십자가. 차이넨시스 왕국은 광물이 풍부하지만 이 십자가는 아무런 장식도 없는 단순한 구조였다.

"상징을 몸에 지니면 신이 함께 계실 것이다. 그 가호로 우리를 지켜 주실 것이다. 그런 바람을 담은 거야. 줄곧 내 버팀목이었어."

그렇게 이야기하는 요안 왕자의 눈에 그늘이 드리웠다. 요안 왕자도 혼자였던 건가.

"신께는…… 형체가 없어. 이것도 어디까지나 상징이고 신 그 자체가 아니야. 우리의 신앙에서 신을 우상화하는 건 금지되어 있어."

형체가 없는 존재를 믿는다. 나는 아직도 그게 이해되지 않았다. 하지만 오로지 한 가지만을 믿는 모습은 아름다웠고 조금은 알 것 같기도 했다. 오히려 믿을 수 있는 존재에 관해 듣고 신도 형님도 있는 요안 왕자가 부럽다는 생각까지 들었다.

나와 형님이 차이넨시스에 방문했을 때도 우리 앞에서 신에게 기도하는 요안 왕자를 몇 번인가 봤는데 도저히 어른들에게 들은 이교도로는 보이지 않았다.

"신께 기도하고 노래하고 가르침을 지키고 감사한다. 예전에도 이야기했던 대로 그게 우리 신앙의 전부야. 그렇기에 더욱 곁에 있고 싶고, 신께 헌신하고 싶다고…… 생각하는지도 몰라."

요안 왕자가 그렇게 말하며 다시 펜던트를 자기 목에 걸었다. 십자가가 흔들리며 창문으로 들어오는 햇빛을 반사해 하얗게 반짝였다.

"그리고…… 강요할 생각은 없어. 다만 너와 랜스가 우리의 이런 삶의 방식을 인정한다면…… 우리는 무척 기쁠 거야."

내 머리를 부드럽게 쓰다듬던 요안 왕자가 내 뒤에 있는 형님과 눈을 마주쳤다. 요안 왕자의 온화한 미소에 분명하게 고개를 움직여 대답하는 형님과 똑같이 나도 크게 고개를 끄덕였다.

한동안은 그대로 형님과 요안 왕자와 뜻깊은 시간을 보냈지만 도중에 요안 왕자가 가신의 호출을 받아 자리를 떴다. 게다가 형님까지 화장실에 가는 바람에 방에는 나 혼자 남겨졌다.

"늦어……."

머릿속의 시계가 분침을 한 번 움직일 때마다 점점 더 싫증이 났다. 방 밖에는 위병이 있지만 그렇다고 해서 부르고 싶지는 않았다. 사실은 형님과 요안 왕자 이외의 사람 따위는 한시도 곁에 두고 싶지 않았다. 그리고 최근에는 요안 왕자의 방에나 혼자 있어도 마음이 편안했다.

소파에서 일어서서 방 창문으로 바깥을 구경했다. 때마침 우리가 마차에서 내린 곳이 멀리 보였다. 그 너머로는 아름다운 성 바깥 마을이 펼쳐졌다. 흰색을 바탕으로 한 차이넨시스 왕국은 몇 번을 봐도 아름다웠다.

'나라가 달라도 같은 하나즈오 연합왕국의 반쪽이야.'

4년 10개월 하고 28일 전 형님의 말을 떠올렸다. 지금이라면 그 말뜻도 알 것 같았다. 성 바깥 풍경도 믿는 것도 생활도 다르지만 둘 다 아름답고 좋은 나라다. 어째서 어른들은 이렇게 간단한 것도 깨닫지 못하는 걸까. 역시 형님과 요안 왕자의 말이 옳다.

"그건 그렇고 너무 늦어……."

아직도 돌아오지 않은 두 사람에게 살짝 짜증이 났다. 옛날에는 몇십 시간을 강제로 의자에 앉아서 면학에 붙들려도, 몇 시간을 아무것도 하지 않고 형님 옆에만 있어도 질리지 않았는데 지금은 공연히 싫증이 나고 가끔 몸이 근질거리기도 했다.

하는 수 없이 나도 요안 왕자의 방을 나섰다. 내게 말을 건 호위병에게 화장실에 간다고 말하니 따라왔다. 일부러 멀리 돌아가며 형님이나 요안 왕자를 눈으로 찾으면서 돌아다녔다. 호위병이 뭐라고 말했지만 한 귀로 흘렸다.

층계참에서 아래층을 내려다보니 마침 시야에 우리 나라 상층부 사람들이 들어왔다. 그들은 그늘에 숨어서 기분 나쁜 미소와 함께 각자 입을 움직이고 있었다. 평소 같았으면 시야에 들이지도 않고 피했겠지만 그 불쾌한 미소가 몹시 신경이 쓰여서 발을 멈췄다. 목소리를 죽이고 있는지 여기서는 아무것도 들리지 않았다.

하지만 입 모양만 보이면 문제없다.

기억과 대조하면 입 모양을 보고 무슨 이야기를 하는지 대강 읽을 수 있다. 층계참에서 에이지 경 일행을 내려다보며 눈을 부릅뜨고 그 녀석들의 대화를 훔쳐 들었다.

'나 참…… 어째서 랜스 님도 세드릭 님도 이런 곳에 빈번하게 방문하시는 건지 원.'

'특히 신의 아이인 세드릭 님이 차이넨시스 왕국에 깊게 관여하면 교육에도 안 좋을 텐데. 그분까지 그 돌아 버린 것 같은 종교를 믿겠다고 하면 어째야 하나.'

'소문으로는 요안 왕자의 입발림에 넘어가서 랜스 님도 회유당했다더군. 랜스 님도 신의 아이라는 뛰어난 동생 때문에 마음이 병들어 이국의 신에게 구원을 바라게 됐다나.'

'아니, 랜스 님이 그렇게 연약한 정신을 가지셨을 리 없네. 차라리 세드릭 님 정도로 경계심을 가지시면 좋을 것을…….'

'요안 왕자도 무슨 생각을 하는 건지. 우리 나라의 두 왕자를 몇 번이나 호출하다니. 가냘픈 모습을 하고서 낯짝이 두껍군. 우수한 왕자라고 소문이 자자하긴 하지만 신의 아이인 세드릭 님에게 다가가려는 것 자체가…….'

읽어낼수록 불쾌하기 짝이 없었다. 이런 녀석들 때문에 내가 신의 아이를 죽인 것이다.

계기는 단순한 나무 타기였다.

여덟 살이 되기 9일 전, 너무 한가해서 내 방으로 가던 도중에 문득 나무 한 그루가 눈에 들어왔다. 머릿속에 형님과 성을 내려갔을 때 봤던 성 바깥의 아이들이 하던 놀이가 선명하게 떠올랐다.

기억 속 나무 타기를 하던 어린아이를 흉내 내서 어떤 식으로 손을 짚었는지 어떤 식으로 발을 걸쳤는지 되짚으며 팔다리를 움직이자 아주 간단하게 나무 꼭대기까지 오르고 말았다.

돌아온 형님에게 위험하다고 혼났으나 그 뒤에 있었던 일이 훨씬 더 충격적이었다. 나무 타기 같은 건 누구한테 배웠냐는 질문에 "형님과 성 바깥으로 내려갔을 때 같이 봤잖아."라고 대답하자, 형님이 한 가지 가설을 세웠다.

"어쩌면 너는 기억하기만 하는 게 아니라, 그걸 기술로 승화시킬 수 있는 걸지도 몰라."

온몸의 털이 곤두섰다. 형님이 나를 안심시키려고 "그냥 가정일 뿐이야. 네가 말하지 않으면 누구에게도 안 말할게. 걱정하지 마." 하고 머리를 쓰다듬어 줘도 말이 나오지 않았다.

"나도 너에게 부끄럽지 않도록 한 층 더 노력해야겠는걸."

형님이 끝으로 그렇게 중얼거리자 '이건 안 된다' 는 걸…… 바로 깨달았다.

한숨을 내쉬며 나지막이 한 형님의 말이 가슴에 똑바로 날아와 꽂혔다.

배우면 배울수록 나는 형님을 몰아세우게 된다. 형님이 몇 시간, 며칠, 몇 주, 몇 달, 몇 년에 걸쳐서 노력하며 배우고 익힌 모든 것이 무의미해진다. 그렇게나 노력했는데 그 모든 것이 나 때문에 무용지물이 되고 만다.

그 뒤로는 면학도 지식을 접하는 것도 그만두었다. 책을 읽지 않고 교사의 이야기도 듣지 않으면 더 이상 지식을 얻을 일도 없다. 형님을 뛰어넘을 걱정도 더 이상 똑똑해질 걱정도 없다.

"세드릭 님, 왜 그러십니까?"

내가 한 걸음도 움직이지 않자 병사가 아까보다 더 큰 목소리로 다시 나를 불렀다. 그 바람에 에이지 경 일행이 이쪽을 올려다보며 나를 발견했다. "세드릭 님 아니십니까!" "저희는 이제부터 마차를 타고 먼저 서시스 왕국으로……." 하고 뻔뻔한 말과 함께 나를 만나러 일부러 계단을 올라왔다.

한 걸음 물러나 입을 다물고 노려보았으나 녀석들은 헤실헤실 웃으며 "때마침 잘 오셨습니다." 하고 말을 이었다.

"평소에는 랜스 님과 함께 계시는지라 직접 이야기를 나눌 기회가 좀처럼 없었으니까요."

왜 형님과 같이 있으면 기회가 없는 걸까. 그런 건 아까 전 대화로 추측하면 나도 알 수 있었다.

"여기서만 하는 이야기입니다만, 세드릭 님. 요안 왕자에게 뭔가 안 좋은 일을 당하지는 않으셨습니까?"

"그게, 저희도 걱정돼서 말입니다. 부디 아무쪼록 요안 왕자를 조심하십시오. 그도 그럴 게 차이넨시스 왕국은…… 뭐, 우리 나라와는 여러 가지로 다르니까요. 그렇죠……?"

"아무리 잘 따르시는 랜스 왕자 전하의 친우라지만 세드릭 님까지 무리하게 친교하실 필요는 없습니다."

이래서 싫다는 거다. 자기 좋을 대로만 이야기하고 자기들에게는 잘못이 없게 도망친다. 나에게 타인의 안 좋은 인상만을 밀어붙인다.

도망칠 곳도 없어서 그저 가만히 서서 입을 다문 나에게 어른들은 계속해서 입을 나불거렸다. 형님과 요안 왕자의 험담을 떠벌리던 입으로 마치 나를 걱정하는 듯이 이야기했다.

"저희도 '신의 아이' 이신 세드릭 님을 진심으로 걱정——."

"너희가, 나한테 뭘 했는데……?"

나도 모르게 그 녀석들의 말을 가로막듯이 말이 먼저 튀어나왔다. 스스로도 믿기지 않을 만큼 낮은 목소리였다. 내 말에 놀랐는지 녀석들의 뻔뻔한 미소가 얼어지며 경직됐다.

"요안 왕자는 나와 형님에게 한 번도 강요한 적 없어. 형님과 똑같이 자국민을 아끼는 좋은 왕자야. 그런데 어째서 너희는 마치 스스로가 요안 왕자보다 더 나와 친하고 믿음직스러운 듯이 말하는 거지? 내 기억에 너희는 누구 하나 나에게 인사 말고 아무것도 한 적이 없는데."

발작하는 것처럼 말이 터져 나왔다. 모든 숨을 토해 낼 기세로 말을 멈추지 않았다.

——에이지 경, 각 식전을 포함해 인사만 함, 내가 두 살 때부

터 버트런드와 51번 대화함. 내 특별 교육을 묵인. 부처 경, 각 식전을 포함해 인사만 함, 내가 두 살 때부터 버트런드와 51번 대화함. 내 특별 교육을 묵인. 네펜데스 경, 각 식전을 포함해 인사만 함. 세 살 때 내 특별 교육을 알았으나 묵인. 헬리세이 경, 각 식전을 포함해 인사만 함. 두 살 때부터 내 특별 교육을 세 번 목격했으나 묵인. 존슨 경, 각 식전을 포함해 인사만 함. 함브로 경, 각 식전을 포함해 인사만 함.

"어디 말해 봐, 너희가 나와 어떤 교류가 있어서 친하다고 지껄일 수 있는지. 내 형님의 친구를 함정에 빠뜨리고 어떻게 아무렇지도 않은 건지. 내가 너희를 형님과 요안 왕자보다 우선해야 할 이유를 말해 보라고……!!"

내 인생에서 아무것도 하지 않은 이 남자들이 어째서 이렇게까지 친한 척하며 나에게 매달리는 거지? 어째서 내 소중한 사람을 헐뜯는 거지? 일부러 강한 어휘를 골라 말하며 옷소매를 세게 움켜쥐고서 두 눈으로 녀석들을 바라봤다.

얼굴이 서서히 파랗게 질리던 녀석들은 뭔가 변명을 하려는 듯이 입을 뻐끔거렸다. 지금까지 나는 한 번도 어른을 상대로 말대꾸한 적이 없었다.

입을 다물고 도망치기만 했던 내가 태어나서 처음으로 녀석들에게 맞섰다.

나는 제2왕자다. 여덟 살이었던 형님이 전 섭정 버트런드를 쫓아냈듯이 나도 그럴 만한 힘이 있다. 이런 어른 따위는 적이 아니다. 왕족은 우리 나라에서 최대 권력자다. 설령 내가 '신의 아이' 를 버리고 평범하고 무능한 어린아이가 된다 해도 상관없다. 이 권력만으로도 힘은 충분하다.

나는 형님과 똑같이 이 나라 왕자니까. 나는, 우리는……!!

"세드릭……."

갑자기 목소리가 들려와 뒤를 돌아보았다. 그러자 요안 왕자가 눈을 동그랗게 뜨고 우리를 보고 있었다.

"무슨 일이야?" 라는 질문에 다시 녀석들 쪽을 돌아보자 모두 당황한 기색으로 나를 바라보았다. 요안 왕자에게 이대로 일러바치고 싶었지만 형님에게 폐가 되면 곤란하다.

"아무것도 아니야, 그냥 인사하고 있었어."

내 대답에 녀석들은 눈에 띄게 안도의 한숨을 내쉬었다. 이 녀석들을 위해서 그런 게 아닌데 짜증이 났다. 그 자리에서 달려 나가 요안 왕자의 손을 잡았다.

"형님이 화장실에서 안 돌아와, 같이 찾아 줘. '형' ……."

일부러 다 들리도록 말하자 요안 왕자뿐만 아니라 모두가 놀란 듯이 눈이 휘둥그레졌다. 요안 왕자에게서 "혀……형……?" 하는 대답이 돌아왔고, 나는 그 손을 움켜쥐며 다시 목소리를 높였다.

"요안 왕자는 나에게 형님과 비슷할 정도로 신뢰할 만한 가치가 있는 사람이야. 그러니까 형이라고 부를게. 나의…… 이 몸에게 특별하니까."

요안 왕자…… '형' 의 손을 잡은 채 녀석들을 돌아보았다. 그러자 모두 당황한 듯이 눈짓을 나누며 시선을 방황했다.

“이 몸은 형님과…… 형을 나쁘게 말하는 사람은 절대로 용서하지 않을 거야. ‘신의 아이’ 는 더 이상 없어. 하지만…….”

나는 손가락으로 천천히 한 명씩 가리켰다. 에이지 경부터 함브로 경까지, 끝에서 끝까지 가리키며 이름을 불렀다. 내가 이름을 알 줄은 몰랐는지 모두 어깨를 움찔 떨었다.

“너희를 다 기억했다고…….”

절대로 잊지 않을 것이다. 버트런드 경 일행처럼 너희의 얼굴도 한 말도 전부 내 머릿속에 새겨졌다. 무슨 일이 있어도 다음은 없다. 그런 뜻을 내비치자 녀석들은 얼굴이 새파래지더니 마침내 눈에 띄게 떨기 시작했다.

나도 더 이상 용건은 없다. ‘형’ 의 손을 이끌고 방이 있는 쪽으로 달려갔다. 계속 아무 말도 없던 형은 위병에게 방에 형님이 돌아오지 않은 것을 확인하고 나서야 입을 열었다.

“고마워…… 세드릭.”

“언제부터 듣고 있었어?”

뭔가 속뜻이 담긴 듯한 형의 말투에 숨기는 건 그만두고 물었다. “세드릭이 그 사람들에게 들키기 전부터려나.” 라는 대답에 나보다 훨씬 전부터 그 녀석들의 험담에 귀를 기울였다는 걸 알아차렸다. 바로 나에게 달려오고 싶었지만 자신이 나서면 상황이 복잡해질 것 같아서 계속 분위기를 살폈던 모양이다.

“그리고 ‘이 몸’ 이란 표현은 말씨가 조금 거칠어.” 라고 형이 말했지만 그 말은 못 들은 걸로 하기로 했다. 어른을 상대로 허세 부리고 싶었다고는 입이 찢어져도 말하고 싶지 않았다.

"왜 바로 말하지 않은 거야? 여기는 형의 나라잖아. 그 녀석들을 벌하는 건 식은 죽 먹기일 텐데."

내 질문을 듣고 형이 쓴웃음을 지었다. "많이 들었던 이야기라서 새삼스럽지도 않아."라는 말에 그 녀석이 오래전부터 험담해 왔다는 걸 깨달았다. ……더욱 짜증이 났다.

"내가 형님에게 말해서 그 녀석들을 벌할까?" 하고 물었지만 형은 고개를 저었다.

"괜찮아, 이제 몇 년만 더 참으면 되니까. 지금은 랜스와 너랑 이렇게 만나는 시간이 더 소중해. 그리고 두 나라 사이에 풍파를 일으킬 수는 없잖아."

형은 그렇게 말하고 웃었다. 뒤이어 내가 잡은 손에 살짝 힘을 주며 "이렇게 손을 잡다니, 랜스에게 소개받았을 때 이후로 처음이네." 하고 그리운 듯이 웃었다.

"이제 몇 년만 더 참으면 된다니…… 무슨 뜻이야?"

손을 더 세게 맞잡으며 시선을 피했다. 그러자 형은 잠시 침묵하더니 의외라는 듯이 "말하지 않았던가?" 하고 나에게 되물었다.

"랜스랑 약속했거든. 우리 둘이 국왕이 되면 두 나라의 보이지 않는 벽도 허물고 '하나즈오 연합왕국'을 좋은 나라로 만들겠다고."

그렇게 말하며 웃는 형은 오늘 지은 것 중에 가장 눈부신 미소를 지었다. 뒤이어 "그러니까 괜찮아."라고 선언하는 얼굴은 자신이라기보다 확신에 가까웠다.

형님과 형의 약속. 형님이 지금까지 나에게 알려주지 않은 게 살짝 마음에 걸렸지만 그 이상으로 그 약속은 나에게 희망이었다.

형님과 형이 어깨를 나란히 하고 다스리는 나라. 분명 장벽이 없는 상냥한 나라가 될 것이다. 그때 나에게는 형님과 형 이외에 뭐가 남을까…….

"그러고 보니 세드릭, 그 호칭 계속 쓸 거야? 이제 아무도 안 보는데?"

형의 질문에 고개를 갸웃거렸다. 굳이 일부러 바꿀 필요가 있나. 나에게 요안 왕자는 이미 '형'이 되었다. 그렇다면 이제 다른 이름으로 부를 필요는 없다.

형에게 그렇게 말하자 어째선지 관자놀이를 손끝으로 누르며 고민하는 듯한 자세를 했다. 그리고 "역시 넌 랜스의 동생이구나." 하고 나에게 있어 최고의 칭찬과 함께 쓴웃음을 지으며 한숨을 내쉬었다.

방으로 돌아가는 도중에 형님과 마주쳤다. 형님은 살짝 당황한 듯이 "세드릭! 어디 갔었어?!" 하고 외쳤다. 형님도 방으로 돌아오는 도중에 차이넨시스 왕국 사람과 잡담을 하느라 발이 묶였던 모양이다.

내가 두 사람을 찾으러 갔었다고 전하자 형님은 "요즘 들어 떨어져도 괜찮나 싶었는데 또 이러네." 하고 어이가 없다는 듯이 말하고 기다리게 해서 미안하다며 사과했다.

오는 길에 아무 일도 없었냐는 형님의 가벼운 질문에 형과 눈짓을 나눈 뒤 고개를 끄덕였다.

"형님……."

셋이서 방으로 돌아가자마자 형의 손을 잡은 채 형님에게 말을 걸었다. 왜 그러냐며 바로 뒤를 돌아본 형님은 그대로 고개를 갸웃거렸다.

"나도 형님과 형이 다스리는 나라를 보고 싶어."

"형?"

형님이 되묻길래, 맞잡은 손을 끌어당기며 가리키자 형이 수줍게 웃으며 가볍게 형님을 향해 손을 들었다. 나와 형을 번갈아 보던 형님은 밝게 웃으며 내 머리를 쓰다듬었다.

"그렇다면 나도 더더욱 정진해야겠네!"

형님의 경쾌한 웃음소리가 울려 퍼졌다. 뒤이어 " '형' 인가! 그렇다면 나와 요안도 의형제나 마찬가지로군!" 하고 즐거운 듯이 형의 등을 두드렸다.

"너의 그런 지나치게 유연한 부분은 매번 참 놀라워……. 역시 형제야."

형이 그렇게 말하며 나를 향해 부드럽게 웃었다.

나는 꿈이라고도 부를 희망을 이날 손에 넣었다.

"자, 세드릭. 이거 너한테 줄게."

'형' 이라고 부르게 된 지 20일이 지났다. 평소처럼 방문한 우리를 방으로 안내한 형은 문을 닫고 서랍에서 작은 상자를 꺼냈다.
“내 생일이라면 이미 2개월 하고…… 예전에 지났는데.”
신의 아이를 죽인 뒤로는 최대한 입으로 정확한 숫자를 말하지 않기로 했다.
생일이 지난 지 한참이 지났는데도 불구하고 선물을 준비한 형에게 “설마 착각한 건 아닐 테고.” 하고 말을 잇자, 형님이 나와 마찬가지로 눈살을 찌푸렸다.
“요안, 너무 세드릭을 오냐오냐하는 건…….”
“랜스 것도 제대로 있어.”
형이 피식 웃으며 곧바로 상자를 하나 더 꺼냈다. 형님이 눈을 깜빡이며 그것을 받아들었다. 내가 “열어봐도 되지?!” 하고 소리 지르자 바로 대답이 돌아왔다. 포장을 벗기고 뚜껑을 열어 안을 확인하니, 그곳에는 십자가 펜던트가 있었다.
형이 걸고 다니는 것과 똑같았다. 기억과 대조하고 바로 알았는데도 믿기지 않아서 몇 번이고 형의 펜던트와 번갈아 보았다. 형님도 나와 마찬가지로 작은 상자 안에 든 것과 형의 것을 번갈아 보았다.
“아, 안심해. 딱히 우리 종교를 권유하는 건 아니야.”
농담인지 진심인지 손을 팔랑팔랑 흔들며 웃는 형에게 형님이 “그건 알아. 하지만 왜…….” 하고 묻자, 바로 대답이 돌아왔다.
“세드릭이 나를 형이라고 불렀으니까.”
형이 선뜻 대답하자 나도 형님도 다시 고개를 갸웃거렸다. 그

거랑 이거랑 무슨 관련이 있는 건지 이해가 가지 않았다. 형은 자신의 펜던트를 잠시 목에서 빼서 우리를 향해 들어 보였다.

"이 십자가 펜던트는 내 거처럼 특별히 만든 거야. 그리고 지금은 이 세 개뿐이지."

세 개뿐이라는 말에 지금 이 자리에 있는 십자가를 순서대로 눈에 담았다. 다시 말해 형은 일부러 우리를 위해 이 펜던트를 만들었다는 뜻이다.

"그러니까 이건 내가 주는 증거야, 세드릭. 네가 마음씨 착한 사람인 한 우리는 계속 형제야. 네가 어떤 사람이든 상관없이 말이야."

신의 아이든 아니든 상관없어. 그런 뜻을 포함한 말에 나는 무심코 움직임이 멈췄다. 형이 내 상자에서 살며시 펜던트를 집어 들며 미소 지었다. 그리고 얼빠진 나의 목에 똑바로 펜던트를 걸었다. 식전 때 외에는 장식품 같은 건 거의 한 적 없었던 내 목에서 십자가가 흔들렸다.

"그리고 내가 옆에 없을 때도 우리의 신이 너와 랜스 곁에 함께하고…… 지켜 주기를 바라는 소원을 담았어."

형이 형님과는 다르게 부드러운 힘으로 내 머리를 쓰다듬자, 목구멍 안쪽에서 무언가가 치밀어 올랐다. 입술을 깨물어도 참을 수가 없어서 얼버무리듯이 형의 목을 향해 달려들었다. "우왓!" 하고 소리치면서도 받아 주는 형에게 팔을 두르고 매달렸다.

"세드릭……. 아홉 살 먹은 왕자가 이러면 부끄럽지 않아?

아직 어리구나."

그런 말을 들어도 나는 팔 힘을 풀지 않았다. 그만큼 견딜 수 없이 기뻤다. 탄생제에서 정식으로 그 어떤 휘황찬란한 선물을 받았을 때보다 더.

형태로 남는 '약속'을 처음으로 선물 받았다.

무능한 내가 모든 것을 잃어도 형님과 형만은 반드시 있어줄 것이다. 진심으로 그 외에 모든 것을 잃어도 무섭지 않다고 생각했다.

"물론…… 서시스 왕국의 왕자인 너희가 쉽게 걸고 다닐 수 없다는 것도 알아. 그러니 하나즈오 연합왕국으로서 두 나라가 진정 하나가 되는 날까지 보관……."

"아니, 바로 착용하겠어."

형님의 말에 나도 형도 동시에 뒤를 돌아보았다. 형님이 걸고 다니면 나도 그래도 되냐고 물으려 했는데, 그전에 형이 먼저 "랜스?!" 하고 소리쳤다.

"마음은 기쁘지만 안 돼! 그런 짓을 했다가 또 너희의 안 좋은 소문이 퍼지기라도 하면……."

"딱히 공공연하게 하고 다니지는 않을 거야. 옷 속에 넣으면 눈에 띄지 않겠지. 왕족의 옷을 벗기는 사람도 없을 테니."

형님이 형이 제지하는 걸 한 귀로 흘리며 스스로 펜던트를 걸었다. 뒤이어 십자가를 옷 속에 넣더니 나에게도 하고 다니고 싶으면 옷 안으로 숨기라고 말했다.

그 말대로 나도 옷 속에 집어넣자 형은 예상 밖이었는지 형님에게 호소하기 시작했다. "아니, 그래도 옷을 갈아입을 때는 시녀의 눈에 띄잖아?" 하며 당황하는 형이 너무 신기해서 그만 빤히 보고 말았다.

"그때는 제대로 설명할게. 종교적인 게 아니라 어디까지나 친구의 선물이라고."

"그런 게 알려졌다간 이번에야말로 내가 너희에게 포교하려 한다고 오해받을 텐데? 역시 돌려줘."

형님이 펜던트를 회수하려는 형을 피했다. 나도 뺏기기 전에 형과 몇 걸음 거리를 두었다.

"하나즈오 연합왕국 입장에서 보면 나는 이미 너희의 종교도 받아들였어. 오히려 말하지 않아도 내 의사가 전해져서 딱 좋네. 자랑하고 다닐 생각은 없어. 발견한 사람한테만 알려주면 돼."

그렇게 선언하는 형님에게 형은 마침내 포기한 듯이 축 늘어졌다.

"만약 이것 때문에 너희가 차이넨시스 왕국 방문을 금지당하기라도 하면 어쩔 셈이야?"

"문제없어. 그런 상황을 대비해서 그때 맹세한 거잖아? 세드릭은 외로워할지도 모르지만."

"문제없어! 이렇게 형이 증거를 줘서 나도 참을 수 있다고!"

내 쪽으로 시선을 던지는 형님과 형에게 나도 질세라 선언했다. 어째선지 두 사람에게서는 "호오, 참는 법을 배웠구나." "아니, 그냥 욱했을 뿐일걸……?" 하고 느긋한 목소리가 돌아왔다. 나는 진지하게 말한 건데!

그 뒤에도 나는 형님과 형에게 '펜던트를 보이고 다니지 마라', '누가 물어보면 형님이 허가한 것도 포함해서 솔직하게 설명해라' 라고 세 번이나 훈계를 들었다.

——형님과 내가 한시도 떼놓지 않고 걸고 다니게 된 십자가 펜던트.

"이봐, 들었어? 랜스 왕자님과 세드릭 왕자님의 목에……."

"그래, 들었어! 그자 외에도 본 사람이 있대! 저번 성 바깥 시찰 때 봤다는데?"

——나와 형님, 형이 함께 나눈 형제의 증거.

"들었어?! 서시스 왕국의 제1왕자 이야기……."

"내가 봤어. 아내의 집에 인사하기 위해 서시스로 갔었는데…… 마침 근처에 시찰하러 오셨더라고."

——차이넨시스 왕국에는 신앙의 상징인 십자가 펜던트.

"넘어진 세드릭 왕자님을 랜스 왕자님이 받았을 때, 두 분의 옷 사이로 확실히 보였어!"

"랜스 왕자님이 말씀하시길 차이넨시스 왕국의 종교와 관련된 게 아니라 친구분의 선물이래."

——소문이 퍼지기 시작한 건 2개월 하고 6일 후. 그날에 차이넨시스 왕국까지 소문이 퍼졌다.

"우리 신앙의 상징을 서시스의 왕자가 목에 걸다니……!"

"심지어 소문으로는 요안 님의 선물이래."

——국민에게서는 우리의 예상을 벗어나…….

"이제야 우리 나라 왕족 중에 차이넨시스 왕국을 받아들이는 분이 생겼어!"

"두 나라 왕족과 상층부끼리는 다툼이 이어졌었는데 이번 왕자는 다를지도 몰라."

"드디어 우리 차이넨시스 왕국의 신앙을 받아들이는 왕족이 생겼어!"

"심지어 요안 님이 선물했다는 건 진짜 친구라는 뜻이야. 이제 다툼이 끝날지도 몰라."

——큰 반향이 돌아왔다.

"역시 '신의 아이' 인 세드릭 제2왕자 전하가……."

"아니, 제1왕자인 랜스 님의 의사래. 애초에 '신의 아이' 라는 소문은 이제 거의 안 들리던데?"

"랜스 님은 동생이신 세드릭 님의 뒷바라지까지 하시는 모양이야. 참 마음씨 착한 왕자 전하시라니까."

——형님, 형, 나도 상상하지 못할 정도로…….

"랜스 제1왕자 전하다!"

"랜스 제1왕자 전하가 동생분과 함께 이 나라를 바꾸려 하시고 계셔."

"서시스 왕국의 제1왕자가 요안 님의 친구래."

"요안 님과 랜스 왕자가 우리의 신앙에 관한 간극을 없애려 하셔."

——마치 정말로…….

"랜스 님이!"

"랜스 왕자야말로!"

"요안 님이!"

"요안 제1왕자야말로!"

"우리 하나즈오 연합왕국을 이끌 차세대 국왕이야!"

——신의 축복을 얻은 듯했다.

제4장 친우와 교전

“저 안쪽 방을 확인해라!! 병사를 발견하는 대로 성 밖으로 피난시키거나 나한테 데려와!!”

붕괴하는 서시스 성안, 프리지아 왕국 제1왕자인 나는 목청을 높였다. “스테일 님도 빨리 피난을!” 하고 한 기사가 외쳤지만 개의치 않고 지시를 반복했다.

‘아까 전 기습으로 인해 남동이 빠르게 붕괴할 위험이 생겼습니다. 서둘러 피난을 통지하고…….’

누구 하나 죽게 둘까 보냐.

질베르가 갑자기 제시한 남동 붕괴의 가능성. 내가 순간이동 했을 때는 이미 성의 남동이 심하게 흔들리며 대부분이 무너져가고 있었다. 기사는 몰라도 나는 순간이동을 사용하지 않으면 제자리에서 움직이기도 힘들었다.

“1층 문 앞도 확인해라!! 문이 일그러져서 갇혔을 수도 있다!!”

내 말에 기사가 짧게 대답했다. 무너져 가는 안쪽의 문을 걷어차며 뛰어들고 몇 명은 바닥에 난 구멍으로 1층을 향해 뛰어내렸다. 사전에 마련한 경비 배치 예정도대로라면 남은 건 두 명!! 질베르는 남동 안쪽 경비에게 피난 지시를 변경하지는 않았다고 했다. 지금은 이 녀석의 인원 배치와 상황 파악을 신용할 수밖에 없다.

"한 명 발견!! 1층 문 앞입니다!!"

아래층과 그 뒤를 잇듯이 계단 너머에서도 보고가 날아왔다. 대답과 함께 순간이동으로 1층으로 향하고 혼자 남겨진 병사의 등 뒤로 이동했다. 병사가 뒤를 돌아보기도 전에 그 등에 손을 대고 피난시켰다.

기사에게 고맙다고 인사한 뒤 남은 한 명을 찾으라고 다시 지시를 내렸다.

마침내 천장이 무너지기 시작해서 다시 위층으로 순간이동하고 피난 상황을 확인했다. 안쪽 방에는 아무도 없었다는 기사의 보고를 듣고 이를 갈았을 때…….

"으아아아악!!"

갑작스러운 비명에 나도 옆에 있던 기사도 동시에 뒤를 돌아보았다. 나보다 기사가 더 반응이 빨랐다. 목소리가 들린 방향으로 달려가 안쪽에서 두 번째 문을 열고 서고로 뛰어들었다.

나도 쫓아가니 쓰러진 책장과 책장 사이에 끼인 병사가 벗어나려고 필사적으로 팔을 내밀고 있었다. 근처에는 창문이 있고 바깥에는 나뭇가지가 뻗어 있다. 아마 창문으로 피난하려다가 갇힌 듯했다.

기사가 책장을 움직이려 하자 불러 세우고 병사가 책장 밖으로 내민 손을 붙잡았다. 그대로 순간이동 시키자 받치는 것이 사라진 책장이 쓰러지며 바닥을 울렸다.

"이걸로 마지막이다!! 기사는 전원 피난하십시오!!"

그렇게 전하며 옆에 있는 기사부터 가차 없이 순간이동으로 사라지게 했다. 한 명씩 수를 세는 도중에 발치가 무너질 때마다 짧게 순간이동 하면서 앞으로 나아갔다.

끝으로 내 호위를 위해 남았던 기사들이 "저희가 마지막입니다!!" 하고 소리 질렀다. 마침내 우리가 있던 위층과 함께 건물이 심하게 기울기 시작한 순간, 시야가 붕괴하는 건물 안에서 익숙한 본진으로 바뀌었다.

"안…… 늦었다……!!"

한바탕 일을 끝내고 기사들과 함께 서시스 왕국의 본진으로 순간이동을 마친 나는 숨을 한꺼번에 토해 냈다.

"오라버니! 역시 남동에 갔었던 거야?!"

티아라가 나에게 달려와 숨을 헐떡이는 걸 보고 서둘러 물을 건넸다. 옆에 있던 기사들도 함께 걱정하는 동안 나는 티아라에게서 건네받은 물을 단숨에 들이켰다.

"남동에…… 병사가 거의 없어서 다행이야……!!"

빈 유리잔을 들고 고개 숙인 채 나도 모르게 중얼거렸다.

원래도 낡아서 쓰지 않는 건물이었던 덕에 경비가 그렇게까지 삼엄하게 배치되지 않았다. 그래서 남쪽에서 오는 적습에 대응이 늦어졌지만…….

어젯밤 작전 회의 단계에서 각 방면의 경비 배치는 머릿속에 넣어 둔 상태였다. 양국의 성 내부도 구석구석 다녔다. 그 덕에 질베르에게 이야기를 듣자마자 바로 남동까지 순간이동해서 달려갈 수 있었다. 내 순간이동은 좌표가 지정된 곳이나 내가 가 본 적 있는 곳으로만 이동할 수 있다.

경비대로 배치됐던 병사는 내가 등 뒤에서 순간이동 시켰고, 일시적으로 자리를 벗어났던 병사와 그 외에 남동으로 달려온 기사가 구호와 피난 유도를 도왔다. 질베르가 신속하게 중앙동과 북동 안에 보고를 돌린 덕분에 남동으로 들어오는 아군 병사가 그 이상 없었던 것도…… 분하긴 하지만 결과적으로는 영향이 컸다.

"피난은 완료했다, 질베르……!! 최소한 성안에 남은 사람은 없어……!"

바르를 프라이드에게 순간이동 시킨 나는 일단 서시스 왕성 본진으로 돌아왔다. 전황을 파악하는 대로 나도 바로 프라이드에게 갈 생각이었지만 돌아오니 본진 안은 예상을 아득히 웃돌 정도로 혼잡했다.

질베르가 서둘러 남동에 피난 경고를 내리라고 통신병에게 연락을 돌리며 부르고, 아무것도 모르고 적에게 습격받은 남동으로 가려는 병사를 붙잡고, 속도와 방어에 특화된 기사를 선별해 남동으로 보내고 있었다.

설명을 부탁하니 남동에 폭탄이 떨어져 지금 막 붕괴하기 시작했다는 모양이었다. 당황하고 있을 시간도, 프라이드에게 설명하러 갈 시간도 없었다. 나는 질베르와 티아라에게 붙잡히기 전에 붕괴하는 남동으로 순간이동 했다.

"남동의 병사와…… 기사는 모두, 다른 동으로 피난시켰어……!! 남동의 병력만큼 중앙과 북쪽의 방위가 견고해졌을 거야……!!"

정말, 아슬아슬했다……!! 내가 들어갔을 때는 발밑이 무너지기 시작하고 벽도 쓰러지고 있었다. 바르와의 교섭도 일단 강제로 본진까지 데려온 뒤에 할 걸 그랬다. 그랬으면 이 긴급 사태에도 바로 대응했을 텐데.

"스테일 님, 방금은 너무 위험했습니다! 아무리 순간이동 능력이 있으시다지만 만에 하나라도 붕괴로……."

"누님이라면 이렇게 했을 거야! 너도…… 나와 같은 능력이 있으면 이렇게 했을 거잖아."

질베르의 말을 매몰차게 끊었다. 확실히 위험하기는 했지만 이렇게 하지 않으면 구하기 어려웠다.

말문이 막힌 질베르에게서 고개를 돌리고 현재 상황을 보고하라고 명령하려 했다. 그런데…….

"스테일 님!!"

그보다 먼저 질베르가 어깨를 붙잡았다. 놀라서 나도 모르게 뒤를 돌아보자 그는 핏대를 세우고 험악한 표정을 지었다.

"스테일 님은…… 프라이드 님이나 티아라 님과 마찬가지로 우리 나라의 소중한 분입니다……!! 스테일 님이 위험에 몸을 노출시키시면 가슴 아파하는 자가 이곳에…… 반드시, 있단 말입니다……!!"

질베르가 내 어깨에 손을 올린 채 반대쪽 손을 자기 가슴에 대고 호소하자, 이번에는 내가 할 말을 잃었다. 스스로도 눈이 휘둥그레지는 것이 느껴져서 입을 다문 채 질베르를 바라봤다.

“부디 절대로 잊지 마십시오……! 만일의 사태가 벌어지기라도 하면……. 그리고 스테일 님이 프라이드 님을 따르듯이…… 스테일 님의 동생분 역시 스테일 님의 뒷모습을 보고 계십니다……!! 프라이드 님과 티아라 님을 지키고 싶으시다면, 부디 스스로의 행동만이라도 다시 한번 돌이켜 보십시오……!!”

질베르가 어느 때보다 더 진지하고 긴박하게 말하니 대꾸할 수가 없었다. 어딘가 의미심장하게도 들리는 마지막 말에 관해 되물으려 했을 때…….

“그래, 오라버니!”

티아라가 바로 옆에서 양손으로 내 양 볼을 짝, 하고 쳤다. 놀랄 새도 없이 “언니가 같은 짓을 하면 오라버니도 걱정할 거잖아?!” 하고 혼났다. 잠깐 상상했을 뿐인데 온몸에 한기가 느껴지고 머리가 차가워졌다.

“미안해…….”

질베르와 티아라 두 사람에게 사죄하고 슬쩍 바라봤다. 티아라는 “엄청 걱정했다고!” 하고 화를 내며 눈을 살짝 글썽였고…… 질베르는 나에게 고개 숙인 뒤 어딘가 복잡해 보이는 표정으로 나와 티아라를 번갈아 보았다. 설마 또 뭔가 숨긴 건 아닌가 싶어 훈계를 들은 직후인데도 질베르를 추궁하고 싶었다. 그때…….

삐이이이이이이이이이이이익!!

오싹해서 온몸의 털이 바짝 곤두섰다. 온갖 억측이 머릿속을 몰아붙여서 핏기가 가셨다.

"누님……?!"

무심코 그렇게 흘리자마자 질베르와 티아라에게 설명할 새도 없이 순간이동 했다. 시야가 전환되고 제일 먼저 눈에 들어온 건──.

"스테일……."

끔찍하게도 두 다리에 붕대를 감은 프라이드의 모습이었다.

"제기랄……."

바르는 혀를 차며 혼자서 중얼거렸다. 짜증이 가라앉질 않아 아무리 시간이 지나도 뱃속이 부글거리며 끓어오르는 소리를 냈다. 발을 디딘 지면을 특수 능력으로 미끄러지듯이 움직이며 세펙, 케멧과 함께 고속으로 이동하는 모습은 마치 폭주하는 기관차 같았다.

프라이드와 헤어지고 그대로 성 바깥으로 내려가 돌아보니 진절머리가 날 만큼 낯익은 기사의 단복이 눈에 들어왔다. 게다가 입구가 파괴된 피난소나 도망칠 곳을 잃은 국민을 지키느라 발이 묶인 기사를 수도 없이 목격했다. 그럴 때마다 특수 능력으로 입구를 복구하고, 주위 건물과 동화시켜 벽을 세우고, 국민을 모아서 전쟁의 영향이 미치지 않은 농촌에 보내기를 반복했다.

몇 번인가 적병에게 발견되기도 했지만 현장에 있던 기사나 세펙의 공격 덕분에 아무 일 없이 지나갔다. 바르 본인은 예속 계약 때문에 직접적인 공격이 불가능한 탓에 쏟아낼 곳 없는 울분만 계속해서 쌓였다.

바르는 빠른 속도로 성 바깥을 돌아다니며 왜 자신이 이런 짓을 하는지 끝없이 생각했다.

그는 질베르의 저택으로 달려온 기사에게 붙잡힌 뒷세계 사람과 저택을 맡기고 스테일에게 지시받은 대로 통신병을 통해 서시스 왕국 본진에 보고하러 갔다. 기사가 있는데 느긋하게 술과 과자를 찾을 마음도 들지 않아 일단 세펙, 케멧과 함께 성 바깥으로 내려가기 시작했다. 그때, 스테일이 다시 순간이동으로 나타났다.

거기서 의뢰를 받았을 때는 소리를 내지르고 송곳니 같은 이를 드러내며 스테일을 노려보았다. 세펙은 바르의 옷을 붙잡고서 그 모습을 가만히 들여다보았고, 케멧은 스테일과 바르를 몇 번이고 번갈아 보았다.

"서시스와 차이넨시스의 국민을 구조하라고?! 거기다 북쪽에 있는 다친 기사들까지? 왜 내가……!!"

안 그래도 바르는 5일 동안 질베르의 저택을 감시하고 뒷세계 사람을 상대로 전투를 반복한 데다가, 무엇보다 스텔라의 울음소리 공격으로 체력이 적잖게 소모됐고 피로가 쌓였다.

솔직히 스테일의 의뢰를 마치면 곧바로 쉬고 싶었다. 자신뿐만 아니라 세펙과 케멧도 제법 피곤할 것이라고 생각했다. 졸린 듯이 눈을 비비는 두 사람을 앞에 두고 짜증스럽게 땅을 짓밟으며 다리를 흔들었다.

"강제하는 건 아니야. 어디까지나 '의뢰' 하는 거라고 내가 직접 부탁하잖아."

"이번에 재상의 저택 건도 저자세로 나온 것치고는 꽤 거칠게 다뤘잖아? 안 그래? 왕자님."

질베르의 저택 및 저택에 사는 사람들의 호위와 감시. 스테일에게 그 의뢰를 받은 건 동맹 교섭이 성립된 날 밤이었다. "질베르 딸의 이름은 누님과 티아라가 붙인 거야. 어머니와 스텔라 두 사람에게 무슨 일이 생기면 분명 누님은 걱정할 거야."라는 말과 상응하는 보수에 반쯤 강제로 설득당했다.

"나는 병사도 기사도 아니고 죄인이야. 누가 꼬맹이를 데리고 좋다고 전장에 뛰어들겠냐고."

바르가 세펙과 케멧의 머리를 각각 움켜쥐며 노려보자 스테일은 미간의 주름이 살짝 더 깊어졌다. 전장에 가는 건 바르만이 아니다. 세펙은 몰라도 케멧은 꼭 필요하다. 케멧의 특수능력 증폭이 없으면 바르는 토벽을 다루는 정도밖에 못 한다. 스테일도 두 사람의 안전을 생각해서 전장에 데려가고 싶지 않은 바르의 마음이 충분히 이해됐다.

"우쭐대지 말라고 왕자님. 왕족인 네놈에게도 명령권이 있긴 하지만 내 고용주는 주인뿐이야."

으르렁대듯이 거칠게 콧김을 내뿜은 바르는 스테일을 노려보며 "네놈에게는 꼬맹이들 일로 빚이 있으니까 어느 정도 들어주는 것뿐이야." 하고 전했다. 바르에게서 스테일이 봐도 알 만큼 거절의 뜻과 약간의 적의가 흘러넘치고 있었다.

"동맹국이니 식민지니 모르겠고 그런 남의 나라가 어찌 되든 내 알 바 아니야. 심지어 상대는 그 바보 왕자의 나라잖아."

바르가 마지막으로 툭 내뱉듯이 선언하자 스테일은 깊어진 미간의 주름을 손끝으로 눌렀다. 스테일 역시 질베르의 저택 건을 맡긴 것만으로도 충분히 바르 일행을 끌어들였다고 생각했다. 바르의 의견도 일리가 있다는 건 안다. 과거의 소행은 둘째 치고 지금 그는 '배달부' 다. 나라 사이를 잇는 게 일이고 타국과의 분쟁이나 호위는 업무 영역이 아니다. 세펙과 케멧을 제외하고 봐도 이 이상 바르를 끌어들이기는 망설여졌다. 그래서 '의뢰' 한 것이다.

"이건 '명령' 이 아니야. 너에게도 거절할 권리가 있다고 생각해서 이렇게 부탁한 건데…… 설명이 부족했다면 어쩔 수 없지. 더는 시간이 없어."

스테일은 그렇게 말하고 한숨을 내쉬더니 각오를 다졌다. 그 태도에 바르도 진절머리가 난다는 표정으로 "결국은 왕자님의 명령이냐." 하고 먼저 중얼거렸다. 왕족인 스테일이 명령하면 바르는 예속 계약 때문에 본인의 의사와는 상관없이 그것을 거절할 수 없다.

"명령이다. 지금부터 하는 이야기는 무슨 일이 있어도 비밀로 해라. 세펙, 케멧도 말이야."

스테일은 두 사람에게 시선을 돌리며 그렇게 명령했다. 예상치 못한 명령 내용에 바르는 한쪽 눈썹을 치켜올리고 입가를 일그러뜨리며 다문 뒤 다시 한번 스테일을 쳐다보았다.

"바르. 지금 나와 마찬가지로 누님도 전장에 있는 건 알지?"

"뭐? 그게 어쨌는데……. 주인에게는 근위기사가 있잖아. 나라 같이 커다란 건 몰라도 주인 한 명 정도라면 기사가 지킬 수 있을 거 아니야."

바르는 개라도 쫓아내는 것처럼 손을 휙 털며 귀찮다는 티를 팍팍 내고 대답했다. 스테일에게 더 이상 명령받기 전에 도망칠까 생각했지만, 순간이동 능력을 상대로는 소용없다고 생각을 고쳤다. 왕족의 명령을 행사하지 않는 한 적당히 응수하고 피하면 되겠지 싶어서 대수롭지 않게 여기며 고개를 돌렸다. 그러나…….

"누님은 이 방위전에 패배하면 국왕과 함께 국민 앞에서 화형당하겠다고 선서하셨어."

"뭐야……?"

그 순간, 영문을 모르겠다는 생각밖에 안 들었다. 바르는 고개를 돌린 채 날카로운 눈만 굴려 스테일을 노려보았다.

무표정한 얼굴로 바르를 바라보는 스테일의 칠흑색 눈동자는 아무리 봐도 거짓말하는 거로는 보이지 않았다. 그걸 떠나서 이유는 둘째 치고 프라이드라면 진짜로 그랬을 것 같다는 확신에 가까운 생각이 들었다.

“거짓말이 아니야. 의심스러우면 누님에게 확인해. 내 의뢰에 응할지 말지는 그 뒤에 네가 정하면 돼.”

혀를 차는 소리가 또다시 크게 울려 퍼졌다. 짜증스러운 감정이 바르의 온몸을 뚫고 나갈 기세로 넘실거렸고 눈에 핏발이 섰다. 스테일이 프라이드의 이름을 꺼내면 자신이 응할 거라고 여기는 것도 불쾌했지만, 그 이상으로 스테일의 의도대로 대답하려 하는 자신이 죽을 만큼 불쾌하고 인정하는 것조차 거부하고 싶어서 견딜 수 없었다.

바르는 초조함과 분노로 손끝을 살짝 떨며 지금까지보다 더 험악한 눈빛으로 스테일을 쏘아보았다. 그러나 정작 스테일에게서는 무표정 속에서 개운함마저 느껴졌다. 멱살을 잡고 싶은 충동이 들었지만 예속 계약 때문에 어차피 안 된다며 머릿속으로 포기했다. 바르가 이를 드러내며 스테일을 노려보았을 때…….

“바르, 저는 가고 싶어요!”

케멧이 옷자락을 잡아당기며 바르를 불렀다. 바르가 “뭐?!” 하고 반사적으로 소리 지르며 뒤를 돌아보자 이번에는 반대쪽에서 세펙이 팔을 붙잡았다.

“가면 되지! 우리도 주인님이 걱정되는걸. 보수도 받잖아?”

“주인님은 저희에게 소중하니까 힘이 되고 싶어요. 그리고 바르와 함께라면 저는 어디로 가든 절대로 무섭지 않아요.”

두 사람이 번갈아 팔과 옷자락을 붙잡았다. 바르는 중력에 저항하며 잠시 입을 다물었지만, 결국 맥없이 한숨을 내쉬었다. 머리를 거칠게 헝클어뜨리며 덧붙이듯이 "어쩔 수 없지." 하고 중얼거렸다.

"일단 하나즈오에 가 주지. 네놈 말대로 국민을 구조할지 어떨지는 주인의 이야기를 들은 다음에 결정할 거야. 하지만…… 기사 따위를 구할 마음은 없어."

바르가 켁, 하고 내뱉자 스테일은 팔짱을 끼며 고개를 끄덕였다. 그 반응도 스테일에게는 예상 범위 내였다. 그래서 다시 입을 열었다.

"좋아. 다만…… 한 가지만 묻지. 바르, 네가 나에게 빚을 졌다고 느낀다면 기사단에도 갚아야 할 빚이 있는 사람이 있지 않나?"

스테일의 말에 바르의 표정이 다시 불쾌하게 일그러졌다. 기억에도 없는 트집을 잡힌 듯한 감각에 다시 연속해서 혀를 찼다. 그래서 머리를 굴리며 스테일이 한 말의 의도를 생각했다.

"꼬맹이들 일이라면…… 네놈은 둘째 치고 기사는 왕족이 내린 임무에 따랐을 뿐이야. 은혜는 느끼지 않아. 6년 전 일이라면 이미 주인에게 벌을 받았다고."

바르가 짜증스럽게 목소리를 낮추며 대답했다. 됐으니까 빨리 순간이동이나 시키라고 고함치고 싶은 마음을 필사적으로 억누르며 목을 좌우로 꺾어 뚝, 하는 소리를 울렸다.

"아서도 기사야. 누님한테 듣기로 그때 목에 생긴 멍은 널 감쌌을 때 생긴 거라던데."

"부정하지는 않겠어. 하지만 그게 어쨌다고? 그 정도는 내가 꼬맹이들을 데리고 전장으로 갈 이유가 안 돼. 내 목숨 따위로는 수지가 안 맞아."

바르가 스테일의 말을 매몰차게 반박했다.

바르는 지금까지 몇 번이고 배신을 반복한 몸으로 '빚은 반드시 갚는다' 는 기특한 가치관 따위는 없었다. 다만 프라이드 일행에게 섬멸전에서 진 '빚' 만이 묘하게 가슴 속에 남아 응어리처럼 남아서 기분이 나빴다. 그렇기에 선의가 아니라 어디까지나 그 응어리를 해소하려고 스테일의 의뢰를 받아 질베르의 가족을 지켰을 뿐이다.

그런데 지금은 프라이드나 레온만이라면 몰라도 스테일까지 자신을 써먹기 좋은 '선인' 처럼 얕본다고 생각하니 혐오감마저 들었다.

바르가 노골적으로 거절의 뜻을 보이자, 스테일이 입을 열려다가…… 세펙에게 케멧의 귀를 막으라고 손짓으로 천천히 지시했다. 세펙이 고개를 갸웃거리며 케멧의 귀를 손바닥으로 막자, 바르가 안 좋은 예감이 들었는지 그런 세펙의 귀를 자기 손으로 막았다.

스테일은 그 모습에 만족한 듯 팔짱을 낀 자세를 고치더니 다시 한번 바르를 똑바로 바라보았다.

"네가 선인이 아니고 죄인이라는 것도 알아. 하지만 겨우 나 정도를 빚이라고 여긴다면……. 이걸 알면 너는 분명 아서에게 진 빚을 더욱 불쾌하게 여기게 될 거다."

스테일은 그렇게 말하며 눈으로 세펙과 케멧을 확인했다.

그리고 두 사람의 동작에서 들리지 않는 것을 확인하고 말을 이었다.

"____________________________________."

스테일의 그 말은 바르의 얼굴을 불쾌하게 일그러뜨리기에 충분했다.

그렇기에 그는 지금…….

'바르. 지금 당장 스테일의 지시대로 그 사람들의 구조를 부탁하고 싶어요.'

떠올리기만 해도 속이 부글부글 끓어올랐다.

이동하는 도중에 발견한 하나즈오 연합왕국 녀석들을 내 능력으로 운반하다 보니 나도 모르게 혀를 차는 소리가 끊이질 않았다. 왜 내가 이런 짓을 해야 하는 건데.

'칼럼 대장님!! 빨리, 구해야 해요!! 앨런 대장님, 빨리 칼럼 대장님을…….'

그 왕자에게 순간이동 돼서 오자마자 본 게 주인이 엉엉 울부짖는 모습이었다. 왜 그 여자는 매번 남 일로 우는 거냐고…….

솔직히 근위기사 따윈 어찌 되든 상관없었지만 주인이 우는 얼굴은 구역질이 날 만큼 기분이 나빴다. '왜 울고, 왜 울린 거냐.' 라는 생각에 짜증과 분노가 끓어올랐고 어느새 능력을 써서 주인의 시선 너머로 달려가고 있었다.

단순한 이야기다. 불쾌한 원인을 잡아채서 주인에게 다시 던져 주니 주인도 바로 울음을 멈추고 내 기분도 풀렸다. 그런데 이번에는 다리를 다쳤단다. 주인은 얼마나 내 뱃속을 뒤집어 놓아야 성이 풀리는 거냐고 생각하자 분노마저 느꼈다. 케멧과 세펙을 잃을 뻔했을 때처럼 기분 나쁘고 속이 울렁거리며 위 속이 부글부글 끓었다. 온몸의 털이 곤두서고 시야까지 어둡고 좁아졌다.

'부탁이에요. 부디, 한 명이라도 많이…….'

부상이 익숙하지 않을 게 분명한 주인이 입을 여나 했는데 이번에는 국민들을 구해 달란다. 남의 기분도 모르면서 농담하지 말라고. 주인은 나한테 여기를 떠나라느니 다른 녀석들에게 가라느니 멋대로 지껄였다. 그런 주제에 자기는 여기에 남겠다고 떠들질 않나. 당장 그 속이 시커먼 왕자를 부르면 금세 안전한 곳으로 돌아갈 수 있을 텐데.

빨리 돌아가기나 해…….

괴물 같은 왕녀지만 아무리 봐도 그 여자에게 전장은 안 어울린다. 상처도 고통도 붕대도 약해진 모습도…… 눈물도 전부 안 어울린다고. 네 나라에서 평화롭게 실실대는 편이 훨씬 더 잘 어울려.

"그러니까……!!"

그렇게 생각한 순간, 이가 깎여 나갈 정도로 세게 악물었다. 까득, 하는 소리가 나며 머리에까지 소리가 울렸다. 양 옆구리에 낀 케멧과 세펙이 고개를 들었지만 무시했다. 딱히 이 녀석들한테 한 말이 아니라 그냥 혼잣말이다.

꽤 많이 가속해서인지 점차 주변이 또렷해졌다. 웬만해서는 최고 속도는 잘 안 내지만 배달해서 익숙해진 덕분인지 이런 속도에서도 주위 풍경을 볼 수 있게 됐다. 어차피 고속 이동을 하면서 시야가 잘 보여도 케멧의 능력 증폭이 없으면 소용없지만.

"빨리 끝내자고……!!"

전쟁이 빨리 끝나면 그만이다. 주인의 선서 흉내 따위는 어찌 되든 상관없다. 빨리 이기고 빨리 주인을 침대에 처넣자. 치료하고 쉬게 하고…… 익숙한 침대에서 재우면 된다. 그러면 이 짜증도 울렁거림도 아픔도 나을 거다.

목적지와의 거리에 맞춰 속도를 떨어뜨리자 이번에는 세펙과 케멧이 나란히 소리쳤다. 보인다느니 도착했다느니 시끄러워 죽겠네. 이 녀석들까지 주인처럼 다치면 어떡할 거냐 하는 생각에 더욱 짜증이 일었다.

우리가 오는 걸 발견하고 몇 사람이 무기를 치켜들었다. 제기랄, 차라리 능력으로 한꺼번에 삼켜 버리고 싶다.

"프리지아 기사단!!!!"

얼빠진 면상을 한 기사 녀석에게 고함을 질러 댔다. 주인이나 그 속이 시커먼 왕자가 없으면 설명이고 뭐고 없다. 근위기사는 어디 있냐고 소리를 지르자 기사 무리에서 낯익은 기사 두 명이 나왔다.

"바르! 왜 여기에 있지?!"

"뭐 하러 온 거냐!?"

밤색 머리의 에릭(근위기사)과 아서(기사 꼬맹이)가 각자 나에게 적의를 드러내며 나를 무섭게 노려보았다. 나보다 먼저 케멧이 "스테일 님과 주인님의 명령으로 구조하러 돌아다니고 있어요!" 하고 소리친 순간 이놈이고 저놈이고 다 눈이 휘둥그레졌다.

내 면상을 기억하는 녀석도 몇 명 있는지 술렁거리는 기사들의 목소리가 거슬려서 참을 수가 없었다. 내가 업무 중에 잡은 산적이나 인신매매범 녀석들을 넘길 때 얼굴을 마주친 기사인지 '배달부' 라고 말하며 나를 아는 녀석도 있었다. 평가질을 당하는 듯한 느낌에 기분이 나빠졌다.

"여기 오는 김에 데려온 이 나라 사람도 이미 모아 놨어. 빨리 도움도 안 되는 기사들이랑 치유 특수 능력자나 넘겨."

등 뒤를 가리키며 그렇게 말하자 내 말투에 짜증 났는지 기사 녀석들이 하나같이 얼굴을 찌푸리며 무기를 움켜쥐었다. 경계와 적의가 피부로 느껴지자 조금 유쾌해졌다. 하지만 지금은 기사 꼬맹이의 면상만 봐도 진저리가 났다. 어떻게 설명할지 자기들끼리 웅성대며 고민하는 근위기사들을 보고 이렇게 된 이상 그냥 말없이 납치할까 하는 생각이 들었을 때…….

"기사단장님!!"

"로데릭 기사단장님!!"

기사들의 환성이 일었다. 귀를 막아 버리고 싶을 만큼 크게 웅웅거리는 소리가 났다. 그쪽을 보니 기사들의 무리를 가르듯이 안쪽에서 기사가 한 명 더 나왔다. 나를 보고 분개하기라도 했으면 기분이 좋았을 텐데, 그 기사는 가볍게 눈살을 찌푸린 후 평범하게 이야기하기 시작했다.

"방금 프라이드 님과 스테일 님에게서 보고가 들어왔다. 아서, 에릭, 너희는 구면이지? 안내해라."

구면인 건 네놈도 마찬가지거든. 그렇게 말하고 싶은 마음을 속으로 꾹 눌렀다. 근위기사들과 기사단장을 번갈아 보다가 바로 고개를 돌렸지만 내가 혀를 차는 소리만은 멈추지 않았다.

잠시 특수 능력을 풀고 데려온 놈들을 기사에게 맡겼다. 나와 세펙, 케멧 셋이서 다른 곳으로 옮겨야 하는 기사들의 상태를 확인하러 갔다.

"그래서……? 왜 당장 돌입하지 않는 거냐. 기사단이라면 어지간한 병사 따위는 한주먹 거리잖아. 뭘 그리 느긋하게 구는 거지?"

근위기사와 기사 꼬맹이에게 안내받으며 기사들을 노려보다가 주위로 시선을 돌렸다. 아무리 봐도 무기 보급은 충분하고 진형도 갖춰진 것 같은데.

"맨 처음에 대규모로 폭탄이 떨어졌어. 지금 최전선은 적 침공군과 우리 사이를 폭심지가 가로막고 있지. 봐, 발치부터 무너져 내리고 있잖아. 우리가 먼저 대놓고 폭심지를 내려가면 위에서 우리를 노려서 압도적으로 불리해져."

밤색 머리 근위기사가 하는 수 없다는 듯이 대답하며 가리킨 곳을 보니 확실히 커다란 구덩이가 있었다. 근위기사가 구덩이를 피해 멀리 돌아서 진군할 예정이라고 친절하게 말했다.

"좋네. 6년 전까지 했었던 일이 떠오르는군."

코웃음 치며 일부러 소리 내서 말하자 두 근위기사에게서 단숨에 살기가 일었다. 하지만 아무런 말대꾸도 돌아오지 않았다. 그 대신 세펙이 옆에서 발차기를 날렸다. 재미없는 녀석들이로군. 모처럼 사라져 가던 짜증이 멋대로 소용돌이치며 늘어났다.

"치료는 거의 다 끝났지만 중상자가 있어. 부탁이니 조심히 옮겨."

안내받은 임시 진영에 도착하자 의외로 제법 많은 사람이 주저앉거나 드러누워서 특수 능력자의 치료를 받고 있었다. 그 순간…… 아까 전 주인의 모습이 뇌리를 스쳐서 혀를 찼다.

"아까 우리가 운반한 녀석들이 있는 곳으로 옮겨. 전부 다 한 번에 변두리 마을까지 데려갈 테니까."

기사 꼬맹이가 "네놈은 안 옮기는 거냐?"라고 묻길래 "내가 기사 상대로 친절하게 대할 것 같냐?" 하고 혀를 차며 대답했다. 고작 몇 미터 정도는 네놈들이 알아서 좀 옮겨라.

밤색 머리 근위기사가 다른 기사를 안내하며 한 명씩 느릿느릿 부상자를 옮기기 시작했다. 기사 꼬맹이는 꿈쩍도 하지 않고 나를 노려보았다. 나도 노려보며 "뭔데?" 하고 묻자 그 꼬맹이는 부루퉁한 표정으로 입을 열었다.

"고마워……."

"뭐라고……?"

영문을 모르겠어서 눈을 부릅뜨고 되물었다. 잘못 들었나 했는데 기사 꼬맹이가 나에게 대답하듯이 "모든 기사가 이제 안심하고 전투할 수 있게 됐으니까."라고 지껄였다.

더할 나위 없이 소름이 끼치고 토기가 치밀어 올랐다.

다시 혀를 차며 기사 꼬맹이에게서 등을 돌렸다. 내 옷에 매달린 케멧과 세펙이 앞으로 기우뚱하며 질질 끌려오듯이 내 뒤를 따라왔다. 이 짜증을 당장 발산하고 싶어서 견딜 수가 없었다.

"이봐, 바르! 어딜 가는……."

"이미 기사단 놈들은 싸울 준비가 다 됐다고 했지? 아니, 이미 진격하기 직전이라고 했나."

일부러 기사 꼬맹이의 말을 가로막듯이 목청을 높였다. 그러자 영문을 모르겠다는 듯이 긍정하는 대답만 돌아왔다. 이러는 동안에도 다른 기사들이 재빠르게 중상자를 옮겼다. 기사 꼬맹이가 "그게 왜?" 하고 내 뒤를 쫓아왔지만 무시하고 멋대로 말을 이었다.

"사실은 내 손으로 적병을 전부 죽여 버리고 싶지만…… 아쉽게도 아직 주인이 금지한 상태라서 말이야."

나는 예속 계약 때문에 기본적으로 상대에게 위해를 가할 수 없다. 적병들이 있는 방향을 노려보다 보니 또 혀를 차는 소리가 흘러나왔다. 그리고 허락받는다 해도 케멧의 힘을 빌려서 대량 학살을 하는 건 안 된다. 나는 몇 명을 죽여도 상관없지만 케멧에게 살인하게 시키는 건…… 뭐, 어차피 세펙도 허락하지 않을 테고.

"무슨 소리냐?!" 하고 고함을 지르는 기사 꼬맹이를 무시하고 그대로 진형을 빠져나갔다. 구덩이 끄트머리에 아슬아슬하게 서서 들여다보니 깊이가 상당했다. 오히려 이런 규모의 폭발에 잘도 사망자가 안 나왔다며 감탄했다. 그러고 보니 내가 6년 전에 벼랑에서 기습했을 때도 사망자는 안 나왔던가.

"허…… 괴물의 동생들이 괴물이면, 그 기사들도 괴물이라는 건가."

구덩이를 들여다보며 코웃음을 날리자 세펙과 케멧이 흥미롭다는 듯이 구덩이를 들여다보려 했다. 적병의 시체가 산더미처럼 쌓였는데도 말이다. 그 광경이 꼬맹이들의 시야에 들어오기 전에 등 뒤에서 목덜미를 붙잡고 끌어당겼다.

아무것도 없다고 하자 케멧은 고개를 끄덕였지만 세펙은 불만스럽게 나를 노려보았다. 봤다가 따끔한 맛을 보는 건 너라고. 거참 귀찮네.

"이봐, 거기 기사 꼬맹이. 지금 당장 개전 준비를 시작하라고 기사한테 전하고 와."

내가 제대로 대답하지 않아서 화가 머리끝까지 난 듯한 기사 꼬맹이가 "뭐라고!" 하고 소리를 질렀다. "왜 그걸 네가 정하는데!" 하는 꼬맹이다운 노성을 등 돌리고 들으며 세펙과 케멧에게 팔을 둘렀다.

"내가 받은 임무는 국민과 부상병, 기사의 구조와 피난이야.

그 외에는 아무것도 명령받지 않았어. 다시 말해 이제부터 내가 하는 일은…….”

내 의도를 알아차렸는지 세펙과 케멧이 내 옷자락과 팔을 붙잡았다. 기사 꼬맹이도 뭔가 눈치챘는지 으르렁거리는 걸 멈췄다. “설마…….” 하고 작게 흘러나온 목소리가 들린 순간, 꼬맹이의 얼빠진 면상을 구경하려고 처음으로 뒤를 돌아보았다. 내 예상 그대로인 면상에 입꼬리를 끌어올리며 비웃었다.

“단순한 기분 전환이란 거지.”

콰과아아아아아아아아아아아아아아아아아아아앙!!!!

내 의지대로 땅울림 소리가 울려 퍼지며 내 발밑부터 기사들의 진지까지 땅이 흔들리기 시작했다. 갑작스러운 땅울림에 기사들이 허둥대고 소리 지르며 기분 좋은 비명 소리를 냈다. 지면이 흔들려서 기사 꼬맹이가 비틀거리며 뭐라고 호통쳤다.

지면과 함께 기사들을 사정없이 동요시키며 아까 들은 속이 시커먼 왕자의 이야기를 떠올렸다.

‘이걸 알면 너는 분명 아서에게 진 빚을 더욱 불쾌하게 여기게 될 거다.’

그 속이 시커먼 왕자, 쓸데없는 걸 알려주고 말이야. 몰랐으면 이렇게까지 속이 불쾌하게 끓어오르지 않았을 텐데. 안 그래도 주인 일 때문에 기분 나쁜데 불을 붙이다니.

이 기분 나쁜 꼬맹이에 대한 빚은 빨리 갚으면 그만이지 뭐.

“빌린 돈은 거스름돈이 생길 만큼 돌려주지.”

땅을 뒤흔들었다. 폭심지였던 눈앞의 땅이 솟아오르고 시체를 집어삼키며 바닥이 떠올랐다. 움푹 팬 구멍을 서서히 좁히며 쓰레기째 구덩이를 메웠다. 땅을 들어 올리고 마치 샘물이 솟아나듯 안쪽부터 구멍을 가득 채웠다.

기사들이 상황을 눈치챘는지 아우성치던 게 서서히 감탄으로 바뀌었다. "저걸 봐, 폭심지가…… 이건……." 하고 바보 같은 감상만 흘렸다. 적군과 이쪽을 나누는 도랑이 없어지자 적은 적대로 건너편에서 한탄했다. 당연하다. 정면으로 맞붙어서 프리지아 기사단에 대적할 수 있는 놈들은 좀처럼 없으니까.

폭심지를 완전히 메워서 평탄한 지형으로 복원했다.

지면이 약간 울퉁불퉁하긴 하지만 꺼질 걱정은 없겠지. 기사들에게서 시끄러운 환성이 일어서 뒤를 돌아보니 기사 꼬맹이가 믿기지 않는다는 듯이 입을 벌린 채 굳어 있었다. 아까와 별다를 바 없는 얼빠진 면상을 노려보며 일부러 어깨를 부딪치면서 지나갔다. 어깨가 부딪혀서 아주 정직하게 휘청인 기사 꼬맹이가 뒤늦게 "이봐!!" 하고 소리 질렀지만 무시하고 지나쳤다.

"더 이상 이곳엔 볼일 없어. 우리는 짐을 가지고 도망칠 거야. 빨리 끝내라고."

기사와 이 나라 녀석들, 치료용 특수 능력자를 안전한 변두리 마을까지 옮기면 끝이다. 그 마을의 위치를 알면 그대로 왕복하기만 하면 된다.

돌아오는 대답은 없었고, 내가 앞서 걸어가는데도 기사 꼬맹이는 우두커니 선 채 움직일 기색이 없었다. 나는 짜증이 나서 잠시 멈춰 서서 "못 들었냐?" 하고 못을 박았다.

"당장 네 아버지에게 전하러 가. 방해되는 부상자도 구멍도 사라졌다고. 나머지는 너희 기사들이 할 일이야."

이를 드러내고 뒤를 돌아 노려보자 기사 꼬맹이의 눈이 휘둥그레졌다. '귀찮아 죽겠네. 왜 이런 꼬맹이가…….' 하고 생각하며 발걸음을 재촉해 다시 한번 속이 시커먼 왕자의 이야기를 떠올렸다.

'6년 전에 너희가 희롱하며 죽이려 했던 기사단장이 아서의 아버지거든.'

그런 웃기지도 않은 연결고리 따윈 알고 싶지 않았다.

기사 중 몇 명이 말을 걸었지만 그냥 무시하고 전진했다. 기사가 날 붙잡으려고 팔을 뻗었지만 능력으로 모래를 조종해 저지했다.

'한 번 비교해 봐, 아서는 아버지를 닮았어.'

그때 그 기사의 면상 따위는 기억에 담아 두지도 않았다. 하지만 그때 그 기사가 기사단장이라는 것도…… 아직도 그 자리에 눌러앉았다는 것도 알고 있었다. 거기에 직접 얼굴을 비교해 보니 생긴 게 완전히 똑같았다. 달라 보였으면 의심이라도 했을 텐데.

'2년 전 그때 아서가 네게 복수할 기회는 얼마든지 있었을 걸. 핑계를 대면서 너를 죽게 내버려 두는 것도, 세펙과 케멧을 구출할 때 방해하는 것도 아주 쉬웠을 테지. 하지만 그러지

않았어.'

이어진 왕자의 말에 어금니를 악물었다. 기사 꼬맹이를 향한 분노와도 닮은 짜증이 손끝까지 번지기 시작했다. 딱히 부자지간이라 해서 무슨 생각이 드는 건 아니다. 나도 세펙도 케멧도 부모에게 버려졌다. '부모' 에게 정 따위는 털끝만큼도 느낀 적 없고 이해되지도 않는다. 하지만…….

'가족' 은…….

"나였으면 죽게 내버려 두는 정도가 아니라 사지를 찢어 놔도 모자랐을 텐데."

무의식적으로 내 손을 잡은 케멧과 그런 케멧의 손을 붙잡은 세펙에게 시선이 갔다. 혼잣말이 들렸는지 두 사람이 동시에 내 쪽으로 고개를 들었다. 아무것도 아니라고 대답하자 케멧이 말없이 웃으며 나를 잡은 손에 힘을 주었다.

속죄가 아니라…… 기분 나쁜 빚을 갚은 거다.

그저 그뿐이다.

"밀고 들어가라!! 인원수로 밀어붙여!! 뭉개 버려라!!"

"성 바깥을 제압해라!!! 서시스 왕국 국왕이 성 바깥에 있다!! 반드시 찾아내서 붙잡아!!"

차이넨시스 왕국 최남단. 그곳의 성벽을 파괴한 병사들은 멈출 줄 모르고 밀려들어 왔다. 노예로 부풀린 병사들은 인원이 많았고 나라 안에 침입해서 무기나 말의 고삐를 잡고 포효했다.
성벽의 구멍 자체는 한 번에 세 명 정도가 지나갈 크기였다. 그들이 준비한 폭탄으로는 그렇게 만드는 게 한계였다. 그러나 성벽이 뚫린 것 자체가 큰일이었다. 그 결과 적의 계획대로 차이넨시스 왕국의 허를 찌르는 데에 성공했으니까.
병사들이 간헐적으로 구멍을 지나 성 바깥을 공격하려고 차이넨시스 왕국 안으로 발을——.
"아아…… 장관이로군."
……들이려 한 순간, 한 병사가 다리를 구멍 밖으로 내민 부분만 순식간에 잘려 나갔다. 뒤이어 바람이 가볍게 불어옴과 동시에 나라 안으로 침입한 병사들도 차례로 몸에서 피를 내뿜으며 숨이 끊어졌다.
다리가 잘린 병사는 비명과 함께 입구로 굴러떨어졌다. 기사대장 해리슨 디르크는 시선만 움직여서 그 모습을 내려다보더니 망설임 없이 병사를 밖으로 걷어찼다.
"방해돼. 그러고 있으면 다른 적이 들어올 수 없잖아."
해리슨은 걷어차인 적병이 몸부림치며 벽 너머로 굴러간 것을 확인하고 재빨리 총으로 마무리 일격을 가했다.
"왜 그러지. 고작 병사 10명, 20명으로 끝내지 마라. 네놈들의 각오와 충성심은 겨우 그 정도냐?"
해리슨이 도발하듯이 묻자, 벽 너머 적병들이 다시 무기를 들고 달려들었다. 원호 사격을 하려고 총을 치켜드는 병사도 있었다. 그 광경을 본 해리슨은 마음속으로 참으로 장관이라고 생각했다.

'해리슨 대장님, 당신의 실력을 신뢰하기에 드릴 부탁이 있어요.'

"하……하하……하하하하하하하하!!!!"

미처 억누르지 못한 내 웃음소리에 적병이 겁먹은 듯이 멈춰 섰다. 너무나도 멋진 광경에 도저히 웃음이 멈추지 않았다. 아아…… 나는 이때를 기다렸다.

적이 끊이지 않기를, 따분해질 틈 없이 임무가 계속되기를.

일부러 몇 초를 세고 적병에게 달려들었다. 여기까지 오면서 쉬지 않고 특수 능력을 사용한 탓인지 호흡이 살짝 가빴다. 하지만 지금은 그마저도 기분 좋고 신이 났다.

"지금 나는 그분의 명으로 이곳에 있다!!"

흥분이 가라앉지 않은 상태로 밀려오는 적병을 한 놈도 남기지 않고 난도질했다. 목을 베고 눈을 으깨고 목구멍에 칼날을 꽂아 넣으니 아주 손쉽게 숨통이 끊어졌다. 아무리 빠르게 베어도 벤 인원이 많아지니 사방으로 피가 튀어서 서서히 온몸이 피투성이가 되었다. 무슨 상관이냐, 이 더러운 피조차도 지금은 은혜로운 비로 느껴지는데.

"좋아! 놀고 있을 새가 없다!! 마음껏 줄 서라! 한 명도 놓치지 않을 테다!!"

웃음을 멈추지 않은 채로 외치자 다음 적병이 벽을 빠져나오기 직전에 겁먹어서 주춤거렸다. 갑자기 불쾌해져서 능력을 쓰지 않고 직접 걸어가 검을 내밀어 움직이지 않는 망부석의 눈을 벴다.

비명을 지르며 몸을 젖히는 적병을 다음 일격으로 해치운 뒤, 쓰러지기 전에 걷어차서 상대국에 반환했다. 각오가 없는 병사에게는 볼일 없다. 뒤이어 밀려오는 적병을 한 놈도 남기지 않고 벴다. 눈을 베고 귀를 자르고 팔다리를 빼앗았지만 드물게 나를 죽이려고 덤벼드는 적병에게는 경의의 표시로 순식간에 숨통을 끊었다. 벽을 넘어 돌입하는 적병의 수만큼 핏방울을 흩날렸다.

제1왕녀 전하…….

어째서 우수한 기사인 그 두 사람이 있었는데도 다치신 걸까. 제1왕녀 전하께서는 그 두 사람에게 죄가 없다고 말씀하셨다. 나였다면 모든 걸 내팽개쳐서라도 지켰을 텐데. 나 자신도 병사도 동포도 전부 버리는 한이 있어도 그분을 우선시했을 텐데.

하지만 아마 그 정도로는 부족한 거겠지. 근위기사는 단순히 전투력만으로 뽑히는 게 아니다. 전투력만이라면 앨런 버너스는 몰라도 에릭 길크리스트나 칼럼 보르도보다는 내가 더 뛰어나다.

그렇지만 모두 우수한 기사다.

선택되지 않아도 상관없다. 내가 가장 충성을 맹세하는 건 어디까지나 부단장님, 기사단장님을 포함한 기사단이다. 무엇보다 뭔가를 지키는 건 나와 어울리지 않는다. 그건 주력부대에 입대하기 전부터 몸소 겪어서 진절머리가 날 만큼 잘 안다. 역시 그분의 근위기사로 가장 걸맞은 사람은——.

"훗……. 하하, 하하하하하하하하……!!"

생각하기만 해도 고양감이 진정되지 않았다.

그분이 다치신 건 용서할 수 없다. 그에 관여했을 코페란디 왕국, 아라타 왕국, 라플레시아나 왕국 놈들을 전부 갈기갈기 찢어도 부족하다. 하지만 모든 건 그분들을 위해서다. 그분들을 위해 검을 휘두르고 적을 벤다. 헌신하고, 헌신하고, 헌신하고, 또 헌신한다. 나는 검으로밖에 헌신하지 못하니 반드시 그분들을 위해 이 몸을 불사르겠다.

눈앞의 적을 난도질하는 동안 단복이 거의 붉은색으로 물들었다. 마치 그분의 단복 같다는 생각을 하자 다시 웃음이 새어 나왔다. 고양감에 몸을 맡긴 채 가르고 베고 자르다 보니…… 갑자기 벽을 빠져나오는 적병의 발길이 뚝 끊겼다. 아직 벽 너머에는 이 정도와는 비교도 안 되는 수의 적병이 대기하고 있을 텐데.

"뭐 하는 거지? 길은 이곳밖에 없다. 빨리 덤벼."

벽을 사이에 두고 적병을 기다렸으나 놈들은 벽 너머에서 꿈틀거릴 뿐 전혀 덤벼들려 하지 않았다. 설마 여기까지 와서 나란히 겁먹은 건가 싶어 적병을 끌고 오려고 구멍으로 다가간 순간, 소형 폭탄이 한꺼번에 날아왔다.

요란한 소리와 섬광, 폭풍과 함께 폭탄이 폭발했다. 코앞에서 폭음이 울리며 벽 구멍이 미세하게 넓어졌고 내가 서 있던 지면이 푹 파였다. 벽 너머에서 적병이 폭연에 감싸인 나를 비웃었고 나는――.

그 병사들의 등 뒤에 섰다.

비웃던 남자들이 뒤를 돌아보기도 전에 놈들의 목을 전부 잘랐다. 일격에 베자 피가 튀어 오르며 붉게 꽃을 피웠다. 내가 갑자기 나타난 것처럼 보였는지 적병들이 술렁이며 한 걸음 물러났다.

"네놈들 때문이야……."

그분이 맡기신 임무는 차이넨시스 왕국 남쪽을 제압하는 것. 그런데 나는 지금 국외로 나오고 말았다. 놈들이 쏜 소형 폭탄 때문이다. 그게 없었으면, 그놈들이 나를 애태우지 않고 얌전히 피로 내 검을 녹슬게 했다면 나라 밖으로 나올 필요도 없었을 텐데. 하지만…….

"뭐, 좋아. 어디까지나 가장 중요한 건 더 이상 적병이 차이넨시스 왕국 안으로 침공하지 못하게 하는 것. 즉……."

나는 고개를 들었다. 눈앞에는 아름다울 만큼 많은 적병이 있고 진지까지 구축되어 있었다. 끝없이 펼쳐진 적군에 나도 모르게 입꼬리가 치켜 올라갔다. 그래…… 문제없다.

나는 부단장님에게, 기사단장님에게, 제1왕녀 전하에게 부탁받은 것을 그저 완수할 뿐. 모든 건 그분들이 바라시는 대로.

"네놈들을 전부 섬멸하면 이 벽을 넘는 놈도 없어지겠지."

핏방울이 뿜어져 나오며 흩날리고 잔해가 굴러다니고 내장이 튀어나왔다. 가볍게 팔을 뻗기만 해도 적에게 검이 꽂히는 감각에 기분이 좋아졌다. 한 놈도 이 앞으로 지나가게 두지 않겠다.

이 세상에 단 네 명, 내가 헌신할 가치가 있는 분 중 한 명.

프라이드 로열 아이비 제1왕녀 전하께서 바라시는 대로.

"가라!! 서시스 왕국을 뭉개 버려라!!"

서시스 왕국 남쪽 성벽 너머로 이미 상당수의 적병이 국내로 발을 들인 상태였다.

한때는 아군까지 끌어들인 폭격과 성 남동 붕괴 때문에 기세가 약해졌으나 피해가 가긴 했어도 서시스 왕국에 타격을 입힌 게 더 컸다.

적병은 무기를 들고 남쪽에서 성이나 성 바깥을 향해 달려갔다. 차이넨시스 왕국을 방위하느라 경비가 허술해지고 성의 일부가 무너진 서시스 왕국은 딱 좋은 먹잇감일 뿐이다.

"……라고 생각했다면 큰 착각이다."

갑자기 적병들의 눈앞에 새로운 군대가 모습을 드러냈다.

그들은 순백색 단복을 휘날리며 공격에 박차를 가하려는 적병을 통솔된 움직임으로 눈 깜짝할 사이에 몰아붙였다. 갑작스러운 기사대의 출현에 놀라 겁먹은 적병을 가차 없이 무찔렀다.

태세를 다시 갖추려고 검을 쥐고 기사에게 덤벼드는 병사도 있었으나, 실력으로만 따지면 기사를 상대로 일대일로 이길 병사는 한 명도 없었다. 기습이라고도 할 수 있는 기사대의 출현과 갑작스러운 공격에 제대로 된 반격은 불가능했고 수적 유리함이 전혀 발휘되지 않았다.

기사대를 이끄는 사람은 손끝으로 검은 테 안경을 올리며 침착하게 전황을 판단했다.

"역시 질베르의 예측대로 머릿수만 늘린 병사들인가……."

스테일은 제대로 된 훈련도 받지 않은 노예에게 무기와 갑옷을 주다니 미끼로 쓰는 게 아닌 이상 어리석은 전략이라며 어이가 없다는 듯이 중얼거리고 그대로 오른손을 들어 다음 지시를 내렸다.

"등 뒤에도 주의해라! 이미 북상한 적이 되돌아올 수도 있다!! 상공도 항상 확인해라! 또 정체불명의 폭격이 오면 즉시 각자 후퇴해라!! 나를 지킬 필요는 없다!"

평소 그들을 대할 때와 다르게 늠름한 제1왕자의 말투에 기사들이 기합이 들어간 목소리로 대답했다.

"프라이드 제1왕녀 전하께 승리를 바쳐라!!"

다시 목소리를 높인 기사들이 더욱 투지를 불태웠다. 기사 한 명이 여러 적병을 무찌르며 계속해서 앞으로 한 걸음씩 발을 내디뎠다. 적병들이 최소한 반격이라도 하겠다며 기사를 통솔하는 스테일을 향해 총구와 칼날을 겨눴으나 틈을 보인 순간, 전혀 다른 각도에서 기사의 충격을 받고 제압됐다. 기사대의 머릿수는 별로 많지 않았다. 그럼에도 너무 많다는 착각이 들 만큼 소수정예인 기사들은 한 치의 빈틈과 군더더기도 없는 정확한 움직임을 보였다.

밀어내려 하면 싹이 잘리듯이 선두에 있던 병사가 예상치 못한 방향에서 사격당하고 병사 전체가 발이 묶였다. 조금 물러나려고 몸을 숙여 방어하려 하면 그 틈을 타서 몰아붙이듯 가차 없이 전진하며 직접 적병을 해치워 수를 줄였다. 심지어 공격은 한 방향에서만 오는 게 아니었다. 기사대 쪽이 수가 더 적음에도 불구하고 그보다 몇 배는 더 많은 적병이 포위당했다.

마치 보이지 않는 벽에 둘러싸인 것처럼 앞으로 나아가지 못하고 조금씩 남쪽으로 밀리다가 선두에 있던 병사부터 차례대로 기사의 손에 제압되어 갔다.

"조급해하지 말고 그대로 몰아붙여라!! 전략도 통솔도 모르는 병사 따윈 우리의 적이 아니다!!"

기사가 적병의 빈틈을 찌르도록 스스로 미끼가 된 스테일은 말 위에서 전황을 완전히 장악했지만 열기가 담긴 지휘와는 정반대로 차가운 눈빛으로 적을 내려다보았다.

"무기를 들고 걷기만 하는 건 누구나 하지. 지식과 기술, 통솔이 갖춰져야 비로소 '병사'와 '기사'가 되는 거다."

노예가 되어 강제로 전장에 세워진 그들에게 원한은 없다. 오히려 이 상황이 잔혹하다고 생각했고, 싸울 각오도 능력도 없는 사람을 쓰고 버리는 적국에 분노마저 느꼈다. 그러나 그 이상으로…….

프라이드를 다치게 한 놈들에게 살의가 일었다.

물론 스테일 본인도 포함해서. 그녀를 상처 입힌 모든 원인에 분노를 훌쩍 뛰어넘은 무언가가 끓어올랐다. 심지어 아무리 상처 치료 특수 능력자의 치료를 받았다지만 한시라도 빨리 쉬어야 할 프라이드가 아직도 이 전장에 머무르고 있다.

——프라이드에게 위해를 가할 가능성이 있는 건 전부 절멸시키겠다.

그녀의 바람을 방해하는 자는 전부 해치우겠다. 그러지 않으면 내 기분이 풀리지 않는다.

'스테일…… 부탁이 있어.'

"스테일 님! 남부의 벽이 보입니다!!"

기사의 목소리에 고개를 들었다. 특수 능력으로 건물 벽면을 수직으로 달려 올라간 기사가 손가락으로 적병보다 훨씬 뒤쪽을 가리켰다. 아무래도 저곳에서는 보이는 듯했다.

주위 기사들에게 이후의 지시와 일시적인 지휘를 맡기고 보고한 기사 쪽으로 시선을 돌려 특수 능력을 사용했다.

"여기인가……."

순간이동으로 시야에 들어온 위치로 이동했다. 벽에 수직으로 설 수 있는 특수 능력을 가진 기사가 그대로 낙하하기 직전이었던 내 팔을 붙잡고 떨어지지 않게 한 팔로 들어 올렸다. 고맙다고 말하며 벽에 다리를 댄 자세로 아까 기사가 가리킨 방향을 보았다. 약간 멀기는 하지만 확실히 벽이 파괴된 곳이 눈에 들어왔다. 아슬아슬하게 사정거리 안인가…….

"이대로 호위하며 동행을 부탁해도 되겠습니까?"

시선을 고정한 채 내 팔을 붙잡은 기사에게 묻자 바로 대답이 돌아왔다. 기사의 얼굴을 확인하니 아마 최근에 주력부대에 입대한 기사인 듯했다. 뭐, 신병이라고 해도 지금은 아서와 같은 주력부대 기사 중 한 명이니 문제없을 것이다.

기사의 손을 꽉 잡고 순간이동을 써서 파괴된 성벽으로 이동했다. 두꺼운 벽 위에 착지해 적병을 내려다보며 이번에는 그들의 최후미로 시선을 돌렸다. 적병은 그런대로 남은 듯했다.

하지만 나라 안쪽을 침공하지 않은 녀석들까지 상대할 필요는 없다. 벽 안쪽에 있는 병사들만 섬멸하고 바깥쪽은 들어오지 못하게 하면 된다.

"일단 나라 밖부터 가겠습니다."

만일을 위해 나한테서 떨어지지 말고 호위하라고 전한 뒤 기사와 함께 우선 성벽 바깥쪽으로 내려갔다. 직접 지면에 내려서고 싶었지만 적병이 빼곡히 서 있던 탓에 그들의 머리 위로 순간이동 해서 그대로 짓밟았다. 비명과 함께 발판이 고개를 들었다.

"뭐냐!! 어디에서 내려온 거지?!"

나에게 밟힌 적병 옆에 서 있던 남자가 놀라서 소리 지른 순간, 검으로 그자의 목을 갈랐다. 역시 느리다.

검을 다시 반대 방향으로 내리쳐 목에서 피를 내뿜는 적병을 밀쳐 넘어뜨린 뒤 더욱 안쪽으로 전진했다. 등 뒤를 기사에게 맡기고서 정면에서 검을 휘두르는 병사의 일격을 내 검으로 막고 튕겨냈다. 제압하기보다 한 걸음이라도 더 많이 길을 트는 걸 우선하며 밀고 나갔다. 다들 너무 약하다. 아서와는 비교도 안 된다.

뭐, 어차피 훈련도 안 받은 머릿수 늘리기용 병사일 뿐이다. 오히려 비교하면 아서한테 실례인가. 생각을 고친 나는 적의 공격을 피하고 막고 튕겨내며 전진했다.

기사가 등 뒤를 지키는 걸 확인하며 나아가는데 도중에 적 중 누군가가 보다 못했는지 철컥거리는 소리를 냈다. 등 뒤의 기사도 공격이 온다고 외쳐서 기사와 함께 2m 상공 위로 순간이동 했다.

그와 동시에 총성이 울리며 적병의 비명이 들려왔다. 아군이 밀집된 곳에서 발포했으니 당연하다. 그대로 상공에서 낙하해 적병을 짓밟으며 계속해서 앞으로 밀고 나갔다.

적의 공격을 막고 피하고 받아서 튕겨내다가 궁지에 몰릴 것 같으면 짧은 순간이동으로 적의 등 뒤나 머리 위를 차지했다. 검을 이용한 실전은 거의 처음이었지만 정말 시시했다.

"뭐…… 이 정도면 충분할 겁니다."

적군의 최후미에 많이 가까워졌을 즈음 기사에게 말을 걸었다. 그리고 순간이동을 써서 아까 있던 성벽 위로 함께 돌아갔다. 기사가 다친 곳은 없냐고 걱정했지만 전혀 문제없다. 오히려 기사 쪽이 걱정됐지만 나와 마찬가지로 다친 곳은 없었다.

역시 저렇게 급조한 병사들은 아무리 떼로 모여도 기사의 적수가 아니었다. 내 실력이 뛰어난 게 아니라 적병이 약했을 뿐이라며 자만하지 않도록 다시 한번 스스로 되뇌었다.

이번에는 성벽 위에서 아까와 반대쪽인 국내 쪽을 내려다보며 순간이동을 써서 내려가 또 적병을 짓밟았다. 그리고 침공할 필요도 없이 그대로 주위 적들을 베어 넘기며 지면에 발을 붙이자마자 바로 순간이동 했다.

서시스 왕국 항구에 정박 중인 아네모네 왕국의 배로.

"실례합니다."

순간이동 한 순간, 배를 지키던 아네모네 기사들이 시야에 들어왔다. 기사들은 잠시 경악했지만 내 얼굴을 기억하는지 바로 경계를 풀었다.

"갑자기 죄송합니다. 아까는 감사했습니다. 프리지아 왕국 제1왕자 스테일 로열 아이비입니다."

미소를 지으며 짧게 인사하고 배의 무기고로 시선을 돌렸다.

"분명 우리 나라로 오는 구호물자가 아직 많이 남은 것으로 압니다. 혹시 지원을 요청해도 괜찮을까요?"

내가 부탁하자 그들은 흔쾌히 승낙했다. 각 거점 본진에 가면 아네모네로부터 받은 무기와 폭약이 아직 남아 있지만, 이

왕이면 다른 병사와 기사들이 가장 가지러 오기 힘든 곳에 있는 물자를 사용하는 편이 좋다. 어차피 이제부터 대량으로 소비할 테니까.

"자, 그럼…… 규모는 어느 정도 적당한 걸 골라야 하겠군요. 만에 하나라도 저희 군대나 성벽에 더 이상 피해를 줘서는——."

별생각 없이 등 뒤의 기사에게 이야기하며 그의 얼굴을 가까이에서 본 순간, 묘한 기시감 비슷한 것에 휩싸였다. 나와 눈이 마주쳐 살짝 놀란 듯한 표정을 지은 기사는 눈을 몇 번 깜빡였다. 그러더니 뭔가 짚이는 데가 있는지 점차 눈동자를 이리저리 굴리기 시작했다. 이자는 적의 간첩이 아니라 우리 나라 기사가 맞을 텐데 왜 갑자기 어색하게 구는 거지.

"저…… 스테일 님, 왜…… 그러십니까……?"

그자가 내 시선을 견디다 못했는지 머뭇거리며 입을 열자 제정신으로 돌아왔다. 맞다, 지금은 이런 짓을 할 때가 아니지. 빨리 이걸——! 아…….

단숨에 기억을 떠올렸다. 스스로도 눈이 휘둥그레지는 것이 느껴졌다. 기사가 당황한 듯이 "스테일 님……?" 하고 목소리를 높이자 자연스레 입가가 느슨해졌다. 나는 아무것도 아니라고 대답하며 서둘러 적당한 낙하물을 선별했다.

"걱정하지 마십시오. 이번에는 제대로 던질 테니까요."

그 말을 마치자마자 나 대신에 위쪽 선반에서 낙하물 상자를 꺼내던 기사가 덜컹, 하는 소리를 냈다. 기세 좋은 소리에 내 어깨가 흔들렸고 가볍게 뒤를 돌아 기사를 보았다. 마침 발치에 상자를 쌓기 직전이었던 듯했다. 상자는 부서지지 않은 모양이지만…… 기사의 안색이 눈에 띄게 파랗게 질려 있었다. 그걸 보고 이런 상황에서도 가볍게 웃음이 나왔다.

나는 말없이 웃어 보이며 다른 상자를 가리켰다. 약간 긴장한 모습으로 상자를 안아 든 기사는 아까보다 더 눈동자를 굴렸다. 모든 준비를 마친 나는 더 이상 기사를 동요시키지 않기 위해 이를 악물고 웃음을 참으며 물자를 어디다 옮길지 고민했다. 금방 떠오르지 않아서 일단은 쌓은 상자를 서쪽 탑으로 순간이동 시켰다. 여기서 바로 불을 붙일 수는 없다. 무기고에서 화기를 사용하는 건 자살 행위나 마찬가지다.

아네모네 왕국 기사에게 인사한 뒤 다시 우리 나라 기사와 함께 서쪽 탑으로 순간이동 했다. 나는 쌓인 상자 안의 내용물을 살피며 기사에게 불씨를 부탁했다. 대답이 돌아온 걸 확인하고 우선 가장 위에 있는 상자의 내용물부터 집어 들었다.

잘 보라고 코페란디 왕국, 아라타 왕국, 라플레시아나 왕국.

이번에는 너희가 폭탄이 떨어지는 공포를 맛볼 차례니까.

"가라아아!! 당장 서시스 왕국을 침공해라!!"

서시스 왕국 남쪽에 있는 성벽 앞에서는 상당수의 적병이 국내로 발을 들이지 못하고 있었다. 끊임없이 밀고 들어가던 흐름에 갑자기 제동이 걸렸기 때문이다. 프리지아 왕국 기사들의 통솔된 움직임과 성벽 바깥쪽에서 갑자기 나타났다가 사라진 수수께끼의 기습으로 타격이 컸다.

적병은 무기를 움켜쥔 채 성 바깥으로 이어지는 길에서 다시 남쪽으로, 국외로 밀려났다. 프리지아 왕국 기사들 때문에 형세가 역전되고 지휘 계통이 흐트러진 일개 군대 따위는 어중이떠중이에 지나지 않았다. 적병은 느리지만 확실하게 성벽 바깥 말고는 갈 곳을 잃고 궁지에 몰렸다.

그럼에도 가장 뒤쪽에서 사령관이 가차 없이 고함쳤다. 후퇴하려는 자군 병사를 다시 서시스 왕국으로 밀어 넣었다. 그 때였다.

쿵, 쿵, 쿵, 쿵.

갑자기 벽 바깥쪽에 있는 그들의 머리 위로 손바닥 크기의 덩어리가 떨어졌다. 모두 화약 냄새를 맡고 그 형상을 보자 무엇인지 바로 알아차렸다. 주위 병사들이 떨어지는 덩어리에 놀라 앞다투어 자리에서 벗어나 도망쳤지만 폭발할 조짐은 전혀 없었다.

잘 보니 어느 것 하나 불이 붙지 않은 그냥 화약 덩어리였다. 어디에서 떨어진 건지는 모르겠지만 오히려 서시스 왕국에 던지면 이쪽의 무기가 된다. 병사 몇 명이 화약 쪽으로 다가갈지 고민하는데 갑자기…….

도화선에 불이 붙은 폭탄이 하나 나타났다.

이번에는 모든 병사가 허둥대며 순식간에 사방으로 달려 나갔다. 그리고 머지않아 고막을 진동시키는 폭발음이 연속해서 울려 퍼졌다. 폭탄 하나가 터지자 다른 폭파물에도 불이 붙어 연쇄 폭발이 일어난 결과, 중간 규모의 폭파가 발생했다.

적병에게 큰 피해는 없었다. 직격하면 중상이 확실하지만 개별적인 폭탄의 위력 자체는 거리만 어느 정도 벌리면 죽지 않을 정도였다. 적병들이 무슨 일이 일어났는지는 모르지만 한숨 돌렸다고 생각한 순간, 아까와는 비교도 되지 않는 대량의 낙하물이 그들의 머리 위로 차례로 쏟아져 내렸다.

끄아아아아아악?! 하고 소리를 지르는 병사들 중에는 낙하물이 머리에 직접 부딪혀 기절한 자도 있었다. 아까와 마찬가지로 아직 불은 붙지 않은 상태였다. 하지만 다시 이곳에 불똥이 떨어질 거라는 생각에 모두의 등골이 오싹해졌다. 등 뒤에서는 아군 병사들이 앞으로 가라고 밀고 앞쪽에서는 프리지아 기사의 정확한 공격이 날아와 궁지에 몰린 병사들은 폭탄과 거리를 벌리지 못하고 죽음을 각오했다.

마침내 뒤를 쫓듯이 불이 붙은 폭탄이 떨어졌다. 하나씩 순서대로 던져 넣듯이 나타난 작은 위력의 폭탄들이 적병의 눈에는 사신으로 보였다. 저것뿐이었다면 별것 아니다. 그러나 이미 떨어진 산더미 같은 폭탄이 연달아 터지면 모두 죽은 목숨이다.

불이 붙은 폭탄이 나타나고 도화선이 치직거리며 짧아지다가 마침내 폭발했다. 그러자 연달아 폭발이 일어나 몇 초 만에 성벽 부근부터 국외까지 넓은 범위가 대량의 연기에 휩싸였다.

푸확, 하고 뿜어져 나오는 연막으로 주위가 가득 차 적병은 순식간에 시야를 빼앗겼다. 폭파되는 게 아니었다. 그러나 원래도 궁지에 몰렸던 병사들은 콜록거리며 어디가 앞이고 뒤인지도 전혀 분간할 수 없게 되었다. 그러는 동안에도 계속 한 방향으로 밀려난 적병들은 천천히 주위를 둘러보았다. 제한된 시야 속에서는 그저 흐름에 몸을 맡길 수밖에 없었다. 심지어 최후미에서 자군 병사를 전선으로 밀어 넣던 사령관까지 목청을 높이는 걸 그만두었다.

사령관은 지금 상황에서 위치를 알리면 목숨을 잃을 것을 알았다.

단순히 서시스 왕국 측에서 암살할까 봐 두려운 게 아니었다. 눈앞에 펼쳐진 병사들은 대부분이 머릿수를 늘리기 위한 노예였다. 사령관에게 충성심은커녕 원한밖에 없었다. 누가 누구인지도 알 수 없는 지금은 자기 병사끼리 살인극을 벌여도 이상하지 않았다.

그는 연기가 걷힐 때까지 기척을 지우고 입을 다물기로 했다. 그러는 동안에도 벽에서 내부로 침공을 강행하던 자군 병사들은 차례로 기사들에게 쓰러져 수가 줄고 다시 바깥으로 밀려났다.

그럼에도 사령관은 초조한 마음을 억누르고 그저 시야가 트이기만을 기다렸다. 그냥 연막탄일 뿐이다. 그렇다면 아무것도 두려워할 필요 없다며 태세를 정비할 때를 하염없이 기다렸다.

그러나 아무리 지나도 시야는 트이지 않았다.

너무나도 긴 시간이 지나자 사령관은 자군의 상황을 조금이라도 알려고 눈 대신 귀를 쫑긋 세웠다. 그러자 어떤 소리가 들려왔다.

쿵, 쿵, 쿵, 쿵, 쿵……. 간헐적으로 무언가가 떨어지는 소리가 끊임없이 들려왔다. 시야가 막혀서 소리만으로는 뭔지 전혀 알 수 없었다. 연막탄인지 폭탄인지, 위력이 큰지 작은지, 불이 붙었는지 아닌지, 아니면 폭탄이 아닌 무언가인지도. 하나 확실한 건 아무리 기다려도 시야는 트이지 않으리라는 것이었다. 게다가 기척과 소리로 판단컨대 아무래도 자군 병사들이 점점 후퇴하는 듯했다.

단순하게 밀려나는 걸까 아니면 연막 때문에 시야가 가려진 틈을 타서 전선에서 이탈하려는 걸까…… 그것도 아니면 그들을 전장으로 내던진 자에게 보복하려고 나를 찾는 걸까. 그런 생각이 사령관의 머리를 스쳤다.

이따금 어딘가에서 폭발음까지 울렸다. 그때마다 병사에게서 놀라는 목소리가 들려왔고 발밑에 굴러다니는 둥그런 무언가를 밟기만 해도 비명을 질렀다. 노예가 아닌 병사들이 "물러서지 마라!! 당장 공격……!" 하고 소리를 지르다가 자꾸 애매한 부분에서 말을 끊었다. 자신들 주위에 있는 것이 부하도 동료도 아닌 '버림패로 이용하려고 끌고 온 노예'라는 사실을 깨닫지 못한 자부터 쓰러졌다.

다음에 떨어지는 건 폭탄일까? 어디로 떨어질까? 시야는 언제 트일까? 이 연기는 언제까지 우리의 시야를 가릴까?

연기와 함께 노예들 사이에서 공포와 자신들을 버림패로 이용한 사령관과 병사들에게 품은 살의가 만연했다. 노예가 되고, 사고 팔리고, 인간으로서 최소한의 대접도 못 받고, 버림패로 이용당한 그들은 옆에 있는 게 누구인지도 모른 채 서로 무기를 들고 그곳에 있었다.

지금만은 그 무기를 '누구에게' 겨눠도 나무라는 자가 없다.

그들이 진짜로 원망하는 상대는 서시스 왕국이 아니라 밖의 자군 진지에 있으니까.

연기는 끊이지 않았고 변함없이 시야가 가로막힌 채 시간이 흘렀다. 이따금 들려오는 폭발음에 공포가 밀려와 심장이 터질 듯이 고동쳤고, 그들은 패닉을 억누르듯이 무기를 든 손에 힘을 주었다. 그리고 딱 좋은 표적인 자군 병사의 목소리가 들려오면 패닉을 억누르려고 그 방향으로 무기를 겨눴다.

냉철한 판단력과 제정신을 유지한 건 기묘하게도 연막으로부터 벗어난 벽의 안쪽, 서시스 왕국 안으로 침공한 병사들뿐이었다. 그러나 그들 역시 기사에게 한 명씩 분명하게 수가 줄어 들어 후퇴할 수밖에 없었다. 설마 벽 바깥쪽이 이미 무법지대가 됐다고는 상상도 못 한 채.

노예에게는 일시적인 자유와 보복할 기회가 주어지는 둘도 없는 곳.

노예를 '이용하는 쪽' 이었던 정규 병사에게는 누가 적인지 아군인지도 구별되지 않는 새로운 전장.

최소한의 폭탄과 무기로 최대한을 뛰어넘는 피해를 받은 그들은 좋든 싫든 자멸의 길로 끌려갔다.

모든 것은 차기 섭정 스테일 로열 아이비의 책략이었다.

"뭐, 아직도 폭탄이 이만큼 있으니 기사대가 적을 모두 성벽으로 몰아넣을 때까지는 충분할 겁니다. 다 던지고 나면 다시 남부로 돌아가죠."

나는 단조로운 작업을 하염없이 계속하며 기사에게 말했다.

우리가 하는 건 아네모네의 배에서 빌린 폭탄을 하나씩 던지다가 중간에 작은 위력의 폭탄을 섞어서 서시스 바깥쪽으로 순간이동 시킬 뿐인 작업이었다.

간헐적으로 최후미에 있는 사령관 주위의 시야를 가리면 적은 침공의 기세를 멈출 것이다. 노예는 감시자가 지켜보지 않으면 싸울 이유가 없다. 사령관은 소리를 내지 못하거나 노예에게 습격당하거나 둘 중 하나다.

"이래서 싸울 의지가 없는 병사나 노예는 안 돼."

만약 상대가 노예로 인원을 채우지 않은 적군 주력부대나 하나즈오 연합왕국, 우리 기사단이었다면 큰 타격은 못 줬을 것이다. 노예로 머릿수를 늘린 적이었기에 가능한 전략이었다.

"우리 나라의 자랑스러운 기사에게 이렇게 단조로운 작업을 부탁드려서 죄송합니다."

기사들에게는 원군을 가기 전에 작전을 설명하긴 했지만 그가 내 호위로 동행하게 된 건 우연이었다.

내가 소형 폭탄이나 연막탄에 불을 붙여서 내게 넘기는 작업을 계속하는 기사에게 가볍게 사과하자 기사는 "아닙니다, 당치도 않습니다!" 하고 아직도 약간 초조한 기색으로 대답했다. 서로 간헐적으로 손을 움직이며 탑 창문으로 밖을 내다보았다. 문득 차이넨시스 왕성 바깥에서 기구가 눈에 들어왔다. 언제 날아오른 건지 힘없이 비틀거리며 건물을 향해 하강하는 기구를 보며 이미 기사가 떨어뜨렸나 보다고 예상했다. 그리고 불을 붙인 연막탄을 내 손에 넘기는 기사에게 시선을 돌렸다. 내 시선을 알아차렸는지 눈길을 피하듯이 자기 손으로 시선을 떨구는 기사를 보고 살짝 짓궂은 마음이 들었다.

"큰 위력의 폭탄도 좋지만, 그러면 성벽이나 우리 나라 기사대에도 피해가 갈 수 있거든요."

프라이드를 위해서라면 망설임 없이 큰 위력의 폭탄을 떨어뜨릴 수 있다. 프라이드…… 그리고 우리 나라와 국민을 위해서라면 그 정도 각오는 진작에 했다. 프라이드와 아서, 아마티아라도 손에 피를 묻혔을 텐데 나만 깨끗할 수는 없다. 프라이드, 우리 국민과 나라를 위해서라면 나는 얼마든지 내 손을 피로 물들일 것이다.

조심스레 맞장구치는 기사에게 미소를 지어 보였다. 뒤이어 내가 "그래서……." 하고 말을 잇자 그가 다시 내 쪽을 보았다.

"어떻습니까? 이번에는 당신의 기대에 부응했을까요."
폭탄에 불을 붙이던 기사의 손이 움직임을 멈췄다.
점화하기 직전에 손을 멈춘 기사는 나를 향해 눈을 동그랗게 뜬 채 굳었다. 흐름을 끊을 수는 없어서 다음 점화를 재촉하자 그는 바로 제정신으로 돌아와 폭탄을 건넸다. 그리고 다시 연막탄을 요구하자 기사가 떨리는 손으로 연막탄에 불을 붙였다. 그리고 내게 건넨 직후 쥐어짜는 듯한 목소리로 말했다.
"그때는, 큰 무례를 범했습니다……!! 죄송합니다!"
뒤이어 깊이 고개를 숙이는 기사에게 나는 확신을 가지고 고개를 가로저었다.
솔직히 나는 지금 이 순간까지도 이자를 완전히 잊고 있었다. 오히려 아직도 그 일을 기억하고 신경 쓰고 있었다는 게 감탄스러웠다. 내 짓궂음을 반성하며 기사의 어깨를 몇 번 두드렸다.
"주력부대 승진 축하드립니다. ……늦어졌지만요."
내가 그렇게 말을 잇자 기사가 그제야 고개를 들었다. 밝은 표정과 빛이 깃든 눈빛에 나는 안도의 한숨을 내쉬었다.
망설임은 없다. 당연히 큰 위력의 폭탄을 던져서 적을 일망타진하는 것도 가능하다. 우리 군과 국민에게 피해가 갈 우려가 없고 적병에게만 집중포화 할 수 있다면. 다만 지금 이런 마음으로 그 작전을 실행하면 그건 프라이드나 나라와 국민을 위한 게 아니라 프라이드를 다치게 한 적들을 향한 개인의 복수심 때문이 된다는 것도 자각하고 있다. 그 정도로 프라이드가 다친 모습은 아직도 내 뇌리에 강렬하게 새겨져 있었다.

차라리 다치게 한 범인이 있었으면 내 손으로 몇백 번이든 죽였을 거라는 생각이 들 만큼.
그리고 내 특수 능력의 위험성은 누구보다 잘 알고 있다.
그러니까 이 힘으로 직접 손을 더럽히는 건 프라이드와 우리나라와 국민을 위해서라고 진심으로 말할 수 있을 때 그러고 싶다. 단순히 보복을 위해서가 아니라…….
더러워진 마음으로 남의 목숨을 빼앗는 것에 익숙해지고 싶지는 않다. 분명 나는 누구보다도 그러면 안 되는 사람이니까.

'차라리 스테일 님께 적병 쪽으로 폭탄을 떨어뜨려 달라고 부탁하는 건 어떨까요?'

6년 전 그의 말을 떠올렸다. 눈앞에 있는 그가 아직 신병이었을 시절에 기사단장에게 했던 제안이다.
만약 지금 이 순간 프라이드가 무사했다면, 내 가슴에 복수심이라고는 티끌만큼도 없는 데다가 프라이드가 모종의 이유로 내 힘을 통한 빠른 숙청을 바랐다면 나는 틀림없이 더 격렬하고 자혹한 방법으로 전략을 바꿨을 것이다.
프라이드를 위해서라면 내게 망설임 따윈 없으니까.

"자, 그럼…… 서시스 왕국 성문은 이걸로 끝이려나."
레온은 뚜둑, 뚜둑 하고 어깨를 돌리며 혼자서 중얼거렸다.

한 발 장전된 바주카포를 끌어안고 주위를 둘러보았다. 공터가 된 전 적군 본진을 밟고 선 채.

서시스 왕국 성문을 돌아보니 파도처럼 몰려오던 적병들은 누구 하나 서 있지 않았다. 그중에는 형용하기 힘든 형태로 변해 버린 자도 있었다. 그들을 혼자서 파멸로 몰아넣은 레온만이 그곳에 늠름히 서 있었다.

"기사들은 괜찮을까……."

레온은 기사들과 헤어지고 성문으로 걸어가며 앞을 바라봤다. 멀리서 확인하니 적병의 시체 너머로 분명 인영이 있었다. 그 모습을 포착한 레온은 안심하며 미소 지었다. 그리고 너무나 사랑스러운 자신의 국민들이 무사하다는 사실에 가슴이 따뜻해졌다.

레온은 그들 곁으로 빠르게 달려갔다. 거리가 가까워지자 그를 발견한 기사들이 제각기 "레온 님!" 하고 외쳤다. 레온이 한 손을 들어 응하자 그들도 레온에게 달려왔다. "무사하셔서 다행입니다!" "다친 곳은 없으십니까?" 하는 말에 일일이 대답하며 현재 상황을 물었다. 각 거점에서 받은 보고를 포함해 모든 걸 상세하게 다 듣고 레온은 작게 고개를 끄덕였다. 그리고 프리지아 왕국에서 파견된 통신병에게로 시선을 돌렸다.

"그럼…… 서시스 성 본진으로 연결 부탁드립니다."

"오래 기다리셨습니다, 레온 왕자 전하."

“조력해 주셔서 감사드립니다.”

질베르는 그렇게 말하며 영상을 전송하는 쪽으로 고개 숙였다. 영상 속 레온도 대답하며 질베르에게 인사했다.

『오랜만에 뵙는군요, 질베르 재상. 상황을 짧게 전하자면 서시스 왕국 성문은 방어가 끝났습니다. 여유가 있으니 다른 진영도 지원 가능합니다. 그래서 말입니다만…….』

잠시 말을 끊은 레온은 영상 너머로 질베르의 안색을 살피듯이 눈을 가늘게 떴다. 프리지아 왕국 재상에게 일부러 뜸을 약간 들이고 다시 말을 이었다.

『이쪽에서 받은 보고에 따르면 지금 가장 조력이 필요한 건 그쪽의 서시스 왕성 진영, 혹은 수적으로 경비가 허술한 차이넨시스 왕성 진영으로 보입니다.』

레온이 싱긋 웃으며 사실을 이야기하자 질베르는 약간 곤란한 듯이 눈썹 끝을 내렸다. 그리고 “가차 없으시군요.” 하고 가볍게 대답하면서도 레온의 냉철한 판단에 감탄했다. 뒤이어 레온이 현재 상황을 보고하라고 부탁해서 질베르가 입을 움직였다.

“지금은 기사와 병사들이 건투하는 중이라 적이 성안까지 침범하지는 않았습니다. 다만…… 기사들이 막고 있는 성문을 밀어서 파괴하려고 적들이 모이고 있는 게 현재 상황입니다. 다른 진영의 활약으로 성으로 밀려오는 적병의 증원은 멈췄고 이미 성 앞에 모인 적병은 멀리서 공격하는 것 외엔 손대지 않고 있습니다.”

질베르가 "성이 함락당하지 않는 게 최우선 사항이라서요." 하고 말을 잇자 레온이 고개를 끄덕였다. 이번 전쟁은 어디까지나 방위전이다. 적을 무찌르려고 다른 곳의 방비를 줄이거나 성의 기사 및 병사의 출입을 늘리는 것보다 성이라는 본진을 지키는 게 더 중요하다.

『역시나군요. 그건 그렇고 당신에게 전할 소식이 있습니다. 일단 우리 아네모네의 전력 말입니다만…….』

레온은 부드러운 미소와 함께 자군의 상황을 설명했다. 현재 수중에 있는 무기 중에 사용 가능한 게 어느 정도인지, 배에는 어느 정도 있는지와 움직일 수 있는 기사의 수까지 필요한 정보를 선별해 전했다.

레온의 이야기를 전부 듣고 있던 질베르의 눈이 서서히 휘둥그레졌다. 지극히 적은 인원으로 성문을 지켜 낸 것도 그렇지만 그 무력이 더 놀라웠다. 게다가 레온만이 사용 가능하다는 온갖 무기 중에는 매우 강대한 위력을 가진 것도 있었다.

질베르는 아네모네가 겨우 몇 년 만에 참으로 무시무시한 나라로 성장했다고 생각했다. 심지어 최근 1년 만에 급성장한 것이다. 아네모네 왕국 차기 국왕인 레온의 평판은 질베르도 들었지만 소문보다 더 뛰어난 사람이라는 걸 절실히 깨달았다.

『그래서…… 이걸 전제로 알려 주시겠습니까, 질베르 재상. 우리 아네모네는 어떻게 움직이면 될까요?』

레온이 설명을 마치고 싱긋 웃자 질베르는 그만 한순간 표정이 굳었다. 그는 몇 초간 주저하고 나서야 살짝 벌어진 입을 닫았다.
"어째서 아네모네 왕국의 제1왕자 전하가 재상인 저에게 지시를 요청하시는 겁니까."
확실히 질베르는 이곳에서 전황을 가장 잘 파악한 사람은 자신이라는 자부심이 있었다. 그러나 아무리 그래도 제1왕자가 스스로 타국의 재상에게 지시하라고 부탁하다니 말도 안 된다. 물론 이쪽에서 각 본진에 조언을 하는 경우는 있었지만 설마 저쪽에서 지시하라고 부탁할 줄은 전혀 예상치 못했다.
『프라이드와 스테일 왕자, 티아라에게도 들었으니까요. 남을 움직이는 데에 질베르 재상보다 뛰어난 사람은 없다더군요.』
레온이 부드러운 미소를 유지한 채 질문에 대답하자, 질베르는 또 허를 찔렸다. '설마 그런 이야기를 했을 줄이야.' 하고 그의 머릿속이 멍해졌다. 심지어 프라이드와 티아라뿐만 아니라 스테일의 이름까지 그 사이에 껴 있어서 놀라움을 감추지 못했다.
질베르가 뭐라도 대답해야겠다 싶어서 열심히 머리를 굴리는데 갑자기 영상 속 레온이 『아.』 하고 목소리를 흘렸다.
그러더니 영상이 보이는 곳과도 영상을 전송하는 위치와도 다른 먼 방향으로 시선을 돌리고 『죄송합니다. 금방 돌아오겠습니다.』라고 말하더니 잠시 영상에서 모습을 감췄다.

"이봐~. 하긴…… 들릴 리가 없나."
질베르와 통신하다가 잠시 자리를 비운 레온이 맥 빠지는 목소리로 먼 곳을 향해 외쳤다. 다른 기사들도 시선을 돌렸다가 멀리서 엄청난 속도로 자신들 앞을 가로지르는 물체를 발견하고 모두 입을 떡 벌렸다. 레온이 느긋하게 소리치는 동안에도 그 물체는 더욱 멀리 나아갔다. 말을 타고 쫓아가도 절대로 따라잡을 수 없다는 건 누가 봐도 명백했다. 레온은 가벼운 말투로 "하는 수 없지." 하고 웃더니——.

짊어졌던 바주카포를 망설임 없이 발사했다.

콰과아아아아아아아아아아앙, 하는 굉음이 울려 퍼지며 포탄이 고속으로 이동하던 물체의 진행로에서 폭발했다. 고속 이동하던 물체가 급습에 놀랐는지 움직임을 멈췄다. 레온은 몇 초간 움직임을 멈춘 그것을 향해 온화한 표정을 하고 크게 손을 흔들었다. 그러자 아까까지만 해도 앞을 가로질르던 물체가 믿기지 않는 속도로 레온을 향해 돌아왔다.

"너…… 이 자식……!!!!"

땅이 쿠구구구구궁, 하고 흔들렸고 거대한 물체가 지면을 뒤엎으며 다가왔다. 그와 동시에 그 물체 위에 있던 인영에게서 으르렁거리는 듯한 노성이 흘러나왔다. 그것이 맹렬한 속도로 다가올수록 레온 일행의 눈에 비치는 모습과 윤곽이 점차 선명해졌다. 그리고 완전하게 보인 순간…….

"레온!! 너 이 자식 갑자기 뭐 하는 짓이야?! 그런 정체도 모르는 걸 쏴 대고 말이야!! 날 죽이고 싶은 거냐? 아니면 네놈이 죽고 싶은 거냐?!"

바르가 이를 드러내고 분노를 발산하며 솟아오른 지면 덩어리 위에서 레온 일행을 내려다보았다. 그 옆에서는 케멧과 세펙이 마찬가지로 그들을 들여다보고 있었는데 세펙은 바르와 똑같이 화가 난 모습으로 눈썹을 치켜올린 채 레온을 향해 오른손을 똑바로 들었다.

"사람들을 마을 변두리에 내려 준 다음이었으니 망정이지! 사람을 실었으면 어쩔 뻔했어!! 바르와 케멧이 다치면 용서 안 할 거야!!"

세펙이 레온을 물어뜯을 기세로 소리를 질렀다.

"미안, 달리 불러 세울 방법이 안 떠올라서. 그래도 제대로 빗겨 쐈잖아?"

바르와 세펙은 반성하는 기색도 겁먹은 기색도 없이 웃는 레온을 보고 분노가 가라앉지 않았다. 바르는 차라리 세펙이 물대포 좀 쐈으면 좋겠다고 속으로 생각했다.

두 사람이 화를 내거나 말거나 케멧은 바르를 단단히 붙잡은 채 상황을 살피듯이 "왜 레온이 여기에 있어요?" 하고 말을 걸었다. 바르 일행은 아네모네 왕국에서 온 원군을 아직 모르는 상태였다.

"나도 프리지아의 원군으로 왔어. 여기서 배까지 가려면 조금 먼데 마침 잘됐다."

"지금은 한창 주인의 명령을 수행하는 중이야. 미처 도망치지 못한 굼벵이들을 변두리 마을로 옮기느라 바빠서 너랑 어울릴 시간 없어."

"이야기를 듣고 나서 판단해도 늦지 않다고 생각하는데? 너에게도 괜찮은 이야기일지 몰라."

눈살을 찌푸리며 무슨 뜻이냐고 묻는 바르에게 레온이 미소 지으며 대답했다.

"지금 질베르 재상과 통신을 연결하고 있으니까 너도……."

레온이 그렇게 말하며 손짓하자 바르는 혀를 차며 특수 능력을 풀었다. 솟아올랐던 지면이 가라앉으며 본래의 흙덩이로 돌아갔다. 지면에 고정됐던 발이 자유로워진 바르는 흙덩이를 걷어차며 짜증스럽게 "1분을 넘기지 마라." 하고 으르렁거렸다.

"나만큼 뛰어난 사람은 없다, 라……. 남을 움직이는 데에 말이지."

질베르가 혼잣말하듯이 중얼거렸다. 레온이 통신 장소에서 도중에 자리를 뜨고 질베르는 스스로를 진정시키듯이 깊게 심호흡을 반복했다. 그만큼 레온이 한 말은 충격적이었다.

——프라이드 님, 티아라 님, 스테일 님. 다른 누구도 아닌 그분들이 그렇게 말씀하시다니.

첫 전장에서 지금도 프라이드를 위해 사력을 다하는 티아라. 질베르 같은 사람과 그 가족까지 신경 쓰고 또 한 번 구한 스테일. 두 다리를 다쳐 일어설 수도 없는 상태임에도 전장에 나온 프라이드.

어릴 때부터 그들을 아는 질베르는 훌륭하게 자란 그들의 성장에 놀랄 수밖에 없었다. 그리고 그런 그들이 질베르가 모르는 곳에서 그를 평가해 주었다.

"치사하네요……."

'그런 걸 알고 나면 기대에 부응할 수밖에 없잖아요.' 질베르는 마음속으로 그렇게 중얼거렸다. 다른 누구도 아닌 그 세 사람이 자신에게 그리 말하니 정말 그렇게 되고 싶다는 생각이 들었다.

잠시 눈을 감았다. 각 본진의 상황, 전황, 수중에 있는 무기와 수단. 그리고 우선 사항. 모든 것을 세세히 살핀 뒤 지금 무엇을 어떻게 움직여야 효율적이고 확실하게 우리 군을 유리하게 만들지 고민했다. 마침내 질베르의 생각이 정리됐을 때…….

『오래 기다리셨습니다, 질베르 재상.』

질베르는 영상 너머에서 들려온 목소리에 눈을 떴다. 그리고 레온과 함께 영상에 비친 인물을 보고 숨을 삼켰다. 아까까지는 없었던 남자가 레온 옆에 서 있었다.

『어떻습니까, 질베르 재상. 당신은 우리 아네모네와 '그들'을 어떤 식으로 움직일 건가요?』

레온이 부드럽게 웃으며 질베르에게 전송하는 영상 안으로 들어오게 한 남자의 어깨를 강제로 끌어당겼다. 한쪽 눈썹을 치켜올리며 온 얼굴로 짜증을 표현한 남자는 레온을 노려보며 이를 드러냈다.

『멋대로 이야기를 진행시키지 마!! 난 주인의 명령으로 바쁘다고 했잖아, 제기랄.』

그렇게 말하고 혀를 찬 남자는 레온의 팔을 밀치고 영상 속 질베르를 노려보았다.

『이봐, 재상. 난 아직 보수인 현물을 다 못 받았거든?』

'역시 그자가 맞는 모양이군.' 질베르는 조용히 마음속으로 결론 내리며 상황을 재확인했다. 아까까지만 해도 프리지아 왕국에 있던 바르가 어째서 여기에 있는지 생각하다가…… 방법은 하나밖에 없다는 걸 금세 알아차렸다.

"알겠습니다. 이 전쟁이 끝나면 마음대로 하시지요."

질베르가 한숨을 내쉬며 대답하자, 레온이 고개를 갸웃거리며 "네 보수는 현물로 받는 거였어?" 하고 의아한 듯이 바르에게 물었다. 바르는 "돈과는 다른 거야." 하고 레온을 노려보며 대답하더니 빨리 이야기나 계속하라고 레온과 질베르를 재촉했다. 바르는 아직도 자신이 왜 이 자리로 끌려온 건지 몰랐다.

"그렇군요. 바르라면 행선지가 어디든 최고 속도로 여러분을 이동시키겠네요."

이걸로 행동 가능 범위가 넓어졌다. 바르가 받은 프라이드에게 어떤 명령을 받았느냐에 따라 다르겠지만 레온과 아네모네 왕국 기사대를 서시스 왕국과 차이넨시스 왕국으로 나눠 보내는 것도 방법 중 하나다. 다른 나라가 북쪽 최전선에 개입하면 오히려 기사단의 연계가 무너질 수 있다. 그렇다면 일단 아네모네 왕국 배에서 무기를 보충하고 두 나라 중 한 나라로 보내거나 양국의 성 바깥으로 나눠 보내면……. 질베르는 차례로 떠오르는 생각을 멈추고 문득 아까 전 레온이 자신에게 제시한 무력 중 하나를 떠올렸다.

"질문이 하나 있습니다만…… 레온 제1왕자 전하."

"물어보시지요."

빌베르는 대답한 레온을 영상 너머로 바라봤다. 그의 등 뒤에서는 바르가 당장에라도 떠날 기세로 몸을 흔들었고 케멧과 세펙은 웬일인지 영상 쪽을 바라보며 입을 벌렸다.

우선 사항은 성이 '적에게 함락되지 않게 하는' 것. 그리고 이 전쟁을 최대한 빠르게 종식시키는 것. 그러기 위해 한 명이라도 많은 침략자를 제압하는 것이다.

"아까 말씀하셨던 무기의 명중률은 어느 정도인가요?"

질베르는 무심코 짓궂게 치켜 올라갈 뻔한 입꼬리에 힘을 주고 물었다. 그러자 레온은 예상했다는 듯이 부드럽게 미소 지었다.

『표적의 좌표만 알려 주시면 확실하게 명중시키겠습니다.』

"그건 그렇고…… 질베르 재상도 과감하네."

서시스 왕국 항구에 정박한 거대한 배에서 철컹거리는 금속음이 몇 번씩 울렸다. 아네모네 왕국 기사들이 익숙한 움직임으로 레온의 지시대로 무언가를 움직였다.

하나부터 열까지 반복해서 조정하는 그들에게 눈짓하며 레온은 등 뒤에서 자신을 노려보는 바르에게 말했다. 그 양옆에 있는 케멧과 세펙이 신기한 듯이 눈을 반짝이고 미소 지으며 기사들이 조작하는 것을 바라보았다. "우와~." "대단해요……!" 하고 감탄하는 어린아이의 순수한 눈빛은 정말 귀여웠다.

바르 일행은 특수 능력으로 레온 일행을 배까지 데려다주고 그대로 질베르의 지시대로 아네모네 왕국 배에 올라탔다. 레온과 같이 행동하는 건 귀찮기 짝이 없었지만 프라이드가 맡긴 일을 빨리 끝내려면 어쩔 수 없었다. 바르에게서 그녀가 명령한 내용을 들은 레온은 닥치는 대로 두 나라를 뛰어다니는 것보다 이쪽이 더 효율적이리라고 생각했다. 오히려 질베르가 그렇게 되도록 계획한 건 아닐까 하는 생각도 들었다.

"설마 표적이 저쪽일 줄이야. 나는 당연히……."

"입을 움직일 시간이 있으면 빨리 진행해. 이쪽은 기다리느라 돌아가시겠다고."

혼잣말조차 허용하지 않겠다는 듯한 바르에게 레온은 미소 지으며 맞장구쳤다. 바르는 함께 술을 마시게 된 뒤로 레온의 언동에 익숙해졌다.

바르는 팔짱을 끼고 혀를 차다가 마침내 발까지 구르며 바닥을 울리기 시작했다. 이곳에 붙잡혀 있는 것도 불만이지만 결과적으로 질베르의 말을 따르는 현재 상황도 몹시 못마땅했다.

'그럼 적병의 규모를 줄일까요.'

레온은 질베르가 전한 말을 떠올리며 생각에 잠겼다. 표적의 좌표만 알면 확실하게 명중시키겠다고 말하긴 했지만 설마 이런 수를 제시할 거라고는 예상치 못했다.

예전부터 프라이드 일행에게서 질베르는 매우 우수하고 머리가 좋은 재상이라고 듣기는 했다. 남을 움직이는 데에 질베르만큼 뛰어난 사람은 없고, 그 능력은 스테일도 부러워할 정도라고 했다. 그리고 레온은 지금 그 사실을 몸소 확인하고 있었다.

마지막 조정이 끝나고 기사가 완료 신호를 보냈다. 이제 불만 붙이면 된다고 숨을 내쉬었다. 그런데 이번에는 다른 방향에서 통신병이 "서시스 왕성에서 준비가 완료됐다는 보고가 왔습니다!" 하고 전했다. 레온은 그들에게 고개를 끄덕이고 표적의 방향을 확인한 후 신호를 기다리는 그들에게 표적의 좌표를 하나하나 읊었다. 그리고 화약의 양, 방향, 각도, 풍향이 완벽하다고 판단하고 끝으로 표적의 이름을 선언했다.

"서시스 왕국 성문 앞."이라고.

쏘라는 신호가 내려오자마자 쿵 하는 진동과 울림이 배를 뒤흔들며 모두의 귀청을 찢었고 일시적으로 이명이 울리며 청각이 마비되었다.

지금 아네모네 왕국이 자랑하는 대형선에 탑재된 모든 대포가 발사되었다.

서시스 왕성 앞에 갑자기 지반 자체를 무너뜨릴 듯한 굉음이 울려 퍼졌다. 성 앞에는 침공하려고 모인 적병 외에는 아무도 없었다.

애초에 칼럼이 동상으로 성문을 막은 뒤, 그 주위에는 기사도 하나즈오 병사도 없었다. 그 대신에 성 주위를 집중적으로 지키던 기사와 병사도 마치 성문 앞은 버린 것처럼 질베르의 지시에 따라 부상자를 포함한 모두가 혼전 장소를 성의 동쪽과 서쪽으로 옮긴 상태였다.

단단히 막혀서 침공할 수 없던 정문의 경비를 뚫었다고 여긴 적병들은 지금이 기회라며 그 방대한 수의 병력을 문으로 집중시켰다. 그곳에 멀리에서 대포가 날아와 꽂힐 거라고는 생각지도 못한 채…….

어디까지나 피해받은 건 성 자체가 아니라 성 앞이었다. 말도 안 되게 정확한 조준으로 대포는 피해 범위를 포함해도 성이 아니라 성에서 수십 미터는 떨어진 위치에 발사되었다. 성 자체는 벽에 폭풍과 충격이 직격한 것 외에는 피해가 없었다. 다만 성 주위를 지키기 위한 울타리가 부러지고 빠지고 날아갔으며 적병들이 파괴한 외벽은 덜그럭거리며 더 심하게 무너져 내렸다.

그 밑에 깔린 적병들과 함께.

설마 자기네 본진, 심지어 성 일부를 파괴할 거라고는 아무도 예상하지 못했다. 적병들마저 자군 측에서 자신들과 함께 성을 파괴하려고 폭탄을 던진 건 아닌지 착각했을 정도였다.

"포격 허가에 감사드립니다. 퍼거스 섭정님, 달리오 재상님…… 그리고 요안 국왕 폐하."

질베르가 "랜스 국왕 폐하가 부재중이라서 다행이군요." 하고 웃자 그들이 각자 대답했다. 결과적으로 성을 집어삼키려던 적병 대부분을 제압하고 자군 병사와 기사에게는 아무런 손해가 없었다. 국왕이 부재중인 상황에서 자신들이 성 앞 벽과 울타리의 피해를 감안하고 질베르에게 포격 허가를 내렸다. 그럼에도 멍해진 머리로 '왜 우리는 이런 위험천만한 반격을 허가한 거지?' 하고 생각했다.

만약 대포 사격수의 실력이 안 좋았다면, 조금이라도 조준이 빗나갔다면, 아네모네 왕국이 이쪽을 배신했다면, 성 주위에 운 나쁘게 병사나 기사가 남았다면……. 이 중 하나라도 실현됐다면 피해는 가늠할 수 없었을 것이다. 그뿐만 아니라 경우에 따라서는 적병에게 그대로 성을 내주는 최악의 수가 됐을 수도 있다.

그런데 어째선지 설득당하고 말았다.

질베르가 한 말에 섭정과 재상뿐만 아니라 국왕인 요안까지 납득하고 고개를 끄덕였다. 질베르 앞에서 믿기지 않는다는 듯이 침을 삼키는 섭정과 재상과 비슷하게 영상 너머로 요안도 휘둥그레진 눈으로 영상의 질베르를 바라보았다. 요안 옆에 앉은 프라이드는 그 모습을 보고 무리해서 입꼬리를 끌어올린 채 마음속으로 신음했다.

——역시 천재 모략가.

보기 좋게 자기 의도대로 사람들을 판단하게 만들었군. 프라이드는 그렇게 생각하며 다시 한번 전생의 게임에서 알게 된 질베르의 설정을 떠올리고 숨을 삼켰다. 요안 옆에서 이야기를 듣던 프라이드조차 질베르의 포격 제안에 잠시나마 납득하고 성공하리라 확신하고 말았다. 정확히는 질베르가 그들이 그 제안을 납득하고 최선의 방법이라고 판단하게 유도한 것이다.

설득 같은 부드러운 방법이 아니다. 질베르는 대포로 성 앞을 공격하겠다는 무모한 작전을 이야기하기 전에 아네모네 왕국 및 서시스 왕국의 현재 상황을 설명해서 요안 일행이 자신들의 의지로 '이런 방법이 있었군', '이렇게 해야 해' 라고 생각하게 만들었다.

스테일은 마치 최면이라도 거는 듯한 질베르의 말투를 듣고 9년 전에 있었던 일을 선명하게 떠올렸다. 성안 상층부에 프라이드의 악평을 퍼뜨렸던 질베르에게는 손쉬운 '설득' 이었다. 물론 질베르는 성공하리라 확신했고 그러기 위해 여러 번에 걸쳐 계산한 대비책과 예비용 작전을 준비한 상태였다. 하지만 그걸 떠나서 애초에 성의 주인인 서시스의 국왕과 제2왕자가 부재중인 상황에 내릴 만한 허가가 아니었다.

하지만 내리게 만들었다. 그 결과, 성이 다소 피해를 입긴 했지만 단숨에 적병을 대규모로 소탕할 수 있었다. 나중에 만약 랜스나 세드릭이 포격을 추궁해도 질베르는 똑같이 설득시킬 거라고 프라이드는 생각했다. 무엇보다 결과적으로 자군은 모두 무사하고 적병만이 큰 손해를 입었으니까.

──그러고 보니 질 루트에서도 최종 결전에서 프라이드가 서 있을 수 없게 공략 대상이 성의 탑을 완전히 파괴하게 만들어서 해치웠던 것 같은데.

프라이드는 게임에서도 엄청났다고 생각하며 굳은 입가를 더욱 경련시켰다.

"자 그럼 방금 공격으로 상당수의 적병을 제거했을 겁니다. 남은 자들은 동쪽과 남쪽으로 일시 피난한 기사와 병사로도 충분히 대처 가능합니다."

이것도 레온 제1왕자 전하 덕분이지만요. 질베르는 가벼운 말투로 그렇게 이야기하고 다시 레온에게 통신을 연결했다. 원래도 대군을 소수 인원으로 제압했던 프리지아 왕국 기사들이다. 다치고 연계가 무너진 데다가 인원까지 대폭 감소한 머릿수만 채운 병사 따위는 적이 아니다.

"감사합니다, 레온 왕자 전하. 포격이 무사히 성공했습니다. 정말 훌륭한 실력이시더군요."

『아니요, 당치도 않습니다. 사격 거리 범위 내에 들어가는 좌표를 지정한 질베르 재상의 공적이죠.』

레온은 자신이 아무것도 한 게 없다고 겸손을 떨며 미소 지었다. 뒤이어 질베르와 이후의 예정에 관해 간단하게 의논했다. 통신병이 통신을 끊기 전, 레온이 문득 생각났다는 듯이 입을 열었다.

『그런데 질베르 재상. 프라이드는 지금 어디에 있나요? 이후에 통신을 연결할까 했는데요.』

그 질문에 질베르는 미소를 지은 채 굳었다. 레온 옆에 있는 통신병은 한 명. 배로 장소를 옮긴 뒤에 아네모네의 배로 영상을 전송한 건 현시점에서 질베르뿐. 아네모네의 군대는 아직 프라이드가 다친 것을 모른다.

그리고 아직 알리면 안 된다고 논리를 제외한 육감으로 질베르는 확신했다. 아서나 다른 기사에게 숨겼듯이 레온에게 프라이드가 다친 것을 경솔하게 이야기해서는 안 된다. 전장에서 동요할 원인을 자기편에 퍼뜨려서는 안 된다. 한 사람의 동요와 불안은 그대로 본인뿐 아니라 주위의 피해와 죽음으로 직결되니까.

하지만 협력자이자 제1왕자인 레온에게 거짓말을 할 수도 없는 노릇이라 질베르가 미소를 지은 채 말을 이으며 머릿속으로 필사적으로 최선의 대답을 고민할 때였다.

『야, 레온!! 언제까지 느긋하게 얘기할 거야?! 빨리 안 끝내면 두고 간다!!』

갑자기 레온의 영상에서 익숙한 노성이 울렸다. 허를 찔렸는지 눈이 동그래진 레온이 어느 방향을 돌아보며 『지금 갈게.』 하고 노성의 주인에게 온화하게 대답했다.

『죄송합니다. 그럼 저는 이만 실례하겠습니다.』

질베르는 레온에게 잘 부탁한다고 사근사근하게 답한 뒤에 가슴을 쓸어내렸다. 예상치 못한 곳에서 바르가 활약해서 진심으로 감사했다.

레온은 인사를 마치고 부드러운 미소와 함께 통신을 끝냈다.

"프라이드에게는 제게 맡기라고 전해 주세요." 질베르에게 그런 전언을 남긴 채.

"아……아앗……아…… 누가…… 누가 좀……!"

한 여자가 어디로 가야 할지도 모른 채 혼자서 방황하고 있었다.

성 밖에 나도는 정보로는 침공받는 건 이웃 나라인 차이넨시스 왕국뿐. 서시스 왕국도 원군으로 참전해서 적국의 보복이나 침공을 받을 수 있으니 피난소에 숨거나 최대한 성 밖 마을에서 도망치라고 했다. 그래서 그 여자는 다른 사람과 마찬가지로 어젯밤부터 피난소에 있었다.

그러나 당일이 되자 전쟁의 규모는 그녀들의 예상 이상으로 커졌다. 곳곳에서 전투가 벌어지고 지금껏 본 적도 없는 외국 병사들이 셀 수 없을 만큼 많이 쳐들어왔다. 그 손길은 서서히 피난한 국민에게도 뻗쳤다. 적병에게 피난소를 들켰을 때는 원래 서시스 왕국에 배치되었던 프리지아 기사가 구해 주었다. 그러나 하나즈오 왕국 사람 말고는 신뢰하지 못하는 사람들은 싸우는 기사를 내버려 둔 채 몇 명이 그 자리에서 도망치고 말았다.

너무나도 두려워 그 자리에서 움직이지 못한 사람들은 그대로 기사들에게 구조되었다. 하지만 기사들로부터 도망친 사람들은 뿔뿔이 흩어졌다. 심지어 다른 피난소는 밖에서 알 수 없게 입구를 위장한 데다가 이미 완전히 닫힌 상태였다. 지금부터 걸어서 성 밖 마을에서 변두리 마을까지 가기는 거리가 너무 멀었다.

사방에서 포효와 굉음이 울려 퍼지고 어디로 도망치면 좋을지도 몰랐다.

"누가 좀……. 싫어……!"

도대체 뭐가 어떻게 돌아가는 건지 몰랐다. 이럴 줄 알았으면 순순히 성 밖 마을에서 벗어날 걸 그랬다고 후회했다. 비틀거리며 달리던 그녀가 끝내 갈 곳 없는 발걸음을 멈추려 했을 때였다.

"괜찮으십니까?!"

갑자기 생각 못 한 방향에서 목소리가 들려와 뒤를 돌아보니 기사가 있었다. 아까 사람들을 구한 기사와는 또 다른, 본 적 없는 무장을 한 기사 둘이 그녀에게 달려왔다.

도망치고 싶어도 비틀거리는 다리로는 더 이상 불가능했다. 그녀는 힘이 빠진 채 제자리에 털썩 주저앉고 말았다. 기사들이 다가와 "이제 괜찮습니다!!" 하고 그녀의 등 위로 살며시 손을 올렸다. 그리고 품에서 꺼낸 작은 금속 덩어리의 핀을 뽑고 하늘을 향해 높이 집어 던졌다.

폭발한 섬광탄이 태양에 지지 않을 만큼 밝은 빛을 뿜었다.

"아……. 또 하나 올라왔네. 이걸로 일곱 개 째야."

레온이 슬슬 돌아가는 편이 좋겠다고 앞쪽을 향해 말했다. 그 옆에서 호위 기사 세 명이 섬광이 올라온 위치를 확인하자마자 들고 있던 지도에 그 장소를 표시했다.

"서시스 쪽은 풍년인가 보군. 차이넨시스 쪽 부상자는 병사 정도야. 돌아다니는 국민은 한 명도 없어."

바르가 특수 능력으로 들어 올려 움직이는 지면 위에 동승한 레온 일행에게 따분하다는 듯이 대답했다. 그리고 바르는 레온의 뒤에 녹초가 되어 주저앉은 병사 여러 명에게도 가볍게 눈길을 주었다.

"차이넨시스 왕국은 이미 침략 대상으로 확정되었으니까. 아마 국왕도 성 바깥 마을에서 모든 국민을 퇴거시키라고 지시하지 않았을까?"

레온도 바르를 따라 병사에게 시선을 돌렸다. 자국을 위해 엉망진창이 될 때까지 싸운 그들에게 진심으로 경의를 표했다.

차이넨시스 왕국 병사들이 레온의 말에 긍정하듯이 힘차게 고개를 끄덕였다.

"아, 거기서 북쪽으로 가면 최전선인데? 서쪽으로 꺾어서 건물을 따라가는 편이……."

"시끄러워!! 나도 안다고!!"

바르가 레온의 지시에 짜증스럽게 소리를 지르며 난폭하게 급히 꺾었다. 보호받은 병사들이 흙으로 둘러싸인 돔 안에서 화려하게 엎어졌다. 레온과 기사들은 떨어지지 않게 다리에 힘을 주었다.

특수 능력으로 움직이는 지면은 서쪽의 서시스 왕국을 향해 가속했다. 도중에 혼전 중인 병사와 프리지아 기사를 몇 번 발견했지만 바르는 눈길도 주지 않고 지나쳤다.

"제길…… 이렇게 시끄러울 줄 알았으면 배에 두고 오는 거였는데……!"

"조용히 하라면 하겠지만 그랬다간 지금까지 터진 섬광탄 위치를 알 수 없는걸? 너는 기억 못 하잖아?"

레온이 태연하게 받아치자 바르는 화풀이하듯이 더욱 속도를 높였다.

바르의 분노를 눈치챈 세펙이 더 이상 바르의 운전이 거칠어지기 전에 능력을 써서 레온의 얼굴에 물을 쐈으나 레온은 고개를 살짝 기울여 피했다. 뒤이어 레온이 미소를 짓자 이번에는 세펙까지 화내기 시작하는 바람에 케멧은 바르와 세펙 두 사람을 보며 혼자서 마음을 졸였다.

지금 바르는 질베르의 제안으로 레온이 이끄는 아네모네 기사대와 함께 서시스 왕국과 차이넨시스 왕국 사람의 합동 구조 활동을 하고 있다.

먼저 바르의 특수 능력을 써서 서시스 왕성 바깥 이곳저곳으로 기사를 보내 2인 1조로 수색대를 짜서 구조가 필요한 사람과 국민을 찾아다닌다. 그리고 그런 사람을 발견하고 보호하면 섬광탄을 쏴서 위치를 알린다. 바르는 신호가 어느 정도 모일 때까지 차이넨시스 왕국에서 구조가 필요한 자들을 보호하고 동승한 기사들이 섬광탄이 발사된 위치를 지도에 표시한다. 서시스 왕국으로 돌아가면 바르는 시간 낭비할 필요 없이 기사들의 지시대로 사람들을 구조하러 갈 수 있다.

마지막으로 그들을 서시스 왕성 바깥 마을과 떨어진 농촌에 내려 주고 다시 차이넨시스 왕국으로 향한다.

아네모네의 무기와 연계, 바르의 기동력이 있어서 가능한 구조 방법이었다. 훌륭하게 효율화한 방법임은 바르도 인정했다. 하지만 역시…….

"아, 여덟 개 째다. 바르, 조금 더 속도를 올려……."

"오냐, 바라는 대로 해 주마!! 떨어지지나 말라고! 도련님!!"

바르는 짜증 난다는 말을 삼키고 더욱 속도를 높였다. 바르가 발치를 고정시킨 세펙과 케멧은 괜찮았지만 기사들과 레온은 버티기 힘들어 어쩔 수 없이 보호된 병사들과 같은 돔 안으로 피난했다. 지금은 서시스 쪽으로 이동 방향이 바뀌어서 돔 안에서도 섬광탄이 올라오는지 확인할 수 있다.

"엄청 빠르네." 하고 태연히 기사들에게 말을 거는 레온은 동요하는 기색이 없었다.

"그러고 보니…… 혹시 프라이드한테 무슨 일 있었어?"

갑자기 레온이 뭔가 생각났는지 물었다. 갑작스러운 질문에 바르의 오른쪽 어깨가 움찔거리며 작게 튀어 올랐다. 하지만 말로는 "뭐야? 내가 어찌 알아." 하고 따분하다는 듯이 대답했다.

"아까 질베르 재상과 통신할 때 일부러 이야기를 끊었잖아?"

레온이 눈치채서 짜증스럽게 혀를 찬 바르는 대답을 포기하고 그 대신 지면을 더 난폭하게 조종했다. 대답이 없자 레온은 일방적으로 말을 이었다.

"배달부인 네가 이렇게 구조 활동을 하는 것과도 관련이 있으려나."

바르는 프라이드가 레온에게 거짓말을 하거나 사실을 숨겨도 된다고 허가해서 진심으로 다행이라고 생각했다. 그렇지 않았으면 강제로 모든 걸 토해 낼 뻔했다.

"가능성이 있는 건 부상, 전선 이탈, 행방불명이나 사망……. 하지만 프라이드가 자진해서 전선을 이탈할 것 같지는 않고 행방불명됐으면 오히려 너나 스테일 왕자를 움직여서 수색했겠지. 그럼 남은 건 부상이나 사……."

"시끄러워!! 좀 조용히 해!!!!"

바르가 레온의 말을 가로막듯이 소리 질렀다. 살기마저 섞인 바르의 노성에 레온은 잠시 입을 다물었다. 그리고 바르의 등을 보며 자신의 추측이 빗나가지 않았다는 걸 확신했다.

한동안 침묵이 흐르다가 서시스 왕국 국경에 들어서자 기사가 섬광탄 위치를 알려주려고 바르에게 방향을 지시했다. 바르는 알려주는 대로 이동하며 차폐물이 많은 성 바깥으로 들어오자 어쩔 수 없이 속도를 낮췄다.

"바르, 하나만 대답해 줄래?"

툭 내뱉는 듯한 목소리였다. 레온의 중얼거림이 바르의 귀에 희미하게 닿았다. 포효와 전투 소리 때문에 잘 들리지 않아 바르는 케멧과 동시에 시선만 돌려 돌아보았다. 또 평소의 실실대는 표정이겠지 하고 노려보니 차갑게 가라앉은 비취색 눈동자가 그를 바라보고 있었다. 평소와 다른 레온의 분위기에 뒤를 돌아본 케멧은 몸이 굳었고 바르도 무심코 눈을 크게 떴다.

레온은 진지한 표정으로 아직도 시선을 떼지 못한 바르를 향해 다시 입을 열었다.

"프라이드는, 살아 있는 거지……?"

얼버무리는 건 용납하지 않겠다는 의지가 또렷하게 느껴지는 음색에 바르는 얼굴을 살짝 찌푸렸다. 다시 이동 방향으로 시선을 돌리고 레온에게서 눈을 떼지 못하는 케멧의 얼굴을 강제로 진행 방향으로 돌렸다. 그리고 혼자 혀를 찼다.

"죽었으면 내가 여기에 있겠냐? 진작에 돌아갔지."

짧게 대답한 바르의 음색 역시 밤처럼 고요했다.

그 반응에 레온이 안심했는지 표정을 풀었다. "그런가." 하고 온화하게 대답한 그는 평소처럼 부드럽게 미소 지었다.

"다행이다. 그렇다는 것만 알면 충분해. 고마워."

레온은 그렇게 말하며 천천히 일어섰다. 속도가 아까보다 떨어지긴 했지만 아직 빠르게 이동 중이다. 옆에 있던 기사가 제지했으나 레온은 말리지 말라고 손짓하며 비틀거리며 걷기 시작했다. 등 뒤에서 다가오는 기척에 바르가 다시 뒤를 돌아보니 마침 레온이 미소 지으며 손을 흔들고 있었다. 바르는 뭐 하는 거냐고 말하려 했지만 그보다 먼저 레온의 손이 바르의 어깨를 붙잡았다.

"빨리 프라이드를 만나고 싶다. 너도 그렇지?"

레온이 귓가에서 속삭이듯이 말하자 바르는 성가신지 눈살을 찌푸렸다.

"정기적으로 직접 만나러 가는 녀석이 무슨 소리야."

"그런 식으로 따지면 오늘도 한 번은 프라이드와 만났는걸. 그래도 직접 만나고 싶어."

바르는 그렇게 말하며 웃는 레온에게 넌더리가 난 듯이 한숨을 내쉬고 하는 수 없이 레온의 다리를 특수 능력으로 고정시켰다. 발치가 안정되어 바르의 어깨에서 손을 뗀 레온은 그대로 허리춤에 찬 총 위에 손을 올렸다.

"프라이드와 만나지 못하는 시간은 1초도 너무 길어."

총성과 함께 총구가 불을 뿜었다. 얼굴 바로 옆에서 총소리가 울리자 바르는 불쾌한 듯이 레온을 노려보았지만 딱히 아무 생각도 안 들었다. 굳이 꼽자면 '총 다루는 법을 알고 있었냐?' 하는 생각이 든 정도다.

레온의 총은 멀리 있는 적병을 스치며 꿰뚫었다. 뒤이어 세펙을 보며 "내가 더 빠르지 않아?" 하고 어른스럽지 못하게 웃자, 세펙은 손이 닿는 거리에 있는 레온에게 직접 주먹을 날렸다.

"그럼 지금 당장 나라를 내팽개치고 주인한테 데릴사위로 들어가기라도 할 거냐?"

"싫어. 아네모네 왕국과 떨어져 있다니 그거야말로 영원한 감옥이야."

레온이 아무렇지도 않게 이야기하자 바르는 거칠게 머리를 긁적였다. 듣기만 해도 간질거리는 말을 듣고 '우웩' 하고 토

하듯이 무시했다.

"또 성가신 표현을 쓰는군……."

"진심에서 나온 말이야. 너도 프리지아와 멀어지긴 싫잖아?"

"아쉽게도 난 애국심 따윈 털끝만큼도 없거든. 네놈이랑 똑같이 취급하지 마."

그렇게 일축한 바르는 손으로 레온을 내쫓는 듯한 동작을 했다. 그 대답에 의외라는 듯이 고개를 갸웃거린 레온은 다시 총으로 적병을 쏘며 "어——." 하고 목소리를 흘렸다.

"그럼 프라이드와 멀어지는 건?"

"……."

바르는 역시 이대로 떨어뜨리는 게 낫지 않을까 꽤 진지하게 고민했다. 그 침묵을 대답으로 받아들인 레온은 조용히 부드럽게 미소 지었다.

"그럼 빨리 끝내자. 계속 구조하면 그만큼 많은 기사와 병사들이 걱정 없이 싸울 거야."

레온은 마치 시운전이라도 하는 듯한 가벼운 동작으로 스쳐 지나가는 적병을 정확하게 꿰뚫었다. 그러자 세펙이 경쟁하듯이 물줄기로 말과 함께 적병 무리를 날렸다. 그 모습을 본 레온이 작게 감탄을 흘리자, 흥 하고 콧김을 내뿜고 케멧의 손을 더욱 세게 잡았다. "바르 옆자리는 우리 거예요!" 하고 외친 세펙은 이번에야말로 피할 수 없는 위치에 있는 레온을 향해 손을 치켜들었다.

말과는 비교도 안 되는 속도를 자랑하는 거대한 지면 덩어리가 무시무시한 물줄기 공격과 원거리 사격을 반복하며 성 바깥을 질주했다.

성 바깥에서 도망칠 곳을 잃은 여성에게로, 피난소 입구가 파괴된 국민에게로, 상처를 입고 움직일 수 없게 된 병사에게로, 어린아이를 감싸다 다친 기사에게로, 적병에게 입구를 들켜서 공격당할 위기에 처한 피난소로 그 무엇보다 빠르고 확실하게…….

종전을 알리는 종소리가 울려 퍼지는 그 순간까지.

"그렇군요. 프라이드 제1왕녀 전하께서 안 계실 줄은……. 아쉽네요."

아담은 여우처럼 가느다란 자신의 눈을 일그러뜨리듯이 웃으며 대답했다.

아담 보르네오 네펜데스. 짙은 보라색 머리를 오른쪽으로 단정하게 정리해 귀 뒤로 넘긴 라지야 제국의 황태자다. 프리지아 왕국과 하나즈오 연합왕국에서 완전히 철수하기로 약속하는 평화 조약에 날인한 뒤 돌아가는 일만 남은 그가 갑자기 프라이드 제1왕녀 전하를 뵙고 싶다고 제안했다.

"네, 지금쯤 하나즈오 연합왕국에서 방위전을 치르고 있을 겁니다. 어쩌면 이미 승리가 정해졌을지도 모르겠네요."

"프리지아 왕국이 관여했다면 분명 하나즈오 연합왕국이 승리할 테지요. 하나…… 뵙지 못하는 건 아쉽군요."

아담은 짐짓 어깨를 떨어뜨리더니 손바닥으로 오른쪽으로 넘긴 머리를 쓰다듬으며 “그럼.” 하고 계속해서 말을 이었다.

“최소한 화평의 증거로 티아라 제1왕녀 전하라도 소개해 주실 순 없으신지요?”

“죄송하지만 티아라도 프라이드와 마찬가지로 하나즈오 연합왕국에 있습니다.”

창문을 닫듯이 매몰차게 선언한 로자의 목소리에는 억양이 없었다. 아담의 말을 예상한 듯한 재빠른 반격이었다. 로자는 찰랑이는 금색 머리와 같은 색의 눈을 화장으로 강조해 강렬한 눈빛으로 아담을 바라봤다. 아담이 장난치듯이 “정말입니까?” 라고 물어도 “물론입니다.” 하고 망설임 없이 짧게 받아쳤다.

“화평을 맺은 나라의 제1황자 전하에게 거짓말할 리도 사실을 숨길 리도 없지요. 티아라 역시 본인의 강한 희망과 저에게서 전권을 위임받은 프라이드의 의사로 전장에 서 있습니다. 온 성안을 찾아보셔도 없을 겁니다.”

그렇게 일말의 희망조차 차단하는 목소리에는 약간의 적의마저 배어 있었다.

“아쉽군요. 그건 그렇고…… 저희가 예전부터 보낸 ‘서신’에 관해서는 생각해 보셨는지요?”

그럼에도 아담은 전혀 개의치 않고 옅게 미소를 지으며 웃었다. 단정한 눈썹을 한쪽만 치켜올리며 말없이 그를 바라보는 로자에게 계속해서 말했다.

"저는 진심입니다. 동맹이 불가능하다면 더더욱 저희와 프리지아 왕국에도 '티아라 왕녀와 저의 혼인'이 필요하지 않겠습니까?"

아담의 불쾌한 미소는 멈추지 않았다. 그는 입꼬리를 한껏 찢으며 경박한 웃음소리가 들릴 것만 같은 미소를 짓고서 여왕 로자, 섭정 베스트, 부군 알버트를 차례로 보았다.

"현재 티아라의 약혼자는 선별 방법부터 저희 섭정 및 부군과 함께 검토 중입니다. 아담 황태자 전하, 전하께서 그 후보에 이름을 올리신 것도 알고 있습니다."

프라이드 일행에게는 말하지 않았지만 예전부터 로자 앞으로 라지아의 화평 및 동맹 신청과 함께 아담의 혼인 신청도 들어왔었다. 동맹이 불가능하다면 최소한 약혼을 통해 화평을 더욱 확고히 하는 데 힘쓰고 싶다면서.

그리고 올해로 스물한 살이 되는 아담에게 티아라는 더할 나위 없이 알맞은 상대였다.

"하지만 아직 답을 하기는 힘듭니다. 프라이드와 마찬가지로 티아라와의 약혼을 바라는 분들이 많이 계시는지라."

"그렇군요. 그렇다면 지금은 기다리겠습니다. 저보다 더 걸맞은 사람은 없을 것 같지만 말입니다. 티아라 제2왕녀 전하는 우리 라지아 제국의 왕비로서 누구보다 걸맞으실 겁니다."

가느다란 눈을 희미하게 뜬 채 기분 나쁘게 웃는 모습은 흡사 포식하는 파충류를 방불케 했다.

아담의 미소를 본 로자는 역시 티아라를 하나즈오 연합왕국에 보내서 다행이라고 생각했다. 만약 티아라가 성에 남아 있었다면 프리지아 왕국 입장에서는 화평을 맺은 상대가 바라는 이상 만나게 할 수밖에 없었을 것이다. 부재중이라고 거짓말했다간 들켰을 때 쌍방의 신뢰 문제로 번질 수도 있다. 물론 안 들키면 되지 않느냐는 이야기로 끝날 문제가 아니다. 화평을 맺은 상대에 대한 예의니까.

하지만 아직 두 딸과 라지야 제국 사람을 만나게 하고 싶지 않았다.

정확히는 로자에게 '만나게 해서는 안 된다' 는 확신이 들었다. 라지야 제국에서 온 화평 요청과 티아라를 향한 약혼 요청은 약혼이라는 이름 아래 프리지아 왕국과의 유착을 꾀하려는 속셈이라는 건 명백했다. 아마 자기네 산업을 발전시키기 위해서인 듯했다.

타국을 지배하는 것까지 포함하면 라지야 제국이 이 세계에서 손꼽히는 대국인 건 확실하다. 그러나 프리지아와는 너무나도 맞지 않았다. 덧붙여 로자는 이렇게 직접 상대해도 눈앞에 있는 아담이라는 사람을 도저히 신용할 수 없었다.

게다가 서신으로 판단컨대 라지야 제국의 목적은 티아라인 듯했으나 아담이 가장 처음으로 만나고 싶다고 부탁한 사람은 약혼을 희망하는 티아라가 아니라 프라이드였다. 제1 왕위 계승권자인 프라이드는 라지야 제국의 제1 왕위 계승권자인 아담과의 약혼이 불가능함에도 불구하고.

쌍방이 통합되고 어느 한쪽이 종속되지 않는 한은…….

라지야 제국과 아담의 목적은 티아라인가 아니면 프라이드인가. 역시 필요 이상으로 라지야와의 접점을 만들지 않기 위해서라도 티아라를 나라 밖으로 보내는 게 옳았다며 로자는 마음속으로 안도했다.

식전 같은 공적인 자리에서의 회합이라면 몰라도 극히 적은 인원이 모여 여왕에게 직접 소개받는 건 그 의미도 무게도 완전히 달라진다. 프라이드나 티아라가 그와 처음으로 만나는 건 식전 같은 곳에서 많은 내빈이 모였을 때면 충분하다. 아직 아담은 수많은 약혼 후보 중 한 명일 뿐이니까.

"원하시다면 지금 당장 날인한 것을 없었던 일로……."

로자의 안색을 살피던 섭정 베스트가 귓가에서 작게 속삭였다. 베스트의 눈에도 아담은 좋게 보이지 않았다. 원래의 부드러운 눈빛을 살벌하게 바꾸고 눈을 더욱 날카롭게 부라린 그에게 로자는 표정을 유지한 채 고개를 저었다.

어디까지나 '화평'을 맺었을 뿐이다. 아담이 무슨 말을 하고 라지야 제국이 아무리 많은 힘을 가진 대국이라고 해도 프라이드나 티아라의 약혼자를 선택할 권리는 프리지아 왕국에 있다. 화평을 맺은 지금은 라지야 제국이 두 사람의 약혼을 추진하자고 협박할 수 없게 되었다.

"이것 참, 우리 나라에도 프라이드 제1왕녀 전하, 티아라 제2왕녀 전하의 소문은 널리 퍼져 있거든요. 총명하고 아름답다고 말이지요."

그렇게 말하며 프라이드와 티아라의 소문과 평판을 이야기하는 아담의 눈 안쪽이 아직도 기분 나쁘게 번뜩이고 있었다.

로자는 여전히 불편한 마음으로 "칭찬해 주셔서 영광입니다." 하고 우아하게 미소를 지으며 대답했다.

"특히 프라이드 제1왕녀 전하는 아직 약혼자가 없으시다고 들었습니다. 참으로 아깝군요. 그렇게나 이름 높은 왕위 계승권자이신 프라이드 제1왕녀 전하의 유일한 결점이 그런 것이라니. 17세나 됐는데 나라를 다스릴 반려도 없으니 여왕 폐하도 부군 전하도 참으로 불안하시겠——. 음……? 왜 그러십니까, 여왕 폐하."

아무리 들어도 프라이드의 모욕으로만 들리는 비아냥에 표정을 유지하고 있던 로자도 분노로 눈동자가 불타올랐다. 온화한 표정에서 흘러나오는 감출 수 없는 위압과 패기에 아담은 즐거워 보이는 미소와 함께 물었다. 그러나 로자 역시 이 정도로는 평정을 잃지 않았다.

"아담 제1황자 전하…… 저희와 화평을 맺으려고 오신 게 아니셨는지요. 날인도 끝났으니 하고 싶은 말씀이 있다면 이 자리에서 하시지요."

일부러 그를 '황태자'가 아니라 '제1황자'라고 부르는 로자에게서 느껴지는 패기에 아담의 뒤에 서 있던 신하들은 무심코 어깨에 힘이 들어갔다. 무기를 붙잡을 뻔한 손에 힘을 준 그들은 지금 무기부터 펜에 이르기까지 전부 빼앗겼다는 사실을 뒤늦게 알아차렸다.

"불쾌하게 느끼셨다면 사죄드리겠습니다, 여왕 폐하. 지나

친 발언이었습니다."

무슨 말을 들어도 경박한 미소를 지우지 않는 아담에게 로자는 그 가녀린 손으로 주먹을 쥐지 않도록 세심하게 주의하며 자신도 미소 지었다. 아니라고 대답하며 위병에게 아담을 배웅할 준비를 하라고 신호를 보냈다.

"아담 황태자 전하, 다음에는 언제 만나는 게 괜찮으신가요? 이쪽에서 시간을 맞추겠습니다. 안 되는 날만 알려 주시면 됩니다."

"빠를수록 좋습니다. 가능하다면 티아라 제2왕녀 전하가 16세가 되시기 전에 말이지요. 웬만하면 시간을 비울 수 있지만 도저히 그럴 수 없는 날은……."

로자의 부드러운 미소에 아담은 곧바로 대답했다. 뒤이어 아담이 손짓으로 지시를 내리자 등 뒤에 있던 참모장이 수첩을 펼쳐 1년 중에서 아담의 일정이 있는 날만 빠르게 전했다. 로자 옆에 있던 베스트가 그것을 모두 기록한 뒤 참모장과 거의 같은 타이밍에 수첩을 품에 넣었다.

"감사합니다. 저희도 염두에 두지요. 오늘은 이렇게 발걸음해 주셔서 감사합니다."

로자가 그렇게 말하며 일어섰다. 남편인 알버트, 보좌인 베스트, 호위인 부단장 클라크 및 기사들과 함께 이동해 퇴실을 재촉하듯이 아담 일행에게 악수를 청했다.

"꼭 부탁드립니다. 로자 여왕 폐하는 예의를 중요하게 생각하시니 저희가 말씀 드린 이상 들어주시리라고 믿습니다."

아담은 애교가 느껴지지 않는 미소를 지으며 로자와 악수를 나누고 그대로 자연스럽게 알버트와 베스트와도 악수했다.

경직된 표정으로 아담을 바라보는 베스트와 악수할 때에만 아담의 미소가 옅어졌다. 그 후로도 계속해서 로자와 베스트가 아담의 신하와 모든 위병과 차례로 악수했다. 여왕인 로자가 요청하는데 악수를 거부할 자는 아무도 없었고, 그 뒤로 섭정 베스트와도 한 명씩 모두가 악수했다. 눈빛만은 모두가 차갑게 가라앉은 채…….

"또 뵐 날을 기대하고 있겠습니다. 이쪽에서 반드시 초대장을 보내드리지요."

로자의 말에 인사로 답한 아담 일행을 프리지아 기사들이 말없이 쫓아내듯 내보냈다. 문이 닫히는 소리가 나고서야 로자는 크게 숨을 토했다.

"아무 일도 없어서 다행이라고 해야 할까요? 베스트."

"우리 나라에 피해는 없습니다. 라지야 제국이 계속해서 경계해야 할 나라라는 것도 알았습니다. 화평은 성립됐지만 동맹을 맺거나 왕녀가 아담 황태자와 만나는 것은 피했습니다. 그리고 '피할 수 있는 날' 도 1년 치는 손에 넣었습니다. 이 정도면 충분하지 않을까요."

작은 목소리로 물은 로자에게 베스트가 한숨을 내쉬며 대답했다. 뒤이어 변함없이 훌륭하셨다고 말하며 아까 품에 넣었던 수첩을 꺼냈다.

"즉시 그 날짜에 밤 연회라도 기획할까요."

로자의 말에 베스트가 "바로 준비하겠습니다." 하고 고개 숙였다. 그와 동시에 부단장 클라크와 호위 기사도 그 자리에서 대담하게 웃는 로자 여왕에게 깊이 고개를 숙였다.

"아아~~!! 짜증 나! 기분 나빠!!"

마차가 프리지아 왕국 밖으로 나온 순간, 아담은 참는 데 한계가 온 듯이 소리를 지르며 두 다리를 맞은편 좌석 위에 아무렇게나 올렸다. 같이 탄 장군과 참모장은 예상했는지 처음부터 아담의 맞은편 자리를 비워 둔 상태였다.

"봤냐? 프리지아의 망할 할망구!! 순 재미없는 반응만 하고 말이야! 가면이라도 썼냐고!!"

아담은 화풀이하듯이 시끄럽게 소리치며 스스로 머리를 헝클어뜨렸다. 오른쪽으로 넘겨 단정하게 정리한 짙은 보라색 머리가 흐트러지며 사방으로 부스스하게 뻗치고 군데군데 튀어나왔다. 평소 같은 머리 모양으로 돌아와 조금 차분해진 그는 창가에 팔꿈치를 걸치고 크게 한숨을 내쉬었다.

"애초부터 말이야, 진짜 짜증 나지 않았냐? 방 앞에서 무기를 맡아두겠다면서 펜까지 가져가다니 망할 기사 놈들. 괴물인 주제에 뭘 그렇게 경계하는 건데?!"

아담이 방에서 나올 때 돌려받은 펜과 호신용 나이프를 마치 더러운 것이라도 묻은 듯이 거칠게 털었다. 그러더니 옆에 앉은 장군의 옷에 문지르며 옆면을 닦았다.

"프라이드 왕녀도 티아라 왕녀도 없다니 웃기지 말라고! 결국 못생긴 할망구밖에 못 봤잖아!! 모처럼 이 아담 님이 친히 행차했는데!!"

아담은 더욱 분노를 느끼고 이번에는 마차 안에서 있는 힘껏 발을 굴렀다.

"뭐~가 '이쪽에서 반드시 초대장을 보내드리지요.' 냐고!! 괴물 같은 여왕은 머리에 쓰레기만 가득 찬 거냐?! 열~받~아!!"

아담은 그렇게 외치며 욕설 세례를 멈추지 않았다. 필사적으로 짜증을 억누르려는 듯이 마차 안에서 시끄럽게 날뛰며 옆에 있는 신하의 고막은 신경 쓰지 않고 목청을 높였다.

"내 일정도 모르면서 언제 초대할 생각인데?! 망할 할망구!! 무슨 일정인지 정도는 물어보라고!"

목이 터져라 그렇게 외친 것을 끝으로 아담의 몸에서 힘이 쭉 빠졌다. 그는 아무도 자신의 말에 반응을 보이지 않자 재미없다는 듯이 혀를 찼다. 라지야로 돌아가면 몇 개의 '상품' 을 괴롭히면서 화를 풀지 고민하며 자신을 진정시켰다.

잠시 침묵이 이어진 뒤 드디어 평소의 히죽거리는 불쾌한 미소를 드러낸 아담은 창문 밖으로 프리지아 왕국을 바라보았다. 그러다 몇 초 후 "뭐 됐어." 하고 뻔뻔한 미소와 함께 마치 아무 일 없었다는 듯이 차분해진 목소리로 혼자 중얼거렸다.

"이걸로 상품 진열대와 한 걸음 더 가까워졌으니까."

제5장 종전과 친우

『서둘러 보고드립니다. 북쪽 최전선에서 적군 제압을 완료했습니다. 우리 군의 승리입니다!』

영상에서 기사들의 환성이 흘러나오며 크게 울렸다.
프리지아 왕국 기사단이 북쪽 최전선을 제압하면서 방위전은 마침내 마무리 단계로 접어들었다.
그 뒤에서 기사단을 승리로 이끈 기사단장 로데릭의 차분한 모습과 목소리가 통신병을 통해 차이넨시스 왕성 본진과 서시스 왕성 본진, 프리지아 왕국으로 전해졌다.
"훌륭하군요. 역시 기사단장님이십니다. 바로 승리를 각 진영에 알리지요."
질베르는 기쁜 듯이 박수를 보내며 바로 위병과 기사들에게 지시를 내리기 시작했다.
좌표를 알 수 없는 각 진영은 아직 승리 소식을 모른다. 서시스 왕국 남쪽에 있을 스테일. 양국에서 구조 활동 중인 레온과 바르. 차이넨시스 왕국 남쪽에 있는 해리슨. 성 바깥에 있는 티아라, 세드릭, 랜스. 그 외에도 양국의 각 진영에서 지금도 계속 싸우고 있을 기사, 병사들. 그들 역시 승리 소식과 신호를 지금도 기다릴 것이다.

『저희 기사단도 제압한 병사를 연행하는 대로 차이넨시스 왕국 각 진영을 도우러 돌아다니겠습니다.』

"네, 부탁드립니다."

질베르는 로데릭에게 대답하고 문득 어느 영상 쪽을 보았다.

로데릭의 보고를 들었을 때는 그 영상 속에서 프라이드가 숨을 삼키고 환희로 눈을 반짝이고 있었다. 그뿐만 아니라 로데릭에게 칭찬하는 말도 했는데 지금은 아무런 대답이 없었다. 질베르는 이상하게 느끼고 시선을 돌렸다가…… 어떤 광경을 목격하고 바로 이유를 알아차렸다.

질베르는 바쁜 듯한 영상 속 프라이드를 보고 잠시 조용히 눈을 감았다. 뒤이어 그녀 대신 차이넨시스 왕국의 각 진영에도 승리 소식을 보고하고 로데릭에게 기사들에게 원군을 보내라고 전달했다. 질베르의 영상과 차이넨시스 왕성의 영상을 확인한 로데릭도 상황을 이해하고 고개를 끄덕인 후 영상에서 모습을 감췄다.

질베르는 영상 너머로 로데릭의 뒷모습을 마지막까지 지켜보다가 조용히 고개만 돌려 창문 밖을 바라보았다. 개전했을 때는 새벽이었는데 지금은 날이 저물고 있었다.

——결과적으로는 예상대로 된 건가.

질베르에겐 전쟁이 종결된 시간도 상정한 범위 내였다. 오히려 당초에 예상한 것보다 많이 애먹었다며 한숨을 내쉬었다. 하루 만에 종전하는 건 당연하게 여겼고 승리는 전혀 의심하지 않았다. 반성할 점이 산더미 같지만 프리지아 기사단만이 아니라 하나즈오 연합왕국에도 적은 피해로 전투가 마무리된 게 컸다.

"이제…… 그분들만 무사히 돌아오면 더할 나위 없겠네요."

질베르는 성안에서 환희에 찬 서시스 왕국 섭정과 재상, 위병과 기사를 바라보며 혼자 중얼거렸다. 프라이드가 무사함은 두 눈으로 직접 확인했지만 아직 그러지 못한 사람이 너무 많았다.

"최전선의 기사들 중에 사망자는 없다고 했으니 아서 님은 무사하겠죠. 남은 건 스테일 님과……."

거기까지 중얼거린 질베르는 입을 다물었다. 그의 안에서는 아직 다 끝난 게 아니었다. 오히려 이제부터 한바탕 소동이 일어나리라는 것도 알고 있었다. 그러다 문득 프리지아 왕국은 이미 라지야와의 회담을 마쳤을까 하고 멀리 있는 자기 나라를 떠올렸다. 영상으로 대화한 지 얼마 되지 않았지만 아내와 딸을 지금 당장에라도 보고 싶어서 가슴이 뜨겁게 고동쳤다.

"돌아갈게…………."

질베르는 조용히 흘러가는 구름을 바라보며 창문 저 너머 먼 곳에 있는 사랑하는 가족을 향해 혼자서 읊조렸다.

이 순간 질베르도 종전을 실감했다.

"이건……."

차이넨시스 왕국 병사들은 모두 멍하니 멈춰 섰다. 원군으로 가세하고 승리를 보고하려고 의기양양하게 말을 타고 달리던 그들의 고양감은 단숨에 바닥까지 떨어졌다. 눈앞에 펼쳐진 시체들을 보고…….

한 병사는 시체라고 불러야 할지도 망설여졌다. 대부분은 사람의 형태를 본뜬 갑옷과 핏덩어리로밖에 안 보였다. 땅도 들도 온통 빨갛게 물들었고 엄청난 악취가 코를 찔렀다. 게다가 그 잔해 너머로 언뜻 보인 건――.

"하하하하하하하하하하하하하하하하하하하……."

남쪽 성벽 사이로 엿보인 검은 머리의 실루엣에 무심코 온몸의 털이 곤두섰다. 말을 타고 남쪽을 지키는 프리지아 왕국 기사에게 달려왔으나, 지금 당장에라도 발걸음을 돌려 성으로 돌아가고 싶었다. 하지만 상대는 이번 방위전의 공로자, 못 본 걸로 할 수도 없었다.

용기를 쥐어짜서 달려가려 했지만 발치의 잔해 때문에 더 이상 앞으로 나아가기가 망설여졌다. 결국 될 대로 되라는 심정으로 그 자리에서 소리 질렀다. 한 병사가 "프리지아 왕국의 기사님!!" 하고 이름도 모르는 그 기사에게 외친 순간.

"뭐야…… 이 나라 병사인가."

한 줄기 바람이 불어오고 소리친 병사가 눈을 깜빡이자마자 그의 목덜미에 나이프가 닿았다. 병사는 자신에게 닿은 칼날과 적의 피로 엉망이 된 기사에 놀라 눈을 떼지 못한 채 그만 뒤로 넘어졌다.

“시시하군. 아직도 남은 놈이 있는가 했더니…….”

해리슨은 따분하다는 듯이 발치의 시체를 걷어차고 고개를 숙였다. 손안에서 나이프를 가지고 놀며 살아 있는 적병은 없나 하고 주위를 둘러보았다.

병사는 사과하지 않는 해리슨을 보고 추궁할 만한 상황이 아니었다. 떨리는 이를 딱딱 부딪치며 “저기, 남은 놈……이라니요……?” 하고 더듬더듬 물었다. 해리슨은 하는 수 없이 나이프를 옷 속에 집어넣고 적병으로 가득했던 벽의 구멍 너머를 가볍게 눈짓했다. 지금은 시체 말고 아무도 서 있지 않았다.

“방금 모두 섬멸했다. 부서진 벽을 메우려면 벽 너머에 있는 시체로 해.”

저쪽은 그나마 형태라도 그럭저럭 남아 있거든. 해리슨은 별일 아니라는 듯이 중얼거렸는데 전투한 직후라 아직 흥분 상태여서인지 말이 조금 많았다.

병사가 아연실색하거나 말거나 해리슨은 몸을 살짝 흔들더니 다시 그들을 노려보았다. “그래서?” 하고 용건을 재촉하는 해리슨의 패기에 그들은 짧게 비명을 지르고 빠르게 기사단의 승리를 전했다.

이야기를 들은 해리슨은 눈을 부릅떴고…… 희미하게 입가가 풀어졌다.

“그, 그래서 프라이드 님이 다른 곳으로 이동할 수 있는 자부터 각 진영에 원군으로 가세하고 보고하러 움직이라고…….”

“알겠다.”

해리슨이 끝까지 듣기도 전에 대답했다. 마침 적병을 섬멸하고 난 해리슨에게는 바라 마지않던 지령이었다. 병사들이 말리는 것도 듣지 않고 천천히 걷던 해리슨은 문득 발을 멈추고 그들을 돌아보았다.

어디로 가면 되냐고 묻더니 병사가 말을 준비할 테니 함께 가자는 말에 조용히 고개를 끄덕였다. 고속 특수 능력이 있지만 장거리를 이동하면 지쳐서 말이 꼭 필요했다.

갑자기 장식품처럼 우두커니 서서 움직이지 않는 해리슨에게 병사들은 당황하면서도 말이 준비된 성 쪽으로 정중히 안내했다.

"부단장님이 칭찬해 주실까……."

혼자서 한숨을 내쉰 해리슨에게서 끝으로 작은 소망이 흘러나왔다.

"당황할 필요 없다!! 힘들면 바로 후위와 교대해라! 벽 밖으로 휩쓸리지 마!"

서시스 왕국 남쪽에서 소형 폭탄과 연막탄 공격으로 한 지점을 마무리한 스테일은 기사와 함께 남쪽 전선으로 돌아왔다. 순간이동으로 한 번 상황을 보러 왔을 때는 이미 기사대가 적병을 나라 밖으로 밀어낸 뒤였다.

스테일은 말 위에서 지시했지만 이미 승패는 거의 확정된 상태였다. 파괴된 성벽으로 들어오는 침공만 제압하면 되는 지금은 지켜야 하는 범위가 매우 좁았다. 원래 일개 소대였던 기사대 전위만으로도 충분히 방어할 정도였다.

댕…… 댕…… 댕…….

스테일 일행은 멀리서 희미하게 울리는 종소리를 들었다.

후위 기사와 마찬가지로 스테일도 뒤를 돌아보며 차이넨시스 왕국 방향으로 시선을 돌렸다. 종전 신호를 알고 있던 기사들이 제각기 "이건!" "기사단장님……!!" 하고 중얼거리기 시작했다. 패배와 승리 시에 종을 울리는 방법은 사전에 정해 놓았다. 그리고 이 소리는 틀림없이 승리를 나타냈다.

"포효하며 널리 알려라!! 우리 군의 승리다!!!!"

스테일이 그렇게 외치자마자 사기를 올린 기사들의 포효가 땅을 진동시켰다. 성벽 너머까지 뒤흔들 만큼 큰 성량에 패전 사실을 깨달은 벽 쪽 적병이 망설이기 시작했다.

"어차피 배후는 이미 침공할 상황도 아니겠지만."

작게 중얼거린 스테일의 목소리는 누구에게도 닿지 않고 공중으로 사라졌다.

•

성벽 바깥에서는 연막이 피어오르며 침공군 병사들이 겨우 현재 상황을 파악하기 시작한 참이었다. 운 좋게 살아남은 후위 병사들은 숨을 삼켰다. 주변의 피해는 전위 이상으로 컸고 직속 상사인 지휘관은 대부분이 죽었다. 폭격 피해 때문이 아니라 명백히 '내부' 에서 공격당했다. 시체가 된 병사들은 모두 멀리서 날아온 총격이 아니라 무언가에 찔린 흔적과 함께 피를 내뿜으며 쓰러져 있었다.

연기가 걷히자 사령관이 겨우 입지를 되찾은 것에 안도하며 "지금이다!! 당장 밀고 들어가라!!" 하고 소리 질렀으나 그 직후에 다시 목이 말라붙었다.

아직도 형세가 역전된 상태임을 깨닫고서.

아군인 부하 지휘관은 대부분 죽었다. 게다가 누가 찔렀는지 죽였는지도 알 수 없는 현재 상황에서 노예들만이 많이 살아남았다. 그리고 그 노예가 사령관을 보는 눈빛에는 지금까지처럼 공포와 복종하겠다는 뜻이 깃들지 않았다. '지금이라면 죽일 수 있다' 는 살의와 증오만이 강하게 깃들었다.

병사들도 바로 그 사실을 알아차리고 반사적으로 노예를 향해 무기를 치켜들었다. 이미 다수의 사람에게 폭력으로 위협당하는 건 하나즈오 연합왕국이 아니라 자신들임을 깨달았다.

자국의 패배 사실을 안 전위가 쓸데없이 수를 줄이는 것에 망설이기 시작했을 때, 후위에서는 새롭게 반란이 일어나려 했다. 연기 따위는 필요 없었다. 이미 모든 노예가 고작 몇 명밖에 안 되는 지휘관의 입마저 막은 이상 이제 증언할 자는 없으니까.

그렇다면 그들은 자유다.

그들은 개미 군단이 자신들보다 커다란 곤충을 덮치듯이 확실하게 한 걸음씩 나아갔다. 머릿수를 내세워 폭력으로 몰아세우는 병사였던 노예를 상대로 그들에게 도망칠 곳은 없었다.

"이제 조금 남았습니다!! 다 같이 우리의 프라이드 제1왕녀 전하 곁으로 돌아갑시다!"

스테일이 벽 안쪽에서 일부러 밝은 목소리로 외치자 모든 기사가 포효로 대답했다.
예속과 충의.
그 두 가지가 벽을 사이에 두고 대조적인 결말을 맞이했다.

요안 린네 드와이트.
신을 사랑하면서도 누구보다 냉철하고 새하얗게 바랬던 과거의 제1왕자. 불꽃보다 뜨겁고 빛보다 눈부신 금빛 왕자를 친구로 둔 내 이름이다.

'프리지아 왕국을 반드시 지켜 내겠습니다!! 이 나라의 미래를 소망하는 요안 국왕 폐하와 함께!!'

사실 나는 모든 것이 시작될 때부터 포기하고 있었다.
국민과 이 나라를 위해 일어서겠다고 지껄였으면서, 자신의 목숨과 대국 왕녀의 목숨까지 걸었으면서…… 포기하고 있었다. 기대해서는 안 된다고, 욕구를 내비쳐서는 안 된다고 스스로 되뇌었다.

'희생자가 최소한으로 그치기를', '랜스와 세드릭의 마음에 부응하기를' 이라는 모순된 두 가지 소망이 곧 나의 거짓 없는 본심이었다. 서시스 왕국은 표적이 되지 않았다, 랜스가 정신을 차렸다, 세드릭이 무사히 돌아와 주었다, 마지막으로 하나즈오 연합왕국으로서 싸울 수 있었다.

그것만으로 충분하다고 생각했는데.

차이넨시스 왕국을 지키고 싶다, 국민을 노예로 만들고 싶지 않다, 소중한 사람을 누구 하나 다치게 하고 싶지 않다, 피해자를 늘리고 싶지 않다, 끌어들이고 싶지 않다. 상반된 욕구를 끝없이 품으며 성에 숨기만 한 나는 분명 누구보다도 탐욕스러우리라.

'우리 군의 승리입니다!'

승리 보고를 듣고 귀를 의심했다. 설마 이렇게 갑자기 승리하다니 내 한심한 상상인가 싶었다.

희미해지는 의식 속에서 십자가를 쥔 손에 힘을 주며 버텼다. 병사에게 원군 파견을 허가하고 승리의 종을 울리라고 지시하면서도 머릿속으로는 사태 파악이 잘 안 돼서 필사적으로 현실을 납득하려고 했다. 만약 패전했다면 누구보다 침착했을 텐데…….

"……냈어?"

지켜 낸 건가? 그것조차도 솔직하게 받아들이기가 어려웠다. 납득하려 할 때마다 머리가 그럴 리가 없다고 침착하라며 되새김질하듯이 지금 상황을 부정했다.

믿기지 않았다. 나도 모르게 매달리듯이 옆에 앉은 여성을 보았다.

프라이드 로열 아이비 제1왕녀.

세드릭이 원군으로 데려온 나라의 왕녀. 왕녀임에도 불구하고 망설임 없이 전선으로 나가고 서시스 왕국의 병사를 구하다가 두 다리를 다친 그녀는 자신의 공적을 과시하지도 않고 그저 나를 바라봤다.

'우리 프리지아 왕국은 내일 동맹국인 하나즈오 연합왕국을 반드시 지켜 내겠습니다. 지키지 못한다면 국왕 폐하와 함께 이 몸을 숯덩이로 바꾸지요.'

어째서 그녀는 그렇게 몸을 던진 걸까. '피의 맹세' 가 어떤 건지 알면서도 나와 국민 앞에서 그 의식을 행했다. 패배하면 자신까지 죽음을 맞이함에도 불구하고 그녀는 믿기지 않을 만큼 차분했다.

그녀가 그때 맹세했기에 내가 이곳에 있을 수 있다.

그녀는 승리 소식을 당연하다는 듯이 받아들이고 기뻐하며 이곳에 있다. 압도적인 전력을 가진 기사도 아네모네 왕국에서 온 무기와 원군도 분명히 그녀의 것이다. 그녀야말로 우리 나라의 승리가 꿈이 아니라는 최고의 증거였다. 우리는 살아남았구나…….

우리 나라가 살아남았다. 문화도 이름도 국민도 더는 누구에게도 더럽혀지지 않는다. 다시 차이넨시스 왕국으로 하나즈오 연합왕국으로 살아갈 수 있다.

옛날에는 이 나라가 어찌 되든 상관없었다. 어차피 미래가 없다고, 이대로 틀어박혀서 세상에 아무런 흔적도 남기지 못한 채 사라지리라 생각했다. 하지만 지금은…….

지금은, 지금은, 지금은지금은지금은지금은지금은!!

"흑……!!"

창문 밖으로 손을 내밀었다. 지금까지 얼굴을 내미는 것조차 허락되지 않았던 창문으로 성 바깥의 풍경을 내다보았다. 다음에 볼 때는 공터로 변했을지도 모른다고 몇 번이나 두려워했던가. 몇 번이고 최악의 상황을 가정하고서 각오했다. 그러나 변하지 않았다.

성 바깥은 어지럽긴 했지만 확실히 그곳에 존재했다. 저물어 가는 태양 빛을 받아 부드럽게 빛나며 내 눈에 아로새겨진 그 광경은 내가 잘 아는 익숙한 성 바깥의 모습이었다. 지금 그 사람들이 이 너머 어딘가에 있다.

"……스……! ……릭……!!"

랜스, 세드릭. 더없이 소중한 내 친구이자 가족.

이렇게 차가운 나를 이끌고 필요로 했다. 몇 번이고 구하려고 손을 내밀었다. 나라도 다르고 핏줄도 이어지지 않은 나를 그 두 사람은 몇 번이고 끌어올렸다.

두 사람이 보고 싶다고 갈구하듯이 원하는 내 눈앞에 그들의 모습이 선명히 떠올랐다. 여기서는 보이지도, 찾을 수도 없다는 걸 알면서도 간절히 원했다. 마치 지금까지 억눌러 왔던 게 터져 나오듯이 눈물과 함께 오열이 흘러나왔다.

이제 끝이라고 생각했다. 몇 번이고 다 나 때문이라고 생각했다. 시간을 되돌리고 싶다고, 돌아가고 싶다고 몇 번이나 빌었다. 나 혼자만 아무것도 못 하고 이곳에 있었다.

도움이 안 되는 걸 알면서도 병사들과 함께 전장에 몸을 던지고 싶었다. 아무것도 할 수 없는 자신이 너무나도 답답하고 한심하고 증오스러웠다.

――보고 싶어, 보고 싶어, 보고 싶어, 보고 싶어, 보고 싶어.

랜스는 입버릇처럼 이 세계가 넓다고 말했다. 그런 건 나도 알았다. 하지만 이렇게 터무니없는 세상에 나를 혼자 두지 않고 같이 있던 건, 눈부신 세상을 준 건 오로지 랜스뿐이었다.

나를 '형' 이라고 불렀다. 세드릭에게는 별것 아닌 빈정거림에서 시작된 호칭임은 알지만 나를 그들과 가까운 존재로 만든 그 말은 내게 큰 의미였다. 그에게 먼저 다가간 건 나지만 그 관계에 한없이 의지한 것도 만족을 느낀 것도 나였다.

아무리 역대 왕들 중 가장 우수하다고 떠받들리고 칭송받아도 공허했다. 외롭고 따분하고 아무것도 자랑할 게 없는 자신을 알아준 사람은 세드릭뿐이었다.

나라, 국민, 문화, 신앙, 행복, 자유, 친구, 동생……. 모두 소중하고 갖고 싶어서 하나를 고를 수 없었다. 모든 걸 얻을 수는 없고 하나도 지키기 어렵다는 건 뼈저리게 알고 있었다.

그런데 지금은 그 모든 희망이 이곳에 있다.

신께 감사했다. 손을 맞잡은 채 기도를 바쳤다. 신은 우리를 버리지 않으셨다.

지금까지 인생에서 줄곧 신께 기도하고 감사하고 기도하고 빌고 매달리고 기도하고 기도해 왔다. 대답이 돌아온 적은 없었다. 그럼에도 기도하는 것만으로 기분이 편해지고 마음이 씻겨나가고 수도 없이 구원받았다.

몸 둘 바를 모를 정도의 감사와 기도.

부디 한 명이라도 많은 하나즈오와 프리지아의 국민이 무사하기를. 그리고 하나즈오 연합왕국에 영원한 번영이 있기를.

——신이시여, 부디 이렇게 탐욕스러운 저를 용서해 주시옵소서.

저는 더 이상 놓치고 싶지 않습니다. 그렇게나 각오했지만 역시 잃고 싶지 않습니다. 이 몸은 변함없이 당신께 바치겠나이다, 하지만 부디 허락해 주시옵소서. 평생의 친구와 함께 당신께서 내려 주신 '하나즈오 연합왕국' 의 왕으로 있는 것을 허락해 주시옵소서.

댕……댕……댕…….

마치 신께서 응답해 주신 듯했다.

온몸에서 격하게 맥박이 뛰며 떨림이 멈추지 않았고 굳게 닫힌 눈꺼풀에서 끊임없이 눈물이 흘러나왔다.

종소리가 그 어느 때보다 더 아름답게 울려 퍼지며 나라를, 우리를 축복했다. 강하고 부드러운 그 소리는 내 소원을 긍정하듯이 따스하게 쏟아져 내렸다.

종소리에 답하듯이 숨을 쉬는 것도 잊고 종전된 것에 감사를 담아 기도를 계속했다.

프리지아 왕국과 프라이드 왕녀를 우리 나라로 인도하신 것, 이 전쟁의 종결을 살아서 지켜볼 수 있게 해 주신 것에 감사를 담아. 그리고 기억하는 하나즈오 연합왕국의 모든 국민의 이름을, 프리지아 왕국 국민의 이름을, 랜스와 세드릭의 이름을 몇 번이고 수없이 되뇌며 기도했다.

부디 그들이 무사히 돌아오게 해 주시옵소서. 부디 그들의 여정을 지켜 주시옵소서. 그리고 가능하다면 한 번 더 그들을 ——.

"요안!!"

마치 아침 햇빛을 받은 것처럼 눈이 번쩍 뜨였다. 고개를 드니 저물어 가던 태양이 지금은 대부분 저물고 성 바깥 전체가 어둡게 그늘져 있었다. 종소리만이 끊임없이 울려 퍼지며 모든 게 꿈이 아님을 알려 주었다.

눈부신 목소리에 머리보다 몸이 먼저 움직여서 뒤를 돌아보았다. 환상과도 같이 두 사람이 그곳에 있었다. 또 환각을 보거나 꿈을 꾼게 아닌지 의심하며 시선이 고정된 채 말문이 막혔다. 그 환상은 "형……." 하고 당장에라도 울 듯한 얼굴로 숨을 헐떡이며 나를 바라보았다.

"랜스…… 세드릭……."

나의 친구, 가족. 의심하듯이 그들의 이름을 부르자 두 사람이 내 쪽으로 달려왔다. 너무 놀라서 목소리도 잘 나오지 않는데 내 등에 랜스가 팔을 두르고 끌어당겼다. 세드릭이 다친 데는 없냐고 소리치며 내 어깨 위에 손을 올렸다. 이 온기는 틀림없이 환각도 꿈도 아닌 분명한 현실이다.

웃고 있다. 나의 소중한 사람들이 웃으며 내 눈앞에 있다.

나도 모르게 팔을 뻗었다. 나보다 키가 큰 랜스와 세드릭에게 양팔을 각각 뻗어서 두 사람의 어깨, 몸을 붙잡고 있는 힘껏 끌어안았다. 두 사람은 놀란 듯이 탄성을 흘리면서도 거의 동시에 내 등과 어깨에 팔을 두르고 단단히 마주 안았다.

"흑……. 둘 다, 무사해서…… 정말로…… 다행이야……!!"

두 사람이 포옹하고 나서야 안도감에 휩싸였다. 입이 움직이며 단순한 속마음이 먼저 튀어나왔다.

"그건 이쪽이 할 말이야……."

"형……들, 보다…… 먼저, 죽을 수 있겠냐고……!"

두 사람이 할 법한 말을 듣자 눈물이 더욱 차올랐다. 어깨와 머리에 내가 흘린 것이 아닌 물방울이 몇 번이고 떨어져 치밀어 오르는 눈물을 참는 건 그만두고 소리 내서 하염없이 울었다.

이 나라에 태어나서 다행이다.

이 시대에, 이 시기에 왕족으로 태어나서 정말 다행이다.

너무나도 넓은 이 세상에서 신과 그들을 만났으니까.

제6장 모독하는 왕녀와 무대 뒤편

"주인님! 이제 정말 안 아픈 거예요?!"

"주인님! 다리는 얼마나 있으면 나아요?!"

전쟁이 끝나고 하룻밤이 지났다.

잠에서 깨자마자 먼저 눈을 뜬 케멧과 세펙이 내 침대 옆으로 와서 얼굴을 들여다보았다.

어젯밤 스테일이 방으로 데려온 아서와 재회한 뒤에도 티아라와 근위 임무 중인 앨런 대장과 칼럼 대장, 바르 일행이 아침까지 내 방에 같이 있어 주었다. 지금 스테일은 내 대리로 요안 국왕과 질베르 재상 쪽으로 돌아갔고, 아서는 기사단에 있다. 두 사람은 어젯밤에 퇴실할 때 바르가 아직도 눌러앉은 걸 알고 노려보았지만 바르도 두 사람을 마주 노려본 채 숙면 중인 케멧과 세펙을 말없이 가리켰다. 두 사람이 깨어날 때까지는 잘 생각도 움직일 생각도 없어 보였다. 아침이 되어 세펙과 케멧이 일어나자 교대해서 지금은 바르가 방구석에 드러누워서 숙면 중이다.

"그래, 정말 안 아파. 움직이지만 않으면 괜찮아. 특수 능력자의 치료를 받았으니까 앞으로 며칠이면 완치될 거야."

물론 무조건 안정을 취하는 게 전제 조건이지만. 그런 생각을 하며 두 사람에게 대답하자 둘은 동시에 다행이라며 안심한 듯이 어깨에서 힘을 뺐다.

"그러고 보니 언니, 함구령은 언제까지 유지하나요……?"

티아라의 말에 나는 무심코 침을 삼켰다. 아직 일부 사람을 제외하고 내 부상을 숨기고 있다. 원래는 제1왕녀가 다쳤다는 소식이 퍼지면 전장의 사기와 직결되기 때문이었지만 전쟁은 이제 끝났으니 알려야겠지. 진심을 말하자면 단순히 피곤해서 푹 쉬는 걸로 치고 이대로 계속 숨기고 싶다. 내 일로 걱정 끼치고 싶지 않기도 하고…… 무엇보다 지금 이 다리 상태를 어머님이 알면 칼럼 대장과 앨런 대장의 거취에도 큰 영향을 끼칠 것이다.

지금도 내 뒤에 선 칼럼 대장과 앨런 대장을 돌아볼 뻔한 것을 꾹 참고 무심코 입술을 깨물었다.

"글쎄……."

그건 결국 자신의 실패를 쉬쉬하는 행위일 뿐이라는 걸 안다. 제대로 털어놓고 해결하지 않으면 의미가 없다. 하지만 최소한……. 그렇게 머리를 굴리고 있을 때…….

똑똑.

갑작스러운 노크 소리에 시선을 들었다. 케멧과 세펙이 뒤를 돌아봄과 동시에 자고 있는 바르 쪽으로 빠르게 돌아갔다. 티아라가 고개를 갸웃거리기도 전에 노크한 사람이 말을 꺼냈다.

“프라이드 님, 쉬고 계시는데 실례합니다. 질베르입니다. 방금 랜스 국왕 폐하와 요안 국왕 폐하께서 오셨습니다. 프라이드 제1왕녀 전하와 꼭 면회하고 싶다고 하십니다.”

어어……. 질베르 재상의 차분한 목소리에 순간 머릿속이 새하얘졌다. 어, 어, 어떡하지!! 이런 꼴로는 안 되는데!! 자다 일어나서 머리가 부스스해. 침대에 있으니까 옷차림은 대충 넘어가겠지만 국왕 둘 앞에서 이런 모습은 좀 아니야!!

“자……잠시만 기다려 주세요!!”

갈라진 목소리로 소리치자 질베르 재상에게서 차분한 대답이 돌아왔다. 티아라가 당황한 모습으로 내 머리를 손으로 빗어서 정리했다. 나는 나대로 티아라의 머리도 제법 부스스한 걸 발견해서 정리했다. 서로 머리를 빗겨 주다가 문득 더 중요한 사실을 깨달았다.

“바르! 바르!! 사람이 올 거야! 그것도 국왕이 둘이나!!”

“바르!! 우리는 어떻게 하면 돼요?!”

방구석에서 숙면 중인 바르를 세펙이 가차 없이 때리고 케멧이 어깨를 흔들었다. 바르는 잠든 지 얼마 안 됐는지 상당히 언짢은 듯이 끙끙거리더니 머리를 마구 흔들며 몸을 일으켰다. 그리고서 아직 졸린지 팔로 눈을 문지르며 무슨 일이냐고 물었다.

“사람이 온다고!! 우리가 있어도 되는 거야?!”

“어엉? 알 게 뭐야…… 왕자에게 허가받았어. 누가 오든 알 바 아니야.”

"하지만 국왕님이 둘이나 오신대요!! 저희가 만나도…… 우왓?!"

케멧의 말에 바르의 안색이 순식간에 변했다. 정신이 번쩍 들었는지 몸을 일으킴과 동시에 케멧을 옆구리에 끼고 세펙의 손을 잡은 뒤 창문 밖으로 쏜살같이 뛰쳐나갔다. 세펙에게서 짧은 비명이 들려왔지만 아마 그들이라면 괜찮겠지. 역시 도망치는 건 참 빠르다.

그야말로 눈 깜짝할 사이에 벌어진 일이라 티아라가 입을 떡 벌렸다. 바르가 왕족을 싫어하기도 하지만 그보다도 예속 계약 때문에 왕족에게 강제로 고개를 조아리는 건 무슨 일이 있어도 피하고 싶었던 모양이다.

칼럼 대장이 활짝 열린 창문 아래를 내다본 뒤에 조용히 닫고 고개를 저으며 셋이 떨어지지 않았다는 것을 알렸다. 나와 티아라는 서둘러 몸단장을 마무리하고 겨우 문 너머에 있는 국왕에게 대답했다. 그러자 위병이 문을 열었다.

"실례합니다. 몸은 좀 어떠십니까…… 프라이드 제1왕녀 전하."

인사가 늦어져서 미안하다고 말을 이으며 먼저 랜스 국왕, 그리고 요안 국왕, 마지막으로 살짝 쓴웃음을 지은 질베르 재상이 들어왔다. 국왕은 둘 다 잠을 안 잤는지 안색이 조금 안 좋아 보였다. 특히 랜스 국왕이 심했다. 한 번 더 아서에게 능력을 써 달라고 부탁해야 할 정도였다. 나 혼자만 침대에서 정신없이 잔 게 무척 미안했다.

"덕분에 많이 좋아졌어요. 종전이라는 중요한 순간에 아무런 힘도 되지 못해서 죄송합니다."

랜스 국왕이 약간 당황했는지 "아뇨, 당치도 않습니다." 하고 대답했다. 티아라가 두 국왕의 반대쪽으로 가고 질베르 재상이 위병에게 의자를 준비시켰다. 서로 인사를 나눈 뒤 두 국왕이 그대로 의자에 앉았다.

"종전 뒤에도 스테일 제1왕자 전하와 질베르 재상이 무척 힘이 되었습니다. 덕분에 이렇게 인사하러 뵐 수 있었지요."

그렇게 말하며 요안 국왕이 웃었다. 뒤이어 인사받은 질베르 재상이 고개를 깊이 숙이며 인사로 답했다. 역시 스테일과 질베르 재상이다. 내가 자리를 비운 동안에도 빈자리를 메꾼 모양이다.

처음에는 서로 형식적인 건투와 인사만 나눴다. 질베르 재상이 정중하게 새로 보고할 내용과 현재 상황을 설명한 덕분에 대화가 원활하게 흘러갔다. 체포한 적병은 서시스와 차이넨시스의 감옥에 있지만 나라가 안정되는 대로 돌려보낼 예정이라고 한다. 더 이상 원한을 남기고 싶지 않다는 게 랜스 국왕과 요안 국왕의 공통된 의견이었다. 건물이 조금 파괴되긴 했지만 국민에게는 피해가 거의 없었던 것도 큰 듯했다.

아네모네 왕국과 우리 프리지아 왕국 기사단의 사망자는 없다. 중경상자는 우리 나라 기사단에서만 십수 명이 나왔지만 아네모네 왕국은 경상자뿐이라고 한다. 하나즈오 연합왕국의 중경상자 수도 전체 국민에 비하면 극히 적은 편이고 사망자는 거의 나오지 않은 모양이다. '거의' 안 나왔다는 말에 가슴이 아팠지만 두 국왕이 "피해가 이렇게 적은 건 기적에 가깝습니다." "병사와 국민 모두 감사하고 있습니다."라고 말했다. 질베르 재상이 적의 인적 피해는 아마 이쪽의 백 배 이상은 될 거라고 말을 이었다.

"프리지아 왕국에는 정말 감사한 마음뿐입니다."

"건물 복구에는 시간이 걸리겠지만 위기가 지나가서 국민은 활기를 되찾고 있습니다. 분명 금방 부흥할 겁니다."

국왕 두 명이 아무리 앉아있다지만 고개를 숙이는 바람에 갈라진 목소리로 당치도 않다고 대답하고 말았다. 왠지 쑥스러워서 화제를 바꾸려고 "그러고 보니 세드릭 왕자는요?" 하고 큰마음 먹고 이야기를 꺼냈다.

"세드릭은 지금 저희 대신 총지휘를 맡았습니다. 프리지아 왕국 통신병을 통해 차이넨시스 왕국에서 오는 보고도 받을 겁니다."

총지휘! 한순간 실례지만 세드릭이 맡아도 괜찮을까 하는 생각이 들어 말문이 막혔다. 하지만 내 반응을 바로 알아차린 랜스 국왕이 "물론 어디까지나 보고만 받는 겁니다. 돌아가는 대로 저희가 지휘할 겁니다." 하고 덧붙였다. 다시 말해 전언판 같은 역할이란 뜻이다. 확실히 그런 거라면 세드릭에게 딱 맞을 듯했다.

"제가 스테일 왕자 전하께 프라이드 전하를 뵙고 싶다고 상담했더니 세드릭이 자기한테 맡기라고 하더군요. 그래서 말입니다만…… 실은 드릴 이야기가 있습니다."

랜스 국왕이 드디어 본론으로 들어가려는 듯이 조심스레 화제를 전환했다. 나도 자세를 고치고 상반신을 돌리자 랜스 국왕이 진지한 표정을 지으며 불타는 눈동자로 나를 보았다.

"언뜻 들었습니다만, 프라이드 제1왕녀 전하께 제가 파악하지 못한 사정이 있으셨다고……?"

아아아아아아아아아아아아아아아아아아아아아아.

나도 모르게 얼굴이 경직된 채 굳었다. 어쩌지, 내 다리 이야기인가. 아니면…….

"차이넨시스 왕국 국민을 궐기시키기 위해 프라이드 제1왕녀 전하께서 요안과 '피의 맹세'를 맺으셨다던데……."

콜록콜록!!

내 핏기가 가심과 동시에 갑자기 질베르 재상이 기침했다. 아무래도 두 사람의 용건이 내 다리 부상 때문인 줄 알았던 모양이다. 질베르 재상의 보기 드문 모습에 그를 똑바로 바라보고 말았다. 그러자 질베르 재상이 입을 가리고 실례했다고 중얼거리자마자 엄청나게 무서운 눈빛으로 나를 보았다. 날붙이 같은 그 눈빛에 무심코 등골이 얼어붙었다. 두 국왕 앞이라서 언급하지 못할 뿐 분명 머릿속에는 나에게 할 질문이 산더미처럼 쌓여 있을 것이다.

"자세한 건 저도 파악하지 못했습니다. 요안이나 세드릭에게 물어봐도 자기들 입으로는 이야기할 수 없다는 말만 해서……. 그 일에 관해 들려주실 수 있으신지요."

랜스 국왕이 내 반응을 살피듯이 바라봐서 나는 입술에 힘을 주었다.

요안 국왕이 몹시 미안한 듯이 "죄송합니다. 통신으로 저희 병사가……." 하고 덧붙였다. 확실히 차이넨시스 왕국 사람의 입은 막지 않았으니 들키는 건 시간문제였겠지.

어디부터 설명해야 할지 고민하니 등 뒤에서 칼럼 대장이 "말을 꺼내기 힘드시면 제가……." 하고 진언했다. 내가 칼럼 대장에게 맡기자 그는 두 국왕에게 순서대로 설명을 시작했다.

칼럼 대장의 설명을 듣는 랜스 국왕의 안색이 점차 안 좋아지더니 후반부터는 새파랗게 질렸다. 심지어 질베르 재상까지 눈꺼풀이 안 보일 정도로 눈을 크게 뜨고 입을 살짝 벌린 채 굳었다. 스테일이 있었으면 분명 더없이 즐거운 표정을 지었을 것이다.

"그래서 그때…… 요안까지 고개를……!!"

랜스 국왕이 이제야 이해된다는 듯이 나와 옆에 있는 요안 국왕을 번갈아 보았다. 방위전 직전에 요안 국왕과 세드릭이 다른 기사와 똑같이 나에게 고개를 조아렸을 때를 말하는 것이다.

랜스 국왕은 한 손으로 머리를 부여잡으며 잠시 고개를 숙이더니 그대로 요안 국왕을 째려보았다.

"넌…… 그렇게 중요한 일을……!"

"네가 그렇게 마음 졸일 것 같아서 숨긴 거야."

랜스 국왕이 신음하듯이 내뱉자 요안 국왕은 곤란한 표정을 지었다. 그는 어깨를 움츠리면서도 살짝 웃었다.

"게다가 어째서 요안뿐만 아니라 프라이드 제1왕녀 전하까지 그런 위험을 감수하신 겁니까?! 혹여 저희가 패배했다 해도 당신까지 화형당할 필요는 없지 않습니까!!"

랜스 국왕이 몸을 앞으로 내민 채 몹시 살벌한 얼굴로 소리쳤다. 화가 났다기보다는 절실함이 더 강하게 느껴졌다. 질베르 재상도 국왕 앞이라서 진언을 참는 듯했지만 나를 향한 눈빛으로 랜스 국왕이 한 말을 명확히 긍정하고 있었다. 표정은 아까보다 차분해 보였지만 눈동자가 살짝 커진 듯해서 무서웠다.

"제멋대로 행동해서 죄송합니다. 하지만 그때는 국민을 궐기시킬 방법이 그것밖에 없었어요. 그리고…… 믿고 있었거든요."

나는 랜스 국왕의 기세에 밀리면서도 어떻게든 변명했다. 표정이 굳은 랜스 국왕과 이런 상황을 어느 정도 예상했을 질베르 재상을 차례로 바라보았다.

"저희 기사단이라면 반드시 지켜 내리라는 걸요. 실제로 훌륭하게 활약했죠."

그렇게 말하며 웃어 보이자 랜스 국왕이 말이 안 나온다는 듯이 한숨을 내쉬었다. 뒤이어 다시 요안 국왕에게 고개를 돌리더니 "어차피 너는 진심으로 죽을 생각이었겠지?" 하고 화가 난 듯이 말을 걸었다. 그 말에 대답 대신에 난처한 듯 미소 지은 요안 국왕을 보고 랜스 국왕은 다시 한숨을 내쉬었다.

“세드릭이 실컷 폐를 끼친 데다가 하나즈오 연합왕국을 위해 그렇게까지 하신 분에게 나 혼자서 예를 다하지 않을 수는 없지.”

랜스 국왕이 혼잣말하듯 중얼거리더니 의자에서 벌떡 일어섰다. 그 말이 맞다며 맞장구친 요안 국왕도 따라서 의자에서 일어났다. 두 사람은 각자 나와 눈을 마주치더니…… 무릎을 꿇었다.

내가 예상치 못한 두 국왕의 행동에 무심코 입을 가리자 랜스 국왕은 고개를 숙인 채 당당히 목소리를 높였다.

“프라이드 제1왕녀 전하, 저희를 위해 목숨까지 거신 은혜는 요안과 함께 평생 잊지 않겠습니다.”

“그리고 하나즈오 연합왕국을 구하신 은혜, 프리지아 왕국의 은혜 역시 몇백 년이 걸리더라도 저희가 반드시 갚겠습니다.”

랜스 국왕에 이어 요안 국왕이 말했다. 얼굴에 잔뜩 힘을 준 채 단호히 선언한 랜스 국왕에 비해 요안 국왕은 부드러운 표정이었지만 말을 마친 뒤에는 입술을 꽉 깨물었다.

당황한 내가 “그만두세요! 제발 고개를 드세요!” 하고 소리지르자 두 사람 다 천천히 고개를 들고 어찌어찌 일어섰다.

“그러나 프리지아 왕국이 아군이라 해도 만일 당신이 계시지 않았다면…… 이런 결과는 나오지 않았을 겁니다. 저도 요안도…… 세드릭도 당신에게 적잖이 은혜를 입었지요.”

랜스 국왕의 말에 요안 국왕이 너도냐고 말을 걸었다. 아마 병상에 아서를 파견한 일을 말하는 거겠지. 그건 진짜로 내가 아니라 스테일과 아서가 힘을 합친 덕분이었다. 덧붙여 요안 국왕과의 맹세에서는 오히려 국왕을 몰아세웠다는 죄책감이 더 컸다. 세드릭은 은혜……라기보단 처음 만난 3일 동안 저지른 민폐에 대한 비용이라고 하는 편이 맞지 않을까.

"신경 쓰지 마세요. 저희는 그저 동맹국을 위해 해야 할 일을 했을 뿐이니까요."

두 사람에게 손바닥을 흔들어 보이며 나도 살짝 목소리를 높였다. 오히려 방위전 후반부터는 잘난 듯 말하면서 요안 국왕과 함께 소파에 앉아만 있었으니 책망받아도 할 말이 없다. 하지만 의리가 깊은 랜스 국왕과 요안 국왕은 "그 이상입니다."라고 말했다. 기쁘긴 한데 두 국왕이 그렇게까지 추켜세우니 왠지 부끄러웠다.

정말 신경 쓰지 마시라고 전하며 부디 앞으로의 동맹과 교역도 잘 부탁드린다고 한 번 더 말했다. 두 사람 다 "물론이지요." "신께 맹세하겠습니다."라고 했다. 이제 어머님만 기뻐하시면 나도 한숨 돌릴 것 같다.

"저희가 할 수 있는 일이라면 뭐든 말씀하십시오. 물론 쉽게 보답할 수 있을 거라고 생각하지는 않습니다만."

정중히 말하는 랜스 국왕에게 감사 인사를 했다. 하지만 교역과 동맹 건만 지켜 준다면 다른 거래 같은 건 어머님이나 베스트 숙부님의 영역이니 딱히 내가 부탁하고 싶은 건……. 거기까지 생각했을 때, 문득 부탁할 게 떠올랐다. 만약 정말로 호의를 베풀 거라면…….

"그…… 부탁이 하나 있는데요."

내가 머뭇거리며 입을 열자 두 국왕이 얼굴에 더욱 힘을 줬다. 할 수 있는 일이라면 뭐든지 들어주겠다고 말하는 두 사람에게 감사 인사를 한 나는 큰마음 먹고 내 몸을 덮었던 모포를 가슴께로 끌어올렸다.

휙, 하는 소리가 나며 아까까지 가려져 있던 내 두 다리가 드러났다. 붕대로 칭칭 감겨서 고정된 다리다. 내가 다친 것을 알고 있던 요안 국왕의 표정이 고통스러워하듯이 살짝 험악해졌고, 랜스 국왕은 단정한 얼굴에 경악한 기색을 띠며 눈을 부릅떴다.

"그건……!!"

말이 채 안 나오는지 목소리를 높인 랜스 국왕을 향해 상반신을 돌렸다. 랜스 국왕은 설명을 듣기도 전에 눈앞의 사실만으로 내가 지금까지 사람들 앞으로 나가지 않은 이유를 알아차린 듯했다. 자세한 설명은 나중에 질베르 재상에게 맡기기로 하고, 나는 먼저 두 국왕에게 본론을 호소했다.

"눈치채신 대로입니다. 모든 건 제 경솔한 행동이 가져온 결과예요. 그래서 제가 하려는 부탁은……."

"과연……. 다시 말해 프라이드 님의 다리가 나을 때까지 하나즈오 연합왕국에 체재하자는 말씀이시군요."

내가 앞으로의 일정을 설명하자 로데릭 기사단장이 깊이 고개를 끄덕였다.

랜스 국왕, 요안 국왕과의 이야기를 마친 나에게 이번에는 로데릭 기사단장이 찾아왔다. 칼럼 대장과 앨런 대장에게 휴식과 퇴실을 명령한 기사단장은 대신할 호위 기사를 여럿 데리고 왔다.

"확실히 만반의 준비를 마친 상태로 출국하는 편이 좋겠죠."

기사단장은 그렇게 대답하고 내 다리를 힐끗거리며 확인했다. 걱정하는 걸까.

"네, 어머님에게도 하나즈오 연합왕국에도 허가받았어요. 기사분들에게는 일정을 연기하게 돼서 죄송하지만요."

"아닙니다. 프라이드 님의 몸이 최우선이니 그건 상관없습니다. 프리지아 왕국은 부단장 클라크가 잘 지키고 있으니 문제없습니다. 다만……."

'다만' 을 끝으로 말을 흐린 기사단장은 잠시 입을 다물었다. 그러더니 이번에는 의미심장한 표정으로 내 다리에서 주위에 서 있는 기사에게로 시선을 옮겼다. 무슨 일이지……?

기사단장은 아직 말을 꺼내기 힘든지 눈살을 찌푸리며 긴 한숨을 내쉬었다. 한숨을 다 내쉼과 동시에 아서와 같은 파란색 눈으로 다시 나에게 복잡해 보이는 눈빛을 보냈다.

"실은…… 프라이드 님이 종전한 뒤로 모습을 안 보이셔서 병사와 저희 기사 사이에서 성가신 소문이 퍼지기 시작했습니다."

기사단장의 말에 고개를 갸웃거렸다. 확실히 나는 종전한 뒤로 계속 침대에 누워 있었다. 일단 표면상으로는 '쉬고 있다' 고만 했고, 그 대신 스테일과 질베르 재상이 바쁘게 일을 처리하는 중이다. 설마 땡땡이치는 왕녀라고 여기는 걸까.

걱정이 돼서 "그, 소문이란 건……?" 하고 묻자 기사단장은 각오를 다졌는지 입을 열었다.

"프라이드 님이…… 전쟁에 희생되신 게 아니냐는……."

기사단장이 몹시 에둘러서 전하자 나도 모르게 입이 떡 벌어지고 말았다. 그러자 기사단장도 "죄송합니다……." 하고 다시 고개를 숙였다.

즉, 내가 죽은 게 아니냐고 의심한다는 뜻이다. 확실히 전쟁이 시작될 때까지는 계속 얼굴을 드러내던 내가 전혀 모습을 보이지 않으면 그런 오해를 해도 어쩔 수 없다. 실제로 다쳤다고 해서 사기를 떨어뜨릴까 봐 숨기는 것이기도 했으니 아예 틀린 말은 아니다. 최소한 상처 치료 능력이 있는 기사가 나에게 파견되면 살아 있기야 하겠지만, 이미 치료가 끝나서 안정을 취하기만 하면 되니까 아무도 부르지 않았다. 7번대 기사는 다른 부상자도 봐야 하는데 쓸데없이 부를 수는 없다. 지금 이 자리에 있는 호위 기사는 모두 사정을 아는 자뿐이다. 제1왕녀가 죽었고 그 사실을 숨기는 거라는 오해를 사도 자업자득이다.

"그렇……군요……."

뭐라 형용할 수 없는 기분이 들어 쓴웃음을 짓고 말았다. 기사단장 말로는 특히 하나즈오 연합왕국 병사 사이에서 소문이 돌고, 그러면서 기사들에게도 불안이 퍼졌다는 듯했다. 오히려 내가 죄송하다고 말해야 하는 상황이다.

기사단장에게 진심으로 사죄한 뒤 확실히 대책을 세워야겠다며 고개를 끄덕였다. 모처럼 열심히 싸워 준 그들에게 더 이상 불필요한 걱정을 끼치고 싶지는 않았다.

"제 다리…… 상태는 좀 어떤가요?"

시선을 올려 신중하게 내 상처의 경과를 살피는 두 기사에게 말을 걸었다. 상처는 움직이지만 않으면 시간이 지나면서 좋아진다. 오늘도 상처 치료 특수 능력을 썼으니 내일이면 더욱 좋아질 것이다.

"오른쪽 다리는 이제 움직여도 괜찮을 것 같습니다. 다만 왼쪽 다리는 아직 시간이 더 걸리지 않을까 싶습니다."

기사의 말에 가슴을 쓸어내렸다. 다행이다. 왼쪽 다리는 골절인 듯하지만 오른쪽 다리는 삔 것뿐이라 낫는 속도가 빠른 모양이다. 역시 7번대다. 상처 치료 특수 능력이 매우 우수하다. 진찰한 두 기사도 일단 한쪽 다리만이라도 나아서 안도했는지 내 얼굴을 보고 희미하게 웃었다. 둘 다 전쟁 중에 다쳤을 때 제일 먼저 내 다리에 조치를 취한 기사다.

그러고 보니 그때도 치료했는데 고맙다는 인사를 하지 않았다. 그래서 제대로 감사 인사 해야겠다는 생각에 다시 한번 두 사람의 얼굴을 보았다. 분명 기사단 연습장에서도 몇 번인가 본 적 있는 사람들이다.

이름을 물으니 각자 정중하게 제일과 마트라고 자기소개를 했다.

"고마워요. 제일, 마트. 그때는 덕분에 살았어요."

감사를 담아 미소를 짓자 두 사람은 눈이 휘둥그레진 채 얼굴이 발그레해졌다. 역시 제1왕녀가 갑자기 이름을 부르니 긴장되는 모양이다. 기사단장이 헛기침하자 두 사람 다 정신을 차렸는지 다시 얼굴에 힘이 들어갔다.

"그래서…… 어떠십니까, 프라이드 님."

기사단장이 논점을 흐리듯이 묻자 나는 고개를 끄덕였다. 오른쪽 다리가 나았으니 문제없다.

"네, 오늘 당장에라도 사람들에게 인사하죠. 다리 부상은 제가 직접 사람들에게 이야기할게요."

"그럼 기사들에게는 그렇게 일러두겠습니다."

내 의견을 만족스럽게 승낙한 기사단장에게 나도 미소를 지었다. 사람들 앞에 모습을 드러내면 내 사망설도 일축될 것이다. 그때 문득 기사단장에게 하고 싶은 말이 있던 게 생각났다.

"저기…… 기사단장님."

바로 기사들에게 연락하러 가려고 발을 떼려던 기사단장을 불러 세웠다. 큰 결심을 하고 왜 그러냐며 다시 내 쪽으로 몸을 돌린 기사단장을 마주 본 나는…… 고개를 숙였다.

"6년 전 일은…… 죄송했어요."

이렇게 기사단장에게 고개를 숙이는 게 두 번째였나. 고개를 떨어뜨리고 내 무릎만 내려다보는 동안 기사단장에게서는 아무런 대답이 없었다. 천천히 고개를 들자 기사단장은 입을 굳게 다물고 눈이 휘둥그레진 채 나를 바라보고 있었다. 내가 갑자기 사죄했으니 놀랄 만도 하다.

나는 제대로 전하기 위해 다시 입을 열었다.

"저를 위해…… 누군가가 죽을 수도 있는 사태에 휘말리는 건……. 무척…… 괴롭더라고요."

이야기하다 보니 그때의 공포가 떠올라 침대의 모포를 쥔 손끝이 떨리기 시작했다.

나를 위해 앨런 대장과 칼럼 대장이 붕괴하는 성 바로 밑으로 뛰어들었을 때도, 그 뒤에 칼럼 대장이 죽은 줄 알았을 때도 너무 무섭고 괴로웠다. 6년 전 벼랑 붕괴 사건에서 내가 뛰어나왔을 때 기사단장이 이런 기분이었을까 생각하니 더욱 괴롭고 미안했다.

한동안 침묵이 이어진 뒤 기사단장이 조용히 숨을 토했다. 놀라서 부릅떴던 눈꺼풀에서 힘을 풀고…… 희미하게 웃었다.

"성장하셨군요……."

예상치 못한 말을 들어서 이번에는 내 눈이 동그래졌다. 기사단장은 제자리에서 한쪽 무릎을 꿇더니 침대에 앉은 내 얼굴을 아래에서 들여다보았다.

"그때 프라이드 님의 행동은…… 저도 당시에 해야 할 말은 전부 전했습니다. 하지만 지금 해 드릴 수 있는 말이 있다면……."

기사단장은 잠시 말을 끊고 모포를 움켜쥔 나에게 조용히 미소 지었다. 그것만으로도 마음속에서 감정이 치밀어 올라서 입안을 꽉 깨물고 참으니 다시 그의 입이 열렸다.

"지금 프라이드 님은 그 일이 있은 뒤로 저희에게 더욱 둘도 없는 존재가 되셨습니다. 그러니…… 피의 맹세와 다리 부상. 그것에 가슴을 졸이고 때로는 괴로워하는 자가 있다는 걸 잊지 마십시오."

기사단장의 다정한 말이 내게 아플 정도로 스며들었다. 평소에 화낼 때면 무섭고 엄격한 기사단장의 다정한 미소를 보고 말을 들은 것만으로도 사무치게 울고 싶어졌다.

눈물이 날 것 같아서 숨을 참았다. 하지만 눈을 깜빡일 때마다 두 눈에서 굵은 눈물방울이 뚝뚝 떨어졌다.

"부디 몸을 소중히 하십시오."

기사단장의 마지막 말에 더는 버티지 못하고 목에서 소리가 나왔다. 눈동자도 눈꺼풀도 뜨거워지고 팔다리와 가슴이 무거워지고 저렸다. 입술을 떨며 고개와 함께 시선을 무릎까지 떨어뜨렸다.

지금까지 나 자신이 걱정받는 대상이었다는 것조차 모른 채 지금까지 몇 번이나 남들을 상처 입혔을까……. 나를 아끼고 따르는 사람들의 다정함조차 눈치채지 못한 채 지금까지 몇 번이나 이런 다정함을 무용지물로 만들었을까.

다른 사람들이 소중히 여기는 나를, 그 누구도 아닌 나 자신이 소홀히 하고 말았다.

"네……."

주먹을 꽉 쥐고 견디며 어떻게든 한마디를 쥐어짰다.

모두가 나를 아끼는 동안만이라도 제대로 나 자신을 소중히 여기고 싶다…….

너한빛의 장 금색 왕과 새하얀 왕, 그리고 어리석은 왕자

"어째서냐! 어째서 나를…… 하나즈오를 배신한 거지?!"

"아하하하!! 무슨 소리야? 우리 군대를 들인 건 당신이잖아!"

제2왕자 세드릭 실버 로웰이 분개해도 이국의 왕녀에게는 닿지 않았다.

포효가, 비명이, 단말마가 뒤섞여 그의 귀를 터뜨릴 기세로 마비시켰다. 폭격 소리가 고막을 찌르고 도움을 요청하는 국민의 비명과 함께 간헐적인 파괴음이 울려 퍼졌다.

서시스 왕국 병사들이 원군으로 온 프리지아 왕국 기사들에게 제압당하는 광경은 악몽보다도 끔찍했다. 저항하는 병사는 기사가 망설임 없이 숙청해 목숨을 빼앗았다.

"자자! 그런 것보다 빨리 국왕한테 안 가 봐도 돼? 차이넨시스 왕국에 배치한 기사의 수는 여기랑 비교도 안 되는데?"

왕녀는 자신들을 들인 멍청한 왕자에게 일부러 재촉하듯이 웃었다. 불쾌함만이 느껴지는 그 미소는 세드릭의 뇌리에 기분 나쁠 만큼 선명히 새겨졌다.

프리지아 왕국이 하나즈오 연합왕국을 배신했다. 시야를 지배하는 모든 것이 그 사실을 증명하고 있었다.

여왕이 협박하듯이 지시한 작전 때문에 침략군을 기습하려고 차이넨시스 왕국에서 대기 중인 서시스 왕국군은 지금도 계속 신호를 기다릴 것이다.

서시스 왕국에 남은 병사들은 프리지아 기사단에 제압당해서 기습 장소에 있는 랜스에게 달려갈 자는 이미 아무도 없었다. 서시스 왕국의 제2왕자인 세드릭 한 명을 제외하고.

"자자, 빨리 뛰어가야지? 필사적으로 달리면 국왕한테 프리지아가 배신했다고 전할 수 있을지도 모르잖아?"

왕녀는 자기 입으로 그렇게 내뱉으며 비웃고 황홀한 눈빛으로 세드릭을 보았다. 그녀는 서시스 왕국의 모든 병사를 제압했으면서 일부러 세드릭만 구속하지 않았다. 지금은 괴로워하며 발버둥 치는 그 모습을 즐기고 싶었다.

세드릭은 여왕의 속셈을 알아차렸지만 그럼에도 말을 타고 달렸다. 전쟁의 불길을 빠져나가며 도움을 요청하는 국민의 목소리를 듣고 이를 악물었다. 지금은 멈출 때가 아니다. 프리지아가 배신한 사실을 모른 채 궁지에 몰렸을 랜스, 함께 싸우겠다고 결심한 요안, 그리고 하나즈오 연합왕국을 지키기 위해 검을 휘둘러 본 적도 없는 세드릭은 그저 서두를 수밖에 없었다.

"아아아악 아아아아, 아, 아아아아아아아아아아아아악!!!!"

"랜스 님!! 제발 정신 차리십시오!"

"누가 의사를 불러! 국왕 폐하께서 정신 착란을 일으키셨다!"

상황이 이해되지 않았다.

겨우 형이 있는 진영에 도착한 세드릭은 입을 벌린 채 아무 말도 할 수 없었다. 형 랜스가 머리를 끌어안고 무너져 내리며 울부짖고 있었다. 세드릭은 이 정도로 이성을 잃은 형을 태어나서 한 번도 본 적이 없었다. 그런 형이 갑옷으로 감싼 몸을 비틀거리며 주저앉았다. 두 다리로 제대로 서지도 못해 병사에게 안겨서 부축받았다.

세드릭은 믿기지 않아 다리가 움직이지 않았다. 온몸이 더 이상 발을 내딛기를 거부했다.

"세드릭 님!! 큰일입니다! 랜스 폐하가……!!"

"세드릭 님!! 프리지아 왕국이 갑자기 차이넨시스 왕국을 침공……!!"

"부디 지시를 내려 주십시오!! 이대로는 저희 군대도 움직일 수 없습니다!!"

세드릭을 발견한 병사들이 비명을 지르듯이 소리쳤다. 그러나 세드릭은 멍하니 선 채 말을 하기는커녕 표정 하나 움직일 수 없었다. 면학을 게을리한 그는 형처럼 대군을 지휘하는 방법을 몰랐다. 어떻게 해야 좋을지 모르는 상태로 그저 자신 때문에 차이넨시스 왕국도 요안도 랜스도 궁지에 빠졌다는 것만 깨달았다.

——여긴 지옥인가.

그러는 동안에도 눈앞의 차이넨시스 왕국군은 마치 파도에 휩쓸리듯이 코페란디 왕국, 아라타 왕국, 라플레시아나 왕국, 세 나라에 습격당하고 심지어 프리지아 왕국 기사단에도 유린

당했다. 압도적인 힘의 차이에 그들을 당해낼 리가 없었다.
백 년 가까이 타국과 교류하지 않은 하나즈오 연합왕국의 왕자인 세드릭의 눈에 프리지아 왕국 기사단은 그야말로 괴물 무리처럼 보였다. 고작 기사 한 명이 한 번에 수십 명의 병사를 죽이는 광경을 몇 번이고 목격했다. 어떤 기사는 불을 내뿜고 어떤 기사는 하늘을 날며 총조차 두려워하지 않은 채 차이넨시스 왕국 병사를 죽이는 그들은 도저히 같은 사람으로 보이지 않았다.
"이대로 가다간 성 바깥뿐만 아니라 국민들이 피난한 마을 변두리와 농촌에까지 피해가……!!"
"세드릭 님!! 부디 지시를 내려 주십시오!!"
형의 절규와 차이넨시스 왕국 병사들의 단말마, 폭격 소리와 자국 병사들의 호소가 전부 동시에 세드릭의 뇌로 흘러들었다. 무더기로 들어오는 정보에 온몸이 떨리며 마비되듯이 무거워져서 자신도 이상해질 것 같았다. 시야가 흑백으로 깜빡이며 머리가 아팠고 입안도 목도 바싹 말라 목소리가 나오지 않았다.
과거에는 신의 아이라 불렸던 자신의 머리로 어떻게 하면 좋을지 필사적으로 생각했다. 애초에 그가 원군으로 프리지아 왕국군을 데려오지 않았다면 이렇게는 안 됐으리라.
요안은 우리를 믿겠다고 말했다. 랜스가 프리지아 왕국의 총력이 원군으로 가세하면 분명 이길 거라고 설득했다.
차이넨시스 왕국 국민은 당황한 기색이 역력했지만 여왕이

“이 자리에서 프리지아에 멸망당하는 거랑 비교하면 어느 쪽이 나을 것 같아?” “차이넨시스가 싸울 생각이 없으면 프리지아는 이대로 서시스 왕국을 침략할 거야. 나를 헛걸음시킨 죗값으로 말이야.”라고 군중 앞에서 지껄인 결과 차이넨시스 국민도 서시스 왕국을 위해 결단했다.

협박에 가까운 선동이긴 했지만 하나즈오 연합왕국을 지키기 위해 그렇게 말했을 거라고 생각해 두 나라의 국왕도 여왕을 강하게 나무라지는 않았다. 상대는 아무런 인연도 없었던 자기 나라에 유일하게 손을 내민 대국이었으니까.

코페란디 왕국으로부터 라지야 제국의 선언을 전달받은 하나즈오는 원군을 요청하고 싶어도 방도가 없었다. 유일하게 무역하던 무스카리 왕국도 군사력 면에서는 약소국이라 동맹을 맺지 않은 나라를 위해 군사를 일으킬 리가 없었다.

대국을 아군으로 삼으려고 과거 50년간 자국에 왔던 동맹 요청 서신을 긁어모은 게 제2왕자 세드릭이었다. 모든 서신을 읽고 현재로서 아는 정세와 세계 지도를 대조해 본 결과 노예 제도가 없고 유일하게 라지야 제국에 필적하는 대국이 프리지아 왕국이었다.

9년 전부터 동맹 요청 서신이 끊기긴 했지만 달리 매달릴 곳이 없었다. 원군을 모을 만한 나라나 방법을 찾는 데만 8일이나 걸렸고 차이넨시스 왕국에서 일방적으로 동맹 파기까지 선고받자 세드릭은 바로 뛰쳐나갔다.

설마 그게 자국을 새로운 비극으로 이끌리라고는 생각지도 못한 채.

"아아…… 좋은 풍경이야. 차이넨시스 왕국의 마지막을 한 눈에 바라볼 수 있다니 최고인걸."

갑자기 등골이 오싹해지는 목소리가 들리자 그제야 세드릭의 몸이 움직였다.

뒤를 돌아보니 여왕이 기사들과 함께 등 뒤에 서 있었다. 세드릭의 머리에 도대체 어떻게 왔나 하는 의문이 떠올랐다. 그는 말을 타고 필사적으로 여왕이 있는 곳에서 벗어났는데 이렇게 바로 따라잡히다니 불가능한 일이었다. 그녀의 일행이 이곳에 나타난 것 자체가 너무나도 꺼림칙했다.

세드릭이 자기 눈을 의심하는 동안에도 그녀의 등 뒤에 기사들이 차례로 출현했다. 말을 타거나 달려서 오는 게 아니라 아무것도 없는 공간에서 순식간에 모습을 드러냈다.

마지막으로 나타난 사람은 프리지아 왕국의 섭정이었다. 다른 기사들과 마찬가지로 공간을 가르듯이 나타난 젊은 섭정이 손끝으로 올린 안경 안쪽의 눈빛이 몹시 탁했다.

여왕이 신호하자 그 자리에 있던 랜스 국왕군 모두가 눈 깜짝할 사이에 기사들에게 제압되었다.

"자, 그럼…… 이 나라는 앞으로 몇 분이나 버티려나? 지금 통신이 들어왔거든. 우리 기사단이 차이넨시스 왕성을 제압하고 국왕의 신변을 확보했어."

여왕이 신이 난 듯한 목소리로 그렇게 전하자 세드릭은 할 말을 잃었다. 아직 개전한 지 한 시간도 지나지 않았다. 그러나 여왕의 언동은 아무리 봐도 헛소리 같지는 않았다. 자신의 힘을 과시하듯이 양팔을 벌린 그녀는 그대로 그들을 비웃었다.

"어머? 뭐야 그 사람. 혹시 국왕이야? 아하핫!! 소리는 왜 지르는 거야? 바보 같기는. 고작 이웃 나라가 멸망하는 정도로 이성을 잃다니, 역시 소국의 왕이라서 그릇도 겨우 그것밖에 안 되나 보네."

여왕은 아하하하하하하하! 하고 소리 높여 랜스를 비웃었다. 신기한 짐승이나 구경거리를 보듯이 삿대질하며 다 큰 남자가 괴로워하는 모습을 유쾌하게 바라보았다.

형을 조소하는 여왕에게 분노가 앞서며 세드릭의 몸이 불타는 듯이 뜨거워졌다. 이 여자를 죽이겠다는 의지보다 앞서 손이 충동적으로 허리춤에 찬 검으로 향했다. 이 괴물만이라도 죽이겠다며 검을 휘두른 왕자를 보고도 여왕은 웃음을 멈추지 않았다.

"느려."

날카로운 금속음이 울리며 왕자의 검이 허공으로 날아갔다. 세드릭이 여자가 검을 튕겨 냈다는 것이 믿기지 않아 멍하니 있자 여왕은 그의 목에 망설임 없이 자신의 칼자루를 박아 넣었다.

목이 짓눌려 숨이 막힌 세드릭은 꼴사납게 지면을 굴렀다. 콜록거리며 욕지기와 싸우면서도 목을 부여잡고 필사적으로 몸부림치며 호흡을 반복했다. 병사가 그를 불렀지만 대답도 할 수 없었다.

"스테일."

여왕의 짧은 명령에 아까까지 우두커니 서 있기만 했던 섭정이 움직였다. 다리를 쓰지도 않고 순식간에 세드릭 옆으로 이동해 땅을 기는 그를 무감정하게 짓밟았다. 갑옷 너머로 느껴지는 다리의 무게에 세드릭이 이를 악문 것도 잠깐이었다.

공중으로 순간이동 되어 중력에 따라 지면에 내리꽂혔으니까.

갑옷에서 끔찍한 소리가 났고 세드릭은 낙하의 충격으로 목소리도 낼 수 없었다. 그저 여왕의 웃음소리를 들으며 몸을 젖히고 구를 뿐이었다.

"아아…… 재밌어. 몇 번을 봐도 질리지 않아……."

여왕이 말을 웃음을 그치고 그렇게 말한 것을 신호 삼아 스테일은 균열이 간 갑옷 너머로 다시 세드릭을 짓밟았다. 여왕이 만족할 때까지 몇 번이고 지면에 내리꽂는 것에 이제 와서 망설임 따위는 없었다. 설령 세드릭이 울부짖든 뼈가 부러지든 피를 토하든 의식을 잃든…… 죽든 간에. 몇 번이고 세드릭을 공중으로 순간이동 시킬 것이다. 평소 여왕에게 명령받는 암살에 비하면 이 정도는 아무것도 아니었다.

"아아, 이제 됐어. '아직' 은 다치게 하면 안 된다고 했잖아?"

또 낙하시킬까 봐 얼어붙었던 세드릭은 안도할 여유가 없었다. 시선을 돌리자 아니나 다를까 여왕이 끈적하게 늘어지는 듯한 미소를 지으며 자신을 내려다보고 있었다.

랜스의 비명은 아직도 계속됐다.

"아아아아아아아아아아아아아아아악!"

목이 망가질 듯한 그 절규를 듣고 세드릭은 닿을 리 없는 걸 알면서도 유일하게 움직이는 손을 형 쪽으로 뻗었다.

"재미없는 비명이네……. 더 좋은 목소리를 낼 순 없어?"

여왕이 그렇게 말하고 금속음을 울리자 세드릭의 온몸에서 핏기가 가셨다. 여왕이 입꼬리를 끌어올리며 미소 지은 채 랜스에게 다가갔다. 손에는 세드릭을 제압할 때 사용한 검을 움켜쥐었다. 형을 어쩔 셈인지는 상상하지 않아도 알 수 있었다.

"그……만둬!!!! 형님……한테, 손……대지 마!!"

세드릭은 발버둥 치고 날뛰고 필사적으로 몸을 움직이고 구르며 손끝으로 여왕의 발치를 스쳤다. 아직 호흡이 안정되지 않은 상태지만 무리하게 손을 뻗었다. 여왕의 다리를 붙잡지도 못하고 이를 악무는 게 다였지만, 여왕은 다리를 멈췄다.

"후훗…… 아하핫! 아아…… 그때랑 완전 똑같네. 자기 나라를 구해 달라고 바닥에 예쁜 얼굴을 비비면서 나한테 빌던 그때랑."

여왕은 세드릭의 얼굴을 들여다보듯이 몸을 굽히고서 광기로 가득 찬 황홀한 미소를 지었다. 세드릭은 구역질이 나는 그 표정에서 눈을 돌리고 싶었다. 하지만 그보다 여왕의 주의가 형에게서 자신으로 옮겨진 것에 안도했다. 여왕의 말이 방아쇠가 되어 12일 전 기억이 세드릭의 머리에 선명하게 떠올랐다.

프리지아 왕국에 도착해 성으로 안내받자마자 여왕에게 가서 지금 당장 병사를 이끌지 않으면 늦을 거라고 고개를 땅에 조아리던 날. 입꼬리를 한껏 끌어올린 여왕의 미소에 한기를 느꼈을 때 생각을 바꿨어야 했다고 후회했지만 이미 늦었다.

"있잖아…… 세드릭 왕자. 나 말이야……."

갑자기 여왕이 소름 끼치는 목소리로 부드럽게 속삭였다. 시간이 지나서 땅에 내리꽂힌 충격이 살짝 누그러진 세드릭은 자신을 들여다보는 여왕을 향해 고개를 치켜들었다. 그는 여왕의 찢어질 듯한 미소를 증오스럽게 노려보았으나 그것 역시 여왕을 기쁘게 할 뿐이었다.

"서시스 왕국도 갖고 싶어졌어."

입꼬리를 끌어올리고 보라색 눈동자를 희번덕거리며 지은 미소는 더 이상 사람의 것으로 보이지 않았다. 공포로 말을 잃은 세드릭에게 여왕은 계속해서 말했다.

"그러니까 말이야. 우선 지금부터 서시스의 국왕을 죽일 거야. 그리고 금맥을 전부 내 걸로 만드는 거지. 국민은 전부 노예로 만들어서 팔아치우고 차이넨시스의 보석도 전부 내가 갖는 거야. 차이넨시스 국민은 마음대로 해도 되니까 대신 보석만 나한테 바치면 돼. 그게 라지야와 나눈 밀약이거든."

여왕이 히죽거리며 그렇게 말하자 세드릭은 숨을 멈췄다. 산소가 부족해 뇌사할 것 같았다. 여왕의 말을 듣고 몇 번이고 머릿속으로 곱씹으며 이해할 때까지 몸을 움직이기는커녕 눈조차 깜빡일 수 없었다.

겨우 이해해서 입 밖으로 낸 말은 "그만둬!"라는 단순한 부탁뿐이었다.

"어머? 뭐라고 했어? 하핫! 당신이 저항할 수 있겠어? 어리석게도 절호의 침공 기회를 알려줬으면서. 약하고 멍청해서 그렇게 땅을 기는 것밖에 못 하는 당신이 말이야.”

여왕은 모멸과 조소로 가득 찬 미소를 지으며 그를 내려다 보았다. 손에 든 검을 보이며 여전히 발광하는 국왕을 천천히 가리켰다. ‘죽. 일. 거. 야.’ 하고 소리 없이 입만 움직여 전했다. 세드릭이 그것을 읽은 순간 숨이 멎고 피가 얼어붙었다.

여왕은 누가 봐도 안색이 변한 세드릭을 실컷 갖고 논 뒤 즐겁게 웃으며 다시 랜스에게 다가갔다. 병사들이 랜스를 지키려고 포위당한 상태에서도 필사적으로 앞으로 나왔지만 여왕은 망설임 없이 검으로 병사들을 갑옷째 벴다. 랜스 쪽으로 쓰러져서 방패가 되어 감싸려는 병사에게도 망설임이 없었다. 여왕은 검을 맞고 비명을 지르며 숨이 끊어져 가는 병사를 보고도 날카롭게 웃을 뿐이었다.

병사가 랜스를 지키려고 앞에 나왔다가 일격에 살해당할 때마다 세드릭은 그 병사의 이름을 외쳤다. 절대적인 기억력을 가진 세드릭은 모든 병사의 이름과 얼굴, 대화 내용까지 전부 기억했다. 그러나 얼마나 그들을 기억하든 간에 이곳에서는 아무런 의미도 힘도 없었다.

“그, 만둬!!!! 그만둬!! 그 이상 우리 병사에게도 형님에게도 손대지 마!!!!”

세드릭은 피를 토할 정도로 거칠게 소리치며 억지로 몸을 세우고 격통을 견디며 일어섰다. 땅을 밟고 서서 고개를 들고 여왕에게 외쳤다. 갈라진 목소리는 마치 다른 사람 것 같았다.

다음 병사를 향해 치켜들었던 여왕의 검이 그 순간 움직임을 멈췄다. 세드릭이 여왕이 있는 곳으로 한 걸음씩 비틀거리며 나아갔지만 기사도 섭정도 아무도 말리려 하지 않았다. 왕자는 말을 듣지 않는 사지를 필사적으로 움직여 형에게 다가갔다. 겨우 그 근처까지 도달한 순간, 여왕은 기다렸다는 듯이 그를 천천히 돌아보았다.

"왜에? 왕자님."

그녀는 희번덕거리는 보라색 눈을 형형히 빛내며 조소했다. 세드릭은 공포를 억누르고 여전히 입이 찢어질 듯 웃는 여왕과 똑바로 마주 섰다.

"손…… 대지 마. 형님에게도 우리 병사에게도…… 우리 나라에도."

세드릭은 말싸움밖에 못하는 자신이 미웠다. 지금 그는 검을 휘둘러도 여왕 한 명조차 이길 수 없다. 그는 주먹을 쥐고 격하게 고동치는 심장을 진정시키려고 필사적으로 숨을 토했다.

여왕은 검을 들지 않은 쪽 손가락을 입가에 올리더니 짐짓 고민하는 듯한 동작을 취하며 웃었다.

"그게 자기보다 위에 있는 사람에게 간청하는 태도인가?"

여왕이 하려는 말을 이해한 세드릭은 부러질 만큼 이를 악물었다. 히죽거리며 대답을 기다리는 여왕은 인간을 벗어난 괴물로만 보였다. 세드릭은 그 괴물 앞에서 모처럼 일으킨 다리를 다시 땅에 내렸다. 그리고 무릎 꿇고 고개를 숙이려 하자, 여왕이 "성의가 그 정도밖에 안 돼?" 하고 비웃었다. 그녀가 원하는 '간청하는 태도'는 딱 하나밖에 없다. 땅을 노려보며 굴욕으로 얼굴을 일그러뜨린 세드릭은 수치심을 버릴 각오를 했다.

"부탁……드립니다……!! 금맥이라면 얼마든지 바치겠습니다……! 그러니 제발, 용서해 주십시오……!! 저희 국왕과 국민만은 봐주십시오……. 제가 할 수 있는 일이라면 뭐든 하겠습니다……! 제발……!"

세드릭은 원군을 부탁했을 때처럼 땅에 이마를 문지르며 여왕 앞에 엎드렸다. 머리와 옷을 더럽히며 서로 동화된 것처럼 땅과 몸을 가까이했다. 그 말을 끝으로 여왕의 즐거운 듯한 웃음소리가 울려 퍼졌다. "아하하하하하하하하하하하!" 하고 배를 붙잡고 꼴사나운 왕자를 가리키며 비웃었다.

세드릭에게는 더없는 굴욕이었다. 자국을 배신하고 국민을 죽인 여자에게 고개 숙일 수밖에 없다니. 빨라지던 고동이 지금은 느렸다. 늑골이 죄어들고 가슴이 아프고 식은땀이 흐르며 몸의 떨림이 멈추지 않았다. 그럼에도 이마를 지면에서 떼겠다는 생각은 안 들었다.

국왕을 지키던 서시스의 병사들이 "세드릭 님!" "그만두십시오!" "이럴 수가……!" 하고 탄식했다. 자국 왕자의 치욕을 자기 일처럼 애통히 여기며 직시하는 고통에 얼굴을 찌푸렸다.

"아름다운 얼굴이 추하게 더러워지는 그 모습이 좋아……."

갑자기 부드러운 목소리가 귓가로 들어와 세드릭은 반사적으로 고개를 들었다. 아까까지 자신을 내려다보던 여왕의 더욱 소름 끼치게 변한 미소가 역겨워서 오한이 온몸을 훑고 심장이 한순간 멈췄다.

그 경악한 표정마저 마음에 든 여왕은 그 모습을 바라보며 웃었다. 땅에 양손을 짚은 채 경직된 왕자의 볼을 예술 작품이라도 만지듯이 손끝으로 부드럽게 어루만졌다.

"이대로 박제하면 얼마나 아름다울까."

여왕이 온화한 목소리와 요염하게 빛나는 눈동자로 믿기지 않는 말을 내뱉자 세드릭은 숨이 막혔다. 떨림이 격해지고 자신도 모르게 고개를 돌리고 침을 삼켰다. 그래도 주먹을 쥐고 한 번 더 떨리는 목소리와 함께 그녀를 바라봤다.

"상관없습니다……!! 저를 구워삶든 어쩌든 여왕 폐하께서 원하시는 대로 하십시오. 제 간청을 들어만 주신다면 저는…… 박제든 폐하의 개든 장난감이든 뭐든 기꺼이 자처하겠습니다……!!"

――그때 형님이 어른들의 장난감이었던 나를 구했다.

사람의 감정, 행복, 상식, 그 모두를 선사한 형을 위해서라면 세드릭은 이제 와서 자신이 어떻게 되든 상관없었다. 두 형의 소중한 나라와 국민을 지킬 수 있다면 자신의 몸 정도는 값싼 대가였다.

모든 걸 내던지고 자신을 올려다보는 왕자의 표정에 여왕은 흥분해서 황홀해하는 얼굴을 저급하게 붉혔다. 그리고 동물의 털 상태라도 확인하듯이 세드릭의 머리를 쓰다듬으며 볼 위에 손을 올렸다. 넋을 잃은 그녀의 시선은 지금까지 세드릭이 본 그 어떤 영애보다도 가학적이고 상식을 벗어나 있었다.

세드릭이 많이 들었던 멋진 얼굴이라는 속삭임조차 눈앞의 여자가 했다고 생각하니 소름이 돋았다.

여왕이 일그러진 그의 표정을 구석구석 살피는 것처럼 감상하더니 손가락을 튕겼다. 그것을 신호로 여왕의 옆으로 순간이동 한 스테일은 말없이 종이 한 장을 건넸다.

"상이야…… 세드릭. 이걸 쓰게 해 줄게."

세드릭은 여왕이 코앞에 들이민 종이와 펜을 받아들었다. 양손으로 펼쳐서 훑어보니 그건 정식 '서약서' 였다. 그곳에 기재된 내용을 본 세드릭은 여왕이 처음부터 이럴 속셈이었다는 걸 깨달았다.

그곳에는 서시스 왕국이 프리지아 왕국에 모든 국토 및 금맥의 권리를 양도한다. 그 대신에 프리지아 왕국이 왕족의 신변과 라지야 제국 및 그 지배하에 있는 나라로부터 서시스 왕국의 안전을 보장한다는 내용이 적혀 있었다.

"실은 국왕을 죽인 다음에 당신한테 서약하게 하려고 했는데…… 어차피 저래서는 쓸모도 없으니까 뭐, 제1 왕위 계승권을 가진 당신이라면 할 수있지?"

여왕은 재미없다는 티를 팍팍 내며 한숨을 내쉬었다. 그녀 입장에서는 제대로 즐기기도 전에 국왕이 발광한 건 예정에 없던 일이었다. 밀약을 맺은 라지야의 황태자는 기습을 노리는 서시스 왕국군을 활개 치게 두지 말라고 했지만 여왕에게는 그게 즐거움 중 하나였다. 그런데 국왕이 발광한 지금은 더 이상 즐길 거리가 없었다.

랜스의 울부짖음은 잦아들었지만 쓰러진 채로 움직이지 않았다. 여왕의 등 너머로 형의 다리를 본 세드릭은 서약서를 찢을 기세로 움켜쥐고 몇 번이고 내용을 곱씹었다.

"이건…… 어째서 '하나즈오 연합왕국'이 아니라 '서시스 왕국'입니까……?! 이러면 형은, 차이넨시스 왕국은……."

"서약하지 않으면 그마저도 지킬 수 없는데……?"

세드릭의 호소를 가로막은 여왕은 다시 검을 치켜들었다. 천천히 그 검 끝을 랜스와 병사들에게 겨누며 히죽거리는 입꼬리를 찢어질 듯이 끌어올리고서 눈을 반짝였다.

"지금 여기서 쓰지 않으면 당신은 국왕도 국민도 잃는 거야. 그것만이라도 지키게 했는데 감사하지도 않아?"

세드릭은 마음속으로 감사하긴 뭐가 감사하냐고 포효했다. 애초에 프리지아가 배신하지 않았으면 그 괴물 같은 힘으로 차이넨시스 왕국도 지켰을지 모른다. 하지만 그 말을 하고 싶어도 입을 열 수 없었다. 지금 이 자리에서 서약서 작성까지 취소하면 그의 나라는 정말로 모든 것을 잃는다.

이를 악문 탓에 피 맛이 세드릭의 혀를 가득 채웠다. 여왕은 몸을 떨며 노려보는 것밖에 못 하는 그를 즐거운 듯이 비웃었다. 여왕이 또 손가락을 튕기며 "국민." 하고 섭정에게 짧게 전하자, 그 순간 국민 다섯 명이 그 자리에 나타났다. 겁에 질려 눈물을 흘리며 덜덜 떠는 국민들은 세드릭도 본 적이 있는 틀림없는 서시스 왕국 사람이었다. 기사단에 포로로 잡혀 스테일이 순간이동 시킨 그들은 어째서 자신들이 이곳에 나타났는지도 모르는 상태였다.

"당신이 서약하지 않으면 이 나라는 차이넨시스 왕국과 같은 노예 생산국…… 아니, 노예뿐인 나라가 될 거야."

여왕은 세드릭에게서 한 걸음 떨어지더니 검을 들고 국민에게 걸어갔다. 그걸 본 것만으로도 그녀가 무슨 짓을 할지 상상이 간 세드릭은 말리려고 움직였으나 기사에게 순식간에 제압당했다.

"노예는 엄청 힘들다던데?"

여왕은 굽이 높은 구두를 신고 우아하게 걸으며 비릿하게 웃었다. 그리고 팔을 가볍게 터는 듯한 동작으로 국민 중 한 명을 검으로 찔렀다. 비명을 지르는 목소리가 순식간에 세드릭의 사고 능력을 사라지게 했다.

"자유 따윈 없어. 어린애 장난감은커녕 가축보다 못한 취급을 받지. 전시 중에도 평화로운 일상에서도 변함없이 평생 지옥을 보게 될 거야."

여왕이 익숙한 손놀림으로 국민들을 죽여 나갔다. 눈앞에서 국민의 목숨을 빼앗긴 세드릭은 감정이 상황을 쫓아가지 못한 채 그저 절대적인 기억력으로 172초라는 시간만을 뇌에 새롭게 새겼다. 다섯 명의 국민이 살해당하기까지 걸린 시간이었다. 첫 번째 사람이 찔린 후 다섯 번째 사람이 찔리기까지는 금방이었다. 여자도 남자도 어린아이도 전부 여왕의 칼부림 한 번에 죽음으로 내몰렸다.

"이런 식으로 죽어도 아무도 신경 쓰지 않게 될 거야. 왜냐하면 노예란 게 그런 거거든. 당신이 서약하지 않으면 모두 그렇게 될 거라고…….”

여왕이 웃으며 다시 손가락을 튕겼다. 그것을 신호 삼아 스테일은 아무런 망설임도 없이 다시 다섯 명의 사람을 여왕 앞에 바쳤다. 스테일이 그저 무감정하게 아까와 같은 장소에 쌓아 올리듯이 순간이동 시킨 사람들은 아직 온기가 남은 시체 위에 나타나 발밑에 있는 것을 알아차린 자부터 비명을 질렀다.

“서약하지 않을 거면 지금 이 사람들을 죽여도 상관없지? 어차피 이 나라는 내 것이 될 테니까. 노예로 죽느냐, 국민으로서 죽여 주느냐의 차이일 뿐인걸.”

여왕은 그렇게 말하며 또 검을 휘둘렀다. 마치 땅에 꽂는 듯한 가벼운 느낌으로 국민의 몸을 꿰뚫었다. 죄도 없는 국민을 어떻게 이렇게 간단히 죽이는지 세드릭은 이해가 안 됐다.

“그만둬!! 알겠어! 쓸게!! 지금 서명할게!! 그러니까 제발 그만둬!!”

세드릭이 견디지 못하고 절규하자 여왕은 두 번째 사람에게 검을 겨누기 전에 뒤를 돌아보았다. “어머, 그래?” 하고 미안한 기색도 없이 웃는 그녀에게서 시선을 돌린 세드릭은 서약서에 서명하고 세드릭 실버 로웰이라는 이름을 다 쓰자마자 서약서를 보였다. 그가 이제 우리 나라 국민은 살았다고 생각했을 때…….

“아하핫! 잘했어.”

여왕이 손을 휘두른 순간 세드릭의 시야가 피로 물들었다.

세드릭이 아니었다. 인질이 된 남은 네 명의 국민과 국왕을 지키려고 몸을 던진 병사 모두가 기사들의 손에 목숨을 잃었다. 정말 눈 깜짝할 사이라 비명을 지를 새도 없었다.

세드릭은 왜 죽였냐고 말하려 했지만 목이 쉬어서 목소리가 안 나왔다. 멍해져서 눈물도 안 나왔다. 그가 힘없이 입을 벌린 채 여왕에게 시선을 돌리자 그녀가 반짝이는 미소를 지으며 서약서를 빼앗았다.

"서약서에는 '라지야 제국 및 그 지배하에 있는 나라로부터 서시스 왕국의 안전을 보장한다' 고 되어 있잖아? 우리 프리지아 왕국이 직접 위해를 가하지 않겠다는 내용은 없고, 나라의 안전은 보장해도 국민까지 보장한다고는 적혀 있지 않다고."

그렇게 말하고 웃는 여왕의 모습을 보자 말이 안 나왔다. 자신을 속인 거냐고 몰아세우기 전에 피 웅덩이가 된 앞쪽에 먼저 눈길이 갔다.

"형……님……."

병사들의 흘린 피로 흥건해진 곳에는 랜스가 있었다. 방금 기사들의 공격에 설마 하는 마음이 들자 떨리는 몸이 멋대로 움직여 팔다리로 기어갔다. 왕자의 꼴사나운 모습에 여왕이 다시 소리 높여 웃었다.

신의 아이라 불린 세드릭은 병사들의 이름을 기억했다. 폐쇄된 나라에서 만난 모든 국민의 얼굴과 이름도. 지금 그들의 죽어 가는 얼굴도 숨이 끊어지는 순간도 표정도 그는 평생 잊을 수 없다.

세드릭은 목숨을 잃은 병사의 시체에 손을 뻗어 한 명씩 치우며 그 밑에 깔린 형을 찾았다. 수없이 깔린 그 시체들은 그들이 죽는 순간까지 랜스를 지키려 했다는 증거였다.

마지막 시체를 치우고 나서야 쓰러진 랜스가 보였다. 병사들의 피로 온몸이 새빨갛게 물든 형의 모습에 세드릭의 심장이 심하게 고동치다가 한순간 짧게나마 멎었다.

"괜찮아. 제대로 살려 뒀잖아? 서약서에도 '왕족의 신변의 안전' 은 보증했는걸. 잘됐지……?"

그 말에 반응조차 할 수 없었다. 세드릭은 머리가 돌아가지 않는 상태로 산더미처럼 쌓인 시체에서 랜스를 끌어올렸다. 양팔로 그를 끌어안고 최소한 호흡이라도 할 수 있도록 몸을 일으켰다. 눈을 부릅뜨고 얼굴을 경련시키는 형의 몰골에 이 광경이 그의 기억에 남지 않기만을 빌었다. 더는 어떻게 하면 좋을지도 몰랐다.

그저 자신이 라지야 제국보다 더한 괴물을 끌어들였다는 것만은 알았다.

"나…… 때문에……."

머릿속으로 몇 번이고 되풀이한 말이 입 밖으로 나왔다. 그 와중에 신의 아이의 머리가 203번째라고 횟수를 알려주었다. 여왕의 웃음소리에 정신이 침식되고 시야는 빛을 잃은 채 죽어 갔다.

여왕은 서약서를 들고 멍해져 가는 세드릭을 들여다보았다. 병사들의 시체를 짓밟아 피로 물든 여왕은 눈동자를 의미심장하게 빛냈다.

"아름답고 어리석은 왕자님. 진짜로 재밌는 건 이제부터라고……."

순진무구하게 웃는 여왕의 얼굴이 코앞에서 세드릭의 시야를 가득 채웠다. 그 눈과 입과 이와 코와 피부에 이르기까지 모든 것에 혐오가 치밀어 올랐다. 인간의 틀을 벗어난 괴물 그 자체였다.

——아직도 부족한 거냐.

이럴 생각이 아니었다. 그저 형들의 힘이 되고 싶었다. 두 사람이 그를 구원했으니 세드릭도 어떻게든 두 사람을 돕고 싶었다. 그러나 결국 어리석은 그는 쓸데없는 짓만 했다.

——어리석음이 이렇게 큰 죄였나.

형들이 사랑한 나라가 불타오르는 냄새가 코를 찌르고 국민의 단말마와 여왕의 웃음소리가 귓가를 때리며 시야가 새빨갛게 물든 상황 속에서 세드릭은 품 안에서 힘없이 경련하는 형을 끌어안고 생각했다.

"지키지 못했어……."

소리 내어 그 사실만을 말한 순간 눈물이 랜스에게 떨어지며 피로 물든 볼에 열게 번졌다.

"여왕 폐하!! 도대체 어떻게 된 겁니까……?! 당신은……

프리지아 왕국은 저희의 원군으로 온 게 아니었습니까?!"

"뭐? 그런 말을 했던가?"

원군인 줄 알았던 기사에게 제압당해 무릎을 꿇은 요안은 여왕을 다그쳤다. 여왕은 시치미 떼고 의미심장하게 웃으며 손끝으로 머리카락을 만지작거리고 놀며 대답했다.

"나는 세드릭 왕자와 한 계약대로 움직였을 뿐이야."

"세드릭이……?!"

경악해서 얼굴이 굳은 요안을 보고 여왕은 입이 찢어질 듯한 미소를 지으며 손가락을 튕겼다. 몇 걸음 뒤에 서 있던 스테일이 그것을 신호 삼아 종이 한 장을 요안에게 들이밀었다.

서시스 왕국은 프리지아 왕국에 모든 국토 및 금맥의 권리를 양도하고 그 대신에 프리지아 왕국이 왕족의 신변과 라지야 제국 및 그 지배하에 있는 나라로부터 서시스 왕국의 안전을 보장한다는 내용의 서약서.

그곳에는 '세드릭 실버 로웰' 이라고 자필로 분명하게 쓰여 있었다.

믿기지 않아 눈을 의심하는 요안에게 여왕이 조용히 다가갔다.

"세드릭 왕자가 울며 매달렸거든. 라지야 제국의 칼끝이 서시스 왕국에 닿을지도 모른다고. 국왕과 서시스 왕국을 지켜주기만 하면 뭐든 하겠다고 말이야."

요안은 '거짓말, 세드릭이 그런 말을 했을 리가 없다' 라고 생각했다. 세드릭은 서시스 왕국뿐 아니라 차이넨시스 왕국까지 걱정해서 원군을 불렀다. 그렇기에 일방적으로 동맹을 파기한 날, 그가 모습을 감추지 않았나. 그러나 여왕은 요안의 그런 실낱같은 희망마저 손쉽게 짓밟았다.

“동맹을 파기했지? 이제 차이넨시스 왕국은 어찌 되든 상관없으니까 자국만이라도 지켜 달라고 조르던걸.”

경박하게 웃는 소리에 요안은 숨이 멎었다. ‘이럴 수가, 나는 서시스 왕국을 전쟁에 끌어들이지 않으려고 일방적으로 동맹을 파기했는데.’ 하는 생각과 함께 당혹스러웠지만 곧바로 떨쳐 냈다. 그는 마음씨 착한 세드릭이 그런 말을 했을 리 없다고 믿었다.

“그래서 이렇게 말했어. 만약 나한테 진심으로 모든 걸 바칠 생각이라면 차이넨시스 왕국을 배신하라고. 항복 따위 시키지 말고 전쟁하게 만들라고. 그리고 나에게 모든 금맥을 바치면 당신네 나라만이라도 지키겠다고 말이야.”

‘아니야, 거짓말이야, 말도 안 돼. 우리를 전쟁으로 몰고 간 건 여왕이야. 서시스 왕국을 인질로 잡는 듯한 말로 부채질하며 서시스 왕국을 아끼는 국민의 마음을 이용한 건 여왕이었어.’ 그렇게 머릿속으로 부정하던 요안은…… 애초에 여왕을 데려온 사람이 세드릭임을 떠올렸다.

그럼에도 요안은 의혹을 끼워 맞추는 자신에게 필사적으로 아니라고 되뇌었다. 머리를 흔들고 이를 악무는 국왕의 모습에 여왕이 소리 없이 웃었다. 그러나 요안은 그런 그녀의 표정조차 눈치채지 못했다.

요안은 세드릭을 의심하려 하며 여왕의 말을 곧이곧대로 받아들이려는 자기 자신을 필사적으로 질타했다. 분명 속았을 거라고, 여왕이 마음씨 착한 세드릭을 속여서 그 서약서에 서명하게 했을 거라고 생각하려다가…… 멈췄다. 궁지에 몰린 마음에 드리운 여왕의 독이 의심을 낳았다.

——뭘 어떻게 속으면 그런 서약서에 서명을 할 수 있지?

서약서에는 차이넨시스 왕국도 하나즈오 연합왕국도 쓰여 있지 않았다. 서시스 왕국과 그 왕족인 랜스와 세드릭의 신변을 보장하는 내용만 있었다.

'형! 형님!! 원군을 데려왔어! 프리지아 왕국이 우리의 아군이 될 거야!! 이제 항복할 필요 없어!'

희망으로 반짝이는 미소를 지으며 그들 곁으로 돌아왔던 세드릭의 모습이 요안의 기억 속에서 전혀 다른 색으로 덧칠됐다. 빛이 수상하고 더러운 색으로 변했다.

"그럴 수가……!"

몸에서 힘이 빠진 요안은 기사들에게 제압당한 채 무너져 내렸다. 더럽혀진 사고에 침식됐다. 아무런 저항 없이 기사들에게 붙잡힌 국왕을 보고 여왕은 한층 더 날카로운 웃음소리를 냈다.

"약속대로 세드릭은 차이넨시스 왕국을 배신하고 나에게 성의를 보였어. 그래서 이 서약서에 서명하게 한 거야."

여왕의 말이 정말로 진실인 것처럼 구역질이 날 만큼 그의 머릿속으로 파고들었다. 요안은 저항하려고 필사적으로 머리를 굴렸으나 의심을 떨칠 수 없었다. 필사적으로 생각하던 그는 끝으로 매달리는 듯한 심정으로 유일한 희망을 말했다.

"랜스는…… 랜스가 그런 걸 쓰게 했을 리 없어!! 그 서약서는 무효야! 서시스 왕국의 국왕은 세드릭이 아니라 랜스……."

"이런 국왕이 뭘 할 수 있다는 거야?"

손가락을 튕기는 소리가 울렸다. 그 순간 스테일에 의해 피투성이가 된 랜스를 끌어안은 세드릭이 요안의 눈앞에 나타났다. 요안은 갑자기 두 사람이 순간이동으로 나타난 상황을 이해하지 못해 잠시 눈이 휘둥그레졌지만, 금세 특수 능력보다 그들의 모습으로 머리가 가득 찼다.

"랜스!! 세드릭……!!"

기사들이 요안을 구속했지만 그는 랜스와 세드릭이 무사한지 확인하려고 날뛰었다. 여왕이 지시하자 기사들은 바로 요안을 놓아주었다. 요안은 두 사람에게 달려가 세드릭의 품 안에 쓰러진 랜스를 들여다보았다. 그러는 동안 세드릭은 계속 고개를 숙였다. 긴 금색 머리카락에 가려져서 표정은 보이지 않았다.

"랜스!! 도대체 무슨 일이……! 세드릭! 이건……!!"

요안은 랜스가 살아 있다는 사실에 안도할 여유도 없었다. 메마른 눈동자를 부릅뜨고 지금껏 본 적 없는 얼굴로 표정근을 경련시키는 친구의 모습은 도저히 무사하다고 볼 수 없었다. 그는 땀을 뚝뚝 흘리고 몸을 심하게 떨며 제대로 말조차 내뱉지 못하고 있었다. "아……아아악…… 아……." 하고 헛소리밖에 못 하는 랜스는 완전히 제정신을 잃은 상태였다.

"형님은…… 아무것도 몰랐어. 갑작스러운…… 프리지아의 배신에…… 정신 착란을……."

세드릭이 요안에게 갈라진 목소리로 대답한 첫 마디였다. 고개를 숙인 세드릭은 아직 요안을 볼 용기가 나지 않았다. 하염없이 랜스만 바라보며 자신의 무력함을 느끼고 절망하며 고개만 떨어뜨렸다. 요안은 세드릭의 표정을 들여다보려 했지만 역시 금색 머리카락에 가려서 보이지 않았다. 그는 굽어진 세드릭의 양어깨를 붙잡고 흔들었다.

"세드릭……!! 대답해 줘! 넌 우리를 배신한 게 아니지?! 차이넨시스 왕국을 프리지아 왕국에 팔아넘길 리가 없잖아……?!"

그 말에 세드릭은 있는 힘껏 고개를 들었다. 세드릭의 또 다른 형이나 마찬가지인 요안과 눈이 마주친 것만으로도 불타는 눈동자가 글썽였다. 세드릭은 이미 운 흔적이 남은 얼굴을 심하게 일그러뜨리고 목청을 높였다.

"아니야!! 나는…… 배신 따위 하지 않았어! 나는, 그저……."

"어머? 뭐가 아니라는 걸까, 세드릭 왕자."

갑자기 여왕이 끼어들자 세드릭은 그 목소리를 들은 것만으로도 심하게 떨기 시작했다. 공포로 눈이 휘둥그레지며 고여 있던 눈물이 한 방울 흘러 떨어졌다. 뒷모습만 봐도 알 수 있는 겁에 질린 그 모습에 여왕이 입꼬리를 끌어올렸다.

"약속했잖아? 당신은 내 질문에 거짓말을 해서는 안 된다고."

세드릭을 지배하에 둔 여왕이 드높이 소리쳤다. 웃음소리에 맞춰 세드릭의 떨림이 더욱 커졌다. 그 웃음소리만 들어도 기억 속에서 국민이 또 한 명 살해당했다.

"대답해. 당신은 이 서약서를 제대로 읽고 확인한 뒤에 서명했지?"

"맞아……."

여왕이 신나서 서약서를 치켜들고 말하자 세드릭의 표정이 또다시 일그러졌다. 그가 서명한 것도 내용을 확인한 것도 사실이었다. 괴로운지 이를 악물면서도 질문에 긍정하자 요안은 귀를 의심했다. 세드릭이 그 내용에 합의했다는 게 믿기지 않았다.

"나에게 간청했지? 금덩어리라면 얼마든지 주겠다고. 국왕과 국민만은 살려 달라고, 당신이 할 수 있는 일이라면 뭐든 하겠다고."

"그래…… 말했어……!"

여왕의 명령대로 사실을 인정한 세드릭은 그게 자신을 나락으로 빠뜨릴 함정이라는 걸 알아차리지 못했다. 여왕은 일부러 요안의 의심을 증폭시키는 사실만을 콕 집어 물어봤고 그 계략대로 세드릭은 진창으로 추락해 갔다. 이를 악물면서도 고개를 끄덕인 세드릭은 랜스를 끌어안은 손을 눈에 띄게 떨기 시작했다.

"그 서약서에 서명한 시점에서 차이넨시스 왕국을 내버린다는 걸 알았지? 그런데도 서명했잖아. 그렇지……?"

"그래……!! 그런데 네놈은 내 눈앞에서 병사도 국민도 전부 죽여 버렸어!!"

불을 토해 내는 듯한 격정이 세드릭의 얼굴을 새빨갛게 물들였다. 분노에 몸을 맡기고 고함을 지르는 모습은 요안에게도 거짓말하는 걸로는 안 보였다. 요안은 세드릭을 잘 알았다. 비웃는 여왕과 분개하는 세드릭을 보며 혼자 몸을 경직시킨 요안은 마침내 결론을 내렸다.

세드릭이 랜스와 서시스 왕국과 맞바꿔서 차이넨시스를 팔았다고.

두 사람의 대화는 그렇게만 들렸다.

세드릭이 협박당했다는 사실을 모르는 요안은 세드릭이 서시스의 국민을 지키려고 차이넨시스를 버리고 서약서에 서명했다고밖에 판단할 수 없었다. 그리고 여왕에게 보기 좋게 속아 프리지아 왕국의 손에 자국민과 병사들이 살해당했다고. 랜스가 제정신을 잃을 만큼 흐트러졌다는 건 이 일에 관해 아무것도 몰랐다는 뜻이다. 그리고 프리지아와 동생 세드릭이 배신한 사실을 알고 정신 착란을 일으킨 게 분명했다.

앞뒤가 전부 깔끔하게 맞아떨어졌다.

친우인 랜스만은 요안을 속이지 않았다는 게 유일한 구원이었다.

요안은 세드릭이 저지른 짓도 잘못되지는 않았다고 생각했다. 자기 나라를 확실하게 지키려면 어느 정도의 희생은 어쩔 수 없는 일이다. 하지만…….

"어째서……!!"

격정이 온몸을 지배했다. 용서 못 해, 용서 못 해, 용서 못 해! 요안은 가슴에서 분노가 끓어올라 자신도 모르게 세드릭의 멱살을 잡아 올리고 그 얼굴에 주먹을 꽂아 넣었다.

격한 타격음과 함께 세드릭의 상반신을 뒤로 젖히며 휘청거렸다. 요안은 사람을 때리는 게 처음이었지만 주먹보다 가슴이 더 후벼 파는 것처럼 아팠다. 그리고 뒤늦게 세드릭의 몸에는 상처 하나 없다는 걸 깨달았다. 프리지아 왕국에 협력했기에 혼자만 다치지 않은 거라고 생각하니 납득이 갔다.

요안은 세드릭이 끌어안은 랜스를 품에서 빼앗아 바닥에 눕혔다.

갑작스러운 주먹질에 머릿속이 새하얘진 세드릭은 뭐가 어떻게 된 건지 알 수 없었다.

"무슨 짓을……?!"

요안이 혼란에 빠진 세드릭의 가슴께를 양손으로 붙잡아 올리고서 위에서 덮치듯이 바닥에 내리꽂았다.

"어째서 배신한 거야, 세드릭?! 나를…… 랜스를!! 너희만은 믿고 있었는데!!"

요안 스스로도 믿기지 않을 만큼 큰 목소리가 나왔다. 그의 포효에 눈이 동그래진 세드릭은 그저 바라볼 수밖에 없었다. 어째서 프리지아가 아니라 자신이 배신했다고 여기는 건지 이해가 안 됐다. 머리에 피가 오른 요안은 그런 세드릭의 순수한 눈빛도 알아차리지 못했다.

"너를 믿고 있었는데!! 그때부터 줄곧, 너를 형제라고 생각했는데!!!!"

요안이 세드릭의 멱살을 잡아당기자 옷 틈으로 십자가 펜던트가 고개를 내밀었다. 요안은 펜던트가 시야에 들어온 것만으로도 심장이 갈기갈기 찢어지는 듯했다. 선물했을 때 품었던 마음은 진짜였고 형제의 증거라는 맹세를 담은 것이었다.

그런데 배신당했다.

"아니야! 나는 배신 따위 하지 않았어…… 그저, 나는…… 나는……!"

세드릭이 망연한 표정으로 입을 움직였다. 괴로운 듯이 얼굴을 일그러뜨린 요안에게 최소한 잘못된 부분이라도 부정하고 싶어서 눈을 깜빡이는 것도 잊고 그를 보았다. 무슨 상황인지도 모른 채 멍한 얼굴을 한 세드릭의 불타는 눈동자에서 조용히 조금씩 눈물이 흐르기 시작했다. 그러나 이미 불신으로 가득 찬 요안에게는 더 이상 닿지 않았다.

요안도 세드릭 말대로 '배신'은 아니라고 생각했다. 일방적으로 동맹을 파기한 자신들을 내버렸을 뿐……. 동맹 상대도 아닌 차이넨시스 왕국을 어떻게 하든 간에 서시스 왕국의 제2왕자인 세드릭이 한 일은 필요에 의한 자기방어책이었다.

세드릭은 증오를 드러내는 요안에게 눈물을 흘리며 떨리는 손을 뻗었다. 자신의 말이 어째서 배신이라는 오해를 하게 했는지 알 수 없었다. 세드릭은 이번에야말로 사실이 전해지도록 신중히 말을 골랐다. 잠시 입을 다물고 자신의 멱살을 움켜쥔 요안의 손을 천천히 마주 잡았다.

"믿어 줘, 형……! 나는, 정말로 하나즈오 연합왕국을 지키고 싶었어!! 배신할 생각은 없었어!! 원군이라고 생각해서 프리지아 왕국을 데려온 거야!! 하지만 녀석들은 우리를 배신하고 서시스 왕국과 형님을 인질로 잡고서 그 서약서에 서명을……."

"거짓말하면 안 되지~. 말했잖아? 세드릭……. 그게 더 이상 서시스 왕국 국민을 죽지 않게 할 유일한 조건이라고."

바보 취급하듯이 내리깐 여왕의 목소리가 진실을 뒤덮었다.

여왕은 마치 세드릭이 진짜로 거짓말한 것처럼 말을 끊으며 요안의 불신과 의심을 씻어내지 못하게 막았다. 얼굴을 찡그린 세드릭은 "거짓말은……!!" 하고 말문이 막혔다. 거짓말할 생각은 없었지만 만약에 하나라도 거짓말을 하면 여왕에게 국민이 살해당할 거라는 공포 때문에 그 이상 입을 열 수 없었다. 그 직후 여왕이 한 말에 세드릭의 표정이 경직됐다.

"한 번 더 물을게, 세드릭. 솔직하게 대답해야 해? 당신은 차이넨시스 왕국을 내버리게 될 걸 알면서도 국민과 국왕을 지키려고 이 서약서의 내용을 이해하고 자기 의지로 서명했어."

여왕은 천천히 처음과 같은 질문을 던졌다. 세드릭은 이를 악물고 고뇌로 얼굴을 일그러뜨리며 요안을 붙잡은 손을 떨었다.

세드릭의 그 표정을 본 요안에게 어쩌면 협박당했을지도 모른다는 실낱같은 희망이 생겼다. 여왕에게 들리지 않게 최대한 목소리를 죽이고 세드릭에게 물었다.

"세드릭…… 이게 마지막이야. 네 진심을 들려줘. 나를 형이라고 부를 거면, 진실을 들려줘. 여왕의 질문에 솔직하게 대답해……."

침묵이 흘렀다. 이를 악물고 온몸을 떠는 세드릭은 요안에게서 눈을 돌리지 않았다. 길게 늘어지는 듯한 숨소리가 흘러나온 뒤, 그가 겨우 말을 꺼내려는 것을 요안은 말이 나오기 1초 전에 깨달았다.

"미안해…… 형……!"

떨리는 목소리가 나왔다. 기대하던 것과 다른 말에 이번에는 요안이 무표정한 얼굴을 했다.

굵은 눈물방울을 흘리며 새빨개진 얼굴을 찡그린 세드릭이 기어들어 가듯이 작은 목소리로, 하지만 여왕에게 들릴 만큼 선명하게 내뱉었다.

"거짓말이, 아니야……!! 그, 여자의 말대로…… 그때, 나는…… 서, 시스 왕국을 지키는, 것만으로도…… 벅찬, 상태였어……!!"

세드릭은 인정할 수밖에 없었다. 그 뒤에 어떤 사정이 있든 여왕이 늘어놓은 건 전부 부정할 도리가 없는 사실이었으니까.

흐느끼며 어린아이처럼 우는 세드릭은 거짓말을 하지 않는다. 그가 우는 모습을 옛날부터 보아 온 요안은 그러기 싫어도 알 수 있었다.

"믿고 있었는데……."

가족이라고 형제라고 다정한 사람이라고, 랜스의 동생이자 남을 배신할 만한 사람이 아니라고 생각했었는데.

우리의 꿈을 응원한 너를――.

세드릭의 멱살을 붙잡은 요안의 손에서 힘이 빠졌다. 용서한 게 아니라 절망에 지배당해 기운을 잃은 것뿐이었다. 요안이 하늘을 향한 세드릭의 얼굴 양옆을 양손으로 잡고 고개를 숙이자 얇은 테 안경이 떨어졌다. 세드릭의 얼굴에 부딪힌 뒤 그대로 땡그랑 하고 바닥을 굴렀다.

"더러워……."

배신당한 분노와 슬픔이 증오 때문에 일그러졌다.

작게 흘러나온 말에 세드릭은 귀를 의심했다. 그건 다른 사람도 아니고 요안에게서는 들을 리가 없는 말이었다. 세드릭은 '거짓말이야, 형이 그런 말을 할 리가 없어.' 하고 기도하는 심정으로 요안을 불렀다.

"형……."

지금의 요안에게는 그렇게 띄엄띄엄 내뱉은 말이 구역질을 일으킬 뿐이었다.

"꺼림칙해, 구역질 나, 싫어, 정말 싫어, 너를…… 평생 혐오하고 미워하고 저주할 거야."

요안의 마음이 증오가 가득 찬 채 사라지지 않았다.

활짝 뜬 요안의 눈에서 눈물이 떨어졌다. 세드릭이 들어본 적 없는 낮은 목소리가 끈적하게 깔렸다. 도저히 형 입에서 나왔다고는 믿기지 않는 어휘의 나열에 무슨 뜻인지 아는데도 이해가 잘 안 됐다. 지금까지 접한 어떤 언어보다도 이국적으로 들렸다.

"우리 차이넨시스 왕국을 배신한 서시스 왕국 제2왕자 세드릭 실버 로웰. 그야말로 신에게 저주받은 더러운 신의 아이. 넌 평생 이 순간도 배신한 것도 큰 죄도 절대로 못 잊을 거야. 영원히 자신의 죄에 짓눌려 괴로워하라고."

저주였다.

어째서 이런 말을 한 건지 요안 스스로도 알 수 없었다. 그저 증오로 가득 찬 채 자신들을 배신한 세드릭의 마음에 지워지지 않는 상처를 하나라도 남기고 싶어서 견딜 수가 없었다. 세드릭을 잘 아는 요안은 그에게 상처 주는 법도 잘 알았다.

"깨끗한 랜스의 동생이란 게 믿기지 않아."

세드릭이 가장 듣기 싫어하는 말을 잘 알기에 그렇게 내뱉었다. 신의 아이라 불린 세드릭은 평생 기억을 간직한 채 잊을 수 없다. 지금 이 순간도 전부 평생의 상처가 되어 곪아서 낫지 않을 것이다.

"용서 못 해, 더러운 신의 아이. 넌 랜스와 상반되는 존재야. 너한테는 신의 아이가 아니라 저주받은 아이라는 이름이 더 어울려. 너 때문에 랜스가 이렇게 불행해진 거야. 너 때문이야, 너 때문이야, 너 때문이야. 이제 아무도 널 인정하지 않을 거야. 널 신뢰하지 않을 거야. 네가 오늘 우리를 배신했듯이 반드시 많은 자에게——."

요안이 잠시 말을 끊었다. 눈을 깜빡이는 것도 호흡하는 것도 잊고 자신을 올려다보는 세드릭의 눈이 절망으로 물드는 것이 훤히 보였다. 안색은 창백해지고 휘둥그레진 불타는 눈동자에서 눈물이 끊임없이 흘러나오며 표정이 사라진 세드릭은 마치 시체 같았다.

"배신당해 모든 걸 잃을 거야……."

요안은 수년에 걸쳐 사람을 믿기 시작한 세드릭에게 불신을 쏟아부었다. 불타오르던 세드릭의 눈동자가 조용히 탁해지는 것을 확인했다. 랜스가 필사적으로 깨끗이 씻어낸 세드릭을 다시 더럽게 물들였다. 그가 넋도 눈동자의 빛도 잃은 채 흘리는 눈물마저 요안에게는 더럽게 느껴졌다.

"어째서……."

세드릭의 입이 작게 움직였다. 그 말조차 뻔뻔하게 들려서 요안의 감정에 다시 불이 붙었다. 요안이 충동적으로 그의 목에 손을 뻗어 양손을 휘감고 조르려 하기 직전.

'그러니까 나도 맹세할게, 랜스. 서로의 구멍을 메워 주자. 내가 안 될 때는 네가, 네가 안 될 때는 내가 우리의 소중한 걸 반드시 지키자.'

옛날에 한 말이 머릿속을 스쳤다. 다름 아닌 랜스와 나눈 약속이었다.

요안은 분명 랜스라면 이런 세드릭마저 감쌀 거라고 생각했다. 지금도 랜스에게 세드릭은 피가 이어진 소중한 동생이라는 점에 변함이 없었다. 그에게는 세드릭이 자국과 형인 자신을 지키려고 스스로 손을 더럽힌 소중한 동생이었다.

——아니, 랜스에게는 소중한 동생이라도 나에게는 증오스러운 배신자야. 절대로 우리의 소중한 존재가 아니야. 나는…….

'요안 왕자는 나에게 형님과 비슷할 정도로 신뢰할 만한 가치가 있는 사람이야. 그러니까 형이라고 부를게. 나의…… 이 몸에게 특별하니까.'

증오스럽고 역겹고 더럽고 용서할 수 없고 죽이고 싶어서 견딜 수가 없었다. 그런데 랜스의 얼굴이, '형' 이라고 불러 준 세드릭의 얼굴이 뇌리에서 사라지지 않았다. 아무런 저항 없이 굳은 세드릭의 목을 붙잡은 손에 힘이 들어가지 않았다. 경직된 채 떨리기만 하고 조를 수가 없었다.

마치 신이 말리기라도 하는 것처럼 몸이 말을 듣지 않았다.

요안은 계속 고민하다가 결국 포기하고 목에서 손을 놓고 다시 한번 세드릭을 내려다보았다. 그리고 자신을 바라본 채 시체처럼 굳어 버린 세드릭의 귓가에 한 번 더 저주를 토했다.

"이 세상 모든 게 널 저주하고 비난하기를 기도할 거야."

세드릭의 몸이 잠깐 움찔거리며 떨렸다.

"아……아……아……."

눈물을 흘리며 보기 흉하게 얼굴을 일그러뜨린 모습에 요안은 이제야 자신의 죄를 깨달았나 하고 세드릭을 차갑게 쏘아본 뒤 시야에서 지웠다. 그리고 그에게서 떨어져 바닥에 누운 랜스에게 시선을 집중시키며 활짝 뜬 랜스의 눈꺼풀을 손으로 살며시 감겨 주었다. 부디 그가 빨리 정신 차리기만을 빌었다.

"그래서…… 저는 어느 서약서에 서명하면 되겠습니까. 코페란디 왕국 사람이 오려면 아직 멀었습니까?"

바닥에 떨어진 안경을 주워서 다시 쓴 요안은 국왕으로서 여왕과 마주 섰다. 이미 자기 나라의 패배는 결정됐다. 그렇다면 빨리 승패를 정하는 서약서에 서명하고 전쟁을 끝내야 한다. 지금 이러는 동안에도 많은 병사가 목숨을 잃고 있을 것이다.

제삼자의 입장에서 구경하던 여왕은 바닥에 쓰러진 세드릭을 황홀하게 바라보며 입을 열었다.

"글쎄…… 앞으로 반나절 정도려나?"

"뭐라고……?!"

요안이 무심코 목소리를 흘렸다. 승패가 명확함에도 아직 전쟁을 끝낼 생각이 없다니. 그 말은 앞으로 반나절이나 더 국민들이 살해당해야 한다는 뜻이었다.

말이 바로 나오지 않아 당황하는 요안을 보고 조용히 서 있던 스테일이 섭정으로서 입을 열었다.

"코페란디, 아라타, 라플레시아나 왕국은 차이넨시스 왕국의 전체를 침략할 때까지 멈출 생각이 없다. 성 바깥 다음에는 농촌에 이르기까지 모조리 공격할 테지. 라지야 제국에 저항하는 게 얼마나 어리석은 짓인지 뼈저리게 느낄 때까지……."

항복마저 허용되지 않는다. 요안은 냉정하게 선고받은 게 믿기지 않아 창밖으로 시선을 돌렸다. 아름다웠던 차이넨시스 왕국은 불바다가 되어 연기가 피어오르고 비명까지 들려오고 있었다.

"그럴 수가……!! 제발 항복하게 해 주십시오!! 저희는 이미 졌습니다!! 더 이상 국민들이 다치는 건…… 라지야 제국도 귀한 '노예' 라는 인재가 줄어드는 건 원치 않을 거 아닙니까?!"

요안은 노예를 용인하는 듯한 자신의 말에 스스로 혐오가 치밀어 올랐다. 그러나 지금은 빨리 항복을 성립시켜야 한다는 생각만이 요안을 재촉했다. 설령 그들을 기다리는 미래가 노예를 용인하는 국가든 노예 생산국이든 나라 이름조차 잃어버린 라지야의 속주든 간에 국민이 무의미하게 죽는 걸 막으려면 그 방법밖에 없었다.

"몰라 그런 거. 우리는 프리지아 왕국이라고. 사람은 어차피 다시 멋대로 늘어나잖아? 뭐…… 이 상황을 당신들 식으로 알기 쉽게 설명하자면……."

진심으로 어찌 되든 관심 없다는 듯한 말투에서 분위기가 확 바뀐 여왕은 입이 찢어질 듯한 미소를 흘렸다. 지금까지 세드릭에게 쏟던 여왕의 시선이 요안에게 향하자 그의 어깨에 힘이 들어갔다. 그 역겨운 미소를 정면으로 목격한 그는 자신도 모르게 등을 젖혔다.

여왕이 양손을 드높이 치켜들고 마치 하늘의 계시라도 들은 듯이 선언했다.

"신이 당신들에게 죽으라고 말하는 게 아닐까?"

몸이 얼어붙었다. 믿기지 않을 만큼 무시무시한 표현에 요안은 할 말을 잃었다. 목이 바싹 마르고 입이 벌어진 채 목소리가 나오지 않았다. 증오스러운 세드릭도 친우 랜스도 순식간에 머릿속에서 깨끗이 사라졌다.

——모독당했다.

자신들의 신앙을, 신을, 삶을, 그 모든 것을. 지금 이렇게 차이넨시스 왕국이 멸망할 위기에 처한 것도 자신들이 세드릭에게 배신당한 것도 프리지아 왕국과 코페란디 왕국의 표적이 된 것도 전부 신의 뜻이라는 양 비웃었다.

"이 결과가 그 증거 아닌가?"

가볍게 이야기하는 여왕의 목소리를 듣고 요안은 생각하기에 앞서 팔다리를 먼저 뻗었다. 충동적으로 그녀에게 덤벼들려던 몸이 기사에게 다시 구속됐다. 요안은 "아아아아아아아아아아아아아아아아아아아아아아아!!!" 하고 뜻 모를 포효를 내지르며 날뛰었다. 힘으로는 전혀 상대가 안 되는 걸 알면서도 짐승처럼 울부짖으며 발버둥 치고 분개했다. 요안 스스로도 자신이 다른 사람이 된 것 같았다. 증오가 과도하게 흘러넘쳐서 더는 제대로 생각할 수가 없었다.

여왕은 국왕의 추태를 황홀하게 바라보았다. 치켜 올라간 입꼬리가 광기로 가득 찼다.

"아하핫! 추한 모습이네. 이런 게 신이 사랑하는 차이넨시스 왕국의 왕이라니."

그녀는 미소를 지은 채 기사에게 팔이 붙잡혀 제압당한 국왕의 뺨 위에 손을 올렸다. 요안이 격하게 고개를 저으며 거절하자 스테일이 옆에서 강제로 그의 얼굴을 붙들었다. 갖고 놀기 쉽게 고정된 요안의 뺨 위로 여왕이 손톱을 갈듯이 세웠다.

"결정했어. 당신도 살려 줄게. 더욱더 비뚤어지는 당신이 보고 싶거든."

잘 다듬은 손톱이 요안의 뺨을 긁으며 작은 열기를 남겼다. 그런 뒤 손을 놓은 여왕이 비뚜름한 미소를 지으며 기사에게 요안을 감옥에 집어넣으라고 신호했다.

기사에게 팔이 붙잡힌 요안은 발버둥 친 게 무색하게 끌려나갔다. 두꺼운 문이 닫힌 뒤에도 요안이 울부짖는 소리가 옥좌 사이로 작게 들려왔다.

프리지아 왕국의 기사와 섭정, 여왕과 세드릭만이 남았다. 요안의 목소리가 점차 멀어지다가 들리지 않게 되자 방 안에는 침묵과 성 바깥에서 나는 비명만이 가득 찼다.

"왜…… 형…… 어째서……."

그때, 세드릭이 간신히 쥐어짜는 듯한 갈라진 목소리를 흘렸다. 넋이 나간 그가 위를 보고 쓰러진 채 헛소리하듯이 중얼거렸다. 그 모습을 발견한 여왕이 히죽거리며 그에게 다가갔다.

"아쉽네. 목이 졸려 살해당하는 당신도 보고 싶었는데."

여왕이 웃어도 세드릭은 탁해진 눈동자로 천장을 올려다보며 힘없이 쓰러져 있을 뿐이었다. 여왕은 반응이 없는 세드릭을 시험하듯이 제자리에 쭈그려 앉아 그를 내려다보았다.

"장하네, 약속대로 단 한 번도 거짓말을 안 했잖아. 그렇지……? 후후훗……."

여왕은 미처 웃음을 참지 못한 것처럼 웃음소리를 흘리고 넋이 나간 세드릭의 앞머리를 쓰다듬었다. 얼굴이 잘 보이게 금색 머리카락을 옆으로 치웠다.

"그렇게 열심히 하나즈오를 지키려던 거라고 호소했는데. 억울한 것도 우리 프리지아가 배신한 것도 협박당한 것도 다 말했는데. 그렇지? 불쌍하다, 불쌍해."

그녀는 영혼 없이 그렇게 말하며 세드릭의 머리를 쓰다듬었다. 그럼에도 세드릭은 시체처럼 반응이 없었다. 얼굴을 경련시키며 신음하는 랜스 쪽이 훨씬 더 생기 있어 보였다.

세드릭은 거짓말하지 않았다. 여왕에게 서시스 국민을 인질로 잡혀 질문에 거짓말하지 말고 솔직하게 대답하라고 명령받은 세드릭은 끝까지 사실만 말했다. 거짓말을 안 하는 것 정도는 간단할 줄 알았다. 이야기하는 상대는 다름아닌 그가 형처럼 따르는 요안이었으니까.

그러나 필사적으로 털어놓은 진실도 여왕의 말에 가려져 요안에게는 단 하나도 닿지 않았다. 그때는 이미 요안이 동생으로 사랑했던 세드릭보다 여왕의 말을 더 믿게 된 상태였다.

"역시 질베르라니까……. 아핫. 정말 재밌을 만큼 예상이랑 똑같아. 늙은이도 이럴 때 정도는 도움이 되는구나."

여왕은 그들의 관계를 나락까지 떨어뜨릴 방법을 고안하게 하길 정말 잘했다고 생각했다. 어떻게 말하면 누가 어떻게 놀아나고 어떻게 스스로 잘못된 선택지를 고르는지, 사람을 움직이고 판단을 유도하는 기술을 가진 프리지아 왕국의 재상은 잘 알았다. 세드릭에게 서약서에 서명하게 시킨 것도 요안이 세드릭을 증오하게 된 것도 전부 재상의 계획대로였다. 쓸데없는 피를 흘리지 않고 빠르게 적을 무너뜨리기 위한 책략이었지만 결국 여왕에게 최고의 구경거리를 만드는 용도로 쓰였다.

여왕은 가벼운 말투로 좀 본받으라며 옆에 있는 섭정을 나무랐다. 뒤이어 말없이 고개를 숙인 스테일을 손끝으로 내쫓았다.

"저기? 왕자님…… 죽었어? 그런 반응을 하면 재미없는데."

여왕은 세드릭을 부르며 인형이 된 그에게 손을 뻗었다. 황금빛 머리카락을 살며시 치우고 윤곽을 따라 턱을 쓰다듬더니 조각 같은 얼굴을 동그랗게 덧그렸다.

"참 슬프지? 그렇게 필사적으로 하나즈오 연합왕국이 전멸할 위기에서 자기 나라만이라도 지켰는데. 아~무도 당신을 칭찬하지 않아. 진실만 말하는 당신을 아무도 믿지 않아. 분명 앞으로도 계속 모두가 그럴 거야."

이러다 눈물샘이 마를 만큼 끊임없이 눈물이 흘러나오는 눈동자만이 세드릭이 살아 있다는 증거였다. 여왕이 아무리 독설을 속삭여도 그는 움직이지 않았다. 그저 지금도 자신의 기억 속에 정보를 새겨 넣을 뿐이었다. 이 순간 역시 그는 평생 잊을 수 없을 것이다.

여왕은 아무리 장난쳐도 반응이 없는 그의 볼을 재미없다는 듯이 손가락으로 튕겼다. 길고 날카롭게 다듬은 손톱이 고운 살결에 상처를 만들었다. 그래도 세드릭은 움직이지 않았다.

질려서 한숨을 내쉬던 여왕에게 문득 좋은 생각이 떠올랐다. 그녀는 미소 지으며 넋 나간 세드릭에게 한 번 더 속삭였다.

"있잖아……. 내가 복수해 줄까?"

세드릭이 처음으로 크게 눈을 깜빡였다. 불타는 눈동자가 탁해진 채 희번덕거리며 그녀를 향했다. 여왕은 반응이 돌아와서 기뻐하며 말을 이었다.

"요안 국왕을 화형시키자. 당신이 불붙이게 해 줄게. 아…… 맞다. 하는 김에 차이넨시스 국민도 같이 줄 세우자! 당신을 믿지 않은 요안 국왕을 잔뜩 괴롭히자고. 어때, 재밌겠지……?"

"그만둬!!"

세드릭의 입이 분명하게 열렸다. 분노로 불타는 눈동자가 몹시 탁해진 빛을 내뿜었다. 격정에 휩싸인 그 모습에 여왕은 기쁘게 미소 지었다. 상반된 그 표정에 세드릭은 까득거리며 이를 악물었다.

"형에게……!! 차이넨시스 왕국에 더 이상 손대지 마……!! 난 네가 시키는 대로 했잖아?!"

"뭐? 약속은 서시스 왕국에 손대지 않는다는 거였잖아? 차이넨시스 왕국은 포함 안 된다고. 애초에 이미 이 나라는 라지야의 지배하에——."

"그러면 네 것도 아니잖아?! 그 사람을 더 이상 괴롭히지 마!!"

세드릭이 여왕의 말을 가로막으며 고함쳤다. 자신 때문에 나라를 잃은 요안을 지키기 위해 저항했다.

여왕은 세드릭의 격앙을 기쁘게 받으며 머리를 넘겼다. 있는 힘껏 몸을 일으키는 세드릭에게 겁먹는 기색도 없이 그저 웃었다.

"있잖아, 왜 그러는 거야? 왜 아직도 그 국왕을 감싸는 거야?"

그녀는 흥미가 생긴 어린아이처럼 고개를 갸웃거리며 큰 눈동자를 의미심장하게 빛냈다. 답이 듣고 싶어서 견딜 수가 없다는 듯한 여왕의 표정에 세드릭은 흐트러진 머리를 쓸어 올리지도 않고 얼굴을 찌푸렸다.

"형은 내 소중한 사람이야. 이유 같은 건 없어. 형님과 형을 위해서라면 난……."

"저주받은 아이라는 말까지 들었는데?"

이번에는 여왕이 말을 가로막았다. 기대로 반짝이는 보랏빛 눈동자에 그가 비쳤다. 그런 질문 한마디에 세드릭이 갑자기 몸을 경직시켰다. 표정이 딱딱하게 굳고 다시 조각상처럼 움직임이 멈췄다. 분노와 함께 잠시 멈췄던 눈물이 물을 튼 것처럼 터져 나오며 볼을 타고 흘렀다. 고작 말 한 마디가 방아쇠가 되어 그를 저주하던 요안의 말이 머릿속에서 선명히 되살아났다. 잊는 것이 불가능한 세드릭은 요안의 말을 한 음절도 틀리지 않고 뇌리에 기억했다. 플래시백이라 부르기에는 너무나도 선명하고 긴 지옥은 앞으로도 수도 없이 세드릭만을 집어삼킬 것이다.

"아핫……. 망가져 버렸니……?"

여왕이 눈물을 흘리는 세드릭을 즐거운 얼굴로 들여다보았다. 지금은 무반응조차 재밌다는 듯이 손가락으로 그를 찌르고 볼을 꼬집다가 아무런 저항도 하지 않는 그를 간단히 양손으로 밀어 넘어뜨렸다.

"아아…… 재밌어. 너무 재밌어, 세드릭."

그녀는 또 세드릭의 금색 머리카락을 쓸어 올려 얼굴의 윤곽을 드러낸 뒤 하염없이 쓰다듬었다. 그러다 문득 그 옆에서 작게 신음하며 경련하는 랜스 쪽으로 시선을 돌렸다.

"사실은 말이야, 당신의 형을 엉망진창으로 고문해서 두 번 다시 혼자서 생활할 수 없을 지경으로 망가뜨린 다음에…… 당신이 서명하게 만들고 싶었어."

여왕은 즐거운 비밀이라도 말하듯이 속삭였다. 지금보다 더 한 악몽까지 아무렇지 않게 이야기하자 세드릭은 표정이 움찔움찔 경련하며 손끝이 떨렸다. 아주 잠깐이지만 형이 발광한 게 다행이라는 생각마저 들었다.

"그랬으면 당신은 더 많이 괴로워했겠지? 그리고…… 요안 국왕은 분명 당신을 더 증오했 거야. 왜냐하면……."

그녀는 잠시 말을 끊고 세드릭의 귓가에서 살며시 그의 얼굴을 들여다보았다. 탁해진 눈빛으로 그녀를 날카롭게 찌르며 숨김없이 증오를 드러낸 그 표정에 여왕이 다시 흥분해서 얼굴이 달아올랐다.

"세드릭이 자신과 자국민을 위해 스스로 랜스 국왕을 엉망진창으로 만들었다고 말할 생각이었거든."

울컥한 세드릭이 다시 움직이기 시작했다. 이번에는 그녀의 옷을 붙잡아 올리고 코앞까지 끌어당겨 노려보았다. 서로의 이마가 닿기도 전에 세드릭이 침이 튈 만큼 거칠게 소리쳤다.

"그런 헛소리는 아무도 안 믿어!!"

세드릭은 자신이 랜스를 다치게 하다니 죽어도 있을 수 없는 일이라며 당장에라도 이를 부서뜨릴 기세로 악문 채 드러냈다. 그러나 여왕은 여유롭게 미소를 지으며 입을 열었다.

"'저주받은 아이', '용서 못 해', '저주할 거야', '더러운 신의 아이'."

아까 요안이 내뱉었던 말을 차례로 읊었다. 이번에는 세드릭이 기억에 사로잡히지 않고 버텼지만 눈에는 눈물이 가득 고여 흘렀다.

세드릭의 손이 여왕의 가슴께에서 목으로 이동하려 한 순간 기사가 움직였다. 그러나 여왕이 그것을 막았다. 지금은 증오에 허덕이는 세드릭을 마음껏 감상하고 싶었다.

"아무도 안 믿는다고? 하하하하핫…… 있잖아. 이 세상 모든 사람이 당신을 믿어 줄 것 같아?"

여왕의 무거운 말에 세드릭의 손에서 힘이 빠졌다. 그것을 가볍게 뿌리치고 바닥에 쓰러진 그를 끌어안는 듯한 자세로 목 뒤에 팔을 둘렀다.

"죽이고 싶으면 죽여도 돼 세드릭. 날 죽이면 그 순간 차이넨시스 왕국뿐만 아니라 서시스 왕국까지 라지야의 지배하에 들어가니까. 사실 라지야 제국은 처음부터 하나즈오 연합왕국의 두 나라를 다 멸망시킬 셈이었거든."

세드릭은 숨을 삼키고 눈을 부릅떴다. 빠끔거리며 입을 움직이고 경악한 채 그녀를 바라봤다. 그 표정에 여왕의 얼굴이 의미심장하게 일그러졌다.

"감사하라고. 내가 당신들을 떠맡은 거니까. 협력하는 대신 서시스 왕국의 지배권과 차이넨시스 왕국의 광물만 나한테 양보하라고 했어."

그녀는 원래대로라면 지금쯤 서시스 왕국도 불바다가 됐을 걸? 하고 창밖을 눈짓하며 웃었다. 세드릭이 부정하고 싶은 충동에 필사적으로 고개를 젓자 그녀의 입꼬리가 더욱 치켜 올라갔다.

"진. 짜. 야."

그녀가 가벼운 말투로 기쁜 듯이 읊조렸다. 세드릭은 창백해진 얼굴을 괴롭게 일그러뜨리며 그 말을 거부하듯이 입술을 떨었다. 이 지경이 될 때까지 이용당했지만 아직도 그 지옥의 심층이 얼마나 깊은지 몰랐다.

"어째서……!! 어째서 네놈은 그렇게 우리 나라를……!!"

"어째서냐고? 간단해."

여왕은 경악하는 세드릭을 보며 기쁘게 미소를 지었다. 그의 머리카락을 쓸어 올리고 입을 맞출 정도로 얼굴을 가까이 가져가더니 코앞에서 조각 같은 얼굴을 들여다보았다. 그리고 양쪽으로 끌어올린 입을 살짝 벌리고 이야기했다.

"아름다운 당신의 얼굴이 추하게 일그러지는 모습이 보고 싶었거든."

세드릭의 표정이 얼어붙었다. 끝까지 휘둥그레진 눈동자가

요동치고 턱이 심하게 떨렸다. "고작 그런 이유로……." 하고 갈라진 목소리가 목구멍을 울렸다. 세드릭의 표정이 얼어붙을수록 여왕의 얼굴을 황홀함으로 물들어 갔다. 그녀는 굳은 세드릭의 얼굴 윤곽을 쓰다듬으며 사랑스럽다는 듯이 환하게 미소를 지었다.

"아아…… 당신의 그 아름다운 얼굴이 일그러지는 걸 더 많이 보고 싶어. 기뻐하라고. 당신은 그 아름다움 덕분에 결과적으로 자기 나라는 지켰으니까."

그녀는 소리 높여 웃었다. 상식을 벗어난 웃음소리로 아름답고 어리석은 왕자를 조소했다. 세드릭의 눈빛이 그것이 희망인지 절망인지 고민하듯이 깜빡거렸다. 혼란에 빠진 감정을 맛본 여왕이 다시 그에게 말을 쏟아부으며 그를 물들였다.

"있잖아. 아까 한 이야기…… 진짜로 실행할 수도 있어."

보라색 눈동자가 희번덕거리며 움직였다. 여왕은 세드릭의 표정을 한순간도 놓치지 않으려고 세심한 주의를 기울였다. 세드릭이 숨을 삼키고 눈꺼풀을 경련시키고 온몸을 떨고 거친 숨결을 가쁘게 토하는 모든 모습을 뇌리에 새겨 넣었다.

여왕의 늘씬한 손가락이 땀으로 젖은 그의 목덜미를 스윽 훑었다.

"당신의 형…… 랜스 국왕을 만신창이로 만들어서 두 번 다시 혼자서 살아갈 수 없는 몸으로 만드는 것도, 요안 국왕을 국민들과 나란히 화형시키는 것도 간단하거든."

그 말에 세드릭의 온몸에서 핏기가 가시며 이가 부딪혔다.

떨리는 숨결이 안 된다는 말을 자아냈다. 그는 고개를 좌우로 천천히 흔들며 무늬를 만들듯이 얼굴을 조금씩 일그러뜨리기 시작했다. 그에 비례하듯이 여왕의 표정이 희열로 반짝였다.

"말했지? 내가 시키는 건 뭐든 하겠다고. 그럼…… 들려줘."

입이 찢어질 듯한 미소가 넘쳐흘렀다. 여왕은 세드릭의 귓가에 독을 넣듯이 속삭이며 떨고 있는 세드릭을 들여다보았다.

"'꺼림칙해, 구역질 나, 싫어, 정말 싫어, 너를…… 평생 혐오하고, 미워하고, 저주할 거야.' 믿었던 사람에게 미움받은 기분이 어때……?"

여왕이 노래하듯이 말을 자아냈다. 웃으면서 질문하자 세드릭이 심상치 않은 양의 땀을 흘렸다. 입술뿐만 아니라 호흡마저 떨며 눈을 부릅뜬 채 이를 부딪쳤다.

"'그야말로 신에게 저주받은 더러운 신의 아이'……였던가? 있잖아, 솔직한 감상을 들려줘. 괴로워? 슬퍼? 미워?? ……응?"

여왕은 세드릭이 형처럼 따르던 남자가 한 말로 그의 심장을 찔렀다. 세드릭은 몸을 떨며 이를 부딪치지 않도록 필사적으로 악물었다. 그러나 뇌리에 새겨진 저주는 사라지지 않았다. 선명하게 기억에 남아 수없이 괴롭혔다.

"말하지 않으면 모르잖아. 응……? 알려주지 않으면 지금 당장 두 명을――."

"시, 싫어!! 다치게……하지, 마…… 죽는 건…… 보고 싶지 않아……!! 시, 싫어!!"

어린아이 같은 울부짖음이 방 안에 울려 퍼졌다. 세드릭이 한계가 왔는지 양손으로 머리를 끌어안았다.

말에 불이 붙은 세드릭을 본 여왕이 눈동자를 빛내며 손을 놓았다. 절호의 장소에서 그를 구경하기 위해 한 걸음 물러났다.

"괴로워, 고통스러워…… 가슴이, 타들어 가는 것 같아……!! 아파, 아파, 아파아파아파아파아파…… 슬퍼……."

세드릭은 심장이 발작하는 것처럼 갑옷 너머로 가슴을 움켜쥐고 누르며 그저 나열하듯이 자신의 감정을 늘어놓았다. 그 작은 한 마디를 마지막으로 그의 눈에서 눈물이 흘러나왔다.

형들과 나라를 지키려고 여왕이 원하는 대로 입을 움직였다. 한번 말하기 시작하니 멈추지 않았다. 막연하게 혼탁해졌던 감정에 하나씩 이름을 붙이고 윤곽을 드러내는 건 손톱이 뜯겨 나가는 것 이상의 고문이었다. 악물던 세드릭의 이가 다시 부딪히기 시작했고 자기 앞머리를 움켜쥐고 쓸어 올리며 더 이상 일그러뜨리는 게 불가능할 정도로 추하게 찌푸렸다.

"왜…… 왜 그런거야, 형……. 왜 나를 원망하고…… 믿지, 않은 거냐고!!"

토해 내는 듯한 절규가 메아리쳤다. 세드릭은 눈물을 펑펑 흘리며 이성을 잃고 얼굴을 경련시켰다. "더 들려줘." 하고 노래하는 여왕에게 홀린 듯이 흐느꼈다. 히끅거리며 고개를 숙이고 울부짖었다.

"난…… 지키고 싶었는데!! 형님도, 형도, 국민도!! 약속…… 약속했는데……!! 어째서 나한테, 그런 말을……!! ……하지 않는다고 말했으면서……!!”

‘저주하지도, 혐오하지도, 더럽다고 생각하지도 않아. 나의 신께 맹세할게, 세드릭.’

전부 부정당했다. 그렇게나 다정했던 과거의 말과 맹세가 지금은 정반대 말로 덧칠되었다. 그때 요안이 한 말이 구원이었기에 더욱 가슴이 짓눌렸다.

피를 토하는 듯한 비탄을 내지르면 내지를수록 세드릭의 목이 옥죄여 왔다.

믿어 주길 바랐다. 세드릭의 어리석음으로 인해 돌이킬 수 없는 사태를 불러오고 말았다는 점에는 변함이 없다. 하지만 아무리 죽이고 싶을 정도로 증오한다 해도 ‘구하고 싶었다’, ‘지키고 싶었다’는 마음만은 믿어 주길 바랐다.

“있잖아……. 마지막에 요안 국왕이 당신한테 뭐라고 했어?”

황홀한 표정을 지은 여왕은 울부짖는 왕자에게 시선을 빼앗겼다. 목이 쉰 상태로 흐느끼고 눈물을 줄줄 흘리는 세드릭을 마치 예술품처럼 바라보며 황홀하게 눈을 반짝였다.

“이 세상, 모든 게…….”

표정이, 감정이 사라져 갔다.

넋이 나갔을 때처럼 표정이 딱딱하게 굳고 눈이 탁해진 채 빛을 잃어 갔다.

그것을 알아차린 여왕이 눈을 동그랗게 뜨고 흥을 잃기 시작했다. 재미없다는 듯이 얼굴을 불쾌하게 찌푸렸다. 고통스러워하지도 괴로워하지도 않고 감정의 흐름이 막힌 그가 무기

물처럼 빛바래는 건 여왕이 원하는 바가 아니었다.

불타는 눈동자에서 흘러나오는 눈물만이 세드릭의 괴로움을 말해 주었다.

"날 저주하고…… 비난……하기를, 기도할 거라고……."

띄엄띄엄 중얼거리는 세드릭은 마치 문자를 그대로 읽는 듯했다. 억양 없이 갈라진 목소리로 이야기하고 눈동자에서 빛을 잃은 채 움직임이 멈췄다. 여왕은 넋이 나가서 눈물 흘리는 그를 사랑스럽다는 듯이 쓰다듬었다.

"아아…… 괜찮아 세드릭. 이제 그 말은 당신에게 쓰지 않을 테니까……."

그녀는 언뜻 들으면 다정함이나 자비로움처럼 느껴지는 말을 아주 즐거운 듯한 음색으로 조잘거렸다. "왜냐하면……." 하고 다시 비뚜름한 미소를 지으며 눈을 빛냈다.

"이런 반응은 재미없는걸. 난 아름답게 일그러지는 당신의 얼굴을 더 많이 보고 싶거든."

"믿었는데, 믿었는데, 믿었는데, 믿었는데."

세드릭의 공허한 입에서 같은 말이 반복해서 흘러나왔다. 여왕은 그런 그의 입술을 손끝으로 어루만지며 잔혹한 미소를 지었다.

"내 손에서 안심하고 괴로워하라고 세드릭 실버 로웰……."

세드릭은 아무런 대답도 하지 않았다. 계속 무감정하게 말을 내뱉던 그는 마지막으로 작은 목소리로 중얼거렸다.

"형……."

부릅뜬 눈 안에 더 이상 여왕의 모습은 들어오지 않았다. 아무것도 느껴지지 않았다.

그는 그저 기억 속에서 자신을 사랑하던 과거의 형과 증오를 드러내며 평생의 저주를 쏟아부은 형을 겹쳐 볼 뿐이었다.

지금 세드릭에게는 이 모든 게 악몽이기를 바라는 마음마저 남아 있지 않았다.

제7장 그리고 현재에 이르다.

또각…… 또각. 기사들에게 지시를 내리는 질베르를 발견한 그녀는 발걸음을 재촉했다.

몇 미터 앞까지 다가갔을 때 그를 불렀다. 방울 같은 그 목소리에 질베르는 바로 몸을 돌려 그녀를 보았다. 그리고 정중하게 고개 숙이며 미소 지었다. 종전 이후로는 다리를 움직일 수 없는 프라이드와 거의 온종일 붙어 있던 그녀가 아무리 호위와 함께라지만 단독으로 행동하는 건 질베르에게도 신기한 광경이었다.

"티아라 님. 무슨 일이십니까? 프라이드 님의 방에는요?"

질베르는 지금쯤이면 마침 세드릭이 방문했을까 하고 생각하며 가슴 위에 손을 올렸다. 그가 다정하게 말을 걸자 티아라는 살짝 고개를 숙였다가 길고 날카로운 그의 눈을 똑바로 들여다보았다. 지금 그의 옆에는 기사단에서 파견된 통신병 여러 명과 영상을 전송하는 용도의 '시점'이 배치되어 있었다.

"네, 중요한 부탁이 있어서 찾아왔어요. 질베르 재상님……."

심각해 보이는 티아라의 표정에 질베르의 안색이 변했다. 그는 그녀가 하려는 말을 눈치채고 바로 사람을 물리기 위해 주위 기사들에게 지시를 내렸다.

"뭐든 말씀하십시오."

그는 제2왕녀의 말을 진지하게 받아들이기 위해 수많은 말을 집어삼키고 고개를 끄덕였다.

"그러고 보니…… 마리아랑 스텔라는 건강한가?"

종전한 지 벌써 3일이 지났다. 서류를 정리하던 스테일은 맥락도 없이 질베르에게 물었다.

성에서 내다보는 것만으로도 차이넨시스 왕성 바깥 마을에 활기가 돌아온 게 느껴졌다. 스테일은 고작 3일 만에 자국을 이렇게까지 하나로 모으다니 역시 요안은 우수한 국왕이라고 또 한 번 생각했다. 서시스 왕국도 국민들이 부흥 활동에 돌입하는 단계까지 순조롭게 진행된 상태였다. 병사들 대부분이 마을의 부흥을 위해 파견되었다.

스테일이 그런 성 밖 상황을 한눈에 바라볼 수 있는 창문 너머로 시선을 던지고 질문하자 질베르의 눈이 동그래졌다. 보고하러 가려고 문으로 향하던 발걸음을 멈추고 무심코 뒤를 돌아보았다.

"네…… 아주 건강합니다. 어젯밤에도 잠깐 대화를 나눴죠. 지금쯤이면…… 오랜만에 저택 사람들과 함께 대량으로 장을 보기 위해 외출하지 않았을까요. 물론 성에서 파견된 호위 기사와 함께요."

질베르의 말에 스테일은 "대량?" 하고 눈살을 살짝 찌푸렸다. 쓴웃음을 지은 질베르는 어깨를 움츠리며 "어제 저희 저택에서 대량의 술과 과자가 사라졌거든요." 하고 설명했다. 그 말을 들은 것만으로 모든 걸 깨달은 스테일은 납득했다는 뜻을 담아 천천히 고개를 끄덕이며 "설마 하루 만에 프리지아 왕국에 도착한 건가." 하고 감탄했다. 스테일은 바르 일행이 순간이동 능력이 아니라 스스로의 다리와 특수 능력으로 직접 하나즈오 연합왕국을 벗어났음을 그들이 떠난 지 한참이 지난 뒤에야 알았다.

"그때는 정말로 감사했습니다."

질베르에게서 조용히 흘러나온 온화한 음색에 스테일이 그쪽을 힐끗 보았다. 기분 나쁜 것처럼 보이기도 하는 표정으로 팔짱을 끼고 "너만을 위해서 그런 게 아니야." 하고 부정했다.

"고개 숙이지 마, 다른 행동으로 증명해. 그리고 다음부터는 반드시 나와 누님에게도 의지하라고……."

그렇게 말한 스테일은 검은 안경테를 올린 채 질베르를 지긋이 노려보았다. 말투와는 정반대로 다정한 말에 그의 입가가 무심코 풀어졌다.

"예, 약속드리지요. 정말…… 점점 더 닮아 가시네요……."

질베르가 고개를 살짝 옆으로 기울이며 감개무량하다는 말투로 말하자 스테일이 의아한 듯이 얼굴을 찌푸렸다. 안경을 올리던 손끝을 내리고 "누구랑?" 하고 짧게 답했다.

"또 너랑 말이냐? 아니면 베스트 숙부님인가. 최근에 그런 말을 듣는 경우가 늘긴 했다만. 존경하는 베스트 숙부님과 닮았다는 거라면 칭찬으로 받아들이지."

스테일이 빈정대며 대답하자 질베르는 웃음 소리를 흘렸다. 질베르가 봐도 스테일이 섭정 베스트와 닮아가는 건 그가 섭정 보좌가 된 뒤로 나날이 느꼈다. 하지만 지금은…….

"아뇨, 프라이드 님과 아서 님하고요."

스테일이 기세 좋게 뒤를 돌아보았다. 아까와는 전혀 다르게 질베르에게 얼굴을 똑바로 돌리고 눈을 끝까지 부릅떴다. 예상치 못한 대답에 할 말을 잃은 듯했다.

그 반응에 질베르가 또 웃었다. "이런, 자각하지 못하셨나요?" 하고 일부러 놀란 듯이 묻자 스테일의 얼굴이 질베르에 앞인 것치고는 보기 드물게 발그레해지며 입술까지 부들부들 떨렸다.

"윽…… 입발림은 됐어. 빨리 국왕에게 보고나 하러 가."

얼굴을 가리듯이 손등으로 입가를 누른 스테일은 빠르게 질베르를 쫓아내려고 문을 향해 짜증스럽게 손을 흔들었다. 그 말에 질베르도 "입발림이 아닌걸요." 하고 가볍게 대답하며 다시 발을 움직였다. 그리고 문을 열려고 문손잡이를 잡았을 때…….

"질베르."

갑자기 스테일이 다시 그를 불러세웠다. 질베르가 무슨 일인가 하고 뒤를 돌아보자, 아직 희미하게 붉은 기가 남은 얼굴을 팔 전체로 가린 스테일이 칠흑색 눈빛과 함께 다른 쪽 손으로 질베르를 똑바로 가리키고 있었다. 마치 선전 포고라도 하는 듯한 삿대질에 질베르의 눈이 평소보다 조금 더 커졌다.

"내가 널 최고의 재상으로 만들겠어. 각오하라고."

마지막으로 스테일이 그렇게 중얼거리자 질베르의 눈이 끝까지 휘둥그레졌다.

문손잡이를 잡았던 손이 풀리며 힘없이 툭 떨어졌다. 질베르는 몸을 돌려 스테일과 마주 보았으나 말이 바로 나오지 않았다. 그래서 그냥 스테일이 방금 숙이지 말라고 했던 고개를 허리와 함께 깊이 숙였다.

그리고 스테일이 "숙이지 말라고 했을 텐데."라는 말을 끝마치기도 전에 선언했다.

"잘 부탁드립니다. 스테일 로열 아이비 차기 섭정 전하."

은혜도, 죄도, 감사도, 프라이드마저도 상관없었다.

질베르는 한 명의 '재상'으로서 확실한 충의와 신뢰를 가슴에 간직하고 받아들였다.

"이 상태면 내일이면 완치될 겁니다."

프라이드의 상처를 진찰하는 기사 제일과 마트가 그렇게 말한 건 그녀가 세드릭과 이야기를 나눈 다음 날이었다.

방위전으로부터 3일간 매일 상처 치료 특수 능력이 있는 기사들이 내 부상이 조금이라도 빨리 낫도록 전력을 다한 성과다. 지체되지 않고 무사히 완치될 것 같다는 소식에 프라이드는 가슴을 쓸어내렸다. 기뻐 보이는 그녀의 미소에 완치를 선언한 제일과 마트도 입가가 풀어졌다.

티아라도 신나서 뛰어오르며 손뼉을 쳤다. 그리고 발랄한 목소리로 다행이라고 하며 프라이드와 그녀를 진심으로 걱정했을 오라버니를 보았다.

오늘까지 매일 프라이드의 상처 회복 경과를 신경 쓰며 발이 닳도록 드나들던 스테일도 검은 안경테를 올린 채 깊게 한숨을 내쉬었다. 오늘까지의 경과를 보고 예상하고 기대했지만 이렇게 확인받으니 잔뜩 굳었던 어깨에서 힘이 빠지는 게 느껴졌다. 그렇다고 대답하며 미소 지은 스테일은 이번에는 호위로 있는 아서 쪽을 힐끔 봤다.

아서도 선배 기사들이 있어서 안이하게 평소 말투로 이야기할 수 없는 상대인 스테일의 시선을 알아차리고 의식적으로 입을 다물었다. 하지만 그 대신 입꼬리를 끌어올리며 웃어 보이자 그것만으로도 대답이 됐다.

사실 아서는 이 자리에서 '좋았어!!' 하고 의기양양한 포즈를 하고 싶을 정도로 기뻤다. 완치라는 말을 들은 순간부터 그의 파란색 눈이 반짝거리며 기쁨으로 빛났음을 옆에 있는 칼럼은 눈치채고 있었다.

칼럼 역시 프라이드의 부상이 내일 완치된다는 진단들 들어 기뻤다. 완치되고 귀국할 때까지 긴장은 늦출 수 없지만 그녀가 자기 다리의 고통을 신경 쓰지 않고 걸을 때가 온다. 본인의 책임과는 상관없이 그저 순수하게 그녀에게서 고통이 사라지는 것에 안도했다. 칼럼은 말하는 대신에 프라이드를 보며 다정하게 미소를 지었다. 그리고 손끝으로 가볍게 앞머리를 누르며 그 이상 들뜬 모습을 드러내지 않으려고 한 번 더 침을 삼켰다. 아서와 상처 치료 특수 능력자 제일과 마트까지 기쁨을 감추지 못하는 지금, 자신만이라도 침착함을 유지해야 한다고 생각했다.

"그럼 당장에라도 내일 바로 축승회를 열어요!"

펄쩍 뛰어오른 티아라가 곧장 스테일을 보며 제안했다. 내일 다리가 나으면 이 나라를 떠나는 날은 내일모레가 된다.

스테일도 그 말에 고개를 끄덕이며 "질베르와 랜스 국왕님, 요안 국왕님에게도 그 이야기를 전하도록 하죠." 하고 스스로 보고 역할을 자처했다.

"둘 다 고마워. 하지만 괜찮을까? 국왕님은 바쁘실 테고 질베르 재상과 스테일, 잠은 제대로 자는 거야?"

프라이드는 국왕이 일부러 자신을 위해 축승회를 기다려 줘서 고마웠다. 하지만 요 3일 동안 그들은 쉴 틈 없이 일했다. 특히 스테일은 매일 그녀의 대리로 일하면서 보고하기 위해 그녀를 만나러 오기까지 한 걸 생각하면 다크서클이 생기진 않을지 매번 걱정될 정도였다.

프라이드는 살며시 팔을 뻗어 스테일의 뺨 위에 손을 올렸다. 엄지 안쪽으로 눈 밑을 쓰다듬었지만 일단 아직 거무스름해지지는 않은 듯해서 안심했다. 그 대신 스테일의 얼굴이 약간 뜨거워진 듯했지만 지금은 피로와 수면 상태가 더 마음에

걸렸다.

"괘……괜찮, 습니다. 여기에 와 있는 동안에는 질베르에게 일을 맡겼고 남은 건 기사단과의 연계하고 어머님에게 올릴 보고 정도라……."

프라이드의 기습 공격에 스테일은 무심코 빠르게 설명하고 말았다.

실제로 할 일은 거의 없었다. 어제까지는 제법 많았지만 지금은 일이 없어 한가할 정도라서 오히려 마침 할 일이 생겼다고 생각하던 참이었다. 사실은 하나즈오 연합왕국의 일도 더 돕고 싶었지만 국왕들이 더 이상 부탁하기는 미안하다며 거절했다.

"괜찮아요, 언니! 랜스 국왕님도 요안 국왕님도 기사와 병사도 모두 언니와 축하하는 걸 진심으로 기대하고 계시니까요!"

티아라가 눈부신 미소를 지으며 단언하자 프라이드도 솔직하게 받아들였다.

승리한 당일에는 랜스와 요안, 프라이드 대신 스테일이 국민 앞에 나간지라 프라이드는 아직 기사와 병사에게만 인사한 상태였다. 부상 때문이라고 공표하긴 했지만 언제까지고 인사하지 못하는 건 괴로웠다. 특히 차이넨시스 왕국 국민은 피의 맹세를 맺은 이후로 처음 만나는 것이다. 프라이드는 야단법석을 떤 주제에 종전되고 인사도 하지 않으면 너무 인상이 나빠질 거라고 생각했다.

드디어 여왕 대리이자 제1왕녀로서 역할을 다할 수 있다는 것만으로도 기뻤다.

"그래…… 나도 기대돼. 고마워."

그렇게 말한 프라이드는 티아라의 머리를 쓰다듬으며 천천히 등 뒤의 베개에 몸을 묻었다.
벌써 내일로 다가온 축승회를 기대하며.

기다리고 기다리던 이때를 위해

아침 해가 뜨지도 않은 시각, 차이넨시스 왕성 안에 개방된 수돗가에서 한 기사가 자기 머리 위로 물을 쏟아부었다. 햇볕이 없는 만큼 아직 쌀쌀했지만 한껏 단련된 기사의 신체로는 그렇게까지 힘들지 않았다.

아침에 눈을 뜬 아서가 몸을 씻으려고 황급히 찾은 곳은 원래 성안의 물을 보급하거나 세탁할 때 자주 사용하는 수돗가였다. 지금은 왕국의 선의로 체재하는 기사들이 몸을 씻게 개방된 상태였다. 방위전 직후에 심하게 더러워진 기사들이 체재하면서 청결을 유지하도록 옆에는 간이 가림막이 준비되어서 밖이기는 하지만 언제든지 눈치 보지 않고 몸을 씻을 수 있었다.

기사들은 아직 경계를 풀지 않고 교대로 24시간 성안을 돌아다니며 경호하고 있지만, 지금 이 시간대에 수돗가에 몸을 씻으러 방문한 사람은 아서뿐이었다.

아서는 물을 끼얹기 전에 잠시 멈췄던 숨을 토해 냈다. 곧장 한 번 더 머리 위로 물을 쏟아부은 아서는 그러기를 몇 번 반복하고 수건을 걸어 놓았던 가림막으로 손을 뻗었다. 그러나…….

"뭐지……?"

손에 원하는 게 잡히지 않자 아서는 손만이 아니라 시선도 가림막으로 향했다. 그러자 분명 걸어 놓았을 수건이 사라져 있었다. 눈을 의심하며 젖은 은색 앞머리를 쓸어 올린 아서는 몸을 돌렸다. 역시 걸어 놓았던 곳에서 수건이 사라진 상태였다. 그 대신 가림막 너머로 낯익은 하얀 물체가 튀어 오르고 있었다. 누군가가 가림막 너머로 아서가 걸어 놓은 수건을 가져가서 공중으로 던지며 놀고 있었다.

"저기, 죄송합니다! 그 수건은 제 거예요. 돌려주세요."

젖은 모습으로 밖에 나갈 수 없는 아서가 그 자리에서 말을 걸었다. 그 옆에 걸어 놓은 갈아입을 옷을 훔쳐 가지 않은 것만으로도 다행이지만 어차피 젖은 채로는 옷을 입을 수 없다. 가림막 위로 손을 내밀면 공중으로 던진 수건을 붙잡을 수 있을지도 모르겠다고 생각했을 때, 수건을 훔친 주인이 가림막 밖에서 수건을 휙 내던지듯이 돌려주었다. 와하하, 하는 웃음소리를 들으니 수건을 받아든 아서는 범인이 누구인지 바로 알 수 있었다.

"미안, 마침 네가 씻으러 들어가는 게 보여서."

"앨런 대장님, 좋은 아침입니다. 여전히 빠르시네요. 이런 시간에 씻으러 오신 겁니까?"

선배인 앨런의 장난에 아서가 타박하지는 않았다. 아서는 바로 돌려받은 수건으로 머리를 닦으며 가림막 너머로 물었다. 오늘 아침은 자신과 앨런이 근위기사로 선다는 건 파악하고 있었다. 하지만 새벽 연습이 없는데도 이 시간에 앨런까지 씻으러 온 건 의외였다.

아서의 질문에 그렇다고 가볍게 대답한 앨런은 뒤이어 들어

가도 되냐고 확인했다. 가림막이 있기는 하지만 어디까지나 시녀 같은 성 사람에게 보이지 않게 하려는 것이고 1인용은 아니다. 여러 명이 한 번에 들어와도 사용할 수 있는 넓이의 수돗가인데 혹시 앨런이 순서를 기다리고 있었나 하고 생각하며 아서도 바로 긍정했다. 아서의 대답을 듣고 가림막 너머에서 나타난 앨런은 이미 상반신에 아무것도 걸치지 않은 상태였다.

"그게, 갑자기 잠이 깨서 말이야. 새벽 연습도 없는데 시간이 아까워서 성벽 보수를 도왔어."

"저, 분명 그런 보수 작업은 기사단에서 더 이상 돕지 않아도 된다고 국왕이 배려했다는 통지가 기사단장님으로부터 내려오지 않았나요……?"

그렇기에 더욱 확신범이라 할 수 있다. 새벽녘이라고 부를 수도 없는 이 시간대라면 보수하는 인원이 한 명 늘어나 봤자 눈치채지 못할 거라며 단복을 벗고 보수 요원 중 한 명으로 섞여든 앨런은 두 시간 넘게 보수 작업에 참가해서 지금은 적당히 땀을 흘리고 보수 재료, 페인트 때문에 더러워져 있었다.

"딱딱하게 굴기는!"

그렇게 말하고 웃어넘긴 앨런은 옷을 벗어 가림막에 걸자마자 나무통으로 몸에 물을 끼얹었다. 머리를 감던 아서는 자신에게 튈 만큼 강한 물벼락에 씻는 건 그만두기로 했다. 기사단에서도 일부 기사에게 '체력 바보', '단련 바보'라는 말을 듣는 앨런이 원정을 와서 새벽 연습이 없는 지금, 체력이 남아도는 건 놀라운 일이 아니었다. 하지만 국왕과 기사단장의 지시를 무시하면서까지 몸을 움직이고 싶었나 하고 생각하니 어이없음을 넘어 경외심마저 느껴졌다.

"아서야말로 무슨 일이야? 넌 항상 밤에 씻잖아."

"그게, 오늘부로 프라이드 님이 완치되신다는 생각을 하다 보니 그만 멍해져서……. 하지만 중요한 날이라는 걸 떠올리고 일단 물만이라도 끼얹을까 해서요……."

아서도 기사단도 매일 꼭 씻을 정도로 깔끔 떨지는 않는다. 하지만 프라이드의 근위기사로서 옆에 있어야 하는 아서 일행은 한동안 부상자인 프라이드의 방에 머무른 이상 몸을 청결하게 유지하려고 주의해 왔다. 그리고 예정대로라면 프라이드는 오늘 완치된다. 이제 필요 이상으로 깔끔 떨 필요는 없다. 그러나 오늘은 오늘대로 중요한 행사가 있다는 걸 떠올린 아서는 오늘만은 몸을 깨끗이 해야겠다 싶었다.

그 말을 들은 앨런은 "그래, 그렇구나."라고 말하며 가져온 비누로 팔에 달라붙은 얼룩을 지웠다. 단순한 땀이라면 편했겠지만 보수 재료는 물만으로 금방 지워질 만큼 만만하지 않았다.

"근데 너 지금부터 머리를 말리려고?"

마지막으로 머리를 물로 씻어내고 자기 수건을 뒤집어쓴 앨런이 아서의 머리를 가리켰다. 머리가 짧은 앨런과 달리 아서의 긴 머리는 말리는 데 시간이 걸렸다. 수건으로 대충 문지르기만 했는데도 거의 눈 깜짝할 사이에 말라서 머리카락이 삐

죽하게 선 앨런에 비해, 먼저 닦기 시작했던 아서의 머리는 지금도 축축하게 수분을 머금은 채였다. 이렇게 시간이 걸리기 때문에 지금껏 밤에 씻었던 것이다.

"케빈 녀석한테 말려 달라고 하는 게 낫지 않겠냐? 그 녀석이 바람을 쏘면 금방 마를걸."

"케빈 씨한테 그런 걸 부탁할 수 있겠습니까……. 그걸 떠나서 특수 능력을 써 달라고 이런 시간에 두드려 깨우는 것 자체가 실례잖아요."

앨런이 바람 특수 능력자의 이름을 꺼내자 아서는 몸을 닦으며 고개를 좌우로 흔들었다. 그러는 것만으로도 긴 머리의 끝부분이 휘날리며 이번에는 아서가 앨런에게 물방울을 튕겼다.

앨런은 혼잣말을 하듯 "그게 제일 빠를 텐데." 하고 중얼거리더니 순식간에 옷까지 다 갈아입었다.

"그럼 도와줄게."

"엇, 왁?! 우왓!!"

아서가 되물을 새도 없었다. 등 뒤에 선 앨런이 아서의 머리 위에 수건을 덮더니 그대로 무지막지한 힘과 속도로 머리를 거칠게 닦기 시작했다. 수건과 머리카락이 마찰되며 점차 물기가 빠져나갔다. 아서는 머리카락이 상하든 말든 신경 쓰지 않았지만 선배 기사가 이런 걸 해 주는 게 미안해서 "아뇨, 혼자서 할 수 있다니까요!" 하고 소리를 지르며 앨런의 손을 붙잡았다. 그러나 앨런은 그것도 쉽게 뿌리쳤다.

앨런은 사양하지 말라고 웃으며 이야기를 돌리듯이 다른 화제를 던졌다.

“오늘 축승회가 기대되네. 넌 무척 활약했으니까 마음껏 즐겨라.”

“아뇨, 저는……. 그보다 아마 축승회가 진행되는 동안 프라이드 님의 호위를 해야 해서 그렇게 마음껏 즐기기는…….”

‘어렵지 않을까요…….’ 하고 말을 이으려 했으나 이어지는 앨런의 마찰 공격에 가로막혔다. 머리를 닦는 손놀림은 엄청나게 숙련됐지만 머리카락이 상하는 건 전혀 신경 쓰지 않아서 아서의 옆머리로 얼굴을 때릴 정도로 격렬했다. 괜찮다며 일방적으로 대답한 앨런은 앞도 보이지 않는 아서를 향해 씨익 웃었다.

오늘 아침은 앨런과 아서가, 낮부터는 칼럼과 앨런이 호위를 맡는다. 그렇다면 늦은 밤까지 진행될 예정인 축승회 때는 칼럼과 아서가 교대로 프라이드의 호위를 맡을 것이다. 하지만 앨런은 역시 아서가 가장 축승회를 즐겼으면 좋겠다고 생각했다. 북쪽 최전선에서의 활약상은 앨런도 잘 알고 있었다.

“좋아! 끝!! 뭐, 다 안 말라도 묶으면 모를 거야!”

수건을 잡아당겨 회수한 앨런은 아서의 등을 두드렸다. 앨런이 머리카락과 함께 머리통마저 마구 휘저어서 아서는 눈이 빙글빙글 돌았지만, 손끝으로 머리를 만져 보니 확실히 습기가 거의 느껴지지 않았다. 어지러워하면서도 감사하다 대답한 아서는 끝으로 멍하니 몸을 닦다가 태양이 아주 살짝 올라온 것을 발견했다.

“아직 하나즈오는 쌀쌀하니까 제대로 말려야 해. 감기라도 걸렸다가는 큰일이라고.”

“아니, 아무리 그래도 머리카락을 덜 말린 정도로 감기는 안 걸려요…….”

오히려 병을 치유하는 특수 능력 덕분에 감기에 걸린 기억조차 없었다. 그런 아서의 특수 능력을 모르는 앨런은 “아냐, 걸릴 수도 있다니까!” 하고 충고하며 짐을 정리했다. 원래부터 상반신에는 아무것도 입지 않은 상태였던 앨런은 꽉 짠 수건을 어깨에 걸치고 나니 남은 짐은 비누밖에 없었다.

그런 앨런에게 조심하겠다고 대답한 아서는 햇빛 때문에 눈을 찌푸렸다. 따뜻한 빛에 하루가 시작됐음을 느끼고 가슴이 부풀어 올랐다.

아서가 주위에서 들은 이야기만으로도 오늘 밤 행사가 너무나 기대됐다. 다만 호위인 이상 역시 긴장을 늦출 수 없고 술도 못 마시고 떠들썩하게 놀지도 못할 것이다. 하지만 그런 건 사소한 일이다. 아서가 오늘 무엇보다 가장 기대하는 건…….

——오늘부터 다시 건강하게 걷는 그분을 볼 수 있어.

완치된 프라이드.

그것이 무엇보다 소중한 보상이라는 점에는 변함이 없었다. 그리고 그건 앨런 역시 마찬가지였다.

“아직 시간이 남았으니 괜찮으면 아침 식사 전에 가볍게 대련 한번 할래? 더러워지지 않을 정도로만.”
“그래도 됩니까?!”
너무 기대한 나머지 해가 뜨기도 전에 잠에서 깬 두 사람이었다.
함께 수돗가를 뒤로한 둘은 바로 또 땀에 젖기 위해 달려갔다.

“있잖아, 역시 지금부터라도 축제에 가지 않을래?”
“뭐?”
낮게 으르렁거리는 소리가 소녀의 목소리에 대답했다. 프리지아 왕국에 있는 여관의 침대 위에 드러누워 있던 바르는 세펙의 눈빛에 잠깐 시선을 띄웠다. 바르가 축제라는 게 어느 나라 이야기인가 생각하는데, 결론에 도달하기도 전에 이번에는 케멧이 옆 침대에서 대화에 참가했다.
“마을 사람이 말했던 하나즈오의 축제에 지금 가면 늦지 않을 수 있나요?! 저도 조금 궁금했어요!”
케멧이 활짝 웃자 세펙도 “그렇지?!” 하고 목소리를 높였다.
하나즈오 연합왕국 방위전으로부터 4일이 지났다. 특수 능력으로 지면을 움직여 고속으로 이동해서 누구보다 먼저 프리지아 왕국에 귀국한 바르 일행은 한동안 휴가를 얻었다. 직속 고용주인 프라이드가 자리를 비우고 스테일의 의뢰로 24시간 호위 감시 임무도 맡았던 만큼 받은 휴식이었다. 집이 없는 그들은 성 바깥에서 적당한 여관을 잡아서 시간을 보냈다. 침대의 시트는 반쯤 벗겨졌고 모포는 개지도 않은 상태로 바닥에 흘러내렸으며 테이블과 바닥 위에는 대량의 과자와 술이 어지럽게 흩어져서 발 디딜 곳이 적었다. 아무것도 모르는 사람이 보면 한 달은 머물렀을 거라고 착각할 만큼 난잡했다. 게다가 술과 과자는 거의 강탈하는 수준으로 가져온 것이었다.

"어차피 이미 끝났을걸. 그런 축제 따위 안 가도 과자도 술도 썩어날 만큼 많잖아. 시시해."

바르는 술병으로 바닥을 가리키며 하나즈오에서 나오기 전에 말을 건 서시스 사람을 떠올렸다. 바르 일행은 그 축제가 구체적으로 언제 열리는지 몰랐다. 이제 막 열렸을 수도 있지만 진작에 끝났을 수도 있다. 그런 것 때문에 일부러 다시 하나즈오를 찾아가는 건 귀찮기 짝이 없었다.

세펙과 케멧에게 그 이야기를 한 사람은 위병도 아니고 기사도 아닌 단순한 일반 국민이었지만, 참으로 쓸데없는 소리를 했다고 바르는 생각했다. 짐 자루를 어깨에 짊어지고 성문으로 곧장 떠나려던 바르 일행을 국민들이 "벌써 돌아가니?" "아직 축제가 남았는데." 하고 아쉬워하며 불러 세웠다. 방위전에서 레온과 함께 사람을 구조하러 돌아다니고 종전 직후에는 스테일의 의뢰로 하나즈오 연합왕국 안의 파괴된 성벽까지 보수하러 다닌 탓에 많은 사람이 바르 일행을 기억하고 말았다. 국민을 구조하고 나라를 보수하러 다닌 그들이 축제에도 꼭 참가했으면 해서 한 말이었지만 바르에게는 폐가 될 뿐이었다.

"과자도 술도 전부 저택에서 받은 거잖아! 하나즈오의 축제에 더 신기한 과자가 있을지도 모르는데!"

"앗, 하지만 세펙! 받은 과자는 무척 신기한 것투성이에요! 이것도 비싸 보이는 상자에 들어 있었고……."

콧김을 내뿜으며 화를 내는 세펙에게 케멧은 바닥에 흩어진 과자 중 하나를 집어서 보여 주었다. 세펙과 케멧도 본 적이 있는 시장에서 파는 과자부터 왕도에서만 볼 수 있는 고급스러운 과자까지 종류가 많았다. 전부 다 바르 일행이 직접 산 게 아니라 질베르의 저택에서 쓸어 온 것이었다.

'저희 저택에 있는 술과 과자라면 마음껏 드세요.'

바르는 질베르의 가족을 무사히 보호한 후 통신병을 통해 받은 그 허가를 잊지 않았다. 프리지아 왕국에 도착하자마자 곧장 질베르의 저택을 다시 방문한 바르는 질베르의 저택에 있던 모든 과자와 술을 말 그대로 모조리 쓸어 왔다. 재상에게 허가받았으니 넘기라고 일방적으로 요구하는 바르에게 마리안느는 흔쾌히 모든 과자와 술을 넘겼다. 그들이 며칠 동안 두 사람을 호위한 걸 생각하면 금품이 아닌 과자와 술 정도는 대가로 싼 편이었다. 다만 어린 딸인 스텔라 입장에서는 의심의 여지가 없는 강도 그 자체였다.

스텔라는 집을 다시 찾아온 바르의 흉악한 얼굴을 보자마자 울음을 터뜨렸고 먹을 날을 기대하던 과자를 전부 빼앗기자 또 울부짖었다. 바르 일행이 과자와 술을 물색하자 저택은 스텔라 혼자만이 아비규환이었다. 그 모습에 세펙과 케멧은 과자를 어느 정도 남겨 두려고 했지만 마리안느가 거절했다. 과자는 또 사면 되니 그보다 감사하는 마음으로 보답하고 싶다고 말했다.

바르는 뒷세계 사람들에다 방위전에서는 병사들도 상대했지만 최악의 적은 틀림없이 스텔라라고 지금도 생각했다. 바르의 얼굴을 보자마자 울부짖으며 몇 번이고 고막을 찔러 댔으니까. 바르뿐만 아니라 엉엉 우는 스텔라에게 붙잡힌 통신병 역시 그 소음에 평정을 유지할 수 없었다. 좀처럼 질베르에게 통신을 연결하지 못하던 통신병의 한심한 모습을 떠올리면 어른의 집중력을 그 정도까지 바닥내는 스텔라의 울음소리는 소음 수준이 아니라 거의 병기라고 생각했다. 실제로 어머니가 안아서 달랠 때까지 사태는 교착 상태였으니까. 세펙이 어찌됐건 습격자를 해치우면 되지 않겠냐고 제안할 때까지 바르에게는 전장보다 그 소음이 훨씬 더 지옥같았다.

"그 저택에는 두 번 다시 가고 싶지 않아……."

"엑! 나는 가고 싶어!! 스텔라가 날 잘 따랐는걸!"

"저도! 저도 보고 싶어요! 스텔라가 엄청 귀여웠거든요."

바르가 당시의 참상을 회상하고 넌더리가 난다는 듯이 중얼거리자 세롭게 고급 과자 상자를 열던 세펙과 케멧이 거의 동시에 뒤를 돌아보았다. 스텔라는 바르의 얼굴에는 겁먹었지만 비교적 나이가 비슷한 언니와 오빠인 세펙과 케멧과는 빠르게 친해졌다. 바르가 웃기지 말라고 내뱉은 직후, 두 사람이 나란히 "괜찮잖아!" "또 가요!" 하고 달려들었다.

스텔라와 만나고 말고를 따지기 전에 꼬맹이들이 양쪽에서 번갈아 시끄럽게 구는 걸 피하고 싶었던 바르는 10초도 안 지나서 "나 말고 재상한테 졸라." 하고 딱 잘라 말했다. 저번에는 경호를 맡아서 집에 들어갔지만 그렇지 않은 이상 재상의 저택은 쉽게 초대받을 만한 곳이 아니다. 바르 역시 무단으로 남의 집에 들어가는 건 예속 계약 때문에 불가능하다. 만약 두 사람이 질베르에게 허가받고 고급스러운 술을 또 마실 수 있다면 스텔라의 목소리가 닿지 않는 저택 지붕 위나 정원에서 코가 비뚤어지게 마시는 건 괜찮을 듯했다. 하지만 가장 좋은 건 역시 질베르가 저택 방문 자체를 거절하는 것이다. 그러면 바르가 그 소음 병기(스텔라)와 엮이지 않아도 되니까.

바르가 일단 승낙하자 세펙과 케멧은 잠시 호소를 멈추고 상자에서 과자를 꺼냈다. 두 사람은 술에 절인 과일이 들어간 파운드케이크를 망설임 없이 물어뜯었다. 바르가 자신이 마시는 고급술과는 또 다른 술의 향기에 시선을 돌리자 케멧이 맛있다며 세펙과 함께 그 케이크를 바르의 입에 들이밀었다.

"주인님도 축제를 즐기셨으면 좋겠네요."

"하지만 다쳤잖아? 밖에 나갈 수 있어?"

케멧과 세펙은 케이크를 크게 베어 무는 바르를 바라보며 하나즈오에 있는 프라이드 일행을 떠올렸다. 특수 능력자가 프라이드의 다리를 치료한다는 건 두 사람도 알지만, 그렇게 붕대를 감은 채 침대에서 움직이지 못하던 프라이드가 겨우 4일 만에 다 나을 것 같지는 않았다.

쩝쩝거리며 두 사람의 이야기를 듣던 바르도 둘의 말에 모두 동의했다. 그와 동시에 프라이드라면 축제 때조차 주위 사람에게 걱정 끼치지 않으려고 무리하게 걸어 다닐 것 같다고 생각했다. 스테일과 질베르가 있으면 무리하게 두지는 않겠지만, 어차피 낫는 거라면 다리가 완치되고 참가하는 게 제일 좋을 듯했다.

바르가 계속 말이 없자 세펙은 "그것 봐!" 하고 눈살을 살짝 찌푸리며 그의 옷소매를 붙잡고 흔들었다.

"역시 축제 때까지 남아 있었으면 좋았잖아! 그러면 주인님이 어쩌는지도 알 수 있었을 텐데!"

"귀찮아. 종전되자마자 성벽을 고치러 돌아다녔다고. 그대로 남아 있었으면 그 왕자가 쓸데없는 일을 떠넘겼을걸?"

애초에 바르가 맡은 임무는 질베르네 가족의 경호였다. 그것을 시작으로 전장에서 사람을 구호한 데다 벽 복구 작업까지 귀찮은 일을 줄줄이 떠맡은 바르는 그 이상 일을 부탁받기는 싫었다. 그래서 빠르게 하나즈오 연합왕국에서 철수하기로 결정한 것이다.

'남은 구조와 일만 끝나면…… 차이넨시스 왕성에 계시는 누님과의 면회를 원하는 만큼 허가하지.'

종전 당시 스테일로부터 성벽 수선을 의뢰받았을 때의 일을 떠올린 바르는 술을 마신 입으로 혼자 혀를 차는 소리를 흘렸다. 지금 돌이켜 봐도 보기 좋게 휘둘리고 이용당했다는 생각이 들었다. 과자와 술을 제외해도 평소에 받는 보수 정도로는 수지가 안 맞았다. 애초에 바르는 프리지아도 하나즈오도 어찌 되든 상관이 없었으니까. 더 이상 명령받지 않기 위해서라도 그 나라에서 도망친 게 옳았다고 생각했다. 다만…….

"있잖아, 이왕이면 프리지아 말고 다른 나라에서 느긋하게 지내는 게 어때? 주인님도 없고 일도 없으니까 어디든 갈 수 있잖아."

세펙의 제안에 바르는 "아……." 하고 억양이 없는 신음을 흘렸다. 그는 예속 계약 때문에 배달할 때 경유하는 목적이 아니고는 국외로 나갈 수 없다. 하나즈오에서 나올 때도 국외 체재 허가를 받지 않은 채 나오고 말았다. 프리지아로 돌아올 때 다른 나라를 경유했으면 적당히 체재하면서 느긋하게 시간을 보냈겠지만 그럼에도 바르는 귀국을 우선시했다. 왜냐하면…….

'우리 나라에서, 기다릴게.'

자기 입으로 그렇게 말했으니까.

그 순간 머리를 스친 건 그가 하나즈오 연합왕국을 떠나기 전에 헤어질 때 자기 의지로 프라이드에게 전했던 말이었다. 스스로도 어울리지 않는 대사를 했다는 생각에 혀를 차는 소리가 새어 나왔다. 하지만 그때는 그렇게 말해야만 마음이 풀릴 것 같았다.

바르가 프리지아에서 기다린다고 해서 그만큼 프라이드가 빨리 돌아올 수 있는 건 아니다. 하지만 그녀를 기다리려면 바르가 먼저 프리지아에 돌아가 있어야 이야기가 된다.

귀찮은 일을 떠맡지 않기 위해 그 이상 하나즈오에 체재하고 싶지 않았던 것도 진심이지만…… 그녀 옆을 떠날 때 망설이며 마음이 흔들린 것도 사실이니까.

"귀찮아……."

모든 감정을 한 마디로 나지막이 축약한 바르는 마시다 만 술병을 단숨에 기울였다. 목을 크게 울리다가 그 기세에 입가로 흘러내린 술 한 줄기를 엄지로 닦았다.

재상의 집에 보관되어 있던 고급스러운 술을 물처럼 마시면서도 뭔가 맛없다는 느낌이 들었다. 그 이유를 짜증이 날 만큼 자각한 바르는 빈 병을 바닥에 굴리고 새로운 술을 집어 들었다.

마지막으로 본 프라이드는 다리를 다쳐 침대에 누워 있었다.

그녀가 아직도 자기 나라로 돌아오지 않는 이유를 정확히는 모른다. 하지만 그게 혹시 세펙이 이야기한 '축제' 때문이라면 그때 정도는 실실거리는 얼굴로 웃었으면 좋겠다. 가능하다면 다리가 다 나은 평소의 모습으로.

——내가 모르는 곳에서는 최소한 그래 주지 않으면 곤란해.

바르는 그런 생각을 하며 손가락으로 새로운 술병의 마개를 뽑았다. 혼자 중얼거릴 때 말고는 말이 없는 바르를 보며 이번에는 세펙과 케멧도 아무런 언급을 하지 않았다.

세 사람은 나란히 침대에 누워 다리를 쭉 뻗고 다시 휴식을 만끽했다.

"네? 목욕이요??"

아직 태양이 높은 위치에 있는 시간, 하나즈오 연합왕국 시녀들이 한 말에 나는 무심코 앵무새처럼 대답했다. 같이 있던 두 사람에게 시선을 돌리자 스테일은 눈을 깜빡였고 티아라는 기쁜 듯이 눈을 반짝였다.

오늘 아침 상처 치료 능력자 기사들에게 내가 완치 판정을 받았다는 소식은 랜스 국왕 쪽에도 빠르게 전해졌다. 지금은 신중을 기하면서도 내 다리로 서 있다.

오늘 밤 열릴 행사에 무사히 참가할 수 있어서 기쁠 따름이지만, 그 대신 회복이 결정되자마자 몹시 바빠졌다. 일단 나도 행사에 출석할 수 있자 보좌인 스테일이 하루의 일정을 조정하러 왔고, 그 뒤에는 티아라와 함께 드레스를 골랐다. 스테일이 순간이동으로 프리지아에서 가져올 수도 있었지만 랜스 국왕이 급히 우리에게 정장을 준비해 주어서 호의를 받아들이기로 했다. 하나즈오 연합왕국의 드레스는 무척 예뻤고, 이런 기회가 아니면 입어 볼 일도 거의 없다. 정말 모두 아름다워서 이것저것 살펴보느라 고르기가 힘들었다. 사이즈를 조정하기는커녕 고르는 데부터 상당한 시간을 소비했다는 걸 스스로도 잘 알았다.

그리고 그 뒤에는…… 춤 연습을 했다. 오늘 밤 행사에 참가하는 데 필수 항목인 춤에는 하나즈오 연합왕국의 전통 안무까지 포함돼 있었다. 그래서 나도 티아라도 서둘러 춤을 배우게 되었다. 랜스 국왕은 자신들이 제대로 에스코트할 테니 무리하게 안무를 외우지 않아도 된다고 했다. 특히 다리가 나은

지 얼마 안 된 나는 무리하지 않아도 된다고 말했지만…… 어떻게든 프리지아 왕국 제1왕녀로서 동맹국에 예의를 다하고 싶었다.

내 몸을 걱정한 스테일이 지켜봤지만 다행히 안무에 어려운 부분은 없었다. 원래 왕족이라 춤에 익숙하기도 해서 그다지 어려움 없이 외울 수 있었다. 나는 일단 상처 상태를 살펴야 해서 살금거리는 발걸음으로 스텝 확인만 했지만 제법 좋은 운동이 됐다. 두 다리 다 아프지 않아서 안심했다. 그런 와중에 예상치 못한 목욕 제안은 솔직히 바라 마지않던 제안이었다.

시녀들의 말에 따르면 내 완치 소식을 들은 랜스 국왕이 신경 써 준 모양이었다.

기본적으로 입욕 문화가 퍼지지 않은 우리 프리지아 왕국과 달리 하나즈오 연합왕국은 서시스도 차이넨시스도 입욕 문화가 대중적이다. 그리고 이 성안에도 왕족 전용 대 목욕탕이 있다고 한다. 이번 생에서는 나도 당연히 티아라도 큰 목욕탕에 들어간 적이 없어서 이야기를 듣기만 해도 가슴이 두근거렸다. 침대에 누워만 있는 동안에 시녀가 몸을 닦아 주기는 했지만 역시 목욕하는 것과는 차원이 다르다. 특히 나는 전생에 목욕 문화가 있는 나라에 살아서 그냥 몸을 씻는 게 아니라 입욕하는 건 상상만 해도 무척 기뻤다. 사실은 랜스 국왕이 방위전이 끝난 뒤 비교적 빠르게 대 목욕탕을 준비하겠다고 티아라와 스테일에게 제안한 모양이지만, 나를 빼고 들어갈 수는 없다며 둘 다 거절했다고 한다. 이런 일에도 마음을 쓰다니 둘

다 정말 착하다.

원래 성의 대 목욕탕은 아무리 왕족이라도 손님이 들어가는 건 웬만해서 허가되지 않는 최상급 목욕탕이라는데, 그런 곳을 일부러 개방해서 우리를 초대한 것도 랜스 국왕의 더할 나위 없는 대접이다.

입욕에는 피로 회복 효과도 있으니 부상이 나은 지금은 꼭 땀을 흘리며 느긋하게 쉬라는 시녀들의 말에 나와 티아라도 기꺼이 들어가기로 했다. 스테일도 나와 티아라가 들어가면 자신도 사양하지 않겠다며 남성 목욕탕 사용을 수락했다. 그 대답에 시녀들이 고개를 깊이 숙였을 때…….

"저기, 남성 목욕탕 말입니다만. 랜스 국왕님에게 한 가지 부탁이……."

스테일이 문득 뭔가 생각났는지 시녀들을 불러 세웠다. '어려우면 제가 직접 부탁하러 가겠습니다.' 하고 서두를 놓은 스테일의 제안은…… 약간 의외였다.

"멋지다…… 역시 서시스 왕국이야."

시녀들의 도움으로 몸을 닦고 준비를 마친 우리는 다시 한 번 눈앞의 광경을 바라보았다. 하나즈오 연합왕국, 서시스 왕성 안에 있는 대 목욕탕은 우리 성의 욕실을 훨씬 뛰어넘는 규모였다. 우리 성도 왕족 전용 개인 욕실이 있지만 그래봤자 방

하나 정도의 규모다. 그에 비하면 이곳은 대 목욕탕이라는 이름에 걸맞게 방 열 개를 합친 것 이상의 규모였다. 전생으로 따지자면 호화 호텔의 입욕 시설 같은 느낌일까.

마치 풀장처럼 넓은 욕조가 세 개 늘어서 있고, 가운데 하나를 뺀 두 개의 욕조는 탕의 색이 달랐다. 서시스 왕국의 시녀들이 살짝 자홍색을 띠는 탕도 녹색 탕도 모두 약효가 있는 탕이라고 알려 주었다. 타일이 깔린 바닥과 벽은 군데군데 금색으로 반짝여서 역시 황금으로 유명한 서시스 왕국이다 싶었다.

"언니! 어느 탕부터 들어갈까요?!"

수건으로 가슴께를 누르며 눈을 빛낸 티아라는 이미 볼이 분홍빛이었다. 나와 똑같이 웨이브 머리를 머리 위로 올리고 경단 모양으로 묶어서 귀여웠다. 그러고 보니 같이 목욕하는 건 처음이라 그것도 포함해서 왠지 가슴이 두근거렸다.

전생의 기억이 있는 나와 달리 말 그대로 처음 와 보는 대 목욕탕에 몹시 흥분한 티아라는 세 욕탕 중 어느 곳부터 들어갈지도 고르기 힘든 듯했다.

내가 "일단 평범한 탕부터 들어갈까?" 하고 제안하자 티아라는 신난 목소리로 대답하자마자 내 팔에 매달렸다. 당연히 이대로 달려 나갈 줄 알고 발이 미끄러질까 봐 식은땀을 흘렸으나, 나와 팔짱을 낀 티아라는 가만히 서 있었다. 그리고 싱글거리며 나에게 햇살 같은 미소를 지었다.

"언니! 제가 단단히 지탱할게요! 넘어질 것 같으면 붙잡으세요! 아직 다리가 나은 지 얼마 안 됐잖아요!"

티아라의 말에 나는 그만 웃고 말았다. 방금까지 춤 연습을 하고 왔는데도 날 걱정해서 시중을 들어주다니. 정말 마음씨 착한 아이라는 생각이 들어 기뻤다.

"그래, 고마워."

티아라의 마음이 기뻤던 나는 그렇게 대답하며 호의를 받아들여 둘이서 팔짱을 끼고 탕으로 갔다. 서로 균형을 맞춘 덕분에 미끄러지기 쉬운 바닥에서도 한 번도 넘어지지 않고 탕에 도착했다. 가운데에 있는 탕은 반짝이는 투명감이 수증기 너머로도 선명하게 느껴졌다. 바닥이 보이는 만큼 넓어도 물에 빠질 일은 없을 듯해서 살짝 안심했다. 둘이서 몸을 숙이고 수면에 얼굴을 비췄다.

참방거리며 발끝부터 욕조에 넣었다. 온도를 확인한 뒤 천천히 몸을 담갔다.

갓 데운 탕은 살짝 뜨거운 게 딱 적당했다. 어지러워지기 쉽다는 걸 알면서도 너무 기분이 좋아 어깨까지 몸을 푹 담그고 말았다. 티아라도 마찬가지였는지 고개를 돌리자 가느다란 숨을 내쉬며 목까지 물에 담그고 있었다. 분홍빛 볼이 순식간에 더 붉게 달아올랐다.

"엄청 기분 좋네요……. 언니, 다리는 안 아프세요?"

"괜찮아. 오히려 피로가 풀리는걸. 하지만 우리 둘 다 금방 어지러워지지 않게 조심해야겠네."

그렇게 말한 나는 아직 탕이 두 종류나 남았는데 첫 번째 탕에 진이 빠질 때까지 앉아 있을 듯한 기세에 쓴웃음을 지었다.

나부터 모범을 보이려고 어깨까지 담근 상태에서 물이 가슴께까지 오도록 자세를 바꾸자 티아라도 나를 따르듯이 같은 위치까지 올라왔다. 목욕에 관해서는 전생의 지식이 있는 만큼 내가 더 잘 안다.

"이렇게 멋진 목욕탕을 쓸 줄 알았으면, 레온도 머물다 가라고 할 걸 그랬네……."

아무리 그래도 왕족이 아닌 바르는 그러기 어렵겠지만. 거기까지는 말하지 않은 나는 티아라에게 웃어 보였다. 다음 날에 바로 프리지아 왕국으로 돌아간 바르와 마찬가지로 레온도 방위전을 마친 날 밤에 출항하고 말았다. 지금쯤 분명 배 위에 있겠지. 그렇게 힘이 되어 줬는데 우리만 좋은 탕을 즐기다니 약간 미안한 기분이 들었다.

몸이 따끈따끈해지는 걸 느끼며 수증기에 뒤덮인 공간을 둘러보았다. 우리 나라에는 목욕 문화가 그다지 널리 퍼지지 않은 것도 있지만 아무튼 목욕탕은 훌륭하게 우리 나라의 완패였다. 우리 성에도 이렇게 넓은 목욕탕이 있으면 좋겠다 싶어서 남몰래 부러워했다.

이 넓이라면 수영도 할 수 있겠다는 생각이 살짝 머리를 스쳤지만 자중했다. 아무리 우리밖에 없다지만 여기서 첨벙거리는 건 너무 경박했다. 그 대신 수면 위에서 양손을 쥐듯이 맞잡았다.

"언니, 뭐 하시는 거예요?"

갑자기 깍지 낀 나를 보고 티아라가 고개를 갸웃거렸다. 여기 탕 온도가 조금 높아서 그런지 벌써 약간 멍해진 느낌이었다. 눈이 살짝 풀려 있었다.

귀여운 여동생에게 짓궂은 생각이 든 나는 바로 알려주지 않고 일부러 “에잇!” 하며 양손을 쥐었다. 그 순간, 물대포가 티아라의 얼굴을 향해 가느다랗게 날아갔다.

티아라는 웃음소리가 섞인 비명을 지르고 볼에 물이 날아온 것보다 내가 한 게 뭔지 더 신경 쓰이는지 고개를 내밀고 다가왔다.

“방금 어떻게 하신 거예요? 손안에서 물이 촤악, 하고…….”

“이렇게 양손을 맞잡은 다음, 물을 사이에 넣고…….”

이번에는 티아라를 노리지 않고 아무도 없는 수면을 향해 물대포를 쐈다. 발사된 가느다란 물줄기에 티아라가 정신이 번쩍 들었는지 환한 미소를 지었다. “저도 해 볼래요!” 하고 내 손짓을 따라 한 티아라는 첫 시도 만에 어렵지 않게 물대포를 날렸다. 나보다 물의 양은 적었지만 비거리는 비슷했다.

물대포를 발사하는 데 성공해서 손뼉을 치며 기뻐하는 티아라에게 이번에는 양손 손바닥을 마주쳤다. 티아라가 아까와 다른 손 모양을 순진하게 그대로 들여다보려 해서 그러다 물 맞는다고 제대로 알렸다. 아무리 그래도 두 번째 공격은 피하고 싶었는지 티아라가 등을 크게 젖혔을 때 나는 다시 있는 힘껏 손바닥을 쥐었다. 이번에는 분수처럼 수직으로 날아간 물을 보고 티아라가 또 소리 질렀다. 고래 같다고 말하며 또 호평했다. 그 직후 뭔가 깨달았는지 고개를 번쩍 든 티아라가 자홍색 탕을 가리켰다.

"언니! 저기에서 그러면 분홍색 분수가 돼요!"

"그럼 저쪽으로 옮길까?"

티아라의 귀여운 제안에 바로 장소를 옮기기로 했다. 나도 몸이 많이 달아올랐지만 티아라는 나보다 장시간으로 목욕하는 것에 내성이 없는 듯하니 빠르게 모든 탕을 즐기는 편이 좋을 것 같았다.

이미 몸이 따뜻해진 우리는 자홍색 탕에는 처음보다 덜 신중하게 발끝부터 몸을 담갔다. 이쪽은 꽃향기가 부드럽게 코를 간질여서 꽃에서 약효를 추출한 걸까 하고 생각했다. 엄청난 호사다. 코로 천천히 심호흡하는데, 티아라에게서도 스읍 —— 하고 숨을 들이쉬는 소리가 들려왔다. 탕의 온도는 아까보다 조금 낮고 단차가 있어서 앉아서 다리를 뻗을 수 있었다. 어쩌면 이쪽이 장시간 입욕용 탕일지도 모른다. 탕의 가장자리에 기대고 천장을 올려다보며 다리를 쭉 뻗으니 다리가 2cm는 길어진 듯한 기분이 들었다. 티아라도…… 어라?

"티아라? 무슨……."

당연히 같이 등을 대고 나란히 앉을 줄 알았던 티아라가 지금은 나와 마주 보는 위치에 있었다. 쭉 뻗은 다리에 티아라의 무릎이 닿을 듯했다. 설마 아까의 복수로 물대포 공격을 갚아주려나 했는데, 티아라는 물 안에 가라앉은 내 왼쪽 다리를 살며시 잡았다.

"아까 몸을 닦을 때 시녀들이 했던 마사지를 탕 안에서 받으면 피로가 더 풀릴 거예요!"

티아라가 그렇게 말하며 내 발을 주물럭거렸다. 발가락부터 발바닥까지 아프지 않게 가녀린 손가락으로 누르고 양손으로 꽉 붙잡으며 지압하는 게 정말 아까 시녀들이 해 준 마사지와 똑같은 순서였다. 아무리 여동생이라지만 제2왕녀가 다리를 주무를 줄이야!!

목욕의 효과도 있어서 아주 기분이 좋았지만 여동생에게 이런 짓을 시키는 미안함이 더 컸다.

티아라를 부르며 마음은 기쁘지만 그보다 물대포나 쏘자고 화제를 바꾸려 했을 때…… 문질거리는 느낌이 들었다.

"꺄~~ 하하하하!! 티아! 티아라!! 하하핫!! 간지……!"

"이번에는 너무 약했나요?"

순수함이란 참 무섭구나. 내가 머뭇거리며 말을 거니 아무래도 너무 세게 눌러서 아프다고 말하려는 줄 착각한 모양이었다. 결과적으로는 오히려 딱 기분 좋은 세기에서 간지럼을 태우는 듯한 약한 손놀림으로 바뀌었다. 탕 때문인지 티아라의 귀엽고 작은 손가락 때문인지 발바닥이 직접적으로 자극돼서 엄청나게 간지러웠다. 티아라를 찰까 봐 무서워서 처음에는 버둥거리지 않고 참았지만, 더는 참지 못하고 쭉 뻗었던 두 다리를 확 구부렸다. 다리를 오므리니 티아라의 손에서도 벗어났다. 그러나 그것도 잠시, 내가 폭소하는 모습이 재밌었는지 티아라가 곧장 한 번 더 오므린 다리로 손을 내밀었다. 아무리 나라도 한쪽 다리 대 양손이면 이길 수 없다. 그리고 한 번 더 하면 틀림없는 확신범이다.

"다음! 반대쪽 다리도 할게요!"

"잠깐……!! 티아…… 꺄하하하하!!! 그만…… 하핫…… 아하하하하핫!!"

티아라가 "간질간질간질!" 하고 즐겁게 말하는 바람에 귀마저 간지러웠다. 점점 숨길 수 없을 만큼 온 힘을 다해 웃어서 왕녀로서의 체면까지 위험해졌다. 게다가 너무 웃어서 머리에 열이 오르는 게 잘 느껴졌다. 일단 착한 아이는 절대로 따라 하면 안 되는 입욕 놀이라는 것만은 확실했다. 이제는 자홍색 분수가 어쩌니 할 상황이 아니었다. 화제를 돌리고 싶어도 웃는 데에 온 힘을 쏟느라 제대로 말할 수가 없었다. 어찌어찌 "제발 부탁이야!"라고 외치자 그제야 내가 얼마나 필사적인지 전해졌는지 티아라가 간지럽히기를 그만두었다. 다시 처음과 비슷하게 딱 기분 좋은 세기로 마사지해서 나도 3분 가까이 호흡을 가다듬었다. 티아라 쪽을 보니 무척 즐거워 보이는 미소를 짓고 있었다. 어쩌지…… 3번째 탕에 들어가기도 전에 어지러워질지도 모른다. 이 탕 온도가 낮아서 천만다행이다.

아무런 저항 없이 티아라에게 마사지를 받던 나는 한 번 더 손바닥을 맞잡았다. 그리고 발치에 있는 티아라를 향해 물을 쐈다. 분홍색이라기보다는 자홍색 분수였지만 티아라는 소리 질렀다. 잠시 나에게서 양손을 놓은 그녀는 자기도 똑같이 분수를 만들었다. 응…… 저항하지 말고 그냥 이쪽을 빨리 보여 줬으면 추가로 간지럼 공격을 하지 않았을지도 모르겠네. 내 귀여운 장난꾸러기 여동생이라면.

"이제 얼른 녹색 탕으로 갈까……?"

"그래요! 끝으로 느긋하게 몸을 담근 다음에 올라가요!"

기분 탓인지 처음보다 기운이 넘치는 티아라와 함께 천천히 욕조에서 일어섰다. 욕조 밖으로 완전히 나와 타일 위에 서자 아까보다 다리가 가벼워진 게 느껴졌다. 역시 티아라의 마사지는 효과가 직방이다. 이러면 다음 탕에서는 내가 티아라의 다리를 마사지해서 반격……이 아니라 보답하는 것도 괜찮겠네. 티아라와 팔짱을 끼고 마지막 욕조로 향하며 그런 생각을 했다.

설마 마지막 탕이 극열 탕일 거라고는 상상도 못 한 채…….

"좋은 탕이네요……."

"……."

물이 튀기는 소리가 울렸다. 투명한 탕 안에 몸을 담근 남자의 말에 스테일은 등을 돌렸다. 흥, 하고 코웃음을 치며 어깨까지 몸을 담갔다. 이렇게 목욕탕이 넓은데 일부러 자신과 같은 탕에서 나가려 하지 않는 남자에게 온몸으로 불만을 표출했다. 몸을 닦고 대 목욕탕 앞에 도착했을 때부터 스테일은 계속 말이 없었다. 그래도 탕 안에 가슴께까지 몸을 담근 남자의 기분 좋아 보이는 음색은 변함없었다.

"설마 재상인 제가 왕족분과 같이 목욕할 날이 올 줄은 생각지도 못했습니다."

질베르가 손바닥으로 어깨에 물을 뿌리며 느긋한 목소리로 전하자, 스테일의 어깨가 왼쪽만 움찔거리며 올라갔다. 입을 꾹 다물고 휴식을 취하는 데에만 집중하려던 스테일의 사고가 손쉽게 무너졌다.

지금 남성 전용 목욕탕에는 초대받은 스테일만 있는 게 아니었다. 그 스테일에게 초대받은 질베르 역시 피로를 풀고 있었다. 머리가 짧아서 안경만 벗으면 그대로 몸을 담글 수 있는 스테일과 달리 질베르는 긴 하늘색 머리를 목 뒤로 동그랗게 묶은 상태였다. 시녀가 몸을 닦아 주겠다는 것도 거절한 그는 머리 묶는 걸 포함해서 입욕 전 준비를 전부 스스로 마쳤다.

질베르는 처음에 입욕 허가를 받는 것도 황송하다고 거절했으나 스테일이 "내 명령이야."라고 말하니 끝내 거절할 수가 없었다. 친구인 부군 알버트와도 같이 목욕한 적이 없는데 그 아들과 같은 탕에 몸을 담그는 날이 와서 놀랍다는 게 질베르의 진심이었다. 원래 프리지아 왕국에서는 부부가 아니면 왕족끼리도 함께 목욕하지 않는다. 친구는커녕 부모 형제들과도 같이 목욕하는 습관이 없는 왕족인 스테일이 하필이면 왕족도 아니고 서민, 심지어 하층민 출신인 자신과 같이 목욕을 하다니 참 신기한 일도 다 있다고 마음속으로 생각했다.

"같이 목욕하는 게 아니야. 넌 덤이라고 했잖아."

절대로 질베르를 위해 마련된 탕이 아니다. 제1왕자인 스테일에게 준비된 탕에 '덤' 으로 재상도 몸을 담그는 걸 허락받았을 뿐이다. 아무리 질베르가 대국 재상이라 해도 이곳은 왕족이 아닌 내빈에게 개방되지 않는 대 목욕탕이다. 그러나 스테일이 제안한 데다 방위전의 공로자라는 점이 더해져 '우리나라 재상도 함께 데려가고 싶다' 는 말에 국왕 랜스도 허가를 내린 것이다.

"그랬죠."

질베르도 자신의 말을 바로 부정하는 스테일에게 깨끗이 인정했다. 그리고 입가에 미소를 지은 채 다시 어깨에 번갈아 물을 뿌리며 몸을 데웠다. 스테일은 그 모습을 시야에 넣지도 않겠다는 듯이 등을 돌리고 있었다. 사실은 스스로 탕을 바꾸고 싶었지만 지금 들어와 있는 탕의 온도가 너무 적절해서 나가고 싶어도 나갈 수가 없었다. 처음 들어갔던 녹색 탕은 너무 뜨거웠고 자홍색 탕은 반대로 너무 미지근한 느낌이어서 결국 아무것도 들어 있지 않은 투명한 탕이 제일 마음에 들었다. 하지만 스테일은 같은 탕에 들어왔다고 해서 질베르를 다른 탕으로 쫓아낼 생각은 없었고, 그렇다고 굳이 느긋하게 대화를 나누고 싶지도 않았다. 딱히 질베르와 함께 탕에 들어오고 싶어서 데려온 게 아니니까.

"원하시면 제가 탕을 옮길까요? 저 같은 사람과 같은 탕에서는 편히 쉬지 못할 것 같으시다면요."

"목욕탕에서까지 비아냥거리냐? 안타깝지만 나도 원래 서민이었어. 딱히 너랑 대화하려고 부른 게 아닐 뿐이야."

"네…… 저도 알고 있죠."

날카로운 스테일의 대꾸에 질베르는 훗, 하고 웃음을 흘렸다. 당연히 스테일의 의도도 처음부터 알고 있었다. 그럼에도 살짝 찔러보자마자 굳이 대답한 건 스테일의 다정함이라는 생각에 질베르의 하늘색 눈빛이 온화해졌다.

방위전을 치르기 전에는 하나즈오까지 장거리로 이동해 여행했다. 또한 거의 무수면 무휴식에 가까운 상황에서 방위전을 치르고 종전 뒤에도 스스로 뒤처리를 도맡았던 질베르에게 피로가 쌓였다는 건 본인에게 직접 확인할 필요도 없었다. 질베르는 피곤한 티를 요만큼도 내지 않고 하나즈오 연합왕국의 모든 이가 깜짝 놀랄 만한 기세로 일을 처리했지만, 그는 어디까지나 피가 흐르는 사람이다. 잠을 조금만 자도 괜찮든 밤새 일하는 것에 익숙하든 피로는 쌓이기 마련이다. 대 목욕탕에 들어가는 게 피로에 좋다는 말을 들은 순간부터 스테일은 질베르도 탕에 끌고 가야겠다고 마음먹은 상태였다. 스테일 본인이 아무리 불만이라 해도 누구보다 방위전의 뒤처리에 힘쓰고 프라이드의 대리로서 헌신적으로 일한 질베르를 두고 혼자서만 탕을 즐길 수는 없었다.

"감사합니다……."

스테일의 그런 다정함을 안 질베르는 지적하지 않고 조용한 목소리로 감사만을 전했다. 물방울이 떨어지는 소리 사이로 메아리치는 목소리가 들려와 스테일은 입술을 살짝 삐죽이더니 코밑까지 물에 담갔다. 그리고 부글거리며 몇 초 동안 거품을 내더니 빨개지기 전에 다시 어깨까지 몸을 올렸다. 양손으로 얼굴에 물을 뿌인 뒤 욕탕에 들어오고 처음으로 질베르 쪽으로 몸을 돌렸다.

스테일이 자신을 보자 날카로운 눈이 살짝 커진 질베르는 싱긋 미소를 지었다. 입술을 꾹 다문 스테일은 평소와 다르게 안경을 안 썼고 머리도 단정하지 않았다. 앞머리 끝에 물방울이 맺혔다가 떨어지며 스테일의 긴 속눈썹에 닿았다. 쓰고 다니는 안경은 도수가 없어서 애초에 눈이 나쁘지 않은 스테일에게는 그래도 문제없이 보이지만 수증기와 물방울 때문에 시야가 가려졌는지 질베르를 노려보듯이 눈을 확 찌푸렸다.

처음에는 아무 말도 하지 않는 스테일에게 미소를 짓던 질베르도 완전히 정면에서 응시당한 지 5분이 지나자 고개를 갸웃거렸다. 서로 2m 정도밖에 안 떨어졌는데 그럴 정도로 눈이 나쁜가 하는 생각이 들었다.

"왜 그러십니까?"

질베르가 너무 뚫어져라 바라보는 스테일에게 묻자 그는 눈을 가늘게 뜬 채 팔짱을 꼈다. 아무것도 아니라고 머릿속으로 대답하면서도 입으로는 이유를 말했다.

"온종일 서류랑 씨름하는 주제에 넌 어떻게 그렇게 몸을 단련한 거지?"

약간 질투가 담긴 스테일의 낮은 목소리에 질베르는 바로 대답하지 못했다.

연속해서 눈을 두 번 깜빡이고 얼빠진 듯이 입을 살짝 벌리고 말았다. 눈살을 찌푸린 스테일의 시선을 다시 한번 잘 쫓아가니 질베르의 얼굴이 아니라 목 아래를 향해 있었다. 탕과 수증기 너머였지만 정면에 있으니 스테일의 눈에는 질베르의 몸이 선명하게 보였다. 항상 넉넉한 옷을 입는 질베르지만, 그 아래의 몸은 늘씬한 건 당연하고 사무 일을 하는 사람이라고는 믿기지 않을 만큼 탄탄했다. 팔은 한눈에 알 수 있는 전완근부터 상박근까지 두툼했고, 복부도 늘씬한 몸에 비해 근육으로 덮여 세로로 갈라졌다. 다리는 허벅지까지 말 근육처럼 탄탄한 걸 보니 어린 시절부터 알고 지낸 질베르의 묘한 강함의 기반을 엿본 것 같았다.

항상 재상으로 부군의 보좌 업무를 담당하는 질베르에게는 어울리지 않는다고도 할 수 있는 몸이었다.

그런 스테일의 시선을 깨달은 순간 질베르는 무심코 등을 웅크리며 웃음을 터뜨렸다. "훗…… 하핫!" 하고 숨소리에 가까운 소리가 흘러나와 손등으로 입가를 가렸다. 몸을 급격히 움직이는 바람에 물이 튀는 소리가 나는 와중에도 스테일은 계속해서 매서운 눈빛으로 질베르를 쏘아보았다.

"설마 남몰래 젊어지고 있는 건 아니겠지?"

"훗…… 후훗…… 설……마요……!"

설마 스테일이 자신의 얼굴이 아니라 몸을 바라보고 있을 줄은 아무리 질베르라도 예상하지 못했다. 질베르는 킥킥거리며 어깨를 흔들었지만 더 이상 웃으면 안 되겠다는 생각이 들었다. 칠흑색 안광으로 미루어 볼 때 스테일은 틀림없이 농담이 아니라 진지하게 말하는 것이다. 스테일은 약 3년 전부터 질베르의 강함을 눈여겨보았으나 그가 어딘가에서 단련을 하거나 그런 직무를 소화하는 모습을 본 적이 없었다. 검술과 호신 격투술 지도를 받으면서 아서와도 대련하는 스테일 입장에서 아무것도 안 하고 그 정도 몸을 가진 건 질투를 느끼기에 충분했다.

질베르는 어떻게든 정신을 차리고 희미하게 떨리는 목소리로 실례했다고 사과하고 한순간 스테일을 놀리고 싶어졌지만 머릿속에 떠오른 말을 삼켰다.

"이것 참, 제1왕자 전하 앞에서 못 볼 꼴을 보였군요. 삼가 사죄드립니다."

"그런 뜻으로 한 소리가 아니야."

질베르가 팔을 가슴 위에 올리고 등을 웅크리며 머리가 수면에 닿을 정도로 깊이 고개 숙였으나 스테일은 여전히 눈살을 찌푸린 채였다. 목욕탕에서는 맨몸을 보이는 게 당연하다. 스테일 본인이 질베르 재상에게 알몸을 보이는 것도 남자끼리니 전혀 부끄럽지 않고, 질베르의 노출도 전혀 신경 쓰이지 않았다. 하지만 그렇게까지 단련된 몸을 아직도 유지하는 건 신기함과 동시에 부럽기도 했다.

스테일의 단호한 말에 질베르는 짧은 웃음소리를 흘린 뒤 천천히 고개를 들었다.

"저는 재상인 몸이기에 부군 전하를 지키기 위해서라도 일정한 기술과 실력이 필요하니까요. 이래 봬도 집에서는 저 나름대로 실력이 떨어지지 않을 정도로 노력하고 있습니다."

'단련할 시간이 어디 있는데?' 라는 의문만은 스테일도 가슴속에 담아두기로 했다. 그는 눈앞의 남자가 아무리 바빠도 필요한 시간은 스스로 만들어 내는 사람이라는 것을 진저리가 날 만큼 잘 알고 있었다.

재상이라는 직무에는 어느 정도의 호신술과 싸움 기술이 필수이기는 하다. 질베르의 말대로 부군과 자신을 지키기 위해서도 긴급 사태 시에 움직일 수 있는 사람이어야만 한다. 하지만 질베르가 역대 재상 중에서도 유별나게 강인하다는 건 스테일이 봐도 명백한 사실이었다.

"뭐…… 처음에는 지능이든, 기술이든, 힘이든 뭐든 좋았습니다."

질베르의 첫 마디는 마치 한 방울씩 똑똑 떨어지는 물과 같은 소리였다. 지금까지 그가 친구인 알버트 외에는 이야기한 적 없는 화제이기도 했다. 하지만 이제 와서 눈앞의 청년에게 그것을 숨길 필요도 없었다.

원래는 사랑하는 이와 함께 살아갈 직업을 얻기 위해서였다. 그녀를 행복하게 할 수만 있다면 뭐든 좋았다. 단 하나라도 부족한 부분이 있으면 하층민 출신인 그는 상층민은 고사하고 성의 누구에게도 인정받지 못할 거라는 생각을 떨칠 수 없었다.

"한 번 남들보다 뛰어난 무기를 얻고 나면 나이를 먹어도 그

걸 놓기가 아주 무서워지거든요. 장점이 적은 자일수록 더 그것에 매달리는 법이죠."

"이럴 때도 겸손을 떠는 거냐. 오히려 비아냥 같군……."

질베르의 말에 스테일은 시선을 살짝 떨어뜨리고 수면을 바라보았다. 질베르에게 장점이 적은 것 같지는 않았다. 오히려 남들보다 무기가 너무 많은 사람이기에 우수한 재상으로 인정받은 거라는 생각이 들었다. 다만 조용한 말투로 이야기하는 질베르의 심리가 그대로 수면에 비친 서민 출신 남자에게도 메아리치는 듯했다. 딱 좋은 온도라고 생각했던 탕이 지금만은 조금 차갑게 느껴졌다.

당치도 않다며 온화하게 맞장구친 질베르는 부드러운 눈빛으로 스테일을 바라봤다. 그가 지금 어떤 생각을 하는지도 다 예상하고서 말을 이었다.

"무기는 많을수록 좋다고 생각합니다. 팔다리와 마찬가지로 만일 하나를 못 쓰게 되더라도 남은 세 개만 있으면 웬만한 건 어떻게든 되니까요."

질베르는 다시 어깨에 물을 뿌린 뒤 그대로 자신의 팔부터 손목까지 미끄러져 내려가듯이 문질렀다. 지금은 팔다리가 합쳐서 네 개 다 있지만 설령 언젠가 심판의 때가 와서 전부 잃는다 해도 몇백 년이든 몇천 년이든 왕족과 국민을 위해 헌신할 각오가 되어 있었다.

"스테일 님은 이미 저 이상으로 많은 걸 가지신 우수한 분이니까요. 스테일 님이 지니신 기술은 반드시 모두 의미가 있을 거라고 믿습니다."

"두 번이나 겸손 떨 필요 없어. 입발림도 그만둬."

"입발림이 아닙니다."

이번에는 질베르도 곧바로 대답했다. 어차피 자신은 아직 질베르에게 조금 밀린다고 생각하는 스테일의 대꾸에 질베르는 그 이상으로 단호하게 받아쳤다. 아까까지의 햇살 같은 따뜻한 말투와 달리 이번만은 마치 문을 단단히 걸어 잠그는 듯했다. 음색의 변화에 스테일이 눈을 살짝 동그랗게 뜨고 시선을 돌리자 날카로운 눈빛이 잠시 그에게 꽂혔다. 스테일의 시선을 받은 질베르는 다시 온화한 표정으로 얼굴을 풀었다.

"옛날과는 다른 사람이라고 해도 될 정도입니다. 스테일 님은 틀림없이 성장하셨어요."

"흥……."

마치 손자라도 보는 듯한 질베르의 미소에 스테일은 시선을 피하며 의식적으로 입술을 깨물었다. 희미한 콧바람으로 친 맞장구는 몹시 고요해서 소리가 울리기 쉬운 공간에서는 선명히 들렸다.

스테일은 과거의 자신과 다르다. 성장했다고 인정받은 게 기쁜 반면 그 상대가 질베르여서 순순히 기뻐할 수 없었다. 하지만 평소처럼 빈정거리거나 비아냥대며 대답할 마음도 안 들었다.

그는 얼굴에 열이 오르는 건 탕 안에 오래 있어서라고 생각하며 정신 차리기 위해 양손으로 물을 떠서 얼굴에 뿌렸다. 스테일이 이번에는 자신의 말을 의심하지 않자 질베르도 조용

히 미소 지었다. 어딘가 어색함이 느껴지는 그의 옆얼굴에 조금은 자신의 말을 신뢰한 걸까 하는 생각이 들어 탕 온도와는 관계없이 질베르의 가슴이 따뜻해졌다. 그리고…….

“그건 그렇고…… 아쉽네요.”

“뭐가.”

문득 뭔가 떠올랐는지 천천히 입을 움직이며 질베르가 중얼거리자 스테일은 눈살을 찌푸렸다. 평소의 딴청 피우는 듯한 말투임을 확인하고 아직 시선을 돌리지 않았다. 이렇게까지 칭찬해 놓고서 마지막에는 빈정거리려는 속셈인가 하고 머리를 굴려 질베르가 할 말을 예상했다. 스테일은 아직 입씨름으로는 질베르에게 이기지 못한 경우가 많았다. 이번 방위전에서 ‘아쉽다’고 할 만한 실수는 없지 않았나 하는 생각에 이르렀을 때…….

“모처럼 단련한 그 육체미를 프라이드 님이나 티아라 님에게 선보일 기회가 없는 게요.”

좌아——악! 하고 물이 튀어 올랐다.

스테일은 생글거리며 이야기한 질베르를 향해 온 팔을 사용해 혼신의 힘으로 큰 파도를 일으켰다.

“누님, 저입니다. 준비되셨습니까.”

노크 소리가 울리고 들려온 익숙한 스테일의 목소리에 프라이드는 짧게 대답했다. 방 밖에서 그녀의 준비를 기다리던 근위기사가 문을 열었다.

실례한다는 말과 함께 한발 먼저 준비를 마친 스테일과 티아라가 방 안에 모습을 드러냈다. 하나즈오 연합왕국의 의상을 입은 두 사람을 보고 프라이드는 눈을 반짝였다. 프라이드가 둘 다 멋지다고 진심 어린 말로 칭찬했지만 프라이드를 향한 두 사람의 생각 역시 똑같았다. 몇 초 동안 안경이 흐려진 채 멍하니 서 있는 스테일의 팔을 티아라가 붙잡으며 "언니도 멋져요!" 하고 발랄하게 말했다. 뒤이어 오빠를 깨우기 위해 두 번 연속으로 팔을 잡아당기며 흔들었다. 얼굴이 빨개지고 안경이 옅게 흐려진 스테일에게 프라이드는 고개를 갸웃거렸다.

"스테일? 혹시 아직 어지러운 거야……? 목욕한 뒤에도 얼굴이 새빨갰으니 무리하지 마."

"괜찮습니다, 실례했습니다. 무척…… 잘 어울리십니다. 프라이드를 위해 만들어진 것만 같군요."

헉하고 숨을 삼키며 검은 안경테를 올린 스테일이 잠시 입안을 깨물었다. 목욕한 뒤의 일까지 지적받으니 오히려 더 열이 오를 것 같았다. 모처럼 좋은 탕을 즐겼는데 결국 질베르 때문에 달아오른 얼굴이 프라이드와 티아라와 합류한 직후에 다시 뜨거워져서 얼버무리느라 힘들었다.

스테일은 가볍게 헛기침하고 다시 한번 프라이드를 바라보았다. 문 앞에서 여동생과 만났을 때도 입이 마르도록 칭찬했지만 프라이드의 드레스 차림 또한 정말 아름다웠다. 마치 이 나라의 왕녀처럼 더할 나위 없이 완벽하게 드레스를 소화한 모습에 역시 프라이드라는 생각이 들었다.

"고마워, 너희가 그렇게 말해 주니 기뻐."

프라이드는 입가를 가리고 웃으며 가슴을 폈다. 스테일과 티아라 뒤에서 앨런과 칼럼이 말없이 깊게 고개를 끄덕였다. 프라이드는 볼이 살짝 붉어진 두 사람을 발견하고 문 앞에서 티아라의 드레스 차림을 보고 넋을 잃은 게 분명하다고 생각했다. 프라이드의 눈에는 머리부터 발끝까지 귀여운 연분홍색 드레스로 몸을 감싼 티아라가 자신과는 비교도 안 될 만큼 훌륭하게 드레스를 소화한 듯 보였다. 귀여운 티아라에게는 상대가 안 되지만 그래도 지금 입은 드레스는 프라이드도 충분히 가슴을 펼 만했다. 그녀는 물결치는 진홍색 머리를 가볍게 손으로 넘기며 자신을 맞아 준 그들에게 웃어 보였다.

"자, 가자!"

프라이드가 두근거리는 마음을 숨기지 못한 목소리로 선언하자 스테일과 티아라가 미소 지으며 대답했다. 무사히 그녀와 함께 축승회에 참가할 수 있는 게 기쁘고 자랑스러웠다.

프라이드는 티아라와 팔짱을 끼고 스테일과 손을 잡고 앨런과 칼럼을 등 뒤로 거느리며 방을 나왔다. 프리지아 왕국의 왕녀로서 가슴을 펴고 자신의 다리로 한 걸음을 내디뎠다.

하나즈오 연합왕국 축승회가 지금 시작된다.

후기

안녕하세요. 텐이치입니다.

이번에 '비극의 원흉이 되는 최강악역 최종보스 여왕은 국민을 위해 헌신합니다.' 6권, 줄여서 비최헌 6권을 구입해 주셔서 진심으로 감사드립니다.

이번 권은 전권에 나온 방위전의 '뒷무대 편' 으로 전권에서 다루지 못했던 인물의 활약을 메인으로 해서 종전 후 에피소드까지 수록했습니다.

웹 연재판에서 가필에 수정을 더했고 특히 하나즈오 연합왕국의 세 사람 이야기는 웹 연재판을 보신 분도 한층 다른 감각으로 즐기시길 바라며 재구성했습니다.

당시에 한 권으로 도저히 다 수록할 수 없는 이 방위전을 어떻게 정리할지 담당 편집자님과 상담할 때 전후 두 권으로 나누자는 이야기가 나왔었습니다. 하지만 역시 한 권씩 기분 좋게 읽고 끝내는 게 좋을 듯해서 이런 형태로 게재했습니다.

스즈노스케 선생님, 이번에도 현장감 넘치는 수많은 일러스트를 그려 주셔서 정말 감사합니다! 모두 이 작품을 쓰기 시작할 때 제 머릿속에 떠올랐던 장면을 그대로 구현한 듯한 일러스트라 감격했습니다. 특히 해리슨의 전투는 상상했던 그대로라 처음 봤을 때 정말 놀랐습니다.
또, 여러분께 감사 인사를 드리고 싶은 내용이 하나 더 있습니다.

놀랍게도 비최헌의 애니메이션화가 결정됐습니다……!!

정말이지 지금도 믿기지 않습니다. 다 지금까지 응원해 주신 여러분 덕입니다. 이 작품 속 세상을 멋진 일러스트로 색색이 물들여 주신 스즈노스케 선생님, 이 작품을 많은 분께 알릴 계기를 만들어 주신 만화 담당 마츠우라 분코 선생님께는 아무리 감사해도 모자랄 지경입니다.
마츠우라 분코 선생님. 눈 깜짝할 사이 지나간 기적 같은 시간이었지만 정말로 감사했습니다. 스즈노스케 선생님과 함께 두 분이 마련해 주신 애니메이션화입니다.
끝으로 이 책을 구입해 주신 여러분, 웹 연재판을 지켜봐 주시는 독자분들, 스즈노스케 선생님, 마츠우라 분코 선생님, 팬레터를 보내 주신 분들, 이치진샤 직원분들, 출판 및 단행본 관계자 여러분. 이 작품을 판매하고 가게에 비치해 주신 영업자님들, 서점 사장님들, 서포트해 주신 담당자님, 지탱해 주는 가족, 친구, 모든 분께 진심으로 감사드립니다.
마음씨 착한 여러분과 다시 만날 기회가 있기를 바랍니다.

비극의 원흉이 되는 최강악역 최종보스 여왕은 국민을 위해 헌신합니다 6

2023년 07월 20일 제1판 인쇄
2023년 07월 25일 제1판 발행

지음 텐이치
일러스트 스즈노스케

발행 영상출판미디어(주)
등록번호 제 2002-000003호
주소 07551 서울특별시 강서구 양천로 570 NH서울타워 19층
대표전화 02-2013-5665

ISBN 979-11-380-3048-9
ISBN 979-11-380-1616-2 (세트)